MURDER
ISN'T EASY

殺人は
容易ではない

アガサ・クリスティーの法科学

THE FORENSICS OF
AGATHA CHRISTIE

カーラ・ヴァレンタイン◆著
久保美代子◆訳

化学同人

MURDER ISN'T EASY
The Forensics of Agatha Christie
by Carla Valentine

心から愛する弟のライアンへ

目次

※〔　〕内は訳者注である。
※アガサ・クリスティーの作品名の表記は早川書房版に基づいた。

はじめに——犯行現場

「とても容易ですよ」

「何がです？」

「疑われずに人を殺すことがです」そういってまたほほえむ顔は、少年ぽくて、魅力的だった。

——『殺人は容易だ』

遺体安置所で働く病理技術士として、やたらと尋ねられる質問がある。それは「なぜ死体を扱う仕事になど就いたのか？」だ。そういうときはいつも「ちっちゃなころからずっと、あこがれてたから」と答えるのだけれど、その答えで納得する人はほとんどいない。少女時代から死体に関心があった理由は簡単だ。アガサ・クリスティーの小説に夢中になって、法科学《フォレンジック・サイエンス》に興味を持ったから。クリスティーの本は八歳のころから近所の図書館で借りて読んでいた。クリスティーが一九五四年に書いた戯曲『蜘蛛の巣』に出てくる一二歳のピパは、まさにわたしの分身だ。クラリサ・ヘイルシャム＝ブラウンの家に招かれていたジェレミー・ウォリンダーがクラリサの継娘ピパに好きな教科を尋ねたとき、ピパは「即座に」、「熱をこめて」、「生物よ。もう天国みたい。昨日はカエルの脚を解剖したの」と答える。ざっくりいうと生物学を犯罪捜査に応用したものが法医病理学《フォレンジック・パソロジー》で、それこそ、わたしが少女だったころから注目し、ひどく夢中になっていた分野だ。
〝フォレンジック（forensic）〟という言葉は現代的な用語なので、もちろんアガサ自身は使っていない。とはいえ、独自の人間観察力や創意工夫がタペストリーのようにみごとに織りこまれたアガサの小説には、その時代に出現した科学技術や捜査方法も巧みに織りこまれている。アガサがこだわった法科学的なディテールこそ、まだ子どもだったわたしをとりこにしたものの正体だ。作品には、指紋や筆跡の比較、血痕の分析、足跡などの痕跡、銃器などがごろごろ出てくるし、毒物も数多く登場する。毒物はアガサの作品にもっとも関係が深い殺人の道具かもしれない。それは、アガサがふたつの世界大戦中に、看護師や薬剤師として働いていたせいでもあるし、その知識を小説に取りいれて大成功したせいでもあるだろう。また、アガサの探偵小説にはかならず死体がひとつ、いやそれどころか通常は何体も登場することも欠かせない要素だ。生物学や病理学に興味津々だった子どもにとって、死体が出てくる推理小説は、とっておきの楽しみだった。

アガサについて知らない人のために、この作家の生い立ちを簡単に説明しておこう。アガサの人生は著作と同じくらい興味深い。一八九〇年、イギリスのデヴォンに生まれたアガサ・ミラーは、世界中で商業的にもっとも成功した小説家になった。アガサの本は、聖書とシェイクスピアの作品についでよく売れている。一九五二年に書いた〈ねずみとり〉という戯曲は、初演から歴史上もっとも長く上演されてきた（六七年つづいた公演を中断させたのは、何をかくそう二〇二〇年のコロナウイルスの大流行だった）。一九七一年にデイム〔女性に授与されるイギリスの称号でナイトに相当する〕の称号を受けた。とはいえ、文学的な成功を収めるまえは、一般の人びとと変わらぬ暮らしを営み、第一次世界大戦中には篤志看護師や薬剤師として国に奉仕していたし、第二次世界大戦中も同じように働いていた。この経験が、のちの小説の多くと結びついた。最初の結婚相手はアーチー・クリスティーだったが、この結婚は不運な顚末《てんまつ》を迎える。覚えている人もいるだろうが、一九二六年に破局を迎えたあと、アガサは失踪し、一一日後にハロゲイトのホテルで発見されたときは、短期記憶喪失のような状態だった。当時は世界中でトップニュースとして報じられたが、この事件はなぜか謎のままで、伝記でもアガサはこの事件に触れていない。それから四年後に考古学者のマックス・マローワンと再婚した。二度目は一度目よりはるかに幸福な結婚だったようで、一九七六年にアガサが亡くなるまでつづいた。この二度目の結婚によって、アガサは考古学にも関心を持つようになった。そのおかげで別の才能が花開き、後期の小説では発掘現場が舞台として描かれ、レパートリーが一気に広がった。〝描く〟といえば、夫にスケッチのレッスンに参加するよう勧められ、後世に残されたさまざまな発掘物を記録するようになった。そして、遺物を丁寧にクリーニングして絵に描いているうちに、発掘チームの正規のメンバーにさえなったのだ。

アガサはエルキュール・ポアロやミス・マープルなど時代を超越した名探偵を生みだしたが、創作活動は探偵小説にとどまらなかった。メアリ・ウエストマコット名義で六つのロマンス小説を書き（このペンネームは二〇年近く秘密にされていた）、自伝（一九七七年にペンネームで出版）を含めノンフィクションも数作発表し、数々の戯曲も著している。

とはいえ、アガサがなによりくわしいのは犯罪であることはまちがいない。四五年のキャリアのなかで、六六編の長編小説を書き、それに加えて多くの短編も執筆した。アメリカ探偵作家クラブの巨匠賞を受賞した最初の人物であり、イギリス推理作家クラブの創設メンバーとして一九三〇年以降はそのクラブの会長も務めた。イギリス推理作家クラブとは推理小説家の協会で、会員は推理小説を書くためのルールを守ることが求められ、冗談めかした儀式で「エリック」という頭蓋骨に誓いを立てねばならない。

わたしは法科学の歴史が大好きだし、熱烈なミステリファンでもある。アガサ・クリスティーの作品は、このふたつの要素がみごとに融合している。捜査手順を正確に記述したいと願う作家が、作品のなかに盛りこんだ犯罪学《クリミノロジー》や法医学《メディコリーガル》的な科学の変遷をみれば、いまや研究分野のひとつになった法科学《フォレンジック・サイエンス》の進化がよくわかるだろう。

わたしたちは現在〝フォレンジック〟という言葉をよく使っているが、以前は〝メディコリーガル(medicolegal)〟〔「医学の」という意味の「メディコ」と「法律の」という意味の「リーガル」を組み合わせた用語〕という言葉や、もっと古めかしい〝メディカル・ジュリスプルーデンス(medical jurisprudence)〟〔ジュリスプルーデンスは法学や法という意味のラテン語由来の言葉〕という言葉のほうが、一般的に使われていた。これらはほとんど同じものを示している。メディコリーガルとは、「医学的な面と法学的な面の両方を含む」という意味で、とくに医学を指している。いっぽう、フォレンジック(forensic)とは、「科学的な方法や技術を犯罪捜査に用いることに関係する、またはそれを示す」ことを意味している。フォレンジックとは、もともと「法廷に関連する」という意味で、ラテン語の

forensis（「広場《フォーラム》の」または「フォーラムの前で」という意味）に由来しており、ここでは法律に焦点が当てられている。ローマ時代は、罪に問われた人がフォーラムにいる大勢の人の前で、こんにちの法廷のように事情や主張を示さなければならなかった。けれども、最近ではフォレンジックという言葉は、「徹底的な調査」や「綿密な分析」と同義語になり、もっと広い文脈で使われるようになっているように思う。たとえば、「ラグビーのウェールズ対イングランド戦をフォレンジックに分析」とか「エジプトのミイラをフォレンジックに調査」という見出しが思い浮かぶ。とくにテレビでは単純に、綿密にとか、分析的とか、科学的という意味で使われることが多く、ラグビーチームやエジプトのミイラが犯罪に関連して捜査されているわけではない。

メディコリーガルは、法科学が独立したひとつの学問として確立されるまえに好んで使われていた言葉で、むかしはとくに大衆文化で使われていた。わたしは大学で法科学を学んだのだけれど、当時はまだ教育の分野としては未熟だった。わたしはその後一〇年間、法医学的な検死解剖を行なう病理医の助手を務めた。そのあと、博物館で古い時代の死体の一部を修理・復元する仕事に就いた。これも死体の解剖と同じくらい細部への注意が必要とされる仕事だ。これらの経験によって、法科学のむかしながらの手法と現代的な手法の両方が身について、独自の視点でものがみられるようになった。

現在、わたしはロンドンにある聖バーソロミュー病院（通称バーツ）の病理学博物館で五〇〇〇以上の解剖学的試料を保存する仕事をしている。試料の一グループに、「メディコリーガル・コレクション」と呼ばれるものがある。これは、毒殺や中毒、銃創、絞首刑などの損傷がみられる人体組織の保存片から成る。もっとも古いのは一八三一年のものだ。けれども、一九六六年以降に収集された同じコレクションの試料は、現代《いま》っぽく「フォレンジック・メディシン・コレクション」と呼ばれている。

ある表現がすたれて、ほかの表現が使われるようになるまでには、まずまちがいなく重複している期間があるため、切り替わった時期をはっきり特定するのはむずかしい。けれども、犯罪学《クリミナリスティクス》であれ、現代的ないいかたの法科学《フォレンジック・サイエンス》であれ、どちらの名称が使われていたにせよ、その歴史をみて（場合によっては一三世紀にまでさかのぼって）この学問がどのように進歩してきたかを知ることはできる。

現代の法科学の分野で五本の指に入る有名人は、エドモン・ロカール博士（一八七七〜一九六六年）だろう。ロカールはフランスの犯罪学者《クリミナリスト》で、一九一〇年、リヨンに最初の警察の研究所を設立した。それは、アガサが作家として輝かしいキャリアを開始する少しまえのことだった。ここで、アガサ・クリスティーの作品にしばしば登場する「クリミナリスト」と「クリミノロジスト」の違いを整理しておこう。クリミナリストは、いまでいう「法科学者（フォレンジック・サイエンティスト）」のような存在で、クリミノロジストは、犯罪の研究や犯罪者の心理学や社会学を研究する、おそらく、いまでいう「法心理学者（フォレンジック・サイコロジスト）」のような存在を指す（たとえば、アガサの作品では、エルキュール・ポアロがこの二者のあいだを行き来しているように思える）。ロカールは子どものころ、アガサ・クリスティーと同じくコナン・ドイルが描くシャーロック・ホームズの物語を熱心に読んでいた。犯罪学者としてのキャリアのなかで、『小説の中の探偵、ラボの中の探偵』（*Detectives in Novels and Detectives in the Laboratory*）〔フランス語原題は*Policiers de roman et policier de laboratoire*〕という本を書いたこともある。ロカールは、法科学の基本原則として知られているシンプルなフレーズ「あらゆる接触には痕跡が残る」を生みだした人物でもある。現在「ロカールの交換原理」として知られているこの根本的な理論は、犯罪を起こした者はかならず何か――粒子や滴、しみや汚れ――を犯行現場に残すという事実を表している。また、犯罪者のほうにも、知らないうちに現場にあった何かが付着して残っているはずで〔たとえば現場の砂粒など〕、その両方が法科学的な証拠になりうる。ロカールの交換原理という名前を知っていたかはどうあれ、アガサは殺人犯と被害者、殺人犯と犯行現場を結びつける証拠という概念として、この原理を深く理解していた。

一九二〇年にデビュー作『スタイルズ荘の怪事件』で成功したアガサが、さらに研究を進めようとして、一九二二年に出版されたばかりのロカールの『小説の中の探偵、ラボの中の探偵』を手にした可能性はある。この本はアガサのためにつくられたようなものだ。きっとオリジナルのフランス語版さえ手に入れていたにちがいない。チャールズ・オズボーン〔クリスティーの作品ガイドの著者であり、クリスティーの戯曲をいくつか小説に書き起こしている〕によれば、アガサはフランス語を読むことはできたが、話すのはあまり得意ではなかったらしい。[1] 一九二三年に出版された『ゴルフ場殺人事件』以降は、それまで使っていなかった「痕跡（trace）」という言葉を用いるようになったことは注目に値する。ちなみにこの作品の舞台は偶然にもフランスだ。この作品のなかで、ポアロは休暇を楽しもうとやってきたゴルフ場で不審な死に遭遇する。事件を担当したフランス警察の刑事ジローは、ロカールの原理を説明しながらこういっている。

「犯人は万全の準備を整えていた……痕跡は残っていないとたかをくくっているだろう。だが、かならずしっぽを捕まえてやる。何かが残っているはずだ。それを見つけてみせる」

ロカールが一九三一年に『犯罪学概論』（*Traité de Criminalistique*）を発表するころには、現在知られている法科学という分野が生まれていた。当時のクリスティーは、その後長くつづく執筆キャリアからすればまだ初期の時代におり、世は探偵小説の〝黄金時代〟だった。

アガサ・クリスティーは、メディコリーガルの歴史が大きく発展した時代の作家であるというユニークな立ち位置にあって、しかも細部への緻密なこだわりは半端ないときている。そのおかげでわたしたちは、法科学という急成長してきた科学を、アガサの作品を通じて学ぶことができる。アガサは登場人物を考えるとき、実在の人物はほとんどヒントにしなかったといわれているが、それはこの作家にとって登場人物は、リアルな存在ではなかったからだ。望みどおりに動いてくれる操り人形のような存在を求めて、自らキャラクターを創りあげねばならなかった。登場人物たちが実在する人びとだったら、その人びとの性格や思考プロセスがわかっているだけに、それが小説のなかで演じさせたい人格と食い違ってくる可能性がある。クリスティーは自伝のなかで登場人物について語り、当時はどれほど自分の書いている小説の世界にどっぷり浸っていたかを告白している。[2]とはいうものの、実際の事件や耳にした現実の会話からはヒントを得ていた。「アガサは現実世界の新聞記事を読んで、想像を膨らませていた。毎日のように、殺人や破壊行為、強盗や暴行などの悲惨な事件からプロットの糸口をつかんでいた」のだ。[3]作品のなかでもその痕跡を見つけることができる。たとえば、一八八八年に起きた悪名高い切り裂きジャックの事件は、『ＡＢＣ殺人事件』のなかで何度も出てくるし、一九六三年に起きた大列車強盗事件は『バートラム・ホテルにて』の筋書きのヒントになった。この作品は大列車強盗事件からわずか二年後の一九六五年に出版されている。多くの作品のなかでアガサは有名な事件にも、あまり知られていない事件にも言及している。有名な事件としては、たとえばイディス・トンプソン〔夫殺しの罪で有罪になり死刑に処された女。浮気相手が夫パーシーを襲撃して殺害したとき、共犯として殺人罪で起訴された〕、クリッペン博士、浴室花嫁殺人事件、リジー・ボーデン〔実父と継母が斧で殺害された事件の犯人と疑われたが無罪になった女性〕のことを取りあげているし、あまり有名でない事件としては、ブライトン・トランク殺人事件〔一九三四年にイギリスで起こったふたつの殺人事件。二件は無関係だったが遺体がトランクに詰められていた点が共通していた〕やヘイの毒殺犯〔夫による妻毒殺事件〕なども出てくる。けれども、芸術が人生を模倣しているのならば、人生もまた（恐ろしいことに）芸術を模倣することだってありうる。まさにそれに当てはまるのが、一九七〇年代以降に起こった『ABC殺人事件』ならぬ、いくつかの「アルファベット殺人事件」だ。ひとつめは、アメリカ、ニューヨーク州ロチェスターで一九七一年から一九七三年にかけて起こった、ティーンにも満たない三人の少女たちに対する性的暴行と絞殺の事件だ。少女たちはファーストネームとラストネームの一文字目が同じアルファベットで、遺体が発見された町の名前の一文字目も同じアルファベットだった。これはクリスティーの『ABC殺人事件』を不気味に模倣しているように思われた。小説の『ABC殺人事件』では、アリス・アッシャーはアンドーヴァー〔すべて頭文字がA。以降カッコ内のアルファベットは頭文字を指す〕で、ベティ・バーナードはベクスヒル（B）で、カーマイケル・クラークはチャーストン（C）で殺害された。実際のロチェスターの被害者は、チャーチビルで発見されたカーメン・コロン（C）、マセドンのミシェル・マエンザ（M）、ウェブスターのワンダ・ウォーコウィッチ（W）である。

当時、偶然にもアメリカ大陸西側のカリフォルニアで、一九七七年と一九七八年、さらに一九九三年と一九九四年に、ダブル・イニシャル（イニシャルのアルファベットが同じ）殺人事件が起きた。被害者は、カーメン・コロン（C。奇しくもニューヨーク州ロチェスターの被害者のひとりと同姓同名）、パメラ・パーソンズ（P）、ロクサーヌ・ロガッシュ（R）、トレイシー・トフォヤ（T）だった。カリフォルニアの被害者は、ロチェスターの少女たちより年齢が高く、売春婦だったといわれている。

二〇一一年になってようやく、カリフォルニアの事件の犯人としてジョセフ・ナソという男が逮捕された。ニューヨーク出身の写真家で、何十年ものあいだ、アメリカの東海岸と西海岸を行き来していた。この男は二〇一三年に、西海岸の殺人事件で死刑判決を受けた。東のロチェスター・アルファベット殺人事件は、DNA鑑定の結果、ナソの関与が裏づけられなかったため公式には未解決のままとなっている。

同様に、一九九四年から一九九五年にかけて、南アフリカで「ABC殺人事件」と呼ばれる連続殺人事件が、モーゼス・シトホールによって引き起こされた。シトホールは、その短い期間にほとんど間をおかず、三八人を殺害した。殺人はアターリッジビルから始まり、ボクスバーグへつづいて、クリーヴランドで終わった。

もちろん、これらの殺人犯がアガサの作品からヒントを得たことを示す証拠はまったくない。これらの殺人事件はクリスティーが描いた筋書きと瓜二つだが、犯人は影響を受けた人物としてクリスティーの名前を挙げてはいなかった。しかし、これらの事件は、〝現実の犯罪は犯罪小説より奇なり〟を示す恰好の例で、クリスティーの作品は非現実でありそうにないと思う人は、真実の犯罪の世界に触れてみるといいかもしれない……そうだ、そうしてみるといい。『青列車の秘密』で登場人物のひとりが指摘したように、「フィクションは事実を下敷きにしている」のだから。

これらとは正反対に不幸にも、クリスティーの本の名前を挙げて、インスピレーションを得たと述べた犯罪者もいる。

二〇〇九年、イランのカズヴィーンで、マヒン・カディリという三二歳の女が、イラン初の女の連続殺人犯となった。カディリは、ペルシャ語に翻訳されたアガサ・クリスティーの小説を読んで、影響を受けたと述べた。五人の老女に薬を飲ませて絞め殺し、金銭と貴金属を奪った。ロバート・テイトの記事によると、「供述書のなかでマヒンは、アガサ・クリスティーの本を手本にして、自分の痕跡を残さないようにしたと語っていた」という[4]。

これはまったくアガサのせいではないし、そもそもこのような手口を使った人物は、アガサの作品には出てこない。殺意を抱いた人は、何からでもヒントを得て、殺人を実行する方法を見つけるだろう。『白昼の悪魔』〔映画の題名は〈地中海殺人事件〉〕では、伝道の書九章三節「なによりも悪なのは、太陽の下で行われることだ。そう、それに人の心は悪に満ちてもいる」から引用して、このことが示唆されている。しかし、ありがたいことに法科学という手段を使えば、悪を追いつめることができる。

アガサの作品は、法科学《フォレンジック》的にとてつもなく正確で、読んでいていつも驚かされる。とはいえ、一九五二年の〈ねずみとり〉のオリジナルキャストのひとりで、一九七四年には映画版〈そして誰もいなくなった〉にも出演したリチャード・アッテンボローが、アガサのことを「絶対的に正しいことに執着する人」[5]と評していたことを考えれば、その正確さはそれほど意外でもないのかもしれない。アッテンボローはアガサと四〇年来の付き合いで、おそらく非常に親しかったはずなので、その人物評は折り紙つきといっていいだろう。アガサは、自著のなかによく出てくる殺人の道具について（毒物は別として）専門知識はほとんどないと認めているが、自分の作品に信憑《しんぴょう》性と本物らしさを持たせるために調査は充分行なっていた。夫のマックスによると、アガサは事実を正確に把握するために、手間暇をかけていたという。警察の捜査手順、法律、裁判所の手つづきなどについて、専門家によく相談していた。批判を避けるためには、正確でなければならないと感じていたのかもしれない。エルキュール・ポアロのシリーズのいくつかに登場する、ミステリ作家のアリアドニ・オリヴァーは、『マギンティ夫人は死んだ』(一九五〇年代の晩年の作品のひとつ)のなかでつぎのように述べている。「ときどき、間違いをみつけてやろうという意気込みだけで本を読んでいる人がいるんじゃないかと思うことがあるわ」。また、『アガサ・クリスティー雑録』(*The Agatha Christie Miscellany*)の著者であるキャシー・クックはつぎのように記している。

> 以前、ある弁護士から相続法についての無知を指摘する手紙を受け取ったとき、アガサはおおいに溜飲《りゅういん》をさげることができました。その法律はとうに改正されていたので自分の記述が正しいことを知らせ、その弁護士のほうこそ時代遅れだと切り返す手紙を書くことができたからです。

また著書のなかに示されているとおり、アガサは自分の本やその他多くの探偵小説によって、一般の人びとの犯罪に関する知識に影響を与えられることを認識していた。つまり、この理解しづらい科学への扉をより多くの人びとに開いたばかりか、犯罪を再現することで、以前は警察だけが特権的に知りえたことを、読者にも味わってもらおうとしていたのだ。

短編小説「アスターテの祠《ほこら》」〔『火曜クラブ』収載〕では、登場人物のペンダー博士が、発見した遺体を友人と一緒に近くの家の安全な場所に移してしまったことを悔やんでいる。ペンダー博士はつぎのように言い訳した。「いまならもっと分別がありますよ……探偵小説が広く読まれているおかげで、死体は発見された場所から動かしちゃいけないことくらい、誰だって知っています」。アガサの物語を思うとき心に浮かぶのは、まさに〝死体〟のことだ。書斎に敷かれた東洋風の絨毯《じゅうたん》に横たわる女の、高く突きだされた青白く冷たい指。傍らに転がる空のシャンパングラス。女の唇は青くなり、目はゆっくりと閉じていく。あるいは、マホガニーの机に置かれた吸い取り紙にゆっくりと広がる真っ赤なしみ。それに覆いかぶさる男。その背中には銀色の刃《やいば》が深々と突きささり、揺らめく炎にきらりと反射している。これらはどちらも殺人事件の一場面で、綿密な捜査と現場でみつかった手掛かりによって謎が解明されていく。

アガサは「暴力を忌み嫌っていた」といわれており[6]、残忍で野蛮な探偵小説には興味がなかった。物語のなかで、殺人による物理的な影響をグロテスクに描写していないのは、そのせいかもしれない。現実の世界では、「ぞっとするような、ばらばら死体」を自分で調べたりなどできないと考えていたし[7]、小説のなかでも死体のおぞましい描写を細かく表現することはほとんどなかった。だからといって、残酷な場面を書く才能がなかったとか、そういう場面をけっして描かなかったといっているわけではない。自伝では、戦時中に篤志看護隊（VAD）として看護活動をしていたときに目撃した凄惨な場面や、切断された足や切断時に出た血や血糊を廃棄する新米看護師を手伝った場面をかなり冷静な視点で語っている。ローラ・トンプソンはクリスティーの伝記を著しているが、その信頼性の高い本のなかで、アガサ自身の日記から得た情報と共に、このことをくわしく説明している。ローラは、切断手術とその結果切り離された手足のことを描写し、アガサは「床を掃除して、切断された足を自らの手で焼却炉に入れ」なければならなかったと書いている[8]。

けれども、クリスティーの小説では、血なまぐさいディテールの描写を意図的かつ計画的に避け、被害者の目立つ特徴のみを突出して描くことで、読者に想像の余地を多く残している。そしてそれがかえって恐ろしさを高めることもある。『葬儀を終えて』では、登場人物のひとりが残虐に手斧で殺され、身元の確認がほぼ不可能なくらい顔がずたずたに傷つけられていた。『書斎の死体』では、若い女が殺害されたあとに顔の見分けがつかないくらい焼かれていたし、『愛国殺人』では、残忍な行為に加えて腐敗によって遺体が損なわれている様子がほのめかされている。このような恐ろしい犯罪行為が及ぼす被害者の身体への影響は、生々しい傷をくわしく説明しなくても想像がつき、それだけで悪夢を見るには充分だ。

アガサの小説のなかの捜査は、目撃者の話から始まることが多く、殺人事件によっては、死体が現れないまま主人公の探偵が謎を解きあかすものもある。被害者が殺されてから数日、数カ月、あるいは数年経ったあとやっと探偵が物語に登場し、死体と遭遇しないまま過去にさかのぼって事件を解決したりもする。これはいわゆる「安楽椅子探偵」に近い。とはいえ、探偵たちはたいてい犯行現場で死体を目にする。実際、アメリカのクイズ番組〈ジョパディ!〉によると、クリスティーは「犯行現場(the scene of the crime)」という言葉を初めて使った人物とされている(一九二三年に出版された『ゴルフ場殺人事件』では、章のタイトルにまでなっている)。しかし、さらに印象的なのは、いまでは多くの人が「科学捜査キット」という名前で知っているものやそれらを入れる「科学捜査バッグ」の必要性をクリスティーが予言していたことだろう。それらは現在、実際の捜査でもフィクションの世界でも定番となっているので、昔からずっと使われていたと想像する人がいるかもしれない。だが、そうではない。現実には、このあと本書でもたびたび登場する、黄金時代の著名な病理学者バーナード・スピルズベリーが、非常に無残な殺人の現場でさえ、証拠保管に必要な基本道具を備えている警官はいなかったと語っている。当時の警官は舗道の敷石の隙間に飛び散った遺体の肉片を素手で拾ったり、流れている血を自分の木綿のハンカチで拭いたりしていたのだ。封筒やピンセット、小瓶や手袋などの道具は、証拠を採取するためだけでなく、警官や現場が汚染されないようにするためのものなのだが、間に合わせのものが多く、標準装備として準備されていなかった。その状況は一九二四年までつづいた。しかしこの年に、エミリー・ケイという女性がぞっとするような方法で殺され、「クランブルズ殺人事件」として知られるようになったとき、状況が変わった。クランブルズとは、イギリス、サセックスの海岸にある砂利の浜辺のことで、不幸にも二件の別々の殺人事件の舞台となった。ひとつめは一九二〇年、わずか一七歳のアイリス・マンローが、単純な強盗をもくろんだふたりの男に撲殺された事件だ。

ふたつめは前述のエミリー・ケイの事件で、ひとつめの事件の四年後に起こった。さらに悪名高い残酷な殺人と遺体切断事件で、妊娠していた独身のエミリー・ケイという女性が既婚者の恋人パトリック・マーンに殺害されたのだ。この事件がセンセーショナルに報じられたのは、マーンがエミリー・ケイの遺体の一部をトランクに詰めてバンガローの一室に保管していたためだったが、大胆にもエセル・ダンカンという別の女を誘ってイースターの週末をバンガローで過ごしていたせいもあった。その間、ばらばらに切断された手足はバンガローのなかで朽ちていたのだ。クリスティーはこの事件を「カスター事件」と呼び名を変え、一九三九年に出版された『殺人は容易だ』のなかで話題にしている。ちなみに本書のタイトルはこの作品名に由来している。

「カスター事件を覚えておられますか？　カスターの海辺のバンガローじゅうに、哀れな少女の遺体の断片がはりつけられているのがみつかったあの事件を……」

この恐ろしい殺人現場をきっかけに、スピルズベリーは「科学捜査バッグ」を導入した。これが現在の科学捜査キットのはしりで、このなかに、手袋、証拠品保管袋、ピンセット、サンプル採取用試験管など、いまやすっかりおなじみの標準的な捜査道具がすべて入っていた。けれども、エミリー・ケイ殺害事件の四年まえに出版された『スタイルズ荘の怪事件』で、エルキュール・ポアロはすでに、自分専用の科学捜査キットを持っていたようだった。歩きまわって証拠を集め、「試験管」や「封筒」にそれらを入れ、「必要になるまでこの小さな鞄は置いておくよ」と述べ、調査用の特別な道具を持っていたことを示している。小説《ノヴェル》だけに、当時としては斬新《ノヴェル》なアイデアだったといえる。おっとっと、ついついダジャレが。

犯行現場はきわめて重要だが、科学捜査にはさまざまな側面がある。『ゼロ時間へ』に登場する弁護士で犯罪心理学者《クリミノロジスト》のフレデリック・トレーヴは、探偵小説が殺人事件から始まることを嘆いている。殺人は物語の終わりで、始まりではないと考えているのだ。

「物語はずっと前から始まっています。すべての原因と出来事が、ある一点……ゼロ時間に収束していく。そう、すべてがゼロに向かって収束していくのです」

本書では、この引用文に敬意を表して、法科学的な証拠を扱おうと思う。殺人事件の犠牲者の物語は、犯行現場から始まり、すべての証拠が遺体に向かって、つまりゼロに向かって収束していく。遺体安置所に死体が移されたあとに登場する捜査官のように、まずは犯行現場でメタファーとしての「原因と結果」を分析する。つまり足跡、紙片、発射された弾丸を丹念に調べる。それから遺体に取りかかり、傷のパターン、毒物やその他検死でみつかる人工遺物を取りあげる。そして最後に、この探求の旅のフィナーレとして、本書の結論、ゼロ時間を迎える。そこで、これらすべての法科学分野の糸が撚《よ》りあわされ、きちんと整った小さな捜査の結び目がつくられるのだ。

第1章

指紋

それでもなお、不気味な老婆には、わたしの両手にある何かがみえたのだと思うと、落ち着かなかった。目の前に広げた両の手を見おろす。いったい手のひらから何がわかるというのか。

――『終わりなき夜に生れつく』

長方形のカードにつけられた、黒々とした一〇個の楕円形――墨で写しとられた犯人の指先の複製――は、犯罪捜査の歴史と同義といえる。特徴のある線と曲線のパターンからなる指紋は、世界共通の犯罪の象徴だろう。指紋は犯罪や科学捜査をイメージさせるものとして、数えきれないほどの映画やドキュメンタリー、ゲーム、ポッドキャストで使われてきた。その独特な紋様のおかげで、説明がなくても指紋ひとつあればそれだけで、物語が伝わる。犯行現場の指紋《フィンガープリント》（現在の科学捜査研究員や鑑識官はたいてい「フィンガーマーク」と呼ぶ）は、ある人物がたしかにその場にいたことを示す。アガサ・クリスティーの長編小説第一作目『スタイルズ荘の怪事件』で、登場人物のひとりが「では、見間違いようのないあなたの指紋がここに残っているという事実をどう説明なさいますか？」といっているとおり、自分が行ったこともない場所に永久に備わっている家具などの物体に、指紋を残すことはできない――指がいつのまにかなくなって、その場所に置かれたというなら話は別だけど。

この象徴的なイメージと、現場から簡単に跡を消せる手軽さが手伝って、指紋は探偵小説によく登場し、アガサ・クリスティーも次世代の作家と同じくらい独創的なさまざまな方法で指紋を使った。ガラスにうっかりついた汚れみたいな偶然の産物もあれば、カードなどに指を押しつけて故意につけられたものもある。指紋はアガサのさまざまな作品にたびたび登場する。アガサは指紋の法科学的な価値をしっかり理解していて、数ある法科学の素材のなかで、もっとも頻繁に登場させている。ロンドン警視庁《スコットランド・ヤード》の指紋局が一九〇一年に設立されたことからすると、一九一六年に『スタイルズ荘の怪事件』でデビューしたときには、アガサはこの重大な〝新しい〟技術の発展について一五年から二〇年間ぶんの情報をすでに蓄えていただろう。そうだとしても、わたしたちがこんにち当たり前のように視聴している科学捜査のドキュメンタリー番組や刑事ドラマもなかったわりには、アガサはこのデビュー作で、指紋の細かい話をたっぷり盛りこんでいる。第一作目の本を出版するまえに、きっと、新聞でこのトピックを読みあさり、指紋に関する新しい情報を探しまわったにちがいない。

じつのところ、推理小説は、犯罪捜査に関する専門家の知識を大衆に伝えるおもな手段のひとつで、アーサー・コナン・ドイルの探偵小説を読みふけっていたアガサは、シャーロック・ホームズから犯罪の調査に使ういろいろな道具の知識を仕入れていた。指紋に関する情報は『ミシシッピの生活』（マーク・トウェイン著、書肆侃侃房）などもっと一般的なフィクションにも記述がある。黄金時代の推理小説家はおもに、新聞はもちろん、あとのほうでは一九三五年に初版が出版された『現代犯罪捜査の科学』などの本から科学的な情報を得ていたと思われる。それでも新聞や専門書は、一般の人びとの日常の情報源ではなく、もっと専門的な知識を持つ人びとのものだった。

それを心に留めておくと、アーサー・コナン・ドイルがクライム・クラブという「殺人事件への関心を同じくする男たちの小さなグループ」の一員だったことは興味深い。一九〇三年に設立されたこのクラブは犯罪に興味のある男たちの――男性のみの団体だったが、「概して合法的な」バックグラウンドを持つさまざまな人びとの集まりだった。この団体の目的は、当時世間で話題になり新聞などでセンセーションを巻き起こした事件を掘り下げて深く知ることだった。メンバーは作家だけでなく、警察官、検死官《コロナー》〔検死官は変死の疑いのある死体の解剖の必要性を判断して解剖し、検死審問で陪審員とともに死因を審理する。解剖を行なわない日本の検視官とは根本的に役割が異なる〕、外科医などがおり、この会のごく私的な集まりには、バーナード・スピルズベリーなどのゲスト・スピーカーがたびたび招待された。バーナード・スピルズベリーは前述したとおり著名な病理学者で、スピルズベリーが扱った事件はクリスティーの作品のヒントにもなった。また「科学捜査キット」や「科学捜査バッグ」も考案した（とはいえ、アガサはこれらが現実の世界に出現するまえに、フィクションの世界でとっくにそれらしいものを登場させていた）。会員限定の排他的なクライム・クラブでは、年に数回「夕食と犯罪」の会が開かれた（現在も名前を変えて開催されている）。いまはもう男性だけの団体でなくなったため、わたしもメンバーになるという幸運に浴していると、ここで喜んで報告させていただこう。

もうひとつの団体、イギリス推理作家クラブ（この会のメンバーは、エリックという骸骨に誓いを立てねばならない）は、クライム・クラブよりあとの一九三〇年に発足し、最初からずっと女性と男性どちらにも門戸が開かれていた。とはいえ、メンバーは推理小説家に限られていた。アントニィ・バークリーは、コナン・ドイルのクライム・クラブのアイデアに触発されて、この推理作家クラブの設立に尽力した。初代会長はG・K・チェスタトンで、ブラウン神父という探偵が活躍する推理小説の著者である。アガサ・クリスティーはイギリス推理作家クラブの設立メンバーとして名前を挙げられることが多い。一九二八年くらいから始まったバークリーによる初期の仲間うちの晩餐会《ばんさん》にも出席していたようだ。推理小説作家だけの晩餐会で、クラブのルールやミーティング、会員の投票権など実際のクラブを結成するにあたってさまざまなアイデアが集められた。アガサはこの晩餐会にちょくちょく出席し、とくにクラブ発足の二年まえに結婚生活が破綻してからは、その活動にますますのめり込んだ（現在の会長マーティン・エドワーズが書いたクラブ創設にまつわる興味深い本、『探偵小説の黄金時代』はお薦めの一冊だ）。アガサは世界一人気のある推理小説家として、イギリス推理作家クラブの会長を一九五七年から一九七六年に亡くなる直前まで務めた。とはいえ、アガサはかなりの恥ずかしがり屋で、公の場であまり話をしたがらなかったため、アガサが会長だった時代はずっと、ジョブシェアのようにほかのメンバーと職務を分けあって共同で会長を務めた。クラブ入会の儀式として、エリックという頭蓋骨に触れなければならなかったと考えると、その骸骨には、いったいどれほど多くの指紋がついているのだろうか。

このクラブでクリスティーらが仲間の作家たちとよく語りあったテーマは、それより早く設立したクライム・クラブで取り上げられたテーマと似ていた。たとえば、コナン・ドイルがクライム・クラブで議論したように、指紋の独創的な活用法などがこのクラブでも話し合われていた。これが明らかになったのは、バークリーがほかの推理小説家をクラブに招待する手紙のなかで、「作品に関連のある事件について話しあうために」定期的に夕食を共にしようと書いているからだ。(1) 一九三六年には、イギリス推理作家クラブの七人のメンバーが現実の殺人事件を広範かつ綿密に調査してエッセイを書き、それが『殺人の解剖学』（*The Anatomy of Murder*）という本になって出版された。このクラブの記録係でもあるマーティン・エドワーズは、この本が二〇一四年に復刻されたとき、序文のなかで、

「現実世界の殺人事件を議論すること。これがイギリス推理作家クラブのミーティングの特徴だ」と述べている。[2] この議論を通じて、クリスティーや同時代の作家たちはさまざまなヒントを得ていたのだろう。できることなら、黄金時代にタイムスリップして、このクラブの会合が開かれていた部屋の壁に止まるハエになってみたいものだ。

いうまでもないが、アガサがどんどん作品を生みだしていたとき、イギリス推理作家クラブが大きな役割を果たしていたことはまちがいない。このクラブのおかげで、小説家として歩みはじめた当初から、犯罪や小説についてほかの作家と意見を交換しあう機会を得られたのだから。作家たちは、アイデアを出しあい、お互いの作品に疑問を投げ、本を共著し、ラジオ放送（ドラマ）を共同制作して金を稼ぎ、クラブを維持し豪華な夕食や式典の支払いを賄った。このようにクラブは推理小説家としての仕事に役立ったのはもちろん、内気ではにかみ屋のアガサにとっては、友人たちに囲まれて自然体でいられる貴重な場であり、大切な人間関係を紡ぐ場でもあった。

指先についた細かな隆線の物理的な目的をご存じだろうか。この指先の隆線は哺乳動物の一部にしかないのだが、なんと、何かをつかんだときに滑らないよう摩擦を生じさせるために存在するのだ。指紋の紋様は隆線が生じるときの副産物で、純粋に偶発的に生じる。それが個人を識別するための、法科学的に非常にすぐれた識別子となる。

指紋は、妊娠初期の胎児のころに形成される。妊娠一〇週目あたりからできはじめ、一七週目には完成する。生まれた赤ん坊の指紋は一生変わらない。ただし、やけどや瘢痕《はんこん》など指の腹に深い組織損傷が生じたときは例外だ。そういう傷のせいで指紋が不自然に変化することはある。指紋は生まれるまえから形成されるだけでなく、死亡して、肉体が腐敗しはじめても残っている最後の特徴のひとつになることもある。だから、数年前に亡くなった誰かの身元が、指紋鑑定で明らかになることもありうるのだ。

指紋の耐久性のおかげで、〝グロービング〟と呼ばれる工程を用いて腐敗した死体から指紋を取ることができる。この工程は少々グロテスクなのだが、亡骸《なきがら》の指または手全体の皮膚をはがし取ったあと、検死解剖技術者や鑑識技術者が、ラテックス製の手袋をはめた手にその皮膚を二枚目の手袋みたいにかぶせて、指先に適切な曲線をつくって指紋を取る。この手法には、インダイレクト・カディヴァ・ハンド・スキングローブ法という長ったらしい正式名称がついている。

アガサ・クリスティーの二作目の小説は、殺人ミステリというよりスリラー色が強い『秘密機関』だ。この本では共産主義者集団のリーダーが取り巻きのひとりに「きみは悪名高い強盗の指紋がついている手袋をはめていけ」という。そうすれば、違う指紋が残って現場を混乱させられると推測したのだ。アガサはこのような手袋がどうやってつくられたかは説明していないが、これを書いたとき、死体から手の皮膚をはがし取るということを意図していたなら、恐るべき千里眼といえる。この本が書かれたのは一九二〇年代初期で、この手法はまだ文献には登場していなかった。一九三六年になって、指紋会議でブエノスアイレス警察が用いた手法として初めて記述された。この発表時、死体の真皮からはがされた表皮の一部は、〝皮膚指ぬき〟という魅力的な名前がつけられ、つぎのような説明がされた。「ゴム手袋で自分自身の身体を保護したうえで、この〝皮膚指ぬき〟を自身の指にはめます。

そして、自分の指の指紋を採取するときと同じようにして、死体の指紋を採取するのです[3]」

死体が腐敗している場合、顔の認識はほぼ不可能なため、生存していたときと同じように指紋を採取できるグロービング技術を使った指紋採取は、遺体の身元確認に重要な役割を果たす。とくに死体の腐敗プロセスに乾燥が含まれ、サラミソーセージの両端のひだみたいに指が干からびて固くしわが寄ったときは有用だ。そういう場合は水に（衣服の）柔軟剤を混ぜた液を用いて戻す。これは多くの科学捜査研究員や鑑識官が知っている裏技だが、上品な会合などではめったに口にされない。この豆知識には、ラボでは骨から軟組織をはがすために、バイオ洗剤も使っているという事実も加えておこう。バイオ洗剤が起こした革命は、日ごろのお洗濯にとどまらないのである。

指紋鑑定とは

科学的な指紋鑑定は、「ダクティロスコピィ（dactyloscopy）」と呼ばれることもある。この呼び名はもうひとりの科学捜査のパイオニア、ファン・ブセティッチが考案した。ブセティッチはクロアチア出身の犯罪学者で、一八八〇年代にアルゼンチンに渡り、一八九二年に指紋を証拠に用いて殺人事件を解決した最初の人物となった。ひょっとすると、ブセティッチの影響があったからこそ、アルゼンチン警察は指紋鑑定の技術が進み、一九三六年という早い時期に前述した〝皮膚指ぬき〟なる手法を示せたのかもしれない。「ダクティロスコピィ」という言葉は、古代ギリシャ語「ダクテュロス（dáktulos）」に由来する。ダクテュロスはおおざっぱに訳せば「指」を意味する。クイズ番組〈ザ・チェイス〉に出てきた最近の問題は、「『ダクティログラム（dactylogram）』の一般的な名称は何か」

だった。答えはもちろん、「指紋」だ。この種の雑学がいつ役立つのかは……知らんけど。

ダクティロスコピィとは基本的に、指紋鑑定（フィンガープリント法）で、人間の指の皮膚にある摩擦隆線によって残された跡を記録したり採取したりすることをさす。特定の指紋の跡が特定の個人のものとみなせるのは、たとえ一卵性双生児でも、摩擦隆線のパターンが同じ人はいないという事実にある。このようにユニークで、個別の特徴があり、特定の物や人を示すことができる証拠は、専門的に「固有証拠」とか「固有特徴」といい、それらと対になるのが「型式証拠」や「型式特徴」だ。

指腹にある紋様は、霊長類が木の枝から枝へ渡ったり、食物を摑《つか》んだりする傾向を通じて進化してきた。ふたりの人間が同一の指紋を有する確率を計算するのは、とほうもなくむずかしいが、指紋の特徴は際立っていて、指紋鑑定士は同一の指紋か否かをきわめて正確に判定することができ、九九・八パーセントという正確さで〝人びとを識別〟する。識別に使用する指紋の特徴はつぎのようなものがあり、これらの特徴が偶発的に組みあわさっている。

隆線：正しくは摩擦隆線といい、これによって指先に摩擦が生まれる。これらは微小で取るに足りないように思われるかもしれないが、皮膚の隆線とそれによって増えた汗孔《かんこう》とが組み合わさることで、わたしたちは指先を器用に操れるようになっている。これらの隆線が指紋として、何かの表面に指腹の紋様を残す。

溝：隆線とは正反対に溝は、隆線がしっかり立ち上がるように存在している。また、汗孔から分泌された汗が流れる排水路みたいな役目も担っていて、そのおかげで指先がすべりにくくなっている。

これらの隆線や溝が指腹の表面で輪になったり、編み目のようになったりして、再現できないランダムなパターンをつくる。子どものころ図工の時間に、大きな洗面器に水を張り、その表面に油絵の具を何色か垂らし、木の棒で渦を描いて、その上に白い紙をかぶせたことがあった。そうすると、水の表面にできた複雑なマーブル模様が紙に写し取られるのだ。その模様は偶発的にできたもので、同じものは二度とできなかった。これがまさに指紋形成のイメージだ。このユニークさが「リジオロジー」〔直訳すると「隆線学」〕という科学を特徴づけている。これは手のひらや足の裏に隆線と溝が形成されるときに生まれる紋様を分類する学問だ（これらの紋様を掌紋や足紋と呼ぶ。唇にさえ溝はあり、「口唇紋鑑定法」と呼ばれるプロセスで口唇紋を写し取ることができ、いくつかの刑事事件で鑑定されたことがある。だから、手紙の封にキスマークをつけるときはよく考えたほうがいい。身代金要求の脅迫状ならなおさら……）。

一九二六年にアガサが書いた『アクロイド殺し』は、あらゆる面で黄金時代の殺人ミステリのまさに典型といえる作品だが、ただひとつ典型ではない部分がある。けれども、この決定的な部分があるからこそ、『アクロイド殺し』はこの時代のほかの小説と一線を画しているし、アガサ・クリスティーという作家を推理小説界のさらに上のステージへ押しあげたのだ。とはいえ、エンディングがかなり突飛で、当時は、冗談めかしていたとはいえ、イギリス推理作家クラブで曲がりなりにも宣誓した〝ルールを破って〟いるようにみえたため、このクラブからアガサを永久追放しようとする動きもあった。アガサを救ったのは女性の推理小説家仲間のドロシー・L・セイヤーズだった。ここまで聞いても『アクロイド殺し』を読む気になれないなら、まじめに聞く必要もないけれど、この小説が出版されて九〇年近くたった二〇一三年に、英国推理作家協会〔イギリス推理作家クラブとは別の団体、CWA賞などを主催している〕はこの作品を「史上最高の推理小説」に選び、「これまで書かれた推理小説のなかでもっとも優れたお手本作品」と絶賛した。この小説には黄金時代の典型的な要素がふんだんにちりばめられている。たとえば、殺人の起こった屋敷全体の見取図、たっぷり埋め込まれた手掛かりなど。わたしにいわせれば、この独特な本を公平に評価するには、これを読む以外に方法はない。脚色されたドラマや、オーディオブック、電子ブックではなく、紙の本を読んで、ページをめくる喜びを味わいながら微妙なニュアンスを感じてほしい。このクレバーな作品の行間を読むにはその方法しかない。

この小説では、不運なアクロイドの刺殺事件を解決しようと、ラグラン警部がさまざまな登場人物の指紋の拡大写真を調べ、「蹄状紋と渦状紋の専門家」みたいに説明する。この部分を読めば、アガサ自身もつぎに示す蹄状紋、渦状紋、弓状紋のさまざまな組合せのパターンでつくりだされる唯一無二の指紋について、くわしく知っていたことがわかる。

蹄状紋：蹄状紋は、いっぽうから流れ込んで輪状になり、同じ側へ抜けることによって特徴のある楕円形をつくる。どちらかいっぽうに傾いているため、（橈骨《とうこつ》の末端つまり親指のほうに向いている）「橈側蹄状紋」と（尺骨《しゃっこつ》の末端つまり小指のほうに向いている）「尺側蹄状紋」がある。蹄状紋が指紋全体に占める割合は約六〇パーセント。

渦状紋：渦状紋は渦巻きのように見え、一連の完全な同心の楕円または円が中央にあることが多い。渦状紋が指紋全体に占める割合は約三五パーセント。

弓状紋：弓状紋は波のようだが、頂点はなめらかで丸みがあり、指腹を横切る形になっている。玄関や窓のアーチに、尖ったものと、丸みのあるものと、平らなものがあるように、弓状紋には通常の

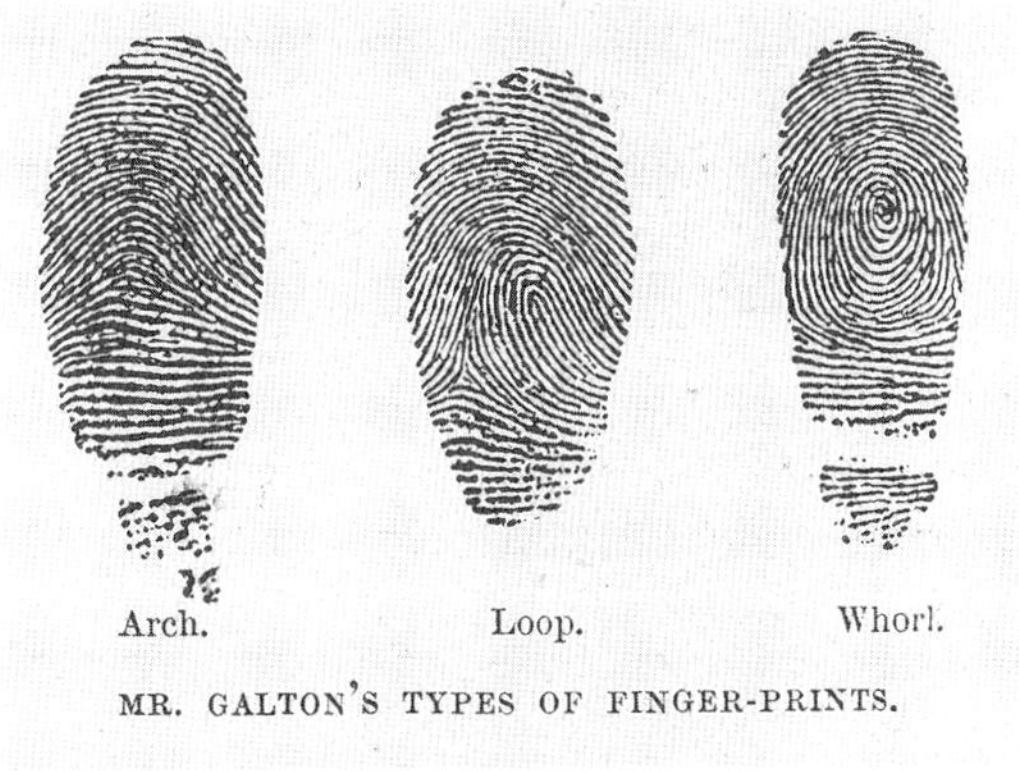

弓状紋（左）、蹄状紋（中）、渦状紋（右）の基本的な形

「プレーン型」と「テント型」がある。テント型はその名が示すとおり、平らなプレーン型よりも明らかに尖っている。弓状紋が指紋全体に占める割合はたったの五パーセントだ。

では今度は、あなた自身の指紋をみてみよう。おおいに興味を引かれるのではないだろうか。一〇本の指の腹に、さきほど説明した特徴がいろいろな組み合わせで広がっているのがわかるだろう。蹄状紋はすべての指紋の約六〇パーセントを占め、もっとも多くみられるので、弓状紋より蹄状紋が多くみられる人がいるだろうが、そうでない人もいる。指紋は人それぞれまったく異なるのだ。これらの三つの基本的な紋が、たとえば双子の蹄状紋（米国では二重蹄状紋という）のように複数組み合わさって現れることもあれば、まったく別の紋が「変体紋」として現れることもある。弓状紋、蹄状紋、渦状紋のどれにも合致しないにもかかわらず、三種それぞれの特徴を備えた紋もある。指先に広がる隆線の終止点や分岐点の組み合わせによってさまざまな無限のパターンが生まれる。

ひとりの人間の指紋が別の人の指紋と部分的に同じというのはたしかにありうるが、指紋を比較するときは全体が考慮される。指紋が使われはじめたころは、ふたつの指紋が一致したとみなされるには、一二箇所の同一の特徴が必要とされた——それが固有証拠だ。「微小なものの最小限の数」として知られている一二という数を提案したのはエドモン・ロカールで、一九一八年のことだった。ロカールはつぎのように推測した。ふたつの指紋——わかりやすい例でいうと、犯行現場から採取された指紋と容疑者から採った指紋——のあいだに一致する微小な部分が一二箇所あれば、ふたつの指紋の主は同一人物であるという証明になる、と。けれどもイングランドとウェールズでは、一連の専門家会議を経たあとの二〇〇一年に、一致箇所の数字を挙げない基準が施行された。これはふたつの指紋が一致すると結論をくだすまえに、指紋鑑定士がみつけなければならない微小な共通部分の数は、単純な公式では定められないことを意味する。いずれにしろ、考慮すべき部分はいまや一二箇所どころではない。それは、経験と、統計学的な知識と、鋭い眼識と、コンピューター技術と、その他もろもろが積み重なったプロセスなのだ。指紋の比較は単なる質的な憶測にとどまらず、確率モデルや統計学的な専門技術なども用いられて、ふたつの指紋が同じ人物に由来するかどうかの可能性が明らかにされる。

『スタイルズ荘の怪事件』でポアロは、忠実な友アーサー・ヘイスティングズとの会話で、きみは「指の跡《フィンガーマーク》」をきちんと見定めることができるかと尋ねた。するとヘイスティングズはふたつとして同じ指紋はないことは知っているが、それ以上のことは何も知らないと明かす。ポアロはいつもながらこの友より経験を多く積んでおり、指紋についての知識も豊富で「わたしが使った特別な器具や粉末のことはわざわざ説明したりしないけど、これは警察ではよく知られている手順で、とにかくこの方法を使えば、たちどころに、さまざまな物についた指紋の写真を手に入れることができるんだ」と語っている。アガサの作品から得た情報によれば、ポアロは私立探偵になるまえはベルギー警察に属していた。ポアロが「フィンガーマーク」という言葉を使っていたことも興味深い。門外漢の人たち(アガサもまさにそうだ)からすれば指紋の呼び名はフィンガープリントが一般的だが、現在の指紋鑑定の専門家らはまさにこの「フィンガーマーク」という言葉を使っているからだ。前述の場面で、ポアロは指紋(専門家ぽくいうならフィンガーマーク)を目に見えるようにして写真を撮影するために、一般的には粉と刷毛《はけ》を使うと述べている。指紋について考えるとき、頭に浮かぶ場面といえば、これだろう。鑑識官が、粉をつけた大きな刷毛で、指紋に粉をまぶし、粘着テープのようなものに指紋を写し取る。これは**潜在指紋**という肉眼ではみえない指紋に使われる技術だ。

潜在指紋は、指腹にある多くの汗孔から分泌された汗や塩分が指先の皮膚からべつの表面に移ることで生じる。けれども、この指紋は肉眼ではみえないので、識別できるようになんらかの方法で強調する必要がある。その方法は指紋が残された物質の表面によって、さまざまに使い分けられる。

ひとつめは、前述した例のように天然毛やグラスファイバーでできたやわらかい刷毛でそっと表面に粉をつける方法だ。この技術は、窓ガラス、ペンキやニスが塗られたドア、グラスなど無孔の表面に用いられる。ミステリの女王としてクリスティーが君臨していた時代には、もっともよく使われた一般的な手法だった。ただし当時の刷毛は天然毛(ヤギやリスの毛、ラクダの毛や鳥の羽毛さえ使われた）しか選ぶ余地はなかった。捜査官の好みや指紋が残された表面によっては、いまだに天然毛の刷毛が使われることもある。別の選択肢としては、ニンヒドリンという化合物を指紋がついている物質に吹きつける方法がある。この化合物は指紋をつくっている皮膚の分泌物に含まれるアミノ酸と反応して、指紋《ダブ》を紫色に染める（ダブとは初期の鑑識官が使っていた指紋をさす俗語で、一九六三年に出版された『複数の時計』でも使われていた）。このニンヒドリン化合物は、紙、未処理の木材、一部の布など多孔質の表面によく使われる。この方法ではなんと一五年もまえの指紋が姿を現すこともあるのだ。こんな話を聞くと、まるでＳＦみたいで、かなり現代的な技術だと思われるかもしれないが、ニンヒドリンが「アミノ酸を検出するのに有効な試薬」だということが、ジークフリート・ルーエマンによって初めて記述されたのは一九一〇年だ（発明者にちなんで、ニンヒドリンが反応して潜在指紋が浮かびあがるときの紫色は、「ルーエマン・パープル」と呼ばれている）。そのあとニンヒドリンは、一九五五年にはイギリスで指紋に使用するための特許が取得され、その後まもなく米国とドイツでも同じように特許が取得された。アガサはこの手法を知っていたのかもしれない。『マギンティ夫人は死んだ』で、ポアロが「潜在指紋を浮かびあがらせる新たな科学的手法があるんですよ」と容疑者に話している場面がある。この本が出たのは、ニンヒドリンを潜在指紋に使用することが特許化される数年まえのことだったが、新たに発案された最先端の技術が実践で使われるようになるずっとまえにニュースになって、広く知られるというのはよくある話だし、この画期的な技術は、イギリス推理作家クラブの会合で早くから話題になっていたにちがいない。

　粉末を使った〝指紋の採取〟は、クリスティーの数多くの作品に出てくる手法だ。『そして誰もいなくなった』に登場するウィリアム・ヘンリー・ブロアもポアロのように元警察官で、すでに退職しているのに指紋採取キットを持ち歩いていて、人びとをひとりずつ消していく殺人犯を特定しようと、凶器と思われるものに粉を振りかけて指紋を採取している。専門的な過去を考えれば、ブロアとポアロにとって指紋の採取はお手のものだっただろう。

　むしろ意外なのは、クリスティーのもうひとりの有名な探偵、お年を召したミス・マープルが、犯罪捜査の訓練を受けたことがないのに、いささか専門家じみているところだ。ミス・マープルの調査方法はポアロとは正反対だ。いたるところで自分の〝小さな灰色の脳細胞〟を自慢して回るようなことはせず、自分の才覚を隠している。ミス・マープルは人間の本性を独自の、どちらかというと暗い視点で理解している。それは、ふわふわの白髪やきらきら輝く青い目、すきあらば編み物に没頭する穏やかな老婦人という見た目と対照的だ。けれども、これはある意味、無作為の変装なのだ。この外見のおかげでミス・マープルは、ほかの人では得られない情報を得ることができる。マープルの最後から二番目の作品である『復讐の女神』のなかで、マープル本人もこう語っている。「わたしはごく平凡なおばあさんよ。ちょっとやせっぽちの普通のおばあさん。もちろん、それがとっておきのカモフラージュになるの」。ミス・マープルは、調査の日々が終わりを迎えるずっとまえから、自分の強みを心得ていたのだ。

　一九四一年に出版された初期の短編小説「昔ながらの殺人事件」〔『愛の探偵たち』収載〕では、若い警部がミス・マープルに「きょうびの犯人てのは、指紋やタバコの灰を残したりしないもんなんです、ミス・マープル」と語っている。おそらくこれが理由なのだろうが、一年後に出版された短編「申し分のないメイド」〔『愛の探偵たち』収載〕では、ミス・マープルはこと証拠に関しては、いかなるものも成り行き任せにはせず、独自の法科学的な調査を行なっている。ミス・マープルは、少し怪しげな態度のメイドが、現場にうっかり自分の指紋を残して警察にみつかるようなヘマはしないと考え、メイドの指紋を自分で調達することにする。そして、頼りない老婦人を演じ、その問題のメイドがドアの向こうからミス・マープルを見ているときに、いかにもそそっかしい人らしくハンドバッグを落とす。封のあいた舐《な》めかけの棒つき飴《あめ》が床に転がり、それにつづいて携帯用の小さな鏡が落ちたとき、メイドは、ご近所にも自分がいかに役に立つかをアピールするチャンスを逃さず、飴を拾い、つづいて鏡を拾って、感謝している様子の老婦人に渡す。メイドは、ミス・マープルが申し訳なさそうに説明したとおり、子どもが舐めかけの飴をバッグのなかに放りこんだせいで、飴がべとついていると思っていたが、じつはマープル自身が鏡と一緒にわざとバッグに入れておいたのだ。メイドを罠にかけて、鏡の光沢のある表面にべとついた飴で指紋をつけさせたわけだ。このような方法で付着した指紋は**顕在指紋**という。顕在指紋は何かの物質によってみえるようになった状態の指紋で、やや立体的だ。

「顕《けん》」という文字どおり、顕在指紋は潜在指紋とちがって肉眼でみえる。銀の食器に指の跡をつけたりしたら気がとがめるものだが、これは自分自身の自然な分泌物から生じたものなので、このカテゴリには入らない。顕在指紋というのは、何かの物質が指先について、それが何かの表面に移ったせいで明白に目にみえるようになった指紋のことだ。物質というのは、たとえば血や塗料、チョコレート、インク、赤ワイン、排泄物などで、ミス・マープルの事件でいえばベタベタの飴がそれにあたり、挙げればきりがないほどさまざまな物質がこの役割を果たす。顕在指紋は通常、特別な採取方法を使わなくても写真に撮ったり、誰のものかわかっている別の指紋と照合したりすることができる。

ミス・マープルはそれが顕在指紋と呼ばれることを知っていたのだろうか。あるいはその指紋が写真に撮れることを知っていただろうか。知っていようがいまいが、ミス・マープルは、ロンドン警視庁の元警視総監サー・ヘンリー・クリザリングから一目置かれる存在だ。なにしろ、一二の長編小説と数多くの短編小説のなかで、多くの犯罪者の逮捕に協力してきたのだから、当然といえば当然だけれど。

指紋にはもうひとつタイプがあるが、これはクリスティーの作品にはどこにも出てこない。それは、**可塑性指紋**や**印象指紋**と呼ばれ、窓枠のパテや細工用の粘土、蠟燭《ろうそく》のロウなど柔らかい柔軟な素材に残された立体的な指先の跡を指す。顕在指紋と同じく目にみえるようにするための処理はそれほど必要ではなく、肉眼でみつけることができる。現実の犯罪事件でもチョコレートについた指紋が発見されたことがある。だから、チョコレートの詰め合わせのなかからうっかり硬いタフィーを取ってしまったと気づいて、柔らかいタフィーと交換しようと元に戻したとしても、家族に将来有望な科学捜査官の卵がいれば、あなたの無作法がバレてしまうかもしれない。通常はそれらの指紋も、照明を当てて陰影を強調し、写真にはっきり写るようにして撮影される。

これまでの話はひとつの例として指紋のことを述べてきたが、もちろん、これは掌紋や足紋などにも当てはまる。とはいえ、それらが犯行現場で採取されることはあまりない。ただし、それらも個人によって異なるため、法廷では指紋と同じように証拠として認められる。アガサ・クリスティーは一九二六年にこのことを予言していたのかもしれない。『アクロイド殺し』のなかでシェパード医師がこういっている。「その短剣の柄に足の指の跡でもあれば、話はちがってくるかもしれないがね」

指紋鑑定の歴史

歴史的にみて、意図的かつ機能的に指紋が活用されていたことを記した最古の資料は、紀元前一八〇〇年ごろのバビロンのハムラビ王時代のものだ。当時のバビロンの住人は、とくに契約書など商取引のときなどに、粘土板に刻んだ楔形《くさび》文字の文に、偽造を予防するために指紋を添付した。バビロニアは歴史上メソポタミヤの領域にできた国で、この地域はアガサ・クリスティーが考古学的な発掘のために訪れただけでなく、『メソポタミヤの殺人』をはじめ、いくつかの作品の舞台にしてきた。アガサは、お気に入りの指紋がもともとは何千年もまえに、自分が故郷と呼ぶこの地で使われていたことを知っていたのだろうか。それは想像するしかないが、アガサの書く推理小説とアガサが心惹《ひ》かれている考古学とのあいだに、驚くべきつながりがあるのは興味深い。自伝のなかでアガサは、夫マックスがメソポタミヤで発掘するのを手伝うのは楽しいと語り、「契約を交わすための粘土板には興味津々だ。自分を奴隷として売りこむ方法や、息子を養子にする条件などが書かれているのだから」[4]と述べている。したがって、アガサが個人を特定するために使われた最初の指紋をみた可能性はある。けれども、それが法科学での指紋の重要性とどのようにつながっているかは知らなかったのかもしれない。自分のことを「科学的な発掘者」とはみなしておらず、大半の時間を発掘物の写真撮影やクリーニングに費やしていた。とはいえ、夫のマックスは、アガサの言葉には同意せず、「わかるかい、いまこの瞬間、きみはイギリスのほぼどの女性よりも先史時代の土器についてくわしく知っているんだよ」と述べている[5]。

粘土の契約板の署名に使われた指紋よりも重要なのは、バビロニア人が犯罪者の個人認証のために指紋を採取していたことだ。つまり、西欧でさまざまな指紋局が設立される何千年もまえに、この地では指紋が法科学的に使用されていたのだ。ちっぽけな指紋は、そのころから現在に至る約四〇〇〇年の長い旅に出たのだ。

現在、指紋と手形は法科学的な目的で当然のように使われているが、歴史的にみると、これらは個人を特定するために長く使われてきた。中国では紀元前三〇〇年に、指と手のひらの摩擦隆線が当初は粘土に、のちにはインクで染められた形で個人の特定に使われた。その利用法は中国から、中国の慣習を多く取り入れてきた日本へと広がった。そして中国や日本からの移民が近隣諸国に定住したとき、指紋の慣習が彼らとともに伝わり、インドまで到達したと思われる。

一八五八年から一九四七年までインドがイギリスの支配下にあったことを考えれば、アガサが作品の多くでインドについて記述していることは意外なことではない。このイギリス領インド帝国があったからこそ、たとえば『白昼の悪魔』のバリー少佐、『シタフォードの秘密』のワイアット大尉、『ホロー荘の殺人』のヘンリー・アンカテルなど登場人物の多くが、インドの滞在から戻ってきて、そこでの活躍を自慢して「人びとを退屈させ」がちなのだ。それらの雄弁な登場人物のひとりが『カリブ海の秘密』に登場するパルグレイブ少佐で、耳を傾けてくれる人なら誰彼かまわずインドの話をしてきかせていた。そこに混じっていたのがますます観察眼が冴《さ》えわたるミス・マープルなのだが、このときは、編み物に夢中になっていたせいで、少佐の話をよく聞いていなかった。翌日、パルグレイブ少佐が死体でみつかったとき、ミス・マープルはそれを悔やむ。ある登場人物はこう語った。「たとえばインドでは、悪しき古い時代の話だが、年の離れた男と結婚した若妻は、夫が先立っていかないようにと望む。なぜなら、夫が死ぬと妻は夫の火葬用の薪《まき》で焼かれ……」

ここで語られているのは、サティー（またはサッティ）というインドの一部地域で行われていた複雑でぞっとする慣習だ。サティーにしたがえば、亡くなった男性の妻はともに死ぬ運命にあり、そうしなければ汚名を着せられるのだ。それらの女性たちは、犠牲に供されることが多かった。たとえば夫の遺体を火葬するときの薪で生きたまま焼かれたり、夫の亡骸と共に生き埋めにされたりした。これは葬式の習慣として認可されていなかったのに、一九世紀なかごろまでさまざまな場所で実施され、西欧の視点からすると理解に苦しむが、二〇世紀になってさえ行なわれることがあった。この慣習のひとつの側面として、死ぬ運命にある妻は、死の床に向かうまえにサティーまたはサッティ門といわれる門に手形を残した。それらの門は手形に覆われたまま、いまだに残っている。女性たちのアイデンティティが〝石に刻まれている〟のだ。個人認証の目的で使われる指紋としては、もっとも残酷な例といえる。インドのイギリス占領時、サティーは〝恐ろしく、野蛮な〟習慣として統治者の協議事項に挙げられ、一八二九年にラジャ・ラーム・モハン・ロイ〔インドのヒンドゥー思想家、社会活動家〕の協力でイギリスが禁止した。

イギリスによるインドの占領と、指紋や掌紋に関する慣習とが組み合わさって、イギリスでの指紋使用の歴史のなかでもっとも核心をつく指紋の特徴が紹介された。一八五〇年代、ウィリアム・ジェームズ・ハーシェルは、インド高等文官として働いていた。ハーシェルはそれまでも指紋を使って個人を特定していた可能性があるが、それを始めたのはハーシェルではなかった。その後、ハーシェルはふと思いついて、インドの事業者がサインした契約書に手形を押させた。これはハーシェルいわく「相手を怖がらせて自分の署名ではないと否定する気を起こさせないようにする」ためだった(6)。これは効果があった。インド人は書類に身体の一部が触れることで、署名しただけのときよりも契約の拘束力が強くなると信じていたからだ。最終的にハーシェルが使うようになったのは、署名者の人差し指と中指の指紋だけだったが、効果は同じだった。つまり、指紋が現代的な使用法で広く普及したきっかけは、科学ではなく迷信だったわけだ。とはいえ、ハーシェルは指紋を頻繁に扱っていたからこそ、指紋をよりくわしく調べるようになったといわれている。ハーシェルは自身の指紋や他人の指紋の研究をしはじめ、その結果を生涯かけて文献に記録し、それによって指紋の永続的な性質を示した。これは重大な要素だった。ハーシェルは、イギリス人として初めて指紋はそれぞれ違う個体性があり、一生変わらない永続性があると指摘した人物とされている。

同じころ、ヘンリー・フォールズという医師でもあり宣教師でもあるスコットランド出身の男性が、東京で活動していた。フォールズはそこで興味深い発見をした。そこから二〇年にもわたってイギリスをにぎわせた〝指紋戦争〟が始まるのだ。友人のアメリカ人考古学者と遺跡の発掘現場を訪れたフォールズは、古代の陶芸家が自分の指を作品に押しつけて、自分のサイン代わりにしていることに気づいた。さまざまな陶器類につけられた指の跡を子細に調べたあと、自分自身の手や友人、教えている学生たちの指紋さえも調べて、どのパターンも独自のものであると確信を持ち、科学的な方法を使って指紋の研究を開始した。フォールズと医学生たちは、指紋が判別できなくなるまでカミソリで指の隆線を削ったが（いい子はまねしちゃだめ）、指紋は復活した。さまざまな方法で指紋の隆線を取り除くという実験を繰りかえしたが、毎回、まったく同じパターンの指紋が現れた。

同じパターンが繰りかえし現れるのは、この実験時に深部組織を破壊していなかったからだ。指紋を除去するという考えはフィクションではときどきひょっこり出てくる。みなさんは〈セブン〉という映画を見たことがあるだろうか。この映画のなかで、ケヴィン・スペイシーが演じている七つの大罪に取りつかれた連続殺人犯は、カミソリの刃で指紋を剃《そ》り落としているので犯行現場に指紋を残さない。一見するとこれはとても巧妙な方法で、なぜ現実の世界で犯罪者はそうしないのだろうと不思議に思うかもしれない。ところが、実際同じ方法を試す犯人はいるのだ。けれども、この方法はそれほど巧妙な方法ではない。〈セブン〉では、スペイシー演じる犯人は指先から血が出ているので、つねに絆創膏《ばんそうこう》を貼っていた。それを見れば、つぎの疑問が浮かびあがるのは当然だろう——それなら、わざわざ痛い思いをしなくても、指に絆創膏を貼っておくだけでいいのでは？　現実の世界をみると、指紋の剃り落としは、ギャングや無法者が幅を利かせていた一九三〇年代のアメリカで多くの犯罪者が試みていた。悪名高い無法者、〝パブリック・エネミー・ナンバーワン〟といえばジョン・デリンジャーだろう。デリンジャーはドイツ人の医師に指先の傷に塩酸をかけさせて、指紋を消そうとした。それはもだえるほどの痛みだったにちがいない。デリンジャーは最終的に一九三四年にシカゴ警察によって射殺された。顔の整形をして外見を変えていたが、死体置き場でたちどころに身元が確認された。決め手になったのは指紋だった。塩酸では消えなかったのだ。興味深いことに、デリンジャーの姪《めい》と甥《おい》は、二〇一九年にＤＮＡ検査のためにおじの遺体を墓から掘り起こす申請をした。警察に射殺された遺体がおじのものではないと考えていたのだ。そして、死体の耳の形や歯並びなどの身体的特徴がおじのものと一致しないという証拠を列挙している。本書を書いている現在、この申請は裁判所から許可が出ていない。

さて、ヘンリー・フォールズとカミソリを携えた学生たちに話を戻そう。フォールズはこのテーマでかなり多くの研究結果を集めたあと、一八八〇年に著名な生物学者チャールズ・ダーウィンに連絡を取った。ダーウィンは歳を取ったからという理由で、このテーマに関する研究を断った（ダーウィンは一八八二年に亡くなった。アガサが生まれる八年まえだ）。けれどもチャールズ・ダーウィンがこのテーマをいとこの博学者フランシス・ゴルトン（ダーウィンの父とゴルトンの母が異母兄妹）に引き渡したところ、ゴルトンはフォールズの研究に磨きをかけはじめた。同じころ、フォールズは雑誌『ネイチャー』にも「手の皮膚のしわについて」という題名でレターを書きおくっていた。[7] そのなかで、指紋の独自性の発見、分類法、インクを使った指紋採取方法、犯罪者の法科学的な識別に関する情報などを記述した。その文献のなかでフォールズは、切断された死体やばらばらになった死体から採取した指紋は、身元確認の際に法科学的に重要な意味を持つかもしれないという驚くべき予測もしており、犯罪者の登録簿やデータベースの必要性と「指紋の不変性」についても述べていた。

　その翌月、ウィリアム・ハーシェルが『ネイチャー』誌に掲載されたフォールズのレターに対する応答を書いて、この一件に関わってきた。ハーシェルは一八五七年から公的な立場で指紋を使用してきたと主張したのだ。もちろんハーシェルは指紋を使用していたのだが、それを使いはじめたのはインド人たちの迷信を利用するための方策のひとつだったことは述べなかったし、法科学的な使用が可能かどうかは述べてこなかった。それがこのタイミングで、刑務所の犯罪者の個人認証や、年金受給者が年金詐欺をするのを防ぐために指紋を取っていたと主張してきたのだ。

　フォールズはそれで思いとどまるような男ではなく、一八八〇年代後半にふとひらめいてイングランドに帰った。そして、ロンドン警視庁やイギリスのその他の警察と接触し、指紋局を設立して自分の手法を使うよう提案した。ところが、警察から色よい返事はなかった。その理由ははっきりしない。そのころには、フォールズは自分の説が無視されることにすっかり嫌気がさしていたことだろう。『ネイチャー』誌に掲載された包括的で有益なはずのレターも、自分が最初に指紋を使いはじめたというハーシェルの主張は別として、たいして注目を集められなかったし、そのうえ警察も……。フォールズは、指紋は身元証明の方法としてはまじめに扱ってもらえないと考えはじめていた。けっきょく、科学的研究を実施したのはフランシス・ゴルトンだった。ゴルトンはフォールズのもともとの研究資料を用いて、指紋についての重要な特徴をいくつか定義し、フォールズがすでに主張していたことをみな裏づけた。つまり、指紋は、

1. 無期限に持続する。
2. ひとりひとりに独自のものである。
3. たやすく分類し、大量に保管し、照合することができる。

ところが、ゴルトンには指紋を研究する独自の動機があった。その動機は、フォールズが意図していた利他的な目的とはちがった。ゴルトンがもくろんでいたのは、指紋を使って人びとの民族性や遺伝形質、知性を判定することだった。これは現代人の目で見るとかなり問題のある概念だ。結果的には、指紋でこれらのことを判定できるという実証はできなかったが、さきに挙げた三つの重要なポイントは示された。そしてフランシス・ゴルトンはチャールズ・ダーウィンの親戚だったので、犯罪者の特定という目的で指紋の価値を強固なものにした功績はゴルトンのものになった。一八九二年、ゴルトンが『指紋』（*Fingerprints*）という本を出版し、このテーマを宣伝しはじめたとき、どうしたわけか、ゴルトンにヒントを与えた人物として注目されたのは、ハーシェルの研究だった。ハーシェルは『ネイチャー』誌で別のレターを発表し、最初の発見者としてフォールズを高く評価し、これを正

そうとした。けれどもこのレターは読者の注意をあまり引かず、世間の人びとはいまもなお、指紋といえばハーシェルやゴルトンを思い浮かべる。

フォールズが行なった指紋についてのさまざまな研究にもかかわらず、またハーシェル自身さえも最初に発見したのはフォールズだと公言していたにもかかわらず、名声はいつもハーシェルのものになっていたようだ。ゴルトンも順調に研究を進め、『にじんだ指紋の解読法』(*Decipherment of Blurred Finger Prints*, 1893)と『指紋登録簿』(*Fingerprint Directories*, 1895)という指紋に関する本をさらに二冊出版している。

それからまもない一九〇一年に、ベンガル警察長官だったエドワード・ヘンリーがイギリスに戻って、ロンドン警視庁の警視副総監になった。ヘンリーは、インドで指紋が役立った事実や、分類システムの改善によって指紋が容易に扱えるようになったことを説明し、法科学の場での指紋使用を擁護した。そして、つつましく(!)指紋分類システムを「ヘンリー式指紋法」と呼んだ。この識別法は、いまではおなじみの一枚のカードに押捺された一〇個の指紋からなる。このカードは「10指指紋カード」とも呼ばれる。このときは、刑事司法制度に指紋を採用するという考えが、非常に真剣に受け止められた。それは、エドワード・ヘンリーが、(想像がつくと思うが)フランシス・ゴルトンの友人だったという事実も手伝ったのはまちがいない。その年のうちにロンドン警視庁に指紋局が設立され、そのあとすぐにアメリカとカナダが追随した。

歴史的な記述の多くは、指紋の法科学的利用法の発見を、ハーシェル、ゴルトン、ヘンリーの三人の功績としていて、フォールズの貢献はちっとも考慮されていない。フォールズは何年もかけて、関連する科学雑誌にレターを書きおくり、最初に指紋の価値を見いだしたのは自分だと説明し、二〇年もまえに指紋局の開設を警視庁に持ちかけたのも自分だと訴えたが、何も変わらなかった。無理もないことだが、フォールズは一九三〇年三月に息を引きとるまで、自分の研究が評価されないことを嘆いていたという。

新たな法科学の技術を採用するときは、たいてい反対する声があがるし、それは指紋も例外ではなかった。この声はたいてい、見知らぬものへの恐れからくるためらいが原因だ。また、かと思えば、一度採用されても、過去の失敗の影に引きずられる場合がある。〝絶対確実〟とみなされて使われていた方法がそうして人気を落としたり、世間から信用を失ったりするのだ。『ゴルフ場殺人事件』でエルキュール・ポアロが「ベルティヨン式人体測定法は、マスコミが持ちあげ評判になりましたから」と述べた個人識別法は、指紋の正確さが明らかになるにつれ、影が薄くなっていった。クリスティーは一度ならず、この過去の手法を話題にしている。この事実からもアガサが法科学の歴史をよく知っていたことがわかる。

アルフォンス・ベルティヨンは、この早期の個人識別システムのパイオニアで、一八七九年にパリ警視庁で働きはじめた警察官だった。ベルティヨンは人体のさまざまな部位の測定値を用いて個人を特定する方法の開発者として知られている。ベルティヨンの名前にちなんだこの手法は「ベルティヨナージュ」とか「ベルティヨン式人体測定法」と呼ばれていて、これを現在の生体認証《バイオメトリクス》〔生物個体が持っている特性を利用した認証の仕組み〕のはしりとみなしている学者も多い。「ベルティヨン式人体測定法」は人体測定学《アンスロポメトリー》のひとつの形態だけれど、アンスロポメトリーには人の成長を研究する成長学や、さまざまなエセ科学などその他の科学も含まれる（一八世紀のエセ科学として多くの人が知っていて、その象徴のような存在が骨相学だ。この学問の専門家は頭部のでこぼこから個人の性質を〝読む〟ことができると主張した。骨相学は一九世紀の前半に人気を失ったが、頭の表面に分布マップが描かれた陶製の装飾的な頭部が奇妙な遺産として残っている）。ベルティヨンの測定方法は、その少しまえに登場したチェーザレ・ロンブローゾというイタリアの犯罪学者の実験と仮説が基になっている。ロンブローゾは身体的な特徴のみで犯罪者を特定できると考えており、そういう人びとはたとえば比較的野蛮な外見をしていて、眉が太く、額が傾斜しているなど、その他多くの外見上の共通した特徴を備えていると主張した――これはロンブローゾの〝先祖返り〟説とも呼ばれている〔原始人へ先祖返りした、生来から犯罪者になりやすい者がいるという説〕。ロンブローゾの説はすぐに人気がなくなったが、アガサはロンブローゾのことも、早期の犯罪学への貢献も認識していて、短編「六ペンスのうた」〔『リスタデール卿の謎』収載〕では、引退したロンドン警視庁の刑事に、上質なブラック・コーヒーを飲みながらロンブローゾの本を読んでいる場面で「なんとも独創的な説だが、時代遅れもいいところだ」といわせている。

いっぽうベルティヨンは、システマティックに一連の身体の部位を測定し結果を記録することで、すべての人を区別し識別することができるのではないかと考えた。もちろん、ベルティヨンは大まじめにこれが有効な方法と考えていた。父親は統計学者だったし、きょうだいのジャックも有名な統計学者兼人口統計学者だったので、数字はたしかにベルティヨンの血にしっかりくみこまれていたといえる。それはちょうど、何かと分類するのが好きなヴィクトリア朝時代の人びとが、犯罪予防法を通過させた一八七一年のころだった。その法律によってイギリスのすべての犯罪者は登録簿のようなものに記載されることになった。そして写真が発明されると、犯罪者の写真がヨーロッパじゅうの警察署の無計画な「無法者のギャラリー」に保管された。要は署内の掲示板にピンで留められたり引き出しに突っ込まれたりしたのだ。けれどもアルフォンス・ベルティヨンは秩序を好む男で、逮捕された多くの犯罪者を識別するために用いる方法が混沌としているのに我慢ができなかった。もっと整然としたシステムが必要だ（「秩序を好む」と書いてふと思ったのだけれど、アガサはベルティヨンの性質を知っていて、多少はエルキュール・ポアロの性格の参考にしたのかもしれない。そういえばベルティヨンはポアロと同じく〝風変わり〟だったとされている）。ベルティヨンが導きだした解決法は、目と目のあいだの長さなど時間が経っても大きく変化しない身体の部位の長さに焦点を絞って、身元識別のために個人の目録をつくることだった。その人体測定法には、つぎの五大測定値が含まれた。

1. 頭の最大長
2. 頭の最大幅
3. 中指の長さ
4. 足のサイズ
5. キュービット（肘《ひじ》から中指の先までの前腕の長さ）

これらの測定値は当人の写真と目の色の記述とともに書類に記録され保管された。細かい項目をそれぞれ参照しなければならない複雑なベルティヨン式人体測定法は、警察では信じがたいほど有益だった。おもしろいことに、この測定法で記録される身体の部位に耳の形が含まれている。さきに述べたジョン・デリンジャーの一件を覚えているだろうか。甥と姪が挙げた〝本物のジョン・デリンジャー〟と一致していない遺体の特徴のひとつが耳の形だった。そもそも耳の形の情報を甥と姪が持っていたのは、ベルティヨンのおかげだったのかもしれない。

ベルティヨンは歴史上初めて、人体測定法を使ってデータを集め、とくに常習犯について秩序だった方法で個人特定を試みた人物だ。一九世紀のこのころは人口が増加してきたため、犯罪者を識別できる系統だった信頼のおける手法が必要だった。しばらくのあいだ、ベルティヨンの手法がそのニーズを満たした。とはいえ、ウィリアム・ウエストとウィル・ウエストというアメリカ人の思いがけない事件が、この方式に大きな影を落とすことになった。

一九〇三年、カンザス州でウィル・ウエストという男が軽犯罪で有罪判決を受け、レヴンワース連邦刑務所に送られた。ところがそこに着いてみると、ウィル・ウエストは二年前に過失致死の罪ですでに投獄されていると知らされたのだ。「だがおれはそんなことしていない」とウィル・ウエストは叫んだ。記録係は〝前代未聞〟と思っていただろう。もちろん、刑務所の職員は、ウィル・ウエストがすでに刑務所にいて終身刑に服役しているなら、目の前に立って、ふたたび刑務所に入れられようとしているはずがないとわかっていた。くわしく調べたところ、刑務所にすでに入っていたのはウィリアム・ウエストで、驚くほどよく似ていたのは名前だけでなかった。ベルティヨン式で測定した値がすべて同一で、顔も一卵性双生児のように似ていたのだ。それでも、ふたりのあいだに血縁関係はなかった。ふたりの男が酷似していた理由は定かではなく、その後似た事件が報告された例もないが、ベルティヨン式人体測定法は急速にすたれたため、その後、似た事件が起こる可能性は格段に低くなっただろう。とはいえ、ベルティヨンは、法科学のパイオニアであるエドモン・ロカールと面識が

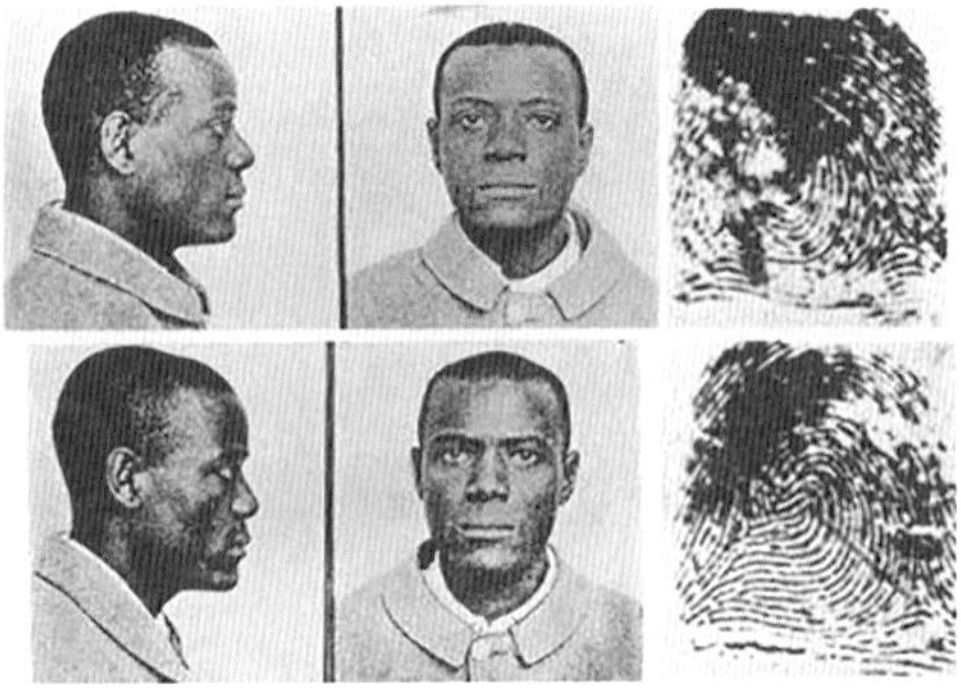

顔がそっくりなウィル・ウエストと
ウィリアム・ウエストだが、指紋は異なる

あったせいか、新しい測定法に指紋も項目として組みこんでいたため、カンザス州のふたりの〝ウィル・ウエスト〟は指紋も採取されており、指紋は異なることが示された。この点から、指紋のみで識別できるなら、複雑なベルティヨン式人体測定法は必要ないということになり、測定法の指紋以外の計測と記録は省かれるようになった（警察官らは、合理的な方法になって胸をなでおろしたことだろう）。

ベルティヨンの測定法は不完全であることが判明したものの、ベルティヨンは特別賞あたりには値する人物で、法科学の殿堂入りを果たしている。ベルティヨンはほかにも注目に値する犯罪研究を行なっていた。たとえば筆跡鑑定や足跡の保存法、弾道検査など。また、犯行現場でほかに先駆けて写真を撮影し、そこから現場の写真撮影という法科学の専門分野が生まれた。さらには、ベルティヨンが測定項目の記録に加える写真として選んだ独自の撮影形式は、ウィルとウィリアム・ウエストの画像と同様の二種類の顔写真で、正面の顔と横顔の写真だった。これは「マグショット」と呼ばれ、わたしたちにもなじみがあり、いまだによく使われている。

世間をあっといわせるような殺人や異常な殺人事件によって、法科学のある手法がメインストリームに躍りでて、司法制度や一般大衆に受け入れられるきっかけになることは多い。とくに当初その技術について懐疑的な見方があった場合はなおさらだ。アガサ・クリスティーも、殺人事件からさまざまな犯罪学の発展を知ることが多かった。指紋の場合、きっかけになったのは一九〇五年に発生した「ファロウ殺人事件」(別名「デットフォード殺人事件」)だった。

一九〇五年三月二七日月曜日の早朝、一六歳のウィリアム・ジョーンズは、ロンドンのデットフォード・ハイ・ストリートにある仕事先の絵の具店に向かった。〈チャップマンの絵の具店〉は、店の上階で暮らすトーマス・ファロウと妻のアンが経営していた。開店は午前七時半ごろだったが、ウィリアムの仕事開始は午前八時半くらいでよかった。その日の朝、店に到着したウィリアムは驚いた。店のシャッターが閉まったままだったからだ。ノックをしても返事がない。店主のトーマスは七一歳、奥さんは六五歳と高齢なので、どちらかの具合が悪くなったのかもしれない。ウィリアムが窓から店内をのぞいてみると、家具が倒れているのがみえた。不安になったウィリアムは、友人を呼んでふたりでドアを壊してなかにはいり、倒れたイスの下に横たわるトーマスをみつけた。頭から血が流れ、絨毯や暖炉の灰が赤く染まっている。少年たちはトーマスが死んでいるのを確認した。この現実離れした恐ろしい場面を目にした少年たちは警察を呼び、殺人事件だった場合に備えて、家のなかをうろうろすべきではないと考えた。それは正しい判断だった。最初に駆けつけた警察官が、二階のベッドでトーマスの妻アンを発見した。アンも無残に殴られ瀕死《ひんし》の状態だった。

この凶行の目的は金だったらしく、空っぽの金庫が床に転がっていた。ウィリアム・ジョーンズが警察に伝えた話では、いつもならその金庫には、一週間分の店の売上が一〇ポンドほど（現在の価値に換算すると一二〇〇ポンド〔日本円で約二〇万円〕）入っていて、その日の朝、トーマス・ファロウが銀行に預けにいくはずだったという。

ロンドン警視庁犯罪捜査部の長、メルヴィル・マクノートンは、この事件の担当になったとき、きっと犯人を挙げてみせると決意した。マクノートンがハンカチで覆った手で金庫を拾いあげたとき――手袋を含め、科学捜査キットはまだなかったことを思い出してほしい――、コイントレーの底に指紋をひとつみつけた。マクノートンは金庫をまるごと紙に包んで、発足してまだ間もないロンドン警視庁指紋局に持ちこんだ。この指紋局を立ちあげたのはエドワード・ヘンリーだ（まだ間もないとはいえ、この時点で指紋局ができてから数年経っていたのに、まだ手袋を支給するという発想が生まれていないとは驚きだ。犯行現場に鑑識官本人の指紋を残さないように手袋が支給されるようになったのは、二〇年もあとのことである）。じつはその三年まえに指紋を使って強盗事件が解決されたというのに、指紋についてはまだ懐疑的で、その使用方法については、ヴァル・マクダーミドがすばらしい著作『科学捜査ケースファイル』で書いているとおり「手相占いの一種」のようにみられていた[8]。この事件では、血のついた指紋は、親指の指紋であることが判明し……幸運なことに、遺体を発見した少年ふたりにも、ファロウ夫妻にも、現場で捜査にあたった警官にも一致しない完全な指紋だった。では、いったい誰の指紋なのだろうか。

二〇世紀のあいだに警察は犯罪者の指紋データベースを構築した。現在のわたしたちにとって、そのデータベースの存在は当たり前すぎて、それがなかった時代を想像しづらい。けれども一九〇五年当時は、指紋の使用にようやくはずみがついてきたころで、警察が保管していた指紋は、現在の基準からするとまだ乏しかった。とはいえ、登録された指紋はすでに九万人近くになっていた。それらは一〇本の指の指紋が捺印された物理的なカードに記録されていたので、手作業で検索し拡大鏡を使って比較しなければならなかった。そう考えると膨大な数だ。しかし、犯罪現場から採取した指紋があっても、それと比べる指紋が登録されていなければ、あるいは指紋を採取できる容疑者がいなければ、その証拠は役に立たない。このことを、アガサはよく理解していた。『複数の時計』に登場するハードキャッスル警部の言葉を借りれば、「前科がないか調べるために、現場で採った指紋を送っておいた。前科者なら、大きな一歩になる」

残念ながらアン・ファロウは、どんな相手に襲われたのか警察に伝えられなかった。ひどい傷を負い意識が回復しないまま亡くなったからだ。ところが、複数の目撃者が現れ、この恐ろしい事件の犯人かもしれない人物を特定してくれた。その人たちは、ふたりの男がファロウの絵の具店の近くにいるところや、まさに店から出てきたところを目撃していた。男のひとりは茶色のスーツに縁なしの帽子をかぶっていて、もうひとりは紺のスーツに山高帽をかぶり、口髭《ひげ》を生やしていたという。

すべての証言を考えあわせて警察が目をつけたのは、アルフレッドとアルバートというストラットン兄弟だった。

ストラットン兄弟は、殺人事件の重要な容疑者としてすぐさま探しだされ、指紋が採取された。そして、アルフレッド・ストラットンの右手の親指が金庫の指紋と一致したのだ。これは、一般人の陪審員らに示された新しいタイプの証拠で、複雑で科学的すぎると思われるおそれもあったが、検察当局は犯行現場から採取された指紋の拡大写真を使う方法を採用した。それは、『アクロイド殺し』に登場するラグラン警部が調べていたような写真だっただろう。ストラットンの裁判で法廷で示された方法も『アクロイド殺し』と同じく効果的に使われた。ひょっとすると、世間の注目を集めた法廷での画期的なデモンストレーションがヒントになって、アガサは自分の小説に拡大した写真を登場させたのではないだろうか。陪審員らは自分たちの目ですべての指紋が人によって違うことを確かめ、金庫から採取された指紋とアルフレッド・ストラットンから採取された指紋のあいだに一二箇所のよく似た部分があることも確認した。陪審員たちは指紋に魅了された。それからたった一九日後の一九〇五年五月二三日、ストラットン兄弟はふたりとも、ロンドン南部のワンズワース刑務所の絞首台で同時に処刑された。

『アクロイド殺し』はエルキュール・ポアロ・シリーズの三作目で、一九二六年に出版された。そのころには犯行現場で指紋を採取するという概念は世間にも広がっていて、とくに博識な人びとのあいだでは浸透していた。アクロイドの死体のそばで繰り広げられたユーモラスな場面がある。デイヴィス警部は、法科学の豊富な知識を披露してシェパード医師を感心させようと、素人にはわからないだろうが凶器についている指紋がわたしにはみえると話す。

シェパード医師は、人を見下したような警部の態度に対し、つぎのように痛烈な独白を添えている。「なぜわたしに知識がまったくないように思われたのかちっとも解せない。わたしだって探偵小説や新聞は読んでいるし、人並の能力を備えた人間なのだが」。シェパード医師は、刺殺現場の短剣の柄には指紋がついていて当然だとわかっている。そんなことは犯罪捜査の基本的な知識を聞きかじっている人なら誰でも知っているだろう。それどころか、『マギンティ夫人は死んだ』のポアロの言葉を借りれば「大バカ者」でも知っているのだ。

指紋はいまや刑事や探偵の仕事に欠かせない手掛かりとしてよく知られており、『アクロイド殺し』の登場人物は自分でものを握って、そこに指紋をつけることで、自ら指紋を採取している。亡くなったロジャー・アクロイドの秘書ジェフリー・レイモンドは、調子のいい生意気な青年で、指紋の採取を自分から進んでやってみせた。表向きには容疑者から〝除外される〟ために、指紋の採取は避けて通れないと知ったレイモンドは、手っ取り早く終わらせるために自分自身で指紋を取り、こういった。

「デイヴィス警部にわたしたちの指紋も提供してさしあげましょう」

レイモンドはトレイからカードを二枚取り、シルクのハンカチーフできれいに拭ってから、一枚をわたしに差しだし、もう一枚に自分の指紋をつけた。そして、にやにや笑いながら、カードを警部に渡した。

カードについてくわしい説明はないが、おそらく光沢のある表面だったのだろう。その理由のひとつがシルクのハンカチーフで表面を拭うという行為だ。これは何かで拭えるような表面だったことと、誰かの指紋がついていたらそれが拭きとられたことを示している。インクやその他の物質を使わずにこのような方法で採取された指紋は潜在指紋だ。一九二六年当時は、ニンヒドリンを使って潜在指紋を浮き立たせる手法はまだ初期段階だったため、そのころの犯罪学者は多孔質の表面からはうまく指紋を採取できなかった。

クリスティーの本のなかで、潜在指紋を自分で採取した人物はレイモンドだけではない。『アクロイド殺し』よりほんの数年早く出版された「グランド・メトロポリタンの宝石盗難事件」〔『ポアロ登場』収載〕にもよく似た例がある。この短編では、ポアロ自身が口実をつくって宝石泥棒と思しき人物にカードを差しだし、策略を実行している。容疑者のメイドはまんまと策略にひっかかり、雇い主のミスター・オパルセンの持ち物のなかにこのカードがなかったかとポアロに尋ねられ、つやつやのカードを手に取る。メイドはみたことがないと応えて、ポアロにそのカードを返す。

その後、ポアロはふたりめの容疑者にも同じ手を使って指紋を手に入れたあと、ヘイスティングズにそのことについて尋ねられると、こう答えた。

「大嘘《アン・ブラーグ》だよ！　あのカードは表面に特別な処理が施されているんだ。指紋を取るためのね。それを持ってロンドン警視庁に行ってきた。これがどんぴしゃで、しばらくまえからお尋ね者になっていた悪名高い二人組の宝石泥棒の指紋だったたんだ」

二一世紀のわたしたちの視点からみれば、ポアロがそれらの指紋をロンドン警視庁に持っていったのはしごく当たり前のことだが（ただし、現代の指紋鑑定士にいわせれば、こんな方法で指紋を取られたら、たまったものではないらしい）、当時、ポアロが口にしたロンドン警視庁の指紋局は、設立されて二〇年ほど経ったところだった。ポアロは、犯人がみつかって、通常の方法で指紋を採取されるのを待つこともできたが、さきほどの方法なら一歩先を行くことができる。ヘイスティングズにとってはおもしろくないところなのだが、〝一歩先〟がポアロのいつもの場所なのだ。

これは、エルキュール・ポアロの調査手法のなかでは、むしろずる賢い例で、このようなこそこそしたふるまいは興味深い。なにしろ、ポアロが誇りにしているのは率直さで、ヘイスティングズにいつも何も隠しごとはしていないと話し、「きみはすべての事実を知っている。わたしが知っていることはみな、きみも知っているはずのことだよ」といっているのだから。とはいえ、元警察官としてのポアロの実用的な調査手腕が表立ってくる例は少なくないし、何よりポアロのアプローチは「現実的《ノー・ナンセンス》」なのだ。

たとえば、『アクロイド殺し』よりも暗くシリアスなトーンが漂っている『オリエント急行の殺人』では、ポアロはもっとあからさまに指紋を探している。アメリカ人の乗客であるラチェットが殺された現場で、ポアロは列車の窓枠をじっくり調べる。そして、ポケットから指紋採取のための粉の入った小さな容器を取りだし、窓枠に粉を振りかけるが、指紋はちっとも出てこない。窓枠は何者かによって拭われたのだとポアロは推理する。

その後もポアロはその手法を複数の事件で繰りかえす。あるいは、『死との約束』では休暇中に別のバリエーションを繰りかえしている。今回は誰の指紋か、またそれをどこに送ったかはネタバレになるのでいわないでおくことにする。一九三〇年代のポアロ・シリーズでは、（法心理学者に近い）「クリミノロジスト」のエルキュール・ポアロより（法科学者に近い）「クリミナリスト」のエルキュール・ポアロのほうを目にすることが多く、法科学的な証拠を自分で集めたりしている。それが、後期になるとそういう証拠をあざ笑うかのような態度で傍観しているようにみえる。初期のころの作品では、アーサー・コナン・ドイルへの敬意が強く現れていたということだろう。それが時間が経つにつれて、ポアロの人物像ができあがっていったのだ。自伝でアガサは、当初はシャーロック・ホームズの世界に染まりきっていたと述べている。あるいは、初期の本のポアロは、警官だったころの記憶がより鮮明で、典型的で揺るぎのない法科学的証拠を探す衝動に駆られていたのかもしれない。そうでなければ、なんだってわざわざ、休暇にまで指紋採取用の粉を持っていくのか。いずれにしろ、ポアロのこの発展は直線的に変化したわけではなく、アガサの作品をいくつも読んでいると、ポアロ自身がしばしば矛盾したことをいっている場合があると気づく。物質的な証拠に頼ることもあれば、「心理学」と呼ぶものに頼ることもあり、ときには両方を混ぜあわせることもある。

犯行現場では指紋は重要だし、アガサの作品に出てくる刑事や探偵（プロであれアマであれ）は、指紋の重要性を心得ている。それならば、犯行現場から指紋が検出できないことを、警官や探偵は恐れたりするのだろうか。かならずしもそうとはかぎらない。アガサ・クリスティーは、わたしたちが当たり前のことと見逃している、法科学の重要な原則に気づいていた。それは指紋などの特定の証拠の欠如は、その存在と同じくらい事件解決のヒントを示しうるということだ。指紋が出ないときは、単に指紋が拭い取られたことを意味することが多い。これは多くの状況で筋が通る。いまではすっかり慣れ親しんだ考えだが、当時はまだ指紋採取が始まったばかりだったことを考えると、アガサはその重要性をいち早く、そして深く理解し、多くの小説で指紋の欠如を利用して、犯人が並みの殺人鬼よりも知識のある人間であることをほのめかしている。『ＡＢＣ殺人事件』でエルキュール・ポアロが対決したのは、たしかに並みの殺人鬼ではなく、並みの殺人鬼にみせかけようとした人物という、複雑な仕掛けが施されている（おもしろいことに、アガサに『ＡＢＣ殺人事件』のアイデアの種をくれたのは、イギリス推理作家クラブのメンバーで、ブラウン神父を主人公にした推理小説を書いたG・K・チェスタトンだ）。連続殺人事件では、犯人がよく「署名」といわれる手掛かりを残しているとされている――たとえば秩序だって一貫した方法などその犯人独特の特徴だ。この小説ではそれらがみな歴然と示されている。ポアロはヘイスティングズとの会話の終わりに、殺人現場に残されたいくつかの物理的証拠について話しあう。それらの証拠は、ほかの殺人現場にも残っていて、なかには明白なことを示しているものもあった。たとえばＡＢＣ順の列車時刻表だ。ヘイスティングズは犯人が落としたのではないかと考えるが、ポアロは指紋がないことを指摘する。

「昨晩はどんな夜だった？　暖かい六月の夜だ。そんな夜に手袋をして散歩したりしないだろう。人目を引くだけだからね。だから、このＡＢＣ時刻表に指紋がないのは、丁寧に指紋が拭きとられたからにちがいない」

指紋が検出されないようにするにはさまざまな方法がある。そう、拭き取るのもひとつの手だ。けれどもいちばんいいのは、手袋をしてもともとついている指紋に自分の指紋を加えないようにすることだ。アガサは犯人が手袋をしているときは、手袋をする理由を具体的に挙げずに済ませたりしない。小説に出てくる殺人犯のなかには自分でそれを自慢する者もいる。たとえば『マギンティ夫人は死んだ』のなかで犯人は「わたしは手袋をしてました。だから指紋は残っていなかったはずです」と明かしている。とはいえ、既成概念にとらわれない鋭い探偵なら、指紋がないことの重要性に気づくだろう。

『ねじれた家』は、アガサがいつもお気に入りのひとつとして挙げていた小説だ。際立った人物描写とたっぷりのミスリード、衝撃的な結末。アガサは書いていて「純粋な喜び」を味わえたと語っているが、それも不思議はない。

タイトルになっている〝ねじれた〟家と呼ばれる屋敷の家長アリスタイド・レオニデスは、インスリンの代わりに毒物のエゼリンが含まれた目薬を血管に注射されて死亡する。レオニデスは目がかなり悪かった(だからこそ目薬を必要としていたのだ)ので、自分で薬を間違えた可能性もある——わたしだって、トマトピューレと間違えてイブプロフェンのジェルをミートソースのなかに混ぜてしまったことがある。どちらもよく似たチューブに入っていて、それをうっかり冷蔵庫の同じ棚に入れていたからだ。あるいは、だれかが不注意にもうっかり入れ間違ったとか? 偶然の事故という線もある。けれども殺人犯は手袋をせずに、瓶の指紋をきれいさっぱり拭き取るというミスを犯したのだ。

「ゴミ箱のなかに目薬の瓶がありました。中身は空で、指紋はひとつもありませんでした。それが興味深いところなんです。普通なら、いくつか指紋がついているはずなのに」

ここで、インスリンと目薬が故意に入れ替えられたことが明らかになる。うっかり入れ間違えたのなら指紋が残るはずだから。犯人は指紋をみつけられないようにしたが、そのせいで、ごく基本的なミスを犯したのだ。これは、犯行の際に指紋を完全に拭き取ることがつねに得策とはかぎらないことを示している。指紋の欠如に目が向くからだ。この理屈を、アガサはいくつもの作品で何度も繰りかえし活用している。

けれども、もし指紋の欠如が裏の裏をかくトリックだとしたらどうだろうか。アガサの作品のなかには、このトリックを使って私たちやポアロを騙《だま》そうとしているものもある。短編小説「厩舎街《ミューズ》の殺人」〔『死人の鏡』収載〕でポアロが手掛けるのは、女性の殺人事件だ。ミス・ジェーン・プレンダーリースは外出から戻ってきたときに同居人の遺体を発見した。事件は当初考えていたより複雑で、この自殺は、自殺にみせかけた殺人かもしれないし、殺人にみせかけた自殺の可能性もある（ええ、わかってる。ややこしいよね）。

「ところで、指紋はありましたか？」
「これはまちがいなく殺人だね。ピストルにまったく指紋がないんだから。彼女の手に持たせるまえに拭き取られている。拳銃を握らずに撃つことはできないし、死んだあとに自分で拭き取るなんてできっこないし……」

自殺を殺人事件に捏造《ねつぞう》するには、法科学的証拠にかなりくわしい頭の切れる登場人物が必要だ。その人物は探偵に一歩先んじ、自殺現場と殺人現場で探偵が何を探すのかを知っていて、証拠を台無しにする。

この短編でポアロが指摘しているとおり、死んだ人は拳銃から指紋を消し去ることはできない。けれどもほかの誰ができるのだろうか。「厩舎街《ミューズ》の殺人」の登場人物の誰が、ポアロの小さな灰色の脳細胞を出しぬけるほど頭が切れるのだろうか。それは自分で読んで答えを探してみるしかない。

とはいえ、犯行現場に残された指紋は、事件を調査する者にとってかならずしも嬉しい贈り物ではない。指紋があったとしても、あまりにも目立ちすぎていると疑わしく思えることもあるし、指紋のせいで捜査が間違った方向へ進んでしまうこともあるかもしれない。『ゼロ時間へ』がそのパターンで、死体を調べた医師はあまりにもわかりきった証拠に少し警戒して、皮肉っぽい調子で応じている。

「そのゴルフクラブにはたっぷり指紋がついています」巡査部長はいった。「きわめて明瞭に」

「指紋のついた凶器を残していくとは。どうせなら名刺を置いていけばよかったのに」

あるいは、『五匹の子豚』のビール瓶についた指紋のように、指紋の位置が小さな疑いを招くこともある。

「そして、夫人は瓶とグラスを拭いて、夫の指を押しつけた。……だが、それはうまくいかなかった……法廷での実演ではっきりと証明されましたが、指紋がついていた位置に指を当てて瓶を持とうとしても持てなかったのです」

このように、指紋をさまざまに使いこなしているところからして、アガサが時間をかけて指紋の検出法などを理解し、その効果的な使いかたに工夫を凝らしてきたことがわかる。

『ゴルフ場殺人事件』でポアロは「指紋が残っていないというのはとても興味深いですね。誰かの指紋をつけておくことなど、驚くほどたやすいことですから」と述べている。けれども、本当にそれほど簡単なのだろうか。ある状況ではそうかもしれない。ネタバレになるので本の名前は伏せるけれど、一九四〇年代に出版されたアガサの本のひとつで、まったく無関係の人の指紋がかなり独創的な方法である物につけられていて、そのせいで捜査が迷宮入りになりかけるという話がある。ポアロは指紋のカラクリを解明できないまま、物語の終わりのほうで犯人とそれについて話しあう。「でも、指紋は……どうやって指紋を手に入れたんです？」とポアロが尋ねると、答えは「年老いた盲目の男が通りでマッチを売っていて……」

けれども、都合よく通りに盲目の男がいないとき、誰かの指紋を〝仕込む〟ことなどできるだろうか。たとえば、粘着テープのようなもので誰かの指紋を取り、それをどこか別の場所につけられるのか。あるいはたとえば、指紋をこっそり盗んで指紋認証機能つきの携帯電話を開くことはできるのだろうか。指紋認証機能に関していえば、答えは「イエス」であり「ノー」でもある。ある指紋を使ってスキャナーを騙せるかどうかは、スキャナーの種類によって異なる。スキャナーには大きく分けてふたつの型式があり、初期の光学スキャナーは、単純に隆線と溝の光の変化を測定するためにセンサーを用いている。この種のスキャナーは〝みて記録する〟だけなので、指紋の写真でごまかせるため、簡単にハッキングされてしまう。けれども、近ごろのもっと新しいタイプは電気伝導を利用する。指紋の隆起部分は指腹から突出しているので、そこだけがセンサーに接触する。そのときに発生する微細な電気を通じて指紋のパターンが認識される。生き物なら帯びているこの電気がなければ、この種のスキャナーは作動しない。だから、テープに移しとった指紋や、（この時点で遺体にくっついていようが、〝皮膚の指ぬき〟のようなものであろうが）亡くなった人の指はこの電気を帯びていないので、センサーは反応しない。もし、感度の高い指紋認証システムを備えた高いセキュリティを誇る施設への侵入を検討中なら、考えなおしたほうが……。

おそらく、偽の指紋を仕込むより、指紋があると嘘をつくほうがはるかに簡単だろう。『雲をつかむ死』でポアロは、長く激しいやりとりのすえ、有毒なシアン化水素（青酸）の瓶に指紋が残っていたとほのめかすことで、犯人の不注意をうまくあげつらい、容疑者のドラマティックな失言を引きだした。殺人犯は思わず、そんなわけはない、手袋をしていたのだからと、叫んでしまった。犯人はうぬぼれが強いので、ミスをしたといわれたら我慢ができなくなるはず、というポアロの予想どおりにことが運んだのだ。

ポアロは一年後に出版された『ＡＢＣ殺人事件』でも同じようにリスキーな方法を使っている。これはきっと前回のはったりが功を奏したからだろう。ポアロは容疑者に、ＡＢＣ殺人事件について殺人犯だけが知っている詳細な情報を含む、煽《あお》り立てるような手紙を書くために使われたタイプライターに、指紋がひとつ残っていたと伝える。この〝証拠〟を前にして、容疑者は取り乱して自白する。だが実際には殺人を実行した記憶はない。とはいえ、問題のタイプライターに指紋が残っていたといわれれば、きっと自分がしたに違いないのだ。事件が解決したと思ったとき、ヘイスティングズは無邪気に喜んで「あの指紋で決定的になったね、ポアロ！」といい、ポアロはあたりさわりなく「ああ、効果てきめんだった。あの指紋は」と応えている。

そこにあるかないかにかかわらず、指紋はたしかに役に立つのだ。

指紋が誤って使われることがあったり、仕込まれたり、別の場所に移されたり、完全に消されたりする事実によって、犯行現場での指紋の地位は、最初に考えられていたよりもはるかに複雑になった。シリーズのまだ二作目だった『ゴルフ場殺人事件』のなかで、アガサはつぎのような会話を書いている。

「指紋が決め手になって、殺人犯が逮捕され有罪判決がくだされることもある」とヘイスティングズはいった。
「そしてまちがいなく、何人もの無実の人を絞首台に送りこんだ」と、ポアロは辛辣《しんらつ》に返した。

これは、アガサがすでに指紋の有用性について充分に精通し、その落とし穴も理解していたことを示している。覚えておかねばならないのは、アガサが作家活動をしていた当時、殺人に対する刑罰は絞首刑が多く、これは一九六五年までつづいていたという事実だ。それはアガサが亡くなるわずか一〇年ほどまえということになる。犯行現場にあったひとつの指紋以外に証拠がないのなら、本来はその指紋を、有罪にするための証拠として使うべきではない。指紋の証拠がのちに誤りだったと明らかになる可能性はおおいにあり、死刑制度があった時代には〔イギリスでは一九六四年の死刑執行を最後に死刑は行なわれておらず、一九六九年に政府によって死刑制度は廃止された〕、殺人事件の冤罪《えんざい》は取り返しのつかない結果を招くからだ。『ＡＢＣ殺人事件』では、登場人物のひとりがまさにこの理由で危うく絞首刑になりかけた。ネタバレになるのでくわしくは説明しないが、エルキュール・ポアロはこの事件を調べ、とてもいい仕事をした。

クリスティーは指紋をよく理解している。犯行現場での指紋の価値を作品で表し、科学の発展につねに目を配り、その知識を本のなかのずる賢い登場人物を通じて、読者に分けあたえている。指紋がなければでっちあげさえして、容疑者に告白を迫る。指紋があれば、犯人を有罪にすることができる……けれども、アガサは指紋を使って無実の人に罪を着せることもある。そういうとき指紋は、間違った人を指さすためだけに存在する。アガサは指紋の証拠について充分な知識を持っていて、ある状況ではそれをひとつの武器として使いこなす。

しかし、指紋は法科学の武器のひとつに過ぎない。つぎに紹介するもうひとつの武器は、現場で犯人が直接何かに触れて残したものとはちがうし、拭きとったり手袋をしたりしてある程度コントロールできるものではない。それはむしろ、知らぬ間に残してしまう自分自身の痕跡なのだ。

第2章

微細証拠

ヘイスティングズ「ごく小さな手掛かりのことをいってるんだ。殺人犯にたどり着けるような痕跡さ」
ポアロ「モナミ。五〇センチある証拠も、五ミリしかない証拠と同じくらい価値があるものだよ。なのに重要な手掛かりはごく小さなものにちがいないと決めつけるなんて、推理小説の読みすぎじゃないか」

――『ゴルフ場殺人事件』

一九二三年に出版された『ゴルフ場殺人事件』で、エルキュール・ポアロはいつもどおりの冴えた、そして芝居がかった調子で素人の多くが些細《ささい》な手掛かりから事件を解決したがると嘆いている。事実であれフィクションであれ、迷宮入りになりかけた事件が、頭脳明晰《めいせき》な刑事や探偵がみつけた風変りな動物の毛や、特定の銘柄のタバコ、特殊な浜辺の砂粒などが手掛かりとなって、無事解決されるのは、スリリングだし胸がすくような思いを味わえる。こんなふうに読者が期待するのは、シャーロック・ホームズなど初期の探偵小説の影響が大きい。クリスティーもそれらに大きな影響を受けているのはすでに知ってのとおりで、自伝のなかで、クリスティー自身も『ゴルフ場殺人事件』についてつぎのように語っている。「わたしは［当時は］まだシャーロック・ホームズの伝統にしたがって書いていました。ちょっと変わった探偵とボケ役の助手、そしてレストレード〔シャーロック・ホームズに出てくる警部〕のようなロンドン警視庁の刑事、ジャップ警部を描いて[1]」。というわけで、アガサの微細証拠についての知識はコナン・ドイルに由来すると考えられる。タバコの灰についてのシャーロックの専門知識が初めて登場するのは、一八八七年に出版されたコナン・ドイル初の長編小説『緋色の研究』だけれど、この知識は同シリーズの別のいくつかの作品でも何度か披露されている。短編小説「ボスコム谷の謎」〔『シャーロック・ホームズの冒険』収載〕のなかで、シャーロックはこういっている。「知ってのとおり、わたしはタバコの灰にはうるさい性質で、パイプや葉巻、紙巻タバコなど一四〇種類もの灰について、ささやかな論文を書いたことがある[2]」。この言葉は、ごく小さな手掛かりが事件を解決する糸口になることが往々にしてあることを示唆している。『バスカヴィル家の犬』、『恐怖の谷』、短編「入院患者」〔『シャーロック・ホームズの思い出』収載〕などにも、重要なタバコの証拠が登場する。

　クリスティーは当初、コナン・ドイルの小説から多くのヒントを得ていた。そしてコナン・ドイルはスコットランドにいた実在の医師ジョセフ・ベルから影響を受けた。ということは、アガサはコナン・ドイルを介して、当時急速に発展していた微細証拠の科学に関する知識を吸収していたことになる。また、コナン・ドイルは前述の会員制のクラブを設立して、当時の犯罪をテーマに会員同士で議論していた。アガサはコナン・ドイルのこのような現実世界での情報収集方法にも強く影響を受けた。したがって、アガサはコナン・ドイルとベル、フィクションと現実世界の両方に敬意を払いながら、法科学の知識を蓄えていき、自分の作品でそれを活用したといえる。

　シャーロック・ホームズの影響を受けている登場人物やストーリーは、クリスティーの作品にとどまらない。もっと最近の例で挙げるなら、その筆頭はテレビドラマ〈CSI：科学捜査班〉のギル・グリッソムだろう。この捜査官には一見重要とは思えない些細なことや物の知識が、百科事典並みに備わっている。こういう有能な刑事なら、犯人がどんなタバコを喫《す》っていたか、どこを歩いたか、どんなペットを飼っていたか、どこでカーペットを買ったかなどを即座にいいあてることができるだろう。探偵小説では、往々にしてこの展開で事件が解決される。そのわくわくとどきどきは何物にも代えがたい。プロットに埋め込まれた引っかけに注意しながら、読者は小さなディテールを一つひとつ集めて、謎を解く鍵をみつけなければならない。多くの場合、手掛かりは小さければ小さいほどいい。それはおそらく、手掛かりが些細であればあるほど、わたしたち読者は熱心に、注意深く作品を読むからかもしれない。あるいは、そのような小さな手掛かりは、現場に残っていたり容疑者にくっついたりしても、誰にも気づかれないからかもしれない……もちろん、腕のいい探偵や、鋭い読者は別だが。

もちろん、エルキュール・ポアロは誰よりも頭が切れる。ポアロ自身にはその自負があるし、ポアロの実績はクリスティーの作品の世界でもずば抜けて優秀だ。ヘイスティングズが、短編「イタリア貴族殺害事件」〔『ポアロ登場』収載〕のなかでこういっている。「ポアロの推理は当たっていた。いつだってポアロが正しいんだ。ちぇっ」。たしかに、ポアロはいつも静かに、頭を抱えている助手役のヘイスティングズを出し抜く。

ポアロがこのように華麗に謎を解けるのはなぜだろう。ポアロ自身はその理由を「小さな灰色の脳細胞」と呼ぶ恐るべき脳の力にあると考え、「秩序と方法、それがすべて」と、秩序と方法を用いてあらゆる事件に取り組むことを誇りにしている。『五匹の子豚』では、ポアロが登場人物のひとりアンジェラ・ウォレンの講義を評している場面がある。「エルキュール・ポアロはすっかり感銘を受けた。アンジェラには秩序だった頭脳がある」と、事実から知的な推論を導いているアンジェラを手放しで称賛している。ポアロは身の回りのものや環境に強いこだわりがあって、ほとんど強迫観念に近い。傾いている絵はまっすぐにしなければ気が済まないし、角張った〝モダン〟な家具を合理的と好み、ニワトリがきっかり同じ大きさの卵を産まないことに腹を立てる。というか、ポアロは四角い卵があるならそちらのほうを好んだだろう。『ヒッコリー・ロードの殺人』という、マザー・グースの「童謡」を下敷きにした作品のひとつでは、四角いパンケーキ《クランペット》を昼食にしている。そんなものはなかなかお目にかかれるものじゃない。ポアロと同じくらい秩序だっていて有能な秘書、ミス・レモンが気むずかしい雇い主のために自ら焼いたか、どこかで調達してきたのだろう。ポアロは恐ろしく几帳面で、その場にそぐわないものが気になって仕方がない。たとえばスーツについている「あるかないかわからないほどの」小さな埃《ほこり》や、かすかに飛びでている一本の口髭など。誰も気づかないのにポアロだけは気づくのだ。ということは、ポアロには微細証拠をみつける優れた目と、それが重要であるという認識があると考えていいのだろうか。いや、そうとはかぎらない。ポアロは、微細証拠を「典型的な」証拠と呼び、この種の証拠に対してはひどく見下した態度をとる。一九三〇年代のミステリ『エッジウェア卿の死』のなかで、ポアロはヘイスティングズにつぎのように説明している。「いつも、足跡のサイズを測ったり、タバコの灰を分析したり、四つん這《ば》いになって細部を調べたりさせたがる。きみにはわからないかもしれないが、アームチェアにすわって目を閉じているほうが、さまざまな謎の解決に近づけるものなんだ。そうやって心の目でみるんだよ」。この言葉は、法科学者《クリミナリスト》としてのポアロより、法心理学者《クリミノロジスト》としてのポアロが前面に出ている。とはいえ、あとでみていくとおり、ポアロはこの二者のあいだを自由に行き来する傾向にある。

犯罪学者《クリミナリスト》エドモン・ロカールと彼の法科学の基本的な考えかた「あらゆる接触には痕跡が残る」はすでに紹介したが、ロカールが小さくて些細な手掛かりに言及していたことからして、この原理を解説するのに微細証拠ほどぴったりくるものはない。この証拠の重要性をみごとに言い表しているのが、一九五三年に出版されたポール・リーランド・カークの著書のつぎの一節だ。

> 歩いた場所がどこであれ、触れたものや残したものがなんであれ、それが無意識の行為だったとしても、それらはその人物に対する無言の証人となる。指紋や足跡だけでなく、毛髪、着ていた服の繊維、ガラスの破片、工具痕、はげた塗料、飛散あるいは付着した血液や精液……それは実存する証拠なのだ。[3]

けれども、物理的な証拠自体がまちがっていることはめったにないが、ヒューマンエラーによってその価値が下がることはあるとカークはつづけている。

この実存する微細証拠に夢中なのは概してヘイスティングズのほうで、ポアロの性格を考えると意外なのだが、名探偵のほうはあまり気に留めていないことが多い。『ABC殺人事件』では、ヘイスティングズが殺人犯について、こうぼやいている。「なにか手掛かりを残してくれてもよかったのに」。

ポアロはこのような考えを聞いて、間髪入れずにぴしゃりといいかえす。

「いかにも、手掛かりとは、きみらしい。いつも手掛かりに心惹かれるからな。ところが残念なことに、犯人はタバコの灰を落していくこともなかったし、特徴のある鋲《びょう》が打たれた靴で足跡を残すこともなかった。犯人はそれほど親切じゃないからね」

微細証拠は容疑者と場所や物を結びつける。ポアロにとってはひどく悔しいことかもしれないけれど、現実の法科学的な事例では、微細証拠が検察側の最初に手に入れた唯一の証拠というのはよくある話だ。そんなわけで、気の毒なヘイスティングズと彼の物理的な手掛かりへの欲求がすっかり満たされるような、殺人事件の解決につながるごく小さなものの魅惑的な世界を、ここでじっくり掘りさげるつもりだ。断っておくけれど、ここでいう小さなものとは、ポアロの小さな灰色の脳細胞のことではない。

微細証拠の分析とは

ロカールの「あらゆる接触には痕跡が残る」という原理を聞いて、おおかたの人が頭に思い描くのは「微細証拠」のことだろう。そして、微細証拠という言葉を聞くと、専門家が精巧な顕微鏡に目を凝らし、ちっぽけな繊維や細い毛、粉々になったガラスや跳ねとんだ塗料などを分析している様子が思い浮かぶのではないだろうか。この種の証拠は、「通常は小さすぎて肉眼で確認できない」ものと定義される。たとえば、毛や繊維、ガラス、はがれ落ちた塗料のかけら、土、花粉などの植物性物質まで、基本的には人から人へ、あるいは人と犯行現場とのあいだで移動しうるごく小さな物質だ。もしかしたら、この〝小ささ〟が、ますますその手掛かりの信頼性を高めるのかもしれない。『エッジウェア卿の死』でポアロは、人びとがごく小さな物理的証拠をみつけたがることを嘆いていて、一〇年前の『ゴルフ場殺人事件』を例に挙げてつぎのように語っている。「まえに手掛かりをみつけたのに、それが一センチではなく一メートルだったせいで、誰にも信じてもらえなかったことがあります」

〝ごく小さい〟という言葉は相対的なもので、実際の大きさはその言葉が使われた時代や年代によって変化する。クリスティーの物語では、微細な証拠を調べるとき（現代の微細証拠の採取や検査に従事する捜査員とはちがって）、シンプルに虫眼鏡や拡大鏡（ミス・マープルのお気に入りの道具）を使っていた。それらが対象物を拡大できる倍率はせいぜい一〇倍ほどだが、一九六五年以降は、走査型電子顕微鏡が考案され市販されるようになり、科学捜査の性質だけでなく、あらゆる科学の様相が一変した。クリスティーの時代に使われていた顕微鏡とはぜんぜんちがう仕組みで、走査型電子顕微鏡は対象物を五〇万倍という途方もない倍率で拡大できるので、微細証拠の定義がまるで変わってしまったのだ。そのような拡大率の話を聞くと微細証拠というのは超現代的な概念のような気がするが、その分析の歴史は、法医学の専門家がもう少し大きめのかけらを扱っていたころ、つまり、クリスティーの文学が黄金時代を迎えていたころ、電子顕微鏡ほど強力ではない顕微鏡が検査に使われていた時代までさかのぼることができる。したがって、この本では、肉眼で確認できるものの、そのままでは充分に検査できないもの、さらにほかのカテゴリーには当てはまらないものを「微細証拠」と表現することにする。たとえば、毛髪、カーペットや絨毯の繊維、タバコの灰、布地の断片、爪、ガラスの破片、乾いてはげ落ちたペンキ、土、泥、植物などがこれにあたる。これらの多くは、拡大しないでも、アガサの小説やその時代の新聞に掲載されていた犯罪のなかで重要な役割を果たしていた。当時の研究からおもしろい例をいくつか挙げるとすれば、微細証拠としての耳垢《あか》の研究がある。この研究によると、前年に石炭の荷揚げをしていた港湾労働者の耳垢を調べたところ、かなり時間が経過していたにもかかわらず石炭の粒子が含まれていた。ほかの労働者でも同じような結果で、以前の職を離れてかなり時間が経っているのにコーヒー焙煎《ばいせん》士の耳垢にはコーヒーの粒子が含まれていたし、もっとぎょっとすることに、床屋の耳垢には他人の毛髪の微細な破片が含まれていた(4)。

わたしたちにとっては都合のよいことに、クリスティーの小説では、登場人物が手掛かりについて述べるときに、微細証拠をまとめて挙げていることが多い。『ホロー荘の殺人』のヘンリエッタはこういう。「警官は手掛かりを探すものよね？　タバコの灰や足跡や燃えさしのマッチなんかを」（耳垢はアガサのどの本にも出てこないし、いくぶん特殊な知識なので、さっさと除外しておくとしよう）。

ある意味、微細証拠はいまだにこんなふうにひとまとまりに扱われることがある。現在もクリスティーの時代と同じように、多くのタイプの微細証拠が、まずは同じ方法で検査される。つまり、肉眼で調べられ、つぎに適切な照明を当てて拡大鏡で調べられる。照明を斜めから当てることで奥行きや影が生じ、試料のディテールがわかりやすくなる。これは、インスタグラムで自分の写真に「コントラスト」フィルターを使うのと少し似ている。コントロールのスライドを片側に動かすと、目の下の隈がスーツケースくらい大きくみえるが、もういっぽうへと動かすと……あら不思議！　きれいさっぱり消えてしまう。これらの簡易な検査の結果、とくに注意を引いた試料や試料の一部は、さらに拡大して詳細に調べられる。

現在使用されている顕微鏡にはいくつかの種類がある。その大半はおそらく誰もがよく知っている光学顕微鏡がベースになっている。光学顕微鏡には、試料を載せるステージと、拡大するためのレンズ、みやすくするためのライトがついている。

クリスティーの時代は、この種の顕微鏡を使って微細証拠が調べられていた。前述の走査型電子顕微鏡や、比較顕微鏡などほかのタイプの顕微鏡については、のちほど科学について考察するときに触れる。

微細証拠の採取方法もアガサが著作に励んでいた黄金時代に比べると進歩している。当時は、指紋と同じく、さまざまな微細証拠が粘着テープで採取されていた。けれどもいまはちがう。現代の分析試験はもっと洗練され、微量の化学物質を検出できるようになったため（これは、ごくわずかな量の土などがどこから来たのか特定するのに役立つ）、望ましい方法はピンセットを使った手作業による採取方法だけれど、専用の特別な掃除機もある。粘着テープのベタベタした残留物は、採取物に混じって証拠を台無しにしてしまうおそれがあるため、粘着テープの代わりに何かをくっつけて持ちあげるためのツールとして現在は「スタティック・リフト」というものが使われている。これは粘着剤ではなく静電気で微細な素材をアセテート片に引き寄せる。膨らませた風船に静電気のせいでゴミがくっつくのをみたことがあるだろうか。風船をしばらく部屋のなかで漂わせているとそうなるのだが、スタティック・リフトはそれと同じくらい効果的に小さな手掛かりを引き寄せる。

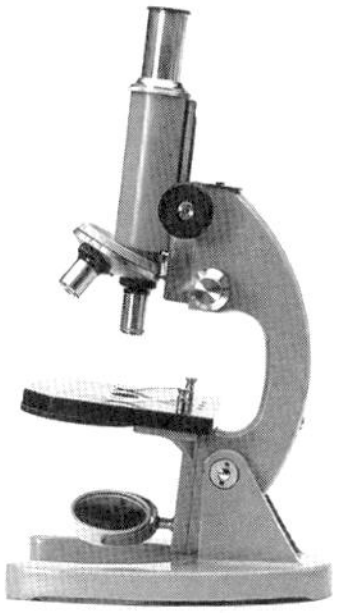

クリスティーの時代から
使われていた光学顕微鏡

では、微細証拠の分析とはどういうもので、アガサの作品にどんなふうに登場するのだろうか。

毛髪や毛

『青列車の秘密』で、ポアロは旅の供となったキャサリン・グレーに、自分が採取したものをみせながら打ち明けている。

「覚えておいででしょう、マドモアゼル。車両にあったひざ掛けからわたしが髪を採取するのを、みておられましたよね」

キャサリンは身を乗りだして、その毛髪をじっくり観察した。

ポアロは、ゆっくり何度もうなずいた。

「これをみてもあなたにはぴんとこないようですね、マドモアゼル。それでも……なんとなくですが、あなたにはいろいろ思うところがあるような気がします」

キャサリンもポアロも「何を見ているのか」は明らかにならないまま、つぎの章になるのだが、ポアロがいうように、毛髪の証拠はたしかに有用で、何を探すべきかがわかっていれば、多くのことを教えてくれる。

毛髪は本当にどこにでも落ちていて、わたしみたいに珍しい色に髪を染めている人は、微細証拠を探している探偵にとって夢のような存在だ（その反対に、夫にとっては悪夢だ。バスルームの排水溝から赤やピンク、オレンジの髪の塊を取りだすのを夫は嫌悪している。え？　自分の髪は自分で掃除しろって？　わたしの髪じゃない……わけないか）。

動物の毛と人間の毛はちがうし、人間の毛自体も身体のどこに生えているかによってそれぞれ違いがある。専門家は違いを見分けるためにいくつかの特徴を確認して、人間を含めどの動物の、どの部分の毛かを特定したり、誰の毛と一致するかどうかを判断したりする。その物理的特徴は、鉛筆みたいな毛の構造に由来している。毛髪には、鉛筆の芯の部分に相当する中心部の毛髄質、その周りの木の部分に相当する皮質、そして塗料が塗られている表面の層に相当するキューティクルがある。これらの部位にはそれぞれ特徴があり、その特徴を利用して、専門家は毛髪を特定したり、未知のサンプルと誰かの毛髪が一致するか照合したりするのだ。

毛髄質（メデュラ）：毛髪の中心部分で、法科学的に重要な特徴がいくつかある。ひとつめは髄指数というもので、これは毛髪全体の太さに対して毛髄質が占める太さの割合だ。大半の哺乳類の髄指数は約〇・五だ（複雑に聞こえるかもしれないけれど、〇・五とは五〇パーセントという意味だから、毛の太さの半分を髄が占めているということ）。ところが人間の場合は、毛髄質はとくに細くて指数は約〇・三、つまり毛髪全体の太さの約三分の一しかないので、人間の毛髪とほかの動物の毛髪とは簡単に見分けることができる。髪のこの細い部分は鉛筆の芯にそっくりだ。

ふたつめは、毛髄質に含まれる細胞だ。この細胞の並びなどから、毛がどの動物種のものかを突きとめることができる。

毛皮質：毛髄質を取り囲む層で、毛髪のもっとも大きな部分（質量）を占める。鉛筆でいうと芯の周りの木の部分になる。毛皮質には毛髪に色を着ける色素が含まれている。断面をみると、目の瞳孔を囲む虹彩みたいにみえるかもしれない。色素粒子は驚くほど多様で、だからこそわたしたち人間やほかの哺乳類の毛の色がこれほど多彩なのだ。また、形や色相、色の分布なども多様なので、検査官は識別のために毛を使用することができる。

キューティクル：キューティクルは、ヘアケア製品のコマーシャルでもよく紹介されているので、多くの人が知っている毛髪の要素だろう。「キューティクルを滑らかにして、もつれを抑えます」というのが典型的な宣伝文句だ。実際には、キューティクルは魚の鱗《うろこ》みたいに髪全体を覆って髪を保護する細胞の層で、根元から毛先のほうに向かって開いている（だから、毛先に向けてブローすると、キューティクルが平らになり、みごとなツヤが出る。はずだけど、美容師さんの手でないと再現できないように思えるのはなぜだろう）。科学捜査のうえで有用なのは、この鱗みたいなキューティクル細胞の形状も、動物の種類によって異なるところだ。

・冠状または冠様の鱗片《りんぺん》は、齧歯《げっし》類やコウモリの毛によくみられる。一本の毛を拡大すると冠を重ねたようにみえる。
・とげとげした三角形の鱗片は、通常、ネコやウサギの毛にみられる。花びらのようにもみえるこの三角形の鱗片のとげ部分は、毛からわずかに突きでている。
・瓦状の平らな鱗片は、人間の髪の毛や、イヌや多くの大型動物の毛にみられる。これは毛幹に対して平らで滑らかだ。

このようなさまざまな特徴に基づいて、犯行現場に残された毛や身元不明の犠牲者の毛髪が特定されたり、ときには誰のものかわかっている試料と比較されたりする。たとえば、犠牲者と容疑者は一見知り合いではなさそうなのに、容疑者の下着に付着していた毛が被害者のものだったとか、被害者の寝室に落ちていた髪が容疑者のものだったと明らかになることがある。アガサは『ゼロ時間へ』で、容疑者のジャケットを調べたあと、そのような状況をきわめてシンプルに言い表している。

「赤毛が袖口に、ブロンドが襟元と右肩に付着しています……ミスター・ネヴィル・ストレンジはいささか〝青髭男爵〟めいているようですね。片腕は元妻にまわして、いまの妻をもういっぽうの腕で抱き寄せていたというわけか」

この〝証拠〟はもちろん法廷では通用しなかっただろう。DNA検査ではなく色の観察だけに頼っているからだ。DNA検査はクリスティーの時代にはまだ存在していなかった(実際に使われはじめたのは一九八〇年代に入ってからだ)。けれども、クローズド・サークル〔閉じ込められた列車内など限られた人びとのあいだで事件が起こる状況〕では、ラボから決定的な結果が送られてくるのを待つあいだ、髪の毛の証拠を使って人びとの過去の行動を再現するのは難しいことではない。

毛髪に関してもうひとつ大事な特徴がある。それは、自然の悪条件のもとで死体の腐敗がかなり進んでいたとしても、毛髪の状態はかなり安定しているという特性だ。皮膚が腐敗すると毛髪は頭部から抜けはするが、死体が風雨にさらされていないかぎり、数世紀もの時を経ても腐らず残っていて、検査できるのだ。人が飲んだ薬や毒は、髪の毛に蓄積され、死亡してから長い時間が経っていても検出されることがある。

土

アガサがお気に入りだった『ねじれた家』では、家具に付着していた土がアリスタイド・レオニデス殺害事件の鍵になる。語り手のチャールズ・ヘイワードとロンドン警視庁のタヴァナー主任警部は、椅子の座面に落ちていた少量の土をみつける。「これはおもしろい」とタヴァナーはいう。「誰かが泥だらけの足で椅子の上に立ったんだな。なぜそんなことをしたんだろうか」。ヘイワードはのちに、このきわめて重大な証拠について、「微細」という言葉を用いてふたたび口にする。「だがそこに手掛かりがあった。洗濯小屋の古ぼけた椅子の座面に落ちていた微細な土が」。そしてふいに、この土が証拠となって『ねじれた家』に潜む殺人犯の驚きの正体が明らかになるのだ。

土といっても、そこにはさまざまなものが含まれている。土は動物、植物、鉱物に由来する物質の複雑な混合物であり、さらにガラスや塗料、コンクリートなど人工物に由来する微細な成分が含まれていることもある。土を構成する要素は非常に多様で、この多様な構成要素のおかげで、その土がどのような場所から来たのかを特定できるし、ときには具体的な場所が特定できることさえあるのだ。例を挙げてみよう。

動物の毛：土に動物性の肥料の粒や動物の毛が含まれていたら、（動物の種類によっては）農場に由来するものである可能性が高い。しかし、動物の毛や糞に混じってガラスや塗料などの人工物が混じっているときは、都市部の動物園の土かもしれない。

砂：砂が混じっている場合は、海辺の砂の可能性があるので、海岸から離れた場所でその粒子が発見された場合はとくに注目すべきである。

植物と種子：植物性の物質はあらゆる土のなかに含まれている。植物の断片に基づく法科学的な土の特定は、それ自体がひとつの科学分野で、よく「法植物学」と呼ばれている。松葉や種子などの破片や粒は、その土があった領域にどんな種類の植物が生息しているかを教えてくれる。ごく最近注目を集めた科学捜査では、花粉の硬い粒が重要な役割を果たした。この特殊な微細証拠の分野は「法花粉学」と呼ばれている。まあ、わたしとしては、全部まとめて〝根も葉もある証拠〟なんて呼びたいところだけど……。

ガラス

短編「死人の鏡」〔同名の短編集に収載〕では、ガラスが微細証拠として使われていて、登場人物は「撃った弾であの鏡が割れるなんて、変だな」と語っている。

ガラスがどのように割れるかという知識は、たとえ破片が顕微鏡級のごく小さな粒子だったとしても、どの方向から割れたかを判断するのに役に立つ。わたしにとってのクリスティーの傑作のひとつは『五匹の子豚』で、この作品がここではいい例になる。怒りっぽいがハンサムな画家アミアス・クレイルがコニイン（ドクニンジンに含まれる毒）で毒殺されてから二〇年後に、ポアロが証拠を見直すために呼ばれる。調査の対象となった容疑者は五人、つまりこの本のタイトルにもなっている「五匹の子豚」だ。登場人物のひとりが、その屋敷へとつづく道にガラス製のスポイトが粉々になって落ちていたと回想している場面がある。この証言が手掛かりとなって、人物描写が際立つこの素晴らしい物語の謎が解き明かされていく。

ガラスは話の信憑性を高めるのにも使える。たとえば、侵入者が本当にいたのか、それとも見せ掛けかを判断するには、ガラス窓が外側から割られたか、それとも内側から割られたかをみればいい（この手掛かりは、大人気のテレビドラマ・ミステリシリーズ〈ジェシカおばさんの事件簿〉で、主人公のジェシカ・フレッチャーがよくみつけている。刑事がなぜジェシカと同じようにすぐに策略に気づかないのかは、まったく説明されていないが！）。

ときどき、ガラス自体がひとつの手掛かりになることもある。車のヘッドライトに使われているガラスの成分はかなり特殊なので、特定の車種にたどり着けたりするわけだ。また、犯行現場で割れたメガネの破片が発見された場合、優秀な分析者なら、そのガラスが使われていたメガネの処方箋《せん》を探しだして、個人を特定できるかもしれない。

ふたつの異なる場所でガラスが発見された場合、専門家はふたつのサンプルを比較し、破片をひとつに組み合わせられるかもしれない。なぜなら、割れた縁は〝エッジマッチング〟できるからだ。これは「死人の鏡」で、「銃で撃たれた」鏡が出てくる場面で言及される。けれどもポアロが気づいたのはそれだけではない。思いがけない場所に鏡の小さな破片があったのだ――ブロンズ像の台座に。

「わたしは割れた鏡の破片がなぜそんなところにあるのだろうか、と自問しました。すると、答えが自然と浮かんできたのです。鏡が割れたのは銃弾のせいでなく、重いブロンズの像で叩かれたせいだった。鏡はわざと割られたのです」

この物語で、ポアロがふたつの異なる場所にあるガラスをみつけ、それらがもともとはひとつの場所で割れたのではないかと気づくいきさつは、破片の〝エッジマッチング〟によるものではなく、ごく原始的な仕掛けだが、これによってポアロは顕微鏡の助けを借りずに、答えにたどりつくことができた。

繊維

布は証拠として、クリスティーの処女作『スタイルズ荘の怪事件』をはじめ、いくつかの作品で使われている。殺された被害者の寝室でポアロが発見したのは「深緑色の布地の切れ端、というより一、二本の撚《よ》り糸にすぎないけれど、それと見分けられるもの」だった。その後、ポアロはこの切れ端の出処をみつけようとする。その家で暮らす女性のひとりが緑色の服を持っていることを知ったポアロは、どのような色合いの緑かを尋ねる。明るい緑色のシフォンだと聞いて、ポアロは「ああ、それは探しているものじゃないな」と答える。

非常に原始的な感覚で、ポアロはその一家のなかで（現場でみつけた繊維と同じ）深緑色の布の何かを持っている人を突きとめ、殺人現場にいた容疑者をあぶりだそうとしているのだ。淡い緑色のシフォンは、現場でみつけた深緑色の繊維とは一致しないので、ポアロはその服は無視して、容疑者たちに質問をつづける。

ポアロがみつけた切れ端はほぼ糸の状態だったが、（ピンセットで現場から採取される）もっと大きな布の切れ端は、ガラスと同じく〝エッジマッチング〟が可能なときがある。拡大してみればわかるが、天然であれ合成であれ、すべての布は繊維からできている。

肉眼でかろうじてみえるくらいの繊維は慎重に集められ、目視検査だけでなく、紫外線など通常とは別の光を当てて検査されることがある。そうすることで、布に塗布された染料や防汚剤、難燃剤などの化学物質が明らかになったりもする。この種の微細証拠は、衣類にかぎらず、家のなかの装飾品や車の内装の一部ということもありうる。

微細証拠検出の歴史

一七世紀以降は顕微鏡が普及していたのだけれども、犯罪科学で顕微鏡が使われはじめたのは比較的最近のことで、日常的に微細証拠の検査が行なわれるようになったのは二〇世紀に入ってからのことだった。そのきっかけになったのはいくつかの犯罪事件で、そこで顕微鏡が重要な役割を果たした。クリスティーが著作活動をしていたころ、まだ早期の科学捜査に携わっていた人びとは、光を最大限に活用するために備えられた小さな鏡の力を借りて、光るスライドガラスの向こうへ前進していった。当時の犯罪学者《クリミナリスト》は電気式の光源を利用した光学顕微鏡を使っていた。この種の顕微鏡は最大一五〇〇倍まで拡大できた（一九六〇年代に登場した走査型電子顕微鏡の五〇万倍には遠く及ばないが、それまでの倍率一〇〇倍の光学顕微鏡と比べると格段の進歩だ）。

微細証拠が脚光を浴びるきっかけになった事件のなかでも、アメリカで起きた事件はとりわけ重大な微細証拠の捜査が行なわれて大きな話題になり、当時はセンセーショナルなニュースとして世界じゅうで報じられたため、アガサの耳にも入ったにちがいない。

一九三〇年代のニューヨーク、三三歳のナンシー・ティッタートンはすべてを手にいれた女性のようにみえた。住まいは芸術家や知識人に人気のあるエリアの高級アパートメントで、七年間連れ添った夫はイギリス出身の愛妻家ルイス・ティッタートン（当時はラジオ放送局だったＮＢＣの重役）、自身が書いた小説は『スクリブナーズ・マガジン』に掲載され、将来有望な作家と目されていた。当時のナンシーは小説を書き、クリスティー自身に似ていなくもないことに、「病的に内気で、気が小さくて、物腰が柔らかい」と評されていた。自宅で開くカクテルパーティーや本格的な晩餐会をひどく疎ましく感じていたが、妻の務め（当時はそう考えられていた）として人気者の夫を支え、脚光を浴びていた。文壇でもかなり名が知られていたし、マンハッタンの〝超高級な〟ビークマン・プレイスに住んでいたため、ナンシーの暴力的な殺人事件はメディアを惹きつけ、捜査方法も注目された。

一九三六年四月一〇日の朝、地元の室内装飾業者のふたりの男性が、パッドやカバーを張り替えた小ぶりのソファを四階のティッタートン家に返却にやってきた。到着するや、セオドア・クルーガーと助手のジョン・フィオレンツァは、アパートメントのドアが半開きになっていることにおどろいた。到着を告げながら、おそるおそるドアの内側をのぞくと、シャワーの流れる音が聞こえてきた。ところが、バスルームのドアは開いているらしいのに、いくら大声で呼びかけても返事がない。ふたりは何かあったのだと思い、ソファを置いてアパートメントのなかに入った。バスルームに向かうとき寝室を通りすぎた。開いたドアの向こうに争ったような跡がみえた。床には破れた下着と裂けたグレイのスカートが散らばっていて、寝具や家具もぐちゃぐちゃに乱れている。ついにバスルームに入ったふたりの目の前に、ナンシー・ティッタートンの遺体があった。空の浴槽に仰向けに横たわったナンシーは裸で、身につけているものといえば足首までずり下げられたストッキングと、首に巻きつけられたピンクと赤のパジャマだけだった。そのパジャマは首を絞めるのに使われたものだった。両手首は皮がむけて赤くなり、紐《ひも》で縛られたような跡があったが、縛ったものが何かはすぐにはわからなかった。シャワーから水が出ていたが、栓は抜けていたので、バスタブには溜まっていなかった。のちの医学報告によると、ナンシーは「殺人犯の激しい欲望にさらされる」まえかあとに顔を殴られていた。これは残忍な性的暴行であったはずの行為をかなり遠回しに表現している。当時の新聞にはナンシーの〝強姦された〟身体の様子が記述されているが、実際には〝破壊された〟という言葉のほうがもっとぴったりくる。

業者の男性たちは予想外の光景に衝撃を受けて愕然《がくぜん》としながら、警察に通報した。ティッタートン夫妻は有名人で、尊敬も集めていたため、この殺人の捜査には五〇人もの警察官による大規模な捜査チームが編成された。チームを率いたのは次長警視正ジョン・ライアンズだった。この捜査チームはメディアからの圧力で最終的には六五人に増え、こんにちに至ってもなお、単一の殺人事件の捜査としてはニューヨーク史上最大級とされている。さらに、科学捜査による思いがけない展開が過熱気味のマスコミによって一面トップで逐一報道された。それらを考慮すると、クリスティーはきっとこの事件のことを知っていたにちがいない。

犯行現場が捜査され、いくつかの微細証拠がみつかった。ベッドカバーに付着していた緑色の塗料、廊下のカーペットに落ちていた泥、くしゃくしゃのベッドシーツに落ちていた何かの毛が数本。それだけではない。ナンシーの遺体がようやくベルビューの遺体安置所に運ばれたとき、遺体の下に隠れていた長さ約三〇センチの（ベネチアンブラインドのもののような）紐がみつかったのだ。アパートメントのブラインドにはどれも紐がついていたので、これは大きな発見だった。この重要な発見があるまでは、手首を縛った紐は犯行現場に持ち込まれ、持ち去られたと推定されていたからだ。犯人は、ナンシーの手首に巻いた紐を外して、証拠を残さないよう持ちかえるつもりだったのだろうが、遺体の下敷きになって隠れているのに気づかなかったのだろう。現場と自分を結びつけるものを取りのぞこうとしたということは、犯人が法科学の技術を認識していたことを示している。シャワーが出しっぱなしだったのも同じ理由かもしれない。証拠を洗い流そうとしたのだ。

しばらくすると、わずかな微細証拠が警察の研究所で調べられ、ニューヨーク市検死局（OCME）検死官のアレグザンダー・ゲトラーが検査結果を報告した。

その結果、ベッドカバーについていた緑色の塗料は、当初予想したほど重要な証拠でないことが明らかになった。ナンシーの自宅はこの色に塗られていたが、殺人が起こったときに塗装工たちがどこにいたのかは、すべて把握できたからだ。また、ナンシー自身が塗料の塗られた部分に触れてしまい、それがベッドについた可能性もおおいにある。その塗料が語るのは、誰かが建物のなかからナンシーの寝室に入ったという、すでに明らかになっていることだけだ。

それと同じく、廊下のカーペットに付着していた泥は、一般的に室内装飾業の工房でみられる糸くずのようなものが含まれていたので、この泥は未知の侵入者ではなく、ソファを運んできたクルーガーとフィオレンツァに由来するものである可能性が高かった。

けれども、ベッドシーツは興味深い事実を示していた。壊れた万年筆からインクが漏れてシーツに広がっていた様子は、野心的な作家の終焉を悲しく象徴していたし、手掛かりになりそうな毛が数本あった。そのひとつは白くて非常に硬い毛だった。顕微鏡で綿密に観察したゲトラーは、それを馬の毛と特定した。しかも家具のパッドに使われるタイプの毛だった。ちょうど室内装飾業者が、ティッタートン夫妻のアパートメントに運んできたソファのような家具の。そして、その馬の毛とソファに使われていた馬の毛とを比較したところ、顕微鏡サイズで見分けがつかないと判断された。大半の科学者ならわかるだろうが、これは〝一致した〟というのに近い表現だ。微細証拠の専門家ではないわたしたちからすると、とくに重要なこととは思えないかもしれないけれど、馬の毛は比較的重い。配達に来たふたりの男性に付着していた馬の毛が廊下に落ちたり（泥みたいに）、その男性たちが同時に向かったバスルームでみつかったりする可能性はある。けれども、廊下やバスルームから寝室に吹き込むには馬の毛は重すぎる。証言によると、ふたりは寝室に入っていなかった。だから、別の誰かがその毛を運んできたのはまちがいない。まさに「あらゆる接触には痕跡が残る」だ。

突然、捜査チームの前に新たな道筋が開けた。いったいどうやってこの馬の毛は寝室にやってきたのだろうか。

馬の毛の証拠に加えて、ナンシーの遺体の下にあった紐は、ジュートとグレードの低い麻でつくられた「サイズ60の五本撚り紐」と業界では呼ばれている紐であることがわかった。紐が特定されると、捜査官らはその地域周辺の紐製造業者を訪ね、どこで製造され誰に売られたか突きとめようとした。そして、ついに探しあてたのだ。その紐はペンシルベニア州ヨークのハノーバー・コーデージ・カンパニーで製造されており、販売記録を調べた結果、殺人事件の前日にマンハッタンにあるセオドア・クルーガーの室内装飾会社に一巻送られていたことがわかった。

捜査の結果は意外な事実を示していたのだ。

捜査の目は、一周まわってティッタートン夫妻が雇った室内装飾業者にふたたび戻ってきた。今度は単なる目撃者ではなく、被疑者として。ソファがビークマン・プレイスのアパートメントに届けられる前日の犯行時間帯に、セオドア・クルーガーにはアリバイがあった。だが、助手のジョン・フィオレンツァにはなかった。この先進的で反論の余地のない証拠を前にして、フィオレンツァはナンシー・ティッタートンを強姦し殺害したことを自白した。クルーガーと一緒に修理するソファを引き取りに行ったときにナンシーに目をつけたようだ。犯行当日、フィオレンツァはナンシーの遺体をもうひとりの目撃者とともに〝発見〟することで、どんな疑いも免れるはずと考えた。クリスティーの小説に出てきた裏の裏をかいた手口に似ているが、もちろん、どの作品のトリックか教えるわけにはいかない。だってネタバレになっちゃうから。

事件からわずか一〇日後に、フィオレンツァは逮捕されたが、この捜査に投入された人数を考えると労働量は通常の捜査の一カ月分に匹敵した。使用された科学的手法はかなり斬新だったため、その詳細が連日新聞の見出しになり、おどろくべき科学捜査の最新情報を一般大衆も日々追いかけた。フィオレンツァは一九三七年一月に電気椅子に送られた。そのニュースは、彼を電気椅子送りにしたみごとな科学捜査ほど大きく取りあげられなかった。

ナンシー・ティッタートン

ソーシャルネットワークのフェイスブックがまだ始まったばかりのころ、ユーザーにはさまざまな選択肢があって、プロフィールに交際ステータスなるものを記載できるようになっていた。独身とか既婚者とか、その他の一般的な表示もあれば、「複雑な関係」という謎めいた表示もあった。本書のために、エルキュール・ポアロと法科学的証拠、とくに微細証拠との関係を調べはじめたとき、これは「複雑な関係」だと気づいた。

ポアロ・シリーズ二作目『ゴルフ場殺人事件』では、語り手のヘイスティングズによると、ポアロは「足跡やタバコの灰などの物的な証拠をある種軽蔑して」いて、この種の手掛かりだけでは探偵は事件を解決できないと考えていた（これはなんだか妙に思える。だって第一作目では、独自の現場捜査キットのようなものを持っていたのに！）。ヘイスティングズが、それらの証拠は重要ではないのか、と問いかけると、ポアロは科学捜査の専門家たちを擁護するように説明しはじめる。「ああ、もちろん重要だよ。そうじゃないといってるわけじゃないんだ。経験豊かな専門家の観察眼は、まちがいなく有用だ」。けれども、だんだんといつものおちゃめなうぬぼれが姿を現しはじめる。「とはいえ、このエルキュール・ポアロのような人間は、そんじょそこらの専門家とはちがう次元に到達しているもんでね」。ヘイスティングズとの愉快な会話のなかで、ポアロは探偵の捜査をキツネ狩りにたとえ、狩りのときにキツネのにおいを追跡するのは人間ではなく猟犬だと説明し、つぎのように主張する。

「きみは馬から降りて地面を這い、鼻をひくつかせて、ワンワン吠えたりしないだろう？」

　これを聞いたヘイスティングズは、思わず笑ってしまう。ポアロはさらに、「猟犬の仕事は猟犬に任せておくべきなのに」、あるかないかわからないような手掛かりを求めて、なんだって地面に這いつくばって滑稽な姿をさらさねばならないのかと尋ねる。

　けれども奇妙なことに、別の作品でポアロは自分自身を猟犬になぞらえているのだ。『三幕の殺人』でポアロはこう語っている。「猟犬《シアン・ド・シャッス》のように、わたしはにおいをたどっているだけで興奮するのです。怪しいにおいを嗅ぎつけたら、追わずにはいられません」。ポアロはこの比喩を何度も使っていて、一度などは自分のことを「とびきり優秀な猟犬」とさえいっている。

もちろん、これは比喩的な言い回しだけれど、『三幕の殺人』から三年後の一九三七年に出版された『ナイルに死す』でのふるまいをみてみよう。若くして巨万の富を相続したリネット・ドイルが殺害されたとき、この女性の船室を調査するために「ポアロは静かに手際よく捜索した。膝をついて床をインチ単位で細かく調べた」のだ。これはまったく比喩ではないし、ポアロがよく馬鹿にするふるまいにとてもよく似ている。この行為と奇妙に矛盾するポアロの意見は、ポアロが活躍する数々の本のなかに一度ならず出てくる。

ポアロよりまえのシャーロック・ホームズや、ポアロのライバル、クリスティーが生んだもうひとりの探偵ミス・マープルとは違って、ポアロは虫眼鏡を持ち歩いていない。むしろ、ヘイスティングズによれば、ポアロは「大きなカブみたいな懐中時計」を取りだすことのほうがはるかに多いようだ。ポアロは物理的な証拠を、謎を解くためのほんの小さなピースとみなしていて、パズルの残りは「心理学」で埋められると考えていた。これは、アガサが周りの人間をよく観察する人間ウォッチャーであると自称し、事件を解決するテクニカルな面よりも、殺人のような極端な行動に走る人びとの衝動や感情のほうを重視していたせいかもしれない。

とはいえ、微細証拠の調査が物語に不可欠なとき、アガサはポアロの態度を少し軟化させて、シリーズの多くで「形のある証拠を軽蔑している」ようにみえる場面があるにもかかわらず、ポアロに微細証拠の捜査を行なわせ、悪魔は細部に宿るという古い格言を心に留めていることを示すのだ。クリスティーは、六六編という驚異的な数の探偵小説を書き、五〇年に及ぶキャリアのなかで、つねに目新しくて興味を引く作品をつくりつづけた。そう考えると、もっとも多くの事件に挑んできた探偵の解決法が多種多様であるのも無理はないのかもしれない。ポアロは三三編の長編小説と二つの戯曲、五〇編以上の短編に登場する。いっぽうミス・マープルは一二編の長編小説と二〇前後の短編にしか登場しない。マープルは自分の調査方法にバラエティを持たさねばならないほど膨大な数の事件を手掛けていないし、ポアロと違ってプロの探偵でもない。ポアロが多くのテクニックを使い、探偵として成長しつづけたのは自然なことだろう。

『オリエント急行の殺人』でのエルキュール・ポアロは、有名な大陸横断列車の乗客のひとりになり、トルコのイスタンブールから自宅のあるロンドンへと向かう長旅の最中だ。季節は冬で、列車はルートの一部であるバルカン半島の雪深い地域を走っている。ところが不運なことに、列車は巨大な雪の吹き溜まりにつかまって立ち往生し、さらに不運が重なって、乗客がみな車内に閉じこめられているあいだに、ある人物が殺されてしまうのだ。この本ではふたたび、物的証拠に関係してポアロの矛盾した性質が示される。たとえば、殺されたサミュエル・ラチェットの客室を捜索しているとき、灰皿にあった二本のマッチの燃えさしを調べて、「形が違いますね。いっぽうは平たい。わかりますか？」と尋ねる。そういわれるまでは誰も気づかなかったが、そこはポアロ、ほかの人が気づかない些細なことに気づくのだ。こんなふうにポアロは数種類の物的証拠を調べ、詳細な情報を小さな灰色の脳細胞に溜めていく。同じ本のあとのほうで、ポアロはつぎのように説明している。「わたしが探すのは心理学的なヒントであって、指紋やタバコの灰ではありません。けれども、この事件では、ちょっとした科学的な裏づけを喜んで受け入れます」。そしてわたしは、これには具体的な理由があると考える。とくにこの小説では、ポアロとほかの登場人物たちは、外の世界から隔絶されている。雪に埋もれた列車の車両のなかで身動きが取れず、外の世界と連絡がつかない状態になっているのだ。つまり、この列車には微細証拠を嗅ぎつけてくれる〝猟犬〟がいないということになる。だからこそ、ポアロはこの小説で、シリーズのなかで唯一無二の科学的な実験（のちほど説明するが、燃やされた紙片にまつわる、ちょっとドキリとする実験だ）を行なったのかもしれない。

ところが、このような独特の隔離状態は、ほかの作品では言い訳として使えない。『スタイルズ荘の怪事件』で初めてわたしたちの前に現れたとき、ポアロはその後の作品に比べて科学捜査官じみていた。すでに述べたとおり、クリスティーはポアロに科学捜査バッグみたいなものを装備させていたが、それは現実の犯罪捜査でこの種のバッグが利用されるようになるよりずっとまえのことだ。この小説でポアロは、年老いたエミリー・イングルソープが亡くなった部屋を調査している。

ふいにボルト錠自体の何かがポアロの注意を引きつけたらしい。じっとみつめたあと、バッグから小さなピンセットをさっと取りだして微細な何かをつまみだし、小さな封筒にいれて丁寧に封をした。

ピンセットと小さな封筒とは。きっと、バッグのなかには微細証拠を扱う道具がいくつも入っているにちがいない。この場面を読むと、ポアロはこのような小さな物的証拠の鑑定士かと思ってしまうが、『スタイルズ荘の怪事件』はクリスティーのデビュー作であることを忘れてはならない。この物語はその後のほかの物語に比べてコナン・ドイルのシャーロックの影響が作品全体に染みわたっていて、エルキュール・ポアロの人格がまだ仕上がりきっていなかったとも考えられる。ひょっとすると、初めての探偵小説ということもあって、アガサは自分自身の知識よりもコナン・ドイルの法科学の知識を頼りにしていたのかもしれない。

そうはいうものの、次作の『ゴルフ場殺人事件』でも、ポアロは微細証拠に注目していた。毛髪という形で……几帳面なポアロにはその毛髪が目について仕方なかったのかもしれない。

ポアロは何気ないそぶりでいった。「昨夜、ムッシュ・ルノーが客人を迎えたのはこの部屋だったようですね」

「おや、なぜわかったんです？」

「これが革張りの椅子の背に」

そういって、ポアロは長くて黒っぽい髪の毛をつまみあげた。

この小説のあとのほうで、パリ警視庁のジロー刑事——ポアロの頭脳派ライバル——も同じ女性のものと思われる毛髪を一本みつける。

さらに物語が進んでいくと、ジロー刑事はその毛髪を女性容疑者の頭の近くに持ちあげ、「一致するかどうか、調べてもかまいませんか？」と尋ねる。毛髄質のような重要な特徴が肉眼で見えないことを考えると、現在のわたしたちの目には、この方法は法科学的に適切でないように映るが、この小説が書かれたのは一九二三年で、当時は、ナンシー・ティッタートン殺人事件のような事件はまだ新聞の第一面に出ていなかった。一九三一年になってやっと、毛髪の顕微鏡分析に関する重要なテキストブックが出版された(5)。その本のなかで著者のスコットランド人法科学者、ジョン・グレイスターはつぎのように助言している。

法医学的な捜査の分野では、動物や人間の毛の徹底的な調査が必要とされ……特定するためには、検査者は比較対照として出処が判明している毛を広範に採集し手元に置いておくべきである。

ティッタートン事件で活躍した科学捜査の先駆者ゲトラーが、例の重要な馬の毛の調査の（まえとはいわないまでも）ころにグレイスターの本を読んでいた可能性は非常に高い。『青列車の秘密』でポアロは、同じような毛髪の比較を行なっている。不幸な殺人事件の被害者、ルース・ケタリングのコンパートメントを捜索しているとき、ひざ掛け（おそらく毛布）を窓際に持っていって光を当て、被害者のものと思われる赤褐色の髪の毛を四本みつける。

ここでもまた、肉眼での単純な比較が行なわれているが、微細証拠を採取するときの基本的な前提がここにある。それは、発見した赤褐色の毛髪を、被害者の頭髪と比較することだ。しかし、この時点でわたしたちが知らされていないことがある。ポアロが毛髪のあった場所について何か思うところがある点と、それが事件に異なる光を当てることである。

それから一六年後に出版された『ゼロ時間へ』では、アガサが法科学の文脈で使われる毛髪に精通してきたことが示されている。また、ポアロというキャラクターがいないこの本では、あらゆる種類の微細証拠をふんだんに登場させているように思える。髪の房の発見は、最初からプロットの鍵になっている。白髪のトレッシリアン夫人殺害に使われた凶器と思しき「重い九番アイアン」（ゴルフクラブ）には、血痕だけでなく、白い毛もいくつか付着していた。検死を行なっている医師は「付着している血液を調べて、同じ血液型かどうか確認します。毛髪も分析します」という。〝分析〟というと科学的に聞こえる。少なくとも単にみつけた髪の毛を誰かの頭髪に当てて一致するかどうかを確認するよりは。この物語のなかの〝分析〟がどういうものかは、はっきりわからないけれど、光学顕微鏡を使った比較検査の可能性が高い。これは、アガサの法科学の知識が深まっていることを示す。もちろん、走査型電子顕微鏡は、この本が書かれた一九四四年にはまだ使われていなかった。しかし、現実世界の科学の進歩とクリスティーの小説のなかの科学の進歩はかなり現代に近づいてきていた。それでも、二〇世紀のこの時点では、毛髪分析の科学的知識は、警察官にとってさえ、まだかなり特殊なものだった。バトル警視は、「夫人は重いもので殴られたのです。そのゴルフクラブは重く、血と毛髪がついていて、彼女の血と毛髪に思われる。ということは、それが使われた凶器ということです」と話す。とはいえ、物語がそんなに単純なわけがない。あとになって、その九番アイアンは凶器ではなく、おそらく毛髪は仕込まれたものではないかという主張も出る。抜け目のない殺人犯を相手にするなら、微細証拠だけでは限界があるのだ。

警視が毛髪に対する顕微鏡の力を理解していないのなら、一般の人だって理解しているはずがない。『ゼロ時間へ』に登場する容疑者のひとりが、決定的な毛髪の証拠を示されたとき、それを調べれば何がわかるのか、まったく理解していなかった。

「殺人のあった夜のディナーで、あなたはそのダーク・ブルーのコートを着ていた。そのコートの襟と両肩にブロンドの髪がついていました。なぜついたのか、心当たりは?」

「おそらくぼく自身の髪の毛でしょう」

「いいえ、あなたのではありませんよ。女性の髪です。それに袖には赤毛もついていました」

「それは妻の、ケイのです。そのほかはオードリイのでしょう。ある夜に、カフス・ボタンがオードリイの髪に引っかかってしまったことがあります」

「その場合……ブロンドはカフス・ボタンにつくでしょうね」

この容疑者の幸先はあまりよくなさそうだ。もしかしたら犯人もジョン・グレイスターの本を読んでいればよかったのかもしれない。これらのことから、導きだされる重要なポイントがある。バトル警視は、それは女性の髪だといっているが、これは、当時の科学から結論が浮かびあがってきたわけではない。当時の顕微鏡レベルの科学的な分析手法を使って、ある髪の毛が女性のものかどうかを判断することはできない。けれども、肉眼では、おそらくバトル警視は髪の毛の長さやひょっとすると色や香りなども含めて、女性のものである可能性が高いと判断したのだろう。

「あらゆる接触には痕跡が残る」というフレーズの根底にある重要な概念は、微細証拠から、(指紋がそうであるように)ある現場にその人物がいたことを特定したり、その人と誰かとの接触を示したりすることが可能になり、その結果、その人の主張を裏づけたり反駁《はんばく》したりできるということだ。できないのは、その人の有罪を証明すること。『マギンティ夫人は死んだ』を例にすると、主人公で殺人の容疑者であるジェームズ・ベントリイにとって、その違いは重要だ。主人公のジェームズ・ベントリイは、この小説のタイトルになっている大家のマギンティ夫人を惨殺した容疑をかけられた。ベントリイは、法科学的な証拠がみつかればみつかるほど、ますます有罪にみえてくる。血痕と毛髪がベントリイの衣服から発見され、その毛髪がマギンティ夫人のものと一致する(ちなみに血痕もマギンティ夫人の血液型と同じ。血液についてはあとの章で考察する)。有罪はもう決定的なようにみえるが、つねに抜かりのないポアロは、さきほど述べた重大な違いをはっきり区別する。つまり、それらの証拠は、ベントリイが遺体と接触したことを示しているが、かならずしもベントリイが夫人を殺したことの証明にはならない。微細証拠は、捜査の鍵になる重要なツールだが、ほかの要素と組み合わせて考えなければならない。たとえば、マギンティ夫人の遺体が発見されたのは夫人の自宅だった。それはつまり、そこに下宿している容疑者ジェームズ・ベントリイの自宅でもある。ということは、ベントリイの身体に夫人の血や毛髪がついていたとしても、それは、犯人が家のいたるところに夫人の血や毛髪を付着させていて、ベントリイがそれにうっかり触れてしまったという可能性もある。あるいは単純に、ベントリイが遺体を発見して、夫人の生死を確認したときに袖に血や髪の毛が付着したのかもしれない。これらの証拠はもっと別のシチュエーション、たとえばジェームズ・ベントリイが隣の隣の町に住んでいて、マギンティ夫人には生前に一度も会ったことがないと警察に証言していたとしたら、もっと重要な意味を持っただろう。

微細証拠は、かなりたやすく偶然に付着しうる。さらに重要なことに、ノーサンブリア大学の最近の研究では、(6)紡織《ぼうしょく》用繊維は接触がなくても衣服のあいだを移動しうることがわかったのだ。これはもちろん、何キロも離れたところの話ではなく、たとえば同じエレベーターに乗っただけでも、微細な繊維が空中を漂って人から人へと移動していく可能性があるという話だ。つまり、殺人者とエレベーターや狭い部屋で一緒になったとき、その人の衣服から出た糸くずなどが自分の服に付着する可能性は、ゼロではない。この種の新たな研究は、クリスティーの時代の科学とはずいぶんかけ離れているが、科学的手法は繊細になればなるほど、正確な使用が重要になる。だからこそ、短編「ミスタ・ダヴンハイムの失踪」〔『ポアロ登場』収載〕のなかで、ジャップ警部に「微細証拠を軽視するのか」と尋ねられたときのポアロの答え――というよりアガサの答え――は完璧だった。

「とんでもない。小さな証拠も、それなりに役に立つでしょう。危ないのは、微細証拠が過度に重要視されることです。小さな手掛かりの大半は取るに足りないもので、重要なのはひとつかふたつしかありません。むしろ、大事なのは脳です。小さな灰色の脳細胞のほうですよ」ポアロは額を叩いた。「人が頼るべきものは、脳なのです」

前述のポール・リーランド・カークの言葉からも示唆されるとおり、微細証拠は、常識に基づいて考慮しなければならない。

幸いなことに、クリスティーの物語では物事はかなり単純なままで、土、砂、煤《すす》などの物質は捜査官を正しい方向に進ませるための手掛かりとして使われている。たいていの場合、アガサの探偵たちは、犯行現場に残っていた物質や容疑者に付着していた物質の存在を特定し、それがいかにしてそこにたどり着いたのかを再構築するだけで満足していて、それらの物質を分子レベルの構成要素まで分類したりはしない。

「死人の鏡」でポアロは、容疑者のひとりの靴にじっと注意を向ける。ルース・シュヴェニックス＝ゴアの靴から落ちた土の小さな塊を拾い、しばらく見分したのち、持ち前の几帳面さを発揮してゴミ箱に捨てる。

「すべてつじつまが合いましたよ。靴についていた土も、花壇の足跡も」

このときポアロはルースから話をきいて、ルースがいつ、なんのために花壇にいたのかを頭のなかで再現し、この女性の無実を確信する。とはいえ、そもそもなぜ、ポアロはルースの足をみていたのだろうかという疑問が浮かんでこなくもない。シリーズを通して、ポアロの性格はいろいろ変化していくのだが、なかでもとくに意外なのは、女性の足や靴、ストッキングを手放しで愛でているところだ。この物語だけでなくほかの作品でも、靴が事件解決の鍵になることが多い。たとえば『愛国殺人』〔原題は「一、二でくつはいて（*One, Two, Buckle My Shoe*）」というマザー・グースの歌名〕、『ひらいたトランプ』、『ＡＢＣ殺人事件』などでは、ストッキングや履物が重大な役目を果たす場面が出てくる。だがここでは、これ以上深掘りしないでおこう。

指紋と同じく、このような微細証拠の欠如が、容疑者や目撃者の話の矛盾をつくのに重要になる例もある。短編小説「クラブのキング」〔『教会で死んだ男』収載〕で、ポアロはヘイスティングズに、ある女性の靴が怪しいと話す。その女性の話では、恐怖のあまり庭の草むらを駆け抜けたらしいのだが、ポアロが自分の目でみた微細証拠とその話は一致しない――女性の靴には汚れがなくきれいだったのだ。

靴に限らず、微細証拠はいたるところでみつかり、『殺人は容易だ』にも登場する。この作品は、クリスティーの小説では数少ない純然たる殺人鬼を取りあげている。物語が進むなかで、過去の事件として描写されている死を含め一〇人ほどの死人が出るが、その大半が〝事故死〟とみなされている。けれども、（ウィッチウッドという魅力的な名前の）小さい村の人口を考えると、この本の語り手であり、にわか探偵でもあるルーク・フィッツウィリアムにしてみれば、茅葺《かやぶ》きのコテージやバラの茂みに天才的な殺人鬼が潜んでいることは明らかだ。

この作品では、頭部の傷についていた微細証拠によって、事故と思われていたその事件について、別の物語が導かれる。「後頭部に触れたとき、血でねとつく傷口にざらざらした砂粒の感触もあったんだ。でも、このあたりに砂はないから……」。では、砂の粒はどこから来たのだろうか。このほのめかしは、これが本当は殺人で、凶器が砂袋であるということを伝えている（砂袋はクリスティーの作品では比較的よく登場する凶器のように思う。『シタフォードの秘密』や『鳩のなかの猫』などにも登場するので、おそらくクリスティーの時代はわたしたちの時代よりも砂袋の出番が多かったのだろう。それは戦争のせいかもしれないし――軍事的な防御のために使われることが多い――作品の舞台になっている小さな農村では単純によくみられるものだったせいかもしれない）。クリスティーは「あらゆる接触には痕跡が残る」という原理を用いて、その場にそぐわないものがあることを、物語に出てくる探偵や警官だけでなく、読者にも伝えている。その手掛かりを一般の人に気づかせるには、専門的な設備がなければみえないほど小さなものではよろしくない。ラボで傷を調べてやっとみつかるような花粉の微細な粒子では、物語がスピーディに進まないのだ。

クリスティーは、目にみえるもうひとつの手掛かりとして、砂よりも細かい粉も微細証拠として使い、犯罪を再現することがある。短編集の『ポアロ登場』では、ポアロがヘイスティングズにこう語っている。「白い粉が少しくっついてしまって……フレンチチョークが」。『ゼロ時間へ』に登場する目ざといバトル警視も、ネヴィル・ストレンジのコートについて議論しているときに「微細(trace)」という言葉を使っている。そのコートからは、前述の毛髪をはじめ法科学的証拠がどっさりみつかったのだ。

「微細《トレース》な化粧用の白粉《おしろい》もついていました。コートの襟の内側にね。プリマヴェーラ・ナチュレルの一番です」

バトル警視は、白粉を使っているのはネヴィル・ストレンジではないとわかっているし、肌の色が濃いケイ・ストレンジが使っているのは「オーキッド・サン・キス」であることも突きとめており、元妻のオードリーが何か目的があってコートを着たことに気づいている。

もちろん、警視は trace という言葉を単に「わずか」という意味で使ったのかもしれない。けれども、クリスティーが微細証拠という意味で使っていたのなら、それは嬉しいことだ。とくに、デビュー作ではこの言葉を使用していなかったと知っている身としては（それがわかったのは、このテーマについて詳細に調べたからだが）。

バトル警視の捜査は堅実だ。けれども、警視がなぜ女性の白粉にこれほど精通しているのかは説明されていない。ひょっとすると、タバコの灰を好んだシャーロックみたいに、白粉についての研究論文でも書いていたのかもしれない。

アガサが使う微細証拠のなかで、ちょっと珍しいのが、殺人現場の空気中に残っていた香りの「微細証拠」だ。『エッジウェア卿の死』のなかでポアロは、香りをほかの典型的な証拠と同じように扱い、それらと並べてつぎのように表現している。「残念ながら、タバコの灰も、足跡も、ご婦人の手袋もなく、香水の残り香さえない。小説の探偵が都合よくみつけるような手掛かりは何もないですね」

においは科学的に数値化できない。それは現在に至っても同じだ（ただし、ガスクロマトグラフ質量分析装置［GC-MS］というような洗練された装置を用いて、死体から放出される揮発性化合物の検出方法を追求している研究グループはある）。しかし、初歩的なレベルでは、科学者や科学捜査官の多くが使うのは自分の鼻だ。たとえば、腐敗した死体のにおいはまちがいようがなく、捜査官を正しい方向に導いて死体を発見させる。遺体安置所では、犯罪小説でよくやるように、解剖に立ち会う人が鼻の下にメントールを塗ることは許されていない。死体からはその人がどのようにして亡くなったかを示すにおいの手掛かりが発生しているため、そのにおいを嗅げるようにしておかねばならないからだ。アルコール関連で死亡した死体からは、かなり甘い香りがすることがある。これはアルコールには高い糖分が含まれているせいであり、またそれが体内で代謝される仕組みのせいでもある。もっと有名なものでいうと、青酸カリはビターアーモンド（クヘントウ）のにおいがするといわれている。それでも、一〇人に一人はこのにおいを嗅ぎわける性質を遺伝的に持っていないので、青酸カリのにおいがわからない。検死解剖の際には、すべての鼻が臨戦態勢である必要がある。もちろん、特別な訓練を受けたイヌは、そのイヌが活躍する警察の部署によって、死体や可燃性の液体、ドラッグのにおいなどを嗅ぎ分けることができる。人間の鼻ではわからなくても、犯行現場の空気中には、まちがいなく何かのにおいが漂っているのだ。

香水の香りによって、被疑者のひとりが犯行現場にいたとほのめかされることもある。たとえば、短編「謎の盗難事件」〔『死人の鏡』収載〕に登場する「美しいブルネット」のミセス・ヴァンダリンのように。「あの女《ひと》は香水をたっぷり振りかけてるな」といわれるミセス・ヴァンダリンだが、この物語では、ある理由があって過剰に香水をつけているので、むやみに侮辱されるいわれはないようだ。この場面のあと、重要な書類がなくなって、その部屋にヴァンダリンがいたのかどうかが問題になり、つぎの台詞へとつながる――「彼女がいたら、においでわかるでしょう。あの香水のにおいで」。そんなわけで、いまのところにおいも重要な手掛かりになるようだ。手掛かりとしてにおいが登場する作品はほかに『白昼の悪魔』や『ホロー荘の殺人』があるし、『茶色の服の男』ではなんと、防虫剤のにおいが布の切れ端と組み合わさって登場する。これもある種の微細証拠だ。

誰であれ有能な探偵が、においのようなものを本物の証拠とみなせるものだろうか。アガサは、『マギンティ夫人は死んだ』などの後期の作品で、このアイデアを発展させていく。ポアロは、友人のミステリ作家アリアドニ・オリヴァーと、気の毒なマギンティ夫人やその他の犠牲者を死に至らしめた犯人を探しだす。アリアドニはたまたまこの事件の現場に滞在していて、独特な香水のにおいを嗅ぐ。ポアロはそのにおいはある容疑者のものと考えるのだが、その女性は「誰だってわたしの香水をつけていけるわよ」と声を荒げた。そう、たぶん誰かがそうしたのだろう。同じ女性の口紅が殺人現場のコップについていた事実も考えあわせると、この女性がひどいうっかり者なのか、誰かにやや強引に濡れ衣を着せられようとしているのか……。口紅も微細証拠のひとつだ（残念ながら唇紋を採取する口唇紋鑑定法は一九五二年にはまだ使用されていなかった。この手法を使えば、ポアロとアリアドニはもう少し早く真実にたどりつけたのかもしれない）。

最後になるが、アガサが物語で使用している多くの証拠と同じように、においの欠如も注目すべき現象だ。短編「厩舎街《ミューズ》の殺人」では、殺人現場に着くやいなや「エルキュール・ポアロはそっと、鼻をひくつかせた」。いつものように、鈍感なジャップ警部はポアロがなぜそうしたのかさっぱりわからず、その結果、つぎのようなユーモラスな会話が生まれる。

「においだって？　だから、最初に死体を調べたときあんなに鼻をクンクンさせてたんですね。その様子をみていたし、音もしていましたよ。クン、クン、クンてね。あのときは鼻風邪でも引いたのかと思ってました」

「見当ちがいもいいところですね」

ジャップはため息をつきながらいった。「いつも、すごいのはあなたの小さな灰色の脳細胞だと思ってました。鼻の細胞も脳みそみたいに誰よりも優秀だとか、いわないでくださいよ」

「まあ、まあ、落ち着いてください。わたしの鼻はすぐれているとはいえません。何も嗅ぎつけられませんでしたから」

「でも脳細胞のほうは、いろいろみつけたっていうんでしょ」

ポアロが何をみつけ、何をみつけなかったのかは、この物語を読んでのお楽しみだ。

ポアロの性格は矛盾に満ちているが、これはおそらくポアロの〝才能〟がとにかく完璧であるという事実から来ているのかもしれない。『アガサ・クリスティーの人生と罪』（*The Life and Crimes of Agatha Christie*）でチャールズ・オズボーンがこの矛盾に触れている。[7]

それでもやはり、ポアロは、自分にとって都合がよいときは、タバコの吸殻や落ちているマッチを捜しまわり、拾い集めるのも厭《いと》わない。ポアロには充分な自信とうぬぼれがあるので、そうしたいときはいつでも、自分の方針に反する行動ができる。

ポアロは精密さを崇めているし、骨の折れる科学捜査にも十二分に力を発揮できるが、顕微鏡をただ覗きこんで事実を述べるだけでは物足りないのだ。ポアロは心理学に長《た》けすぎるくらい長けている。伝説的な犯罪学者《クリミナリスト》ハンス・グロスは、自らの専門分野についてつぎのように述べたことがある。

犯罪学者《クリミナリスト》の仕事の大半は、嘘との戦いにほかなりません。真実をみつけ、嘘に反撃しなければならないのです。あらゆる場面で嘘に出会うのですから。[8]

この文は、アガサ・クリスティーの物語の大半をとおして進化していくポアロのことを言い表しているようにも思う。とくに、物的証拠をひとつも使わなかった作品ではそれが顕著だ。『五匹の子豚』ではこんな表現がある。「形あるものは消えていきます。タバコの吸殻や足跡、折れた草の葉。消えてしまったものをみつけることはできません」。また、『ひらいたトランプ』でポアロはこんなふうにいっている。「手掛かりは何もみつかりませんでした。指紋や、決め手になる書類や文書など、物的証拠がまったくないのです」。そして『ナイルに死す』では、

「わたしたちにはツキがないようだ。殺人犯は願いを叶えてなどくれない。カフス・ボタンも、

タバコの吸殻も、葉巻の灰も落ちていない。女性だったらハンカチや口紅や髪留めでも落としてくれればよかったのだが」

調べるべき物的証拠がないときは、別の方針で調査を行なわねばならない。ポアロにとっては願ったりかなったりだ。なにしろ容疑者と話して小さな灰色の脳細胞を働かせるのが好きで、顕微鏡で拡大された細部に目を凝らすより、全体像を眺めるほうに、はるかに重きを置いているのだから。

英語の「trace（トレース）」という言葉には非常に多くの意味があるので、アガサが小説を書きはじめたごく早い時期からこの言葉を使っていたのもなんら意外なことではない。白粉などの量がわずかであることを意味する場合であれ、警察がある現場で目撃された人を発見あるいは「追跡《トレース》」する場合であれ、法科学でこの言葉はすっかり定着している。とはいえ、「微細証拠《トレース・エビデンス》」という言葉は専門的な用語で、エドモン・ロカールの交換原理に由来するものであることはまちがいない。アガサは自伝のなかで「犯罪小説をいくつか書いていると、犯罪学への興味がわいてくるものだ」と述べている。[9]アガサはロカールの著作を読み、微細証拠の交換原理をよく理解していたはずだ。同じようにアガサはベルティヨンやそれより古いロンブローゾのことも研究していた。ロカールはアガサと同じ時代を生きた人物で、一九六六年に亡くなった。アガサ自身が世を去ったのはそれからほんの一〇年後だ。アガサは、香り、毛髪、土、砂などさまざまな微細証拠を作品のなかで扱っているが、物語に登場させていない微細証拠がひとつある。それは、銃発射残渣《ざんさ》（ＧＳＲ）だ。つぎの章ではその理由を探ってみよう。

第3章 法弾道学（銃器）

発砲したのはラトレル大佐だ。弾丸がどの銃から発射されたのかを知る方法はいくつかある。弾丸の線条痕と銃身内の線条《ライフリング》が一致するはずだ。

——『カーテン』

銃に比べてリヴォルヴァーという言葉には、どこかノスタルジックな響きがある。殺人ミステリやフィルム・ノワール〔一九四〇～五〇年代に流行した犯罪サスペンスや探偵もののアメリカ映画〕にぴったりの武器だ。そのレトロな魅力はもしかすると、究極の探偵ゲーム〈クルード〉に出てくる凶器のひとつという事実にあるのかもしれない。〈クルード〉が発売されたのは一九四九年だ。わたしのように、〈クルード〉とアガサ・クリスティーの両方を愛するファンなら、兵隊島の孤立した大きな屋敷を舞台にした「不可能犯罪」の傑作『そして誰もいなくなった』を一部ヒントにして〈クルード〉が作成されたという話に、胸を躍らせないはずがない。ゲームの作者アンソニー・E・プラットが一九四三年にこのゲームを考案した当初は、兵隊島に滞在していた不運な人たちと同じく登場人物は一〇人だった。殺人の道具も最終的なエディションより多く、その多くが『そして誰もいなくなった』で使われたものだった。毒薬の瓶、斧、皮下注射器はもとのゲームに含まれていたもので、それらはすべてアガサの本のなかで殺しの道具として使われている。そして、なんとジョン・カランが骨を折って調べ再生させた『アガサ・クリスティーの秘密ノート』では、アガサは〈クルード〉をテーマにした殺人ミステリの草案をメモしていた。(1)その作品が完成しなかったのは、残念無念ハゲチャ……いや、よそう。

アガサは毒物について幅広い知識を持っていたので、本のなかでいちばんよく出てくる殺人方法はおのずと薬理学的な性質のものになった。『魔術の殺人』のカリィ警部のようにアガサも「毒物には得もいわれぬ魅力がある……リヴォルヴァーの弾丸みたいに粗野ではないし……」と考えていたのかもしれない。あるいは、子どものころの悪夢に出てきた「ガンマン」と呼んでいたもの（自伝で述べられていた）のせいで、銃に対する恐怖が植えつけられたのかもしれない。アガサは何度もみたこの悪夢について、つぎのように語っている。「男の薄青の目と目が合ったら、わたしはいつも目を覚まして〝ガンマンよ、ほらガンマンが！〟と声をあげたものです(2)」。それでも、この〝粗野な〟飛び道具に尻込みしていたわけではない。アガサは銃器の知識を複数の作品を通じて深めていったようだ。それは実世界の銃器の進歩や当時の傾向と共鳴していた。アガサは、物語のなかで銃を使うことを一見ためらっているようにみえたし、『アガサ・クリスティーと14の毒薬(3)』の著者キャサリン・ハーカップによれば、「弾道学については何も知らないとすすんで認めていた」ものの、物語で使えるほどには充分知識があり、さらにその知識を深めようと幅広いリサーチを行なっていた。デビュー作『スタイルズ荘の怪事件』に銃は出てこないが、二作目の『秘密機関』ではリヴォルヴァーを取りあげている。一九三〇年に書かれた『牧師館の殺人』では、正確さを期するために積極的にリサーチしていたとはいえないまでも、銃器についての情報を目にすれば読んでいただろうことがみてとれる。一九二〇年代から一九三〇年代に生まれたいくつかの短編を数に入れると、凶器として銃器を使うことをためらっていたとしても、作家活動を開始した当初から、被害者を銃で葬っていたことは明らかだ。ハーカップによると、小説のなかで間接的に表現された死の原因も含めると、アガサが銃で死に至らしめた人の総数は四二人に及ぶ。これはたいした人数だ。アガサの殺人の道具といえばヒ素と思われがちだが、その毒であの世に送った人の数は全作品を通じてたった（？）一三人なのだから。

ほかの法科学の分野とはちがって、こと銃に関するかぎり、クリスティーは正しく使いこなそうと努めているのだが、ときおり充分に理解していないように思えるところがあって興味深い。たいていの場合、銃の構造や仕組みは正しく理解している。「死人の鏡」や『牧師館の殺人』にみられるとおり、弾道に関しては充分な知識もある。けれども、あとで述べるように、とくに会話の場面で、たまに用語が間違っていたり、銃の名前を混同していたりすることがある。とはいえ、アガサの知識がしだいに深まっていったことは、全作品を通してみれば明らかではあるのだが。『秘密機関』では、向こう見ずなアメリカ人ジュリアス・P・ハーシャイマーが、「人殺しに向きそうなオートマチック」と描写されていた自分の銃を、（おそらくフロイト的に）「リトル・ウィリー」と名づけている〔ウィリーはイギリスのスラングで男性器を指す〕。物語のかなり終盤で、このウィリーのことをアガサはリヴォルヴァーと表現しているが、これは正しくない。オートマチックとリヴォルヴァーはまったく別の種類の銃だからだ。それはそれとして、ハーシャイマーが必死のパッチで誰かを撃とうとして「リトル・ウィリーが火を噴くぜ」と叫ぶ場面は、かなりコミカルで笑える。

法弾道学は複雑だけれど、わくわくするテーマだ。アガサはまず基本的な知識を探り、そのあとプロットに合わせて銃器を自在に操れるように知識を掘りさげていったにちがいない。

法弾道学とは

法弾道学という用語は、犯行現場で使われた銃器に関する調査をすべてひっくるめて言い表すのに使われているが、「弾道学」自体は、発射体が飛んだ経路の研究のみを指す。銃が発砲されると、あらゆる方向へ手掛かりが飛び散る。犯行現場で最初（で大半は致死的）に有用な手掛かりとなるのは、発射されたもの、つまり「弾丸」で、二番目の手掛かりは、銃から押しだされる空《から》の薬莢《やっきょう》（「シェル」と呼ばれることもある）だ。第三の手掛かりは、銃身や薬莢を経由して銃から飛び散る一部焦げた火薬。火薬は銃から飛びでて銃を撃った人や防護服にかかる。その物質は簡単に検出することができる。これらの手掛かりはそれぞれ捜査に有用なので、銃が使われた犯行現場では、できるだけ多くの銃弾や薬莢、火薬が採取される。そうすることで、弾道学や銃器の専門家はつぎのことが可能になる。

- 犯行現場で発見された弾丸や薬莢を解析して、それらが発射された銃器の種類を特定する。
- 弾丸や薬莢を、特定の銃器やほかの犯行現場から採取したサンプルと照合し、ふたつを結びつける。
- 弾が発射された銃までの距離を推定したり、弾丸の軌道を計算したりすることで、犯行現場を再現する。

法弾道学という分野を理解するためには、まず銃器の種類を知り、それらのさまざまな仕組みを理解しておくと、捜査目的でどの仕組みをどのように使うのかが理解しやすくなる。ここからは、アガサが知識を深めていったように、この分野を少しずつ紐解いてみよう。

銃器

現代の銃器はすべてよく似た方法で動作する。引き金を引くと、撃針がカートリッジ後部の小さな衝撃感知装置（雷管や信管）を打つ。これによって弾丸に込められた起爆性の火薬が爆発し、弾丸が銃の尾筒《ブリーチ》（銃身の後ろ部分）から、銃身を通って標的へ向かって押しだされる。おおまかにいうと、銃には拳銃、ライフル銃、散弾銃《ショットガン》の三種類がある。

拳銃

名前が示すとおり、このカテゴリに含まれるのは、片手で保持して撃てるように設計された銃のみである。拳銃（「ピストル」とも呼ばれる）には、西部劇や推理小説でおなじみのリヴォルヴァー、セミオートマチックピストル、機関拳銃《マシンピストル》の三種類がある。リヴォルヴァーとセミオートマチックピストルは銃身が短く、このふたつの違いは弾丸を尾筒に送る方法にある。

・**リヴォルヴァー**は、シリンダーに複数の薬室があり、各薬室に手で弾丸を込める。薬室に込められる弾数は一般的には五発か六発だけれど、ものによっては一二発もの弾を込められるものもある。発射するには、弾薬筒（カートリッジ）が撃鉄の前に来るようにシリンダーを回転《リヴォルヴ》させねばならない。それゆえに「リヴォルヴァー」という名前がついている。撃鉄を引くとシリンダーが回転する。〝シングル・アクション〟リヴォルヴァーの場合、撃鉄は親指で起こすが、〝ダブル・アクション〟のリヴォルヴァーの場合は、引き金を引くと連動して撃鉄が起きるようになっている。使用済みの空薬莢は薬室に残るので、手動で取り除かねばならない。リヴォルヴァーは、シリンダー内のすべての薬室が空になるまで一度にひとつの弾丸が発射される。この仕組みが、ロシアンルーレットという恐ろしい〝ゲーム〟を可能にしている。シリンダーを回すとき、その薬室が空なのか、弾丸が収まっているのか、誰にもわからない。リヴォルヴァーは、クリスティーの作品、とくに一九二〇年代から一九三〇年代にかけてのフーダニットやスリラー、『エッジウェア卿の死』、『ナイルに死す』、『チムニーズ館の秘密』などに多く登場する。だからこそ、ヴィンテージの響きが強いのだろう。

・**セミオートマチックピストル**（まちがって「オートマチックピストル」や「オートマチック」と呼ばれることもある）とリヴォルヴァーとの違いは、回転するシリンダーではなく、弾丸が詰まった弾倉を介して弾丸が装塡され、空薬莢が自動的に銃から排出されるところだ。リヴォルヴァーと同じように、発射される弾丸は一度にひとつ。だから、引き金を引くたびに弾丸がひとつ発射される。とはいえ、弾倉には複数の弾丸が充塡されているため、自分が弾丸を引き当てて撃たれるかどうかは謎でもなんでもないから、ロシアンルーレットには向かない。クリスティーは弾倉に弾丸が充塡されるこの銃器の仕組みを知っていて、『ホロー荘の殺人』に出てくる風変わりなレディ・アンカテルにこういわせている。「標的に向かって何発か撃ったあと、うっかり一発だけ弾倉に残っていることもあるかもしれない」

・**マシンピストル**は正真正銘の自動小銃。セミオートマチックピストルと同じように、弾倉があって薬莢を自動で排出するが、大きく異なるのは、引き金が引かれているかぎり、弾薬が切れるまで弾が発射されつづけるところだ。セミオートマチックピストルのように何度も引き金を引く必要はない。マシンピストルを使ってロシアンルーレットをした場合の結果は……いうまでもないだろう。

ライフル

両手で抱えて撃つよう設計された銃身が長い銃。空薬莢の排出と新しいカートリッジの装塡は、レバーアクションライフルやボルトアクションライフルのように手動で行なうもののほか、セミオートマチック式やオートマチック式のものもある。ポアロはライフルを見下しているようだ。一九二三年に出版された「首相誘拐事件」〔『ポアロ登場』収載〕で、ポアロは「誰も真面目にとらえたりしないだろう。ライフルで撃つなんて。そんな過去の遺物で、うまくいった試しはないんだから」と語っている。これは奇妙な見かただ。ほかの銃器に比べてライフル銃は精度と威力が優れている。だからこそ、一九世紀半ば以降、ライフルは歩兵隊の標準的な武器だった。クリスティーは、当時開発されて間もないセミオートマチック銃がすばやく連射できるのに比べて、ボルトアクションライフルは発砲までに手間と時間がかかると考えていたのかもしれない。たしかに、さまざまな用途に合わせてさまざまな銃を使いわけるべきだ。典型的な例がつぎの散弾銃で、ライフルとはまったく異なる弾が発射されるため、まったく別の用途で使われる。

散弾銃（ショットガン）

前述の銃とは異なり、散弾銃は一般的に単一の弾丸は発射しない。散弾銃に装塡されるのは、装弾《ショットシェル》（カートリッジ）と呼ばれるもので、通常はプラスティック製（クリスティーの時代は紙製）の円筒に真鍮《しんちゅう》や鋼鉄の頭部がついていて、「ペレット」や「ショット」と呼ばれる鉛や鋼鉄の小さな球弾が詰まっている。発射された弾は一直線に飛んでいくというよりも、大きな雲みたいにさまざまな軌道で散っていく。アガサの小説の時代は、散弾銃は狩猟やクレー射撃に使う「鳥撃ち《バードショット》」と呼ばれる小さな装弾が込められていた可能性が高いので、あとで述べるように、殺人にはあまり向いていない。散弾銃には、さまざまな種類の弾がある。たとえば「バックショット」や、通常のショットシェルの装弾をまとめてひとつの大きくて堅い塊にしたような「スラッグ」など猛烈な破壊力を秘めた弾もある。

典型的なリヴォルヴァー

弾薬

現代の弾薬（骨董品や「黒色火薬」銃の複製は例外として）は、銃器の種類がどうあれ、すべてカートリッジの形になっている。カートリッジの起源は、火薬を包んだ紙をねじっただけのもので、銃口から弾を装填する初期の銃器で使用されていた。これにしばしば発射物が加えられたが、点火源だけはカートリッジの時代になるまで、火打ち石のように銃本体の一部だった。カートリッジ開発時の最後の突破口は、薬室を密封できるように伸びる枠（薬莢またはケース）で、可鍛《かたん》性があって薄く伸ばせる真鍮がこれにぴったりだった。この開発によって、現代的な点火部分も含まれるカートリッジができた。発射薬、発射体、点火用雷管《プライマー》がすべて風雨に耐えられる薬莢に収められ、銃の構造にたやすくフィットするように設計されている。カートリッジには、単一の弾（拳銃やライフル銃で発射される弾丸）も、ショット（散弾銃で発射される複数の玉）も含まれる。

ショット：散弾銃のカートリッジまたは装弾には、「ショット」と呼ばれる数百個の球弾が入っている。

さまざまな口径の弾丸

ショットガンという名前はこの「ショット」に由来する。球弾に加えて発射薬と雷管が入っている。カートリッジを振ると、音がすることがある。カートリッジが発射されると、先端が開き、ショットが円を描きながら飛び散るので、弾丸みたいに正確に的を狙う必要がない。だから、散弾銃はたとえば空を飛ぶ鳥を撃つのに使われる。

弾丸：初期の弾丸はシンプルな鉛の球体だった。弾丸を意味するbulletの語源はフランス語で「小さな球」を意味するbouletだ。一九世紀には、空気力学的にもっとすぐれた細長くて先の尖った弾丸が発明され、銃がこれらの弾丸をさらに速く発射できるようになると、もっと硬い金属の膜、つまり「ジャケット」が必要になった。鉛は弾丸の重みを保つために依然必要だったし（軽すぎると、進路から外れるし、ダメージが小さくなったりする）、ジャケットも鉛の形を維持するのに必要だった。ジャケットがなければ熱や圧力で鉛が変形し潰れてしまう。ジャケットは、弾丸の一部または全体を覆う。「フルメタル・ジャケット」という言葉を聞いたことがあるかもしれないが、これは全体《フル》を金属《メタル》で覆われたジャケットという言葉からきている。もっと低い圧力で発射される弾、たとえばショットガンのショットや、二二口径弾などはジャケットがなくても事足りる。

スラッグ：効果抜群のショットガン用の弾丸。大きな固体の発射体で通常は鉛や銅でできている。自家製でかなり粗雑なものもあるが、業者から購入することも可能。かなり大型の獲物を撃つときや、車両のエンジン部分を撃って走行を停止させるなど、大きくて頑丈な物体を標的にするときに使用する。スラッグを装填したショットガンは現代版のマスケット銃といったところで、現代の工学技術のおかげで精度は上がっているが、ライフルほどではない。

「弾丸《ブレット》」と呼ぶ銃弾を発射する銃には、銃身の内面に螺旋《らせん》状の溝が刻まれている。「線条《ライフリング》」と呼ばれるこの溝によって銃から発射される弾丸には回転が加わり、ジャイロ効果〔自転運動すると姿勢が乱されにくくなる現象〕で安定したまっすぐな軌道が得られるようになっている。散弾銃にはこの安定性が必要ではないため、銃身内部は滑らかだ。とはいえ、散弾銃の銃口は「絞り《チョーク》」といって、一般的にやや狭くなっている。この「絞り」は、球弾を長くまとめておく効果があるので、小さい鳥や大きい鳥など標的によって使い分けるようになっている。

アガサの小説で起こる発砲のタイプをみてみると、さまざまな銃が出てくることに気づくだろう。多種多様な銃が登場するのは、それぞれに使い道が異なるからだ。非常に遠く離れた場所から人を撃ち殺そうとするなら、弾丸を安定させて長い距離を適切な方向に飛ばせるように線条が施された銃を選ぶ。スナイパー・ライフルは、この用途にぴったりだ。とはいえ、アガサの小説にはスナイパーは出てこないし、アガサの時代に、ライフルを人殺しの道具に使うことはあまりなかったのも事実だ。いっぽう、ウサギや鳥など小さな獲物を撃つときや、致命的な一撃にそれほど大きな力を必要としないときなら、わたしはショットガンを選ぶ。球弾は広がり、一発の弾丸より遅い速度で標的に当たる。けれどもそれで事足りるし、標的を狙う精度があまり必要とされないからだ。アガサの小説で散弾銃を使った殺人事件はなさそうだが、作品によく出てくるタイプの人物、要は郊外で暮らす地主を含め上流階級の人びとは、狩猟パーティなど娯楽の道具として散弾銃を使っていることが多い。

クリスティーの小説のなかで登場する頻度がとくに高い銃は、リヴォルヴァーとセミオートマティックピストルだ。それらは近距離で人を撃ち殺すのに使われる銃で、クリスティーの物語ではそうやって撃たれる犠牲者をよく目にする。

キャリバー対ボア

銃の世界では、銃身の内部のサイズを示す方法がふたつあり、発射できる銃弾のサイズや重さで示される。みなさんはすでにご存じかもしれないが、これを**キャリバー**と**ボア**という（米国では「ゲージ」〔日本では径や番〕）。二〇世紀に入るころには、イギリスではショットガンや大型獣用のライフルなど狩猟用の銃以外ではゲージは使われなくなり、大半のライフルや拳銃にはキャリバーが使われるようになった。

・**キャリバー**はクリスティーが唯一使っている尺度で、銃身内部つまり「ボア」の大きさを一〇〇分の一インチで表す〔日本ではインチか口径で表す〕。これは銃身から発射される銃弾の直径と直接関係している。たとえば四五口径の拳銃（「フォーティファイブ」と呼ばれる）は直径一〇〇分の四五インチで、〇・四五インチの弾薬が使えるようになっており、通常「.45」と表示する。数字が小さければ小さいほど当然、口径も弾薬も小さくなるので、.22は一〇〇分の二二インチで、.45より小さい。これは、たとえば『牧師館の殺人』で、検死を行なったヘイドック医師が、傷の大きさをみただけで、「おそらく、弾丸は口径の小さなピストルから発射されたものでしょう、モーゼル.25などの」と判断をくだしていることからもうかがえる。このセリフで興味深いのは、「.25」がどう発音されるのか何も書かれていないことだ。慣例、つまり通常は小数点が省略されるので、イギリス式にいえば、モーゼル「トゥウェンティ・ファイブ」か「ツー・ファイブ」だ。ところが、ヘイドック医師がメルチェット大佐にその弾丸を渡したとき、大佐は「ポイント・ツー・ファイブか？」というのだ。軍人が「ポイント・ツー・ファイブ」というとは考えにくいが。

それから七年後の『ナイルに死す』で、クリスティーはつぎのように書いている。「非常に小さな口径《キャリバー》の銃だ。おそらく、〝トゥウェンティ・トゥ〟。そのあと、レイス大佐もこういっている。〝トゥウェンティ・トゥ〟とつぶやいて、弾倉を出した。〝二発発射されている……〟」。このくだりは、クリスティーの銃の知識が深まり、初期の作品での間違いに気づいたことを示している。初期の作品で「ポイント」を含めたのは、おそらくアガサが銃についての情報を断片的に読んだせいかもしれない。『ナイルに死す』で正しく記載できたのは、銃について誰かと話し、正しい読みを耳で聞いたためではないかと思う。

・**ボア**という単位はキャリバーより古く、かつてはあらゆる銃に使われていた。現在は伝統的にショットガンと大型獣用のライフルの一部にのみ使われている。ボアは、重量で銃口の直径を定義している。一二番の散弾銃は、理論的には一ポンドの一二分の一の重さの固形の鉛玉がはまる口径に相当する。いっぽう一〇番のショットガンは、一ポンドの一〇分の一に相当する。つまり、キャリバーと比べると少しまぎらわしいが、一ポンドをその数字で割るので、ゲージの数字が小さくなるほど弾丸は重くなる。だから、一六番の散弾銃は、もっともよく使用されている一二番の散弾銃よりも軽い弾を発射する。いちばんシンプルな考えかたは、一二番は一二分の一、一〇番は一〇分の一、一六番は一六分の一と覚えておくことだ。単純な分数にあてはめれば、何かの一六分の一は何かの一〇分の一よりも小さいことは一目瞭然だ。幸いアガサの本には、さきほど述べたとおり、散弾銃はそれほど頻繁に登場しないから、あまり気にかける必要はない。

かなり専門的だが、これらの情報は、犯行現場でよくみられる銃の種類や、それらの銃で使われる弾薬を記述するために使われるし、法弾道学の基本的な原則を深く掘りさげるまえの基礎知識として必要だ。これらのあらゆる構成要素がいかにして相互に作用しあうかが、この学問のもっとも重要な側面のひとつになる。だからこそ、アガサの短編小説「狩人荘の怪事件」〔『ポアロ登場』収載〕では「摘出された弾丸は、警察が保管しているリヴォルヴァーと同型のものから発射されたことが明らかになった」という表現ができるのだ。ある銃に装塡され、発射された弾には、その銃独自の痕跡がいくつも刻まれる。それらの痕跡は銃のさまざまな部位で弾の外側につけられるのだ。たとえば弾倉で擦痕が、撃針の衝撃で雷管を保持する金属の枠に特徴的なへこみがつき、その後火薬の爆発で薬莢には銃尾の傷が反転した痕跡が刻まれる。薬莢には排出されるときにも傷がつく。弾丸には銃身のなかを通り抜けるときに線条のせいで線条痕がつく。溝の間隔、大きさ、角度、方向、つまり時計回りか反時計回りかがその線条痕からわかる。多くの人がテレビ番組で、探偵が怪しい銃を拾うときに、鉛筆やペンを銃口に突っ込んで持ちあげるのをみているだろう。この方法は、一見グリップ（銃把）に指紋を残さないのでいい方法にみえるかもしれないが、銃身の内部を損傷してしまう可能性があるので、科学捜査的には間違いで、クリスティーの時代でもすでに知られていたことだ。一九三五年に出版された『現代犯罪捜査の科学』では、著者のハリー・ゾエデルマンがある場面で銃を「武器」と呼んで「武器を扱うときは、拾いあげるのに鉛筆などを銃身に差してはならない。この方法が推奨されている場合もあるが、この方法では、重要な手掛かりが台無しになる可能性がある」としている(4)。たしかにこれは、クリスティーが作品のなかでとくに言及していることではないが、古い法科学の慣習が現代のテレビ番組でもみられるということを示している。それと比べれば、クリスティーの作品はだんぜん先進的だ。

みつかった弾丸の大きさや形と、前述の情報をすべて組み合わせると、発射された銃の種類を特定したり、回収された弾丸が特定の銃と一致するかどうかを調べることができる。これは、前述の別の法科学分野で説明した固有特徴と型式特徴の混合だ。型式特徴というのは比較的一般的な特徴のことで、たとえば、三〇口径のライフルから発射された弾丸という表現ができる。固有特徴というのは、弾丸がジョン・スミスの三〇口径ライフルから発射されたとわかるような特徴だ。なぜなら、スミスの銃から発射された弾丸についた痕跡は、その銃から毎回弾丸が発射されるたびにその弾丸につくものだから。銃を専門とする捜査官はそれらの特徴を、新聞の記事みたいに簡単に弾丸から読み取ることができるし、多くの場合、犯行現場から回収された弾丸をある特定の銃器と一致させることができる。アガサは短編「死人の鏡」でこの照合について言及している。リドル少佐は銃殺されたジャーヴァス・シェヴニックス＝ゴアの事件を調べていて、検死を行なっている医師に弾丸があったかどうか尋ねる。医師があったと答えると、リドル少佐はこういう。「それはなにより。では、ピストルと照合するためにお預かりします」

法弾道学の歴史

現在のような効率のよい殺傷マシンになるずっと昔、一六世紀から一七世紀にかけての銃は、無骨で手間のかかる道具だった。軍用の銃器にはときおり紙製のカートリッジが使われたが、一般的にはばらばらのパーツから成っていた。火薬を銃身に込め、つぎに鉛でできた弾丸を「込め矢」〔鉄砲に弾を詰めるための棒〕で押しこみ、球状のその弾丸を安定させるために「詰め物《ワッド》」を加える（紙や植物の繊維、ときにはあわてててつかんだ草を詰めることも！）。この詰め物をしないと、弾丸は銃身から転がり落ちてしまう。本当に落ちたことがあるという話もある。これは控えめにいってもかなり緊張感が必要なようである。ライフル銃の弾は通常、ワッドの代わりに油を塗った布を弾丸の後ろに詰めて、線条の溝で弾丸が回転するようにする。点火するために、銃身の後方にある「火皿《パン》」と呼ばれる容器に火薬を入れ、火皿と銃身のあいだにある「ベント」または「タッチホール」と呼ばれる小さな穴をあける。火皿にいれた点火薬に点火すると、煙が立ちのぼり、勢いよく炎があがる。この火をタッチホールに向けると、高温の炎が噴射し、弾丸に点火される。すると、高温のガスが急速かつ大量に生じ、その圧力によって鉛玉が銃身を通って銃口から発射される。ときおり、タッチホールが詰まっていたり、点火《フラッシュ》の勢いが弱すぎたりすると、点火薬だけが発射されることもあった（これが「a flash in the pan」という成句の由来で、一時的に華々しくみえても最終的には失望させられることを意味する)。

銃が大量生産されるまえ、とくに銃身や弾丸の型など銃自体とその付属品は手づくりだった。したがって、弾丸には発射された銃独自の痕跡が残っていた。そのため、まずはそれぞれの弾丸を慎重に調査して、発射された銃を突きとめるという方法が求められた。とはいえ、鉛の弾丸や銃身やそのほか銃に永久的に使われる部分だけが手掛かりになるわけではなく、ときには見逃されやすい、使い捨てられる部品から、発射された銃が特定されることもある。

弾道学的な比較によって解決された史上初の殺人事件とされ、歴史に名を残すことになった事件がイングランドで起きたのは、一七八四年だった。クリスティーが生まれる約一世紀前のことだ。エドワード・カルショーという家大工《やだいく》が、リバプールからの道中で後ろをつけてきた泥棒に頭を撃たれた。地元の外科医がカルショーの検死を行なった。頭蓋骨を調べた外科医は、前装式のピストルから発射された球状の弾丸だけではなく、ワッドとして詰められた紙の残骸も発見した。紙は弾丸と同時に銃から発射されて傷口に付着したのだ。その紙は、ある曲の楽譜の一部と判明した。

警察が地元で聞き込みを行なったところ、一八歳のジョン・トムズが疑わしいという情報が得られた。トムズは逮捕されてすみやかに調べられた。するとポケットから破れた楽譜が出てきた。カルショーの頭部からみつかった紙とその楽譜がみごとに一致し、言い逃れできない証拠を前にしてトムズは罪を白状した。その当時の新聞はつぎのように報じた。「一七八四年三月二六日、ランカスターの巡回裁判にてウィルズ裁判官の面前で、ジョン・トムズはプレスコットのエドワード・カルショーを故意に殺害した罪で有罪となり、翌週の月曜日に処刑された」

カルショーの事件では傷口に残っていたワッドの紙が一致したが、弾丸同士の比較が話題になった最初の事件は一八三五年に起きた、ボウ・ストリート・ランナーズのヘンリー・ゴダード刑事が捜査した事件だった。ボウ・ストリート・ランナーズは一七四九年にロンドンで設立されたイギリス初の公式な警察機構として一般に認識されている。

当初はある領主の邸宅に強盗が押し入ったとみられ、この屋敷の勇敢な執事ジョセフ・ランドールが、武装した侵入者から主《あるじ》の資産を守ろうとして撃たれたと思われていた。ランドールは撃たれたが（とはいえ弾は外れた）、ランドール自身も強盗に向かって発砲して強盗を追い払ったので、誰も怪我をしなかった。ゴダード刑事は、犯行現場にあったすべての銃弾を慎重に調べ、屋敷と自分自身を守るためにランドールが発砲した弾丸のすべてに、「ごく小さくて丸いこぶ」という独特の欠陥があるのをつきとめた。ところが、現場に残されたほかの弾丸にも同じ小さなこぶがみつかった。侵入者の銃から発射されたはずの弾丸に、なぜ、ランドールの銃の弾丸と同じ欠陥があるのだろうか。調査を進めたゴダードは、これらの欠陥が弾の製造時にできるものと判断し、弾丸をつくるときの鋳型を回収しようとした。すべての弾丸は同じ製造者（この時代では、機械ではなく人）から供給されたものだということは、ゴダードはすでにわかっていたし、それが誰かも、うすうす感づいていて、弾丸の鋳型を手に入れられれば、犯人と断定するための強固な証拠になると考えた。もちろん、犯人はこの時代にこれほど弾道学が進歩していたとは露とも知らず、鋳型を隠してもいなかった。その人物とは、執事のランドールだ。弾丸にどれも同じ欠陥があるということは、すべて同じ銃から発射されたということになる。

そう、強盗事件は執事の自作自演だったのだ。

この科学的な証拠を突きつけられ、ランドールは自ら偽装強盗を計画したと白状した。動機は金ではなく、屋敷の女主人ミセス・マクスウェルの「歓心を買いたかったから」。要は夫人の財産を勇敢に守ったヒーローとして、気に入られたかったのだ。

一九世紀後半になってやっと、弾薬はカートリッジという形で認識されることのほうが多くなった。これは、火薬と弾丸となんらかの点火装置がひとつのコンパクトなケース（ジャケット）に収まったものだ。大量生産が可能なこのカートリッジは、それまでよりすばやく装填できて、ずっと効率よく使える現代的な連発銃発明への道を開いた。それが、アガサの小説で使われている銃や弾だ。ライフルやリヴォルヴァー、ピストルは大量生産され、店で合法的に販売されたり、世界大戦のあと兵士が故郷に持ちかえったりした。

この時代になると、大量生産によって線条《ライフリング》をほどこすコストが下がった。線条とは前述したとおり、銃身内面に刻まれた螺旋状の溝だ。これによって弾丸に回転が加わり、弾道の精度が高まる。このパターンは「ランド」と「溝《グルーブ》」で構成されている。ランドは銃身内部の隆起した部分（皮膚の隆起部分である指紋の隆線にあたる）、溝は銃身のくぼんだ部分（指紋の溝にあたる）だ。線条や弾道という言葉は、あまり聞き慣れない言葉でわかりにくいかもしれないけれども、じつは誰もが目にしたことがある。映画〈007〉のオープニング・クレジットで、ジェームズ・ボンドのさまざまなイメージに向けられた円形のシルエットのなかにある螺旋パターンが線条だ。

銃身内部に線条を刻んで弾丸の命中精度を向上させるというアイデアは、一五世紀半ばにさかのぼるが、この特徴が法科学的な重要性を帯びるのは、それから数百年後のことだ。アガサが執筆を始めたころに世を去ったフランスの犯罪学者《クリミナリスト》、アレクサンドル・ラカサーニュは、銃身の線条について理解していたのはもちろん、銃身に関するその他の不完全さによって弾丸の表面に跡が残り、その痕跡が発射された銃を特定するのに使えると認識していた。一八九九年に、ラカサーニュは歴史上初めて、殺人事件の被害者の遺体からみつかった弾丸についた線条痕と、幾人かの容疑者がそれぞれ所有していた拳銃の線条とを比較した。ちなみに、ラカサーニュが示した先駆的な証拠から殺人犯は逮捕され、最終的に有罪判決が下された。ラカサーニュは犯罪学の世界ではチェーザレ・ロンブローゾの好敵手で、ロンブローゾの本能的な理論の多くにある誤りを暴いた。また、すでに何度も登場しているエドモン・ロカールの師でもあった。

アメリカでは、一九二〇年代に、ふたつの領域や標本をじっくり見比べることのできる比較顕微鏡が、犯罪学者のカルヴィン・ゴダードとフィリップ・グラヴェルによって改良された。ふたつの顕微鏡を並べたような装置は、弾丸や薬莢などを並べて比較するのにぴったりの装置だった。この比較検査について考えようとするとわたしの頭にいつも思い浮かぶのは、ミクロな〝間違い探し〟だ。比較顕微鏡は法科学全体に革命を巻きおこした。そして、とくにゴダードは法弾道学の〝ゴッドファーザー〟のひとりとして知られるようになった。ゴダードは発表した論文でつぎのように述べている。

すべてのピストルの銃身には、ほかの銃では決して再現できない、その銃身だけに特有の微細で不規則な凹凸がある。この凹凸は、その銃から発射されたすべての弾丸にその痕跡を残し、いわばその銃身の指紋となる。(5)

こうしてみてみると、わずか一〇年ほどのちに出版された『ナイルに死す』で、この比較的新しい銃弾の比較方法をクリスティーが取り入れていたことには大きな意味がある。その小説のなかでベスナー博士は、船上で発砲されたのはいったいどの銃かについて語るときに、「もちろん、弾丸が摘出されるまでは、はっきりとしたことはわかりません」と話している。おそらくクリスティーは、ゴダードの論文か、論文まではいかなくても、なんらかの形で研究の結果が報告されているものを読んだのだろう。現在のわたしたちも新聞などを読むと、「新たな研究の成果が……」という見出しをみることがある。また、そのころには、設立から一〇年近くたっていたイギリス推理作家クラブでも、興味深いニュースとして話題になっていたにちがいない。

ゴダードとグラヴェルは一九二五年にニューヨークで伝説的な法弾道局を設立した。この局が伝説となったきっかけは、世界的に悪名高いギャングが起こした殺人事件の捜査だった。

一九二九年のバレンタインデーに、シカゴのある車庫の壁に沿って六人の男が一列に並ばされ、銃で撃たれた。のちに「聖バレンタインデーの大虐殺」として知られるようになる事件だ。犠牲者の大半はその場で死亡したが、それぞれが平均二〇発もの銃弾を受けていたのだから当然といえば当然だろう。けれどもなかには病院まで持ちこたえた者もいた。六人は〝バグス〟・モランというギャングの一味で、トンプソン・サブマシンガン（トミーガンという通称のほうが有名）を持った四人の男に撃たれたと報じられた。クリスティーは意外とこの銃にはなじみがあった。『忘られぬ死』（一九四四年刊）のなかで、「殺す《ヤル》」という言葉について議論しているとき、ルシーラ・ドレイクはこう述べている。「あの恐ろしい言葉は、ギャングがトミーガンでお互いを殺しあうようなときに使うものじゃないかしら。あの手のものがイギリスになくて、本当によかったわ」

この種の犯罪は、さまざまな形でギャングの抗争と結びついていることが多い。聖バレンタインデーの大虐殺もそのせいか公式には未解決のままだ。あの日、血まみれの車庫に向かった警察は、ひとりの男にまだ息があるのを発見し、男に犯人の名前を尋ねた。男は死ぬ間際でさえ「話すことは何もない。誰にも撃たれてなどいない！」と答えていたが、検死の結果、男の言葉とは裏腹に体内からは七発の弾丸が出てきた。

それから一年後、ミシガン州で起こった別の事件の捜査中に、二挺のトミーガンが殺し屋として知られていたフランク・バークという男の家から押収された。カルヴィン・ゴダードが直感で、シカゴの大虐殺で使われた銃弾とこれらのトミーガンの銃弾を比較したところ、ぴたりと一致した。これは、一年前の聖バレンタインデーの大虐殺でバグス・モランの手下を処刑するのに使われた銃であり、マフィアの仕業であることを示していた。つまり、モランの宿敵である悪名高いアル・カポネの指示による可能性が高かったのだ。けれども、バークとその一味は罪に問われなかった。一説によると、これは当時はびこっていた警察内の汚職が原因ともいわれている。したがってこの事件は〝公式には〟未解決だが、ゴダードの法弾道学に基づく捜査のおかげで、科学的に解明することはできた。

一九七〇年代の愛すべきミュージカル・コメディ〈ダウンタウン物語〉は、子役たちが生クリームで撃ち合う〝ギャング〟を演じていたが、アメリカの歴史のなかでもとくに暗く血なまぐさい時代をヒントにしているというのは、なんだか落ち着かない。

アガサ・クリスティーの小説とギャングは結びつかない気がするけれど、意外とギャングについて書いている箇所はある。『ポアロ登場』では「マフィア、あるいはカモッラ」について言及しているし、『オリエント急行の殺人』では「小説などに出てくる凶悪な人殺しのイタリア人ではないんです」という言葉がある。この物語の悪役である「ミスター・ラチェット」は、マフィアとのつながりを隠すために偽名を使っているとほのめかされている（ちなみに「ラチェット」とはリヴォルヴァーの一部を差す。アガサはこのことを知っていたのだろうか）。『エッジウェア卿の死』では、アメリカ人の女優ジェーン・ウィルキンソンが、夫の殺害について考えたとき、ロンドンにギャングがいないことを嘆き「もちろん、ここがシカゴだったら、さっさと殺してもらえるでしょうね。でも、イギリスでは腕のいい狙撃手に泣きつくなんてことはできないもの」と語るというユーモラスな場面がある。それに対してポアロは、「こちらでは、どんな人間でも生きる権利があると考えていますから」とそっけなく応じている。アガサといえばコージー・ミステリというイメージが強いので、ギャングの行動について述べるのは珍しいことのように思えるが、少女時代から始まった新聞からニュースを得るという習慣には暗い側面もあった。クリスティーは自伝のなかで、毎日祖母に新聞の記事を——「恐ろしい乳児殺し、レイプ、密かな悪徳商法など、年寄りの生活に刺激を与えるものならなんでも」読んで聞かせていたと語っている[6]。そして、アガサ自身も年を重ねるにつれ、祖母や上品な老婦人探偵ミス・マープルと同じように、人間の暗い性質に興味を持つようになったのかもしれない。

「聖バレンタインデーの大虐殺」と同じころ、イギリスのエセックスでは異常で残虐な銃撃事件が発生していた。一九二七年九月のある日、午前四時ごろ、ジョージ・ガタリッジ巡査はシフト勤務を終え、相棒のシドニー・テイラー巡査と別れて自宅までの一マイルほどの道のりを歩きはじめた。そして帰らぬ人となったのだ。朝の六時ごろ、地元の郵便配達員が道端に何か大きな物体が落ちているのに気づいた。よくみようと近づくと、それは人だった。ガタリッジ巡査は草の茂った土手に、もたれかかるような姿勢で息絶えていたのだ。片手に鉛筆、片手にノートを持ち、両足は道路に投げだされている。左耳の下にふたつの弾丸の射入口があり、首の右側にはふたつの射出口があったことから、死因は銃殺であるのは明らかだった。ところがぞっとすることに、両目も至近距離から撃たれていた。人の尊厳を犯すようなこの行為は敵意のあらわれとみなされ、野蛮な銃撃事件はイギリス全体に衝撃を与えた。じつは殺人犯のこのような行為は、「人が死ぬ前に最後にみたものは、何らかの形で網膜に写しこまれ、その像を写真に撮ることができる」という、かなり古い迷信によるものとも考えられる。オプトグラフィとして知られているこの迷信を信じている犯人が、ガタリッジ巡査が最後にみたものを消すために両目を撃ち抜いた可能性もある。犯人は殺害後に車で走り去った。犯行現場では、道路から二発の弾丸が摘出され、その後の検死解剖で巡査の遺体からさらに二発の弾丸が摘出された。

同じころ、殺人現場から一〇マイル離れた場所で盗まれた車が、ロンドンのブリクストンに乗り捨てられているのがみつかった。車は血まみれだった（興味深いことに、それはモーリス・カウレーという車で、アガサ・クリスティーが初めて購入したお気に入りの車とまったく同じ型式だった。アガサは、一九二四年に『茶色の服の男』の連載権を五〇〇ポンドで売り、その収入でこの車を買ったのだ。一九二四年の五〇〇ポンドといえば相当な額で、現在の価値でいえば約三万ポンド〔日本円で五〇〇万円近く〕にあたる）。この盗難車は、エセックスからロンドンに向かう途中で、ガタリッジ巡査の巡回区域に持ちこまれたのではないかと思われた。もちろん車についた血痕を調べる必要があるが、車のなかにあった珍しい薬莢も重要な手掛かりだった。この薬莢には独特な傷があった。槊杖《さくじょう》という銃の掃除用の棒で銃身内に傷がつき、その銃身の傷のせいで薬莢に痕跡が残った可能性が高かった。空薬莢がこの盗難車のなかでみつかったということは、銃が使用されたばかりなのはまちがいない。

当時、銃器の製造者でありロンドン警視庁のコンサルタントでもあったエドウィン・チャーチルの甥（だが、ウィンストン・チャーチルとは無関係の）ロバート・チャーチルは、一九一一年から数々の事件の調査を行なっていて、銃器の専門家として確立した評判を得ていた。ロバートは、ガタリッジ事件の現場から採取された弾丸を調べ、型式特徴や線条痕などから、凶器となった銃はウェブリー・リヴォルヴァーだと結論をくだした。これが捜査のとっかかりとなり、数カ月にわたって大量のウェブリーが押収され、分析されたものの、どれもこの殺人事件の凶器ではなかった。押収したリヴォルヴァーから発射された弾丸の薬莢にはどれも、犯行現場で発見された薬莢と同じ傷が生じなかった。つまり盗難車の薬莢と一致する独特の特徴を示すものがなかったのだ。情報提供が呼びかけられ、一九二七年当時としてはこれまた莫大な額である二〇〇〇ポンドの懸賞金がかけられた（現在の価値で約一二万七〇〇〇ポンド〔日本円で二〇〇〇万円以上〕。一九二〇年代にこれほどの大金がばらまかれていたと誰が知り得ようか）。その結果、最終的に警察が殺人犯として捕えたのは、車泥棒として知られているフレデリック・ブラウンとパトリック・ケネディだった。当時としては先駆的な科学捜査によって、事件は解決へと向かった。ブラウンとケネディは、盗難車に乗っているところをガタリッジ巡査に停止させられ、巡査を撃ったことを認めた。一九二八年五月にふたりが死刑に処されたあと、ある新聞は「顕微鏡で絞首刑」という見出しでこの事件を報じた。この見出しは新たな科学的捜査手法によってふたりの殺人犯が逮捕されたことを簡潔に言い表している。

　この事件が世間を沸かせたことを考えると、アガサはこの事件をよく知っていたにちがいない。その視点でみると、作品のなかに交霊会やテーブル・ターニングという降霊術〔日本のこっくりさんに似た現象〕、幽物質《エクトプラズム》など同じような秘義的な要素をたびたび登場させていたというのに、一度もオプトグラフィについて

ロバート・チャーチルと比較顕微鏡

書いていないのは、意外に思える。「超自然現象」でミスリードを誘う作家にとっては、恰好の材料になっただろうに。

　おもしろいことに、ロバート・チャーチルがアメリカに視察旅行に出かけた年、「法科学の父」と呼ばれたカルヴィン・ゴダードが、銃器鑑識に比較顕微鏡を用いて成果をあげ、マスコミの話題をさらっていた。イギリスに戻ったチャーチルは、ロンドンで独自の装置をつくらせた。その装置はのちに「物言わぬ探偵」として知られるようになる。比較顕微鏡の画像みたいに、法弾道学はイギリスとアメリカで横並びに発展していった。

　アガサの小説には、かなり早い時期から法弾道学的な材料が意外と多く登場する。ひょっとすると、アガサは世間が思っているほど銃を恐れていなかったのかもしれない。あるいは、作品のなかで銃はとくにドラマティックな凶器になると認識していたため、銃への恐怖を克服したのかもしれない。

　弾道学という側面からみると、アガサの小説のなかで銃がもっとも多く登場する科学的なミステリは『ナイルに死す』だ。この作品はアガサの小説のなかでもとくに有名な作品のひとつといえる。ポアロ・シリーズの長編一五作目で、推理小説家のジョン・ディクスン・カーから「史上最高の推理小説一〇選のひとつ」と評された傑作だ。[7]
物語はナイル川クルーズの船上で起きたいくつかの発砲事件を巡って展開していく。エジプトのこの有名な川をゆったりと漂うように進む客船カルナック号。乗客のひとり、リネット・ドイルは、美しさとおどろくほどの財力を備えたアメリカ人の資産家だ。船には彼女の新婚の夫サイモン・ドイルだけでなく、辛辣で嫉妬深いサイモンの元妻ジャクリーン・ド・ベルフォールも乗っている。ジャクリーンはリネットにサイモンを奪われたと思っていて、ふたりの新婚旅行にのこのこついてきて、四六時中ふたりをつけまわしては、ふたりをなじる。二件の発砲事件では死人が出たが、それぞれ別の銃が使われた。最初の犠牲者は——ジャクリーンの怒りをみれば明らかで、おそらく意外でもないだろうが——リネット・ドイルだ。リネットは「至近距離から頭を撃たれた」。ほかの犠牲者はどうやら巻き添えを食っただけのようにみえる。ところが、この表向きは洗練された豪華客船に乗っているほぼ全員が「銃を所持している」らしいので話がややこしくなる。ご婦人方の何人かは、真珠貝の銃把《パール・グリップ》の小口径ピストルで武装している。それはまるで女性用の上品な玩具のようと描写されている。とくにジャクリーン・ド・ベルフォールのものと思われるピストルは、ポアロの言葉を借りれば、「装飾的な模様がついていて、J・Bというイニシャルが入っています。これは贅《ぜい》を凝らした、とても女性的な一品ですが、人を殺《あや》めることのできる凶器なのです」。そんなこんなで、捜査に加わっているレイス大佐は「この忌まわしい客船に乗っている女性はみな、おもちゃみたいなパール・グリップのピストルを持ち歩いているのか」と腹立たしげにぼやくに至るのだ。たしかに、当時ならその可能性はおおいにあった。一九三七年（『ナイルに死す』が出版された年）に銃器法ができるまで、銃は非常に手に入れやすく、広く普及していた。女性たちが好んだのは、ハンドバッグにらくに収まり、化粧用のコンパクトの隣にあっても違和感のない上品で装飾的な武器だった。じつをいうと、一九二〇年代には、ヴァイドリッッヒ・ブロスをはじめとするいくつかの化粧品会社はなんと、ピストル型の化粧用コンパクトをつくっていた。グリップ部分にパウダー、銃身には弾丸の形をした口紅が収まっていた。その八年前に出版された『七つの時計』では、ロレーン・ウェイドという登場人物の様子がつぎのように描写されている。

ドレッサーの引き出しをあけて、象牙のグリップの小さなピストルを取りだした。ぱっと見には、おもちゃにしかみえない。前日に〈ハロッズ〉で購入したばかりで、とても気に入っていた。

イギリスに住んでいる人にとって馴染み深い有名な高級デパート〈ハロッズ〉で銃が売られていたとはにわかに信じがたいかもしれないが、本当に販売されていたのだ（それに、たぶん銃の形をした化粧コンパクトも）。一九二〇年代から一九三〇年代にかけて、ロンドンのオクスフォード・ストリートにある〈セルフリッジズ〉ではなんと、最上階にデパート独自の女性だけの銃愛好会もあった。とはいえ、ナイル川クルーズに銃を持ってきていたのは女性だけではなかった。ミスター・ペニントンは、もっと大きな銃を携行していた。物語のなかでは「コルトの大型リヴォルヴァー」と説明されている。この銃はのちに盗まれ、別の犠牲者を撃つのに使われる。なぜそんなことが起こったのかとポアロが客に尋ねると、ペニントンは、旅に出るときはいつもリヴォルヴァーを持っていくと得意げにぺらぺらしゃべっていたという答えがかえってきた。

裕福な社交界の人びとの会話で自然に出てきた話題としては、なんと奇妙なことか。誰もがこんなふうに銃を持っていて、銃の話題で盛りあがる舞台に、遊覧船は似つかわしくない。まるで全米ライフル協会の会合だ。とはいえ、イギリスで銃器法がちょうど成立したばかりという状況はこの小説でもはっきり示されており、このあとイギリスは、世界でも有数の厳しい銃規制を行なうようになる。

こんな説明は野暮だけれど、正真正銘のフーダニットであるこの作品『ナイルに死す』の独特の雰囲気は、強固な科学と弾道学の知識に支えられている。まず、恋人に捨てられたジャクリーン・ド・ベルフォールがいくら元親友のリネット・ドイルを殺したいと口にしていたとしても、ジャクリーンの銃が凶器とはかぎらない。「彼女のピストルが使われたのかはまだ明らかではない」ため、探偵は検死解剖でさらに情報が得られるまで、結論は保留にしている。これは、黄金時代の殺人ミステリにしては革新的なアプローチだ。アガサの登場人物たちは、状況に基づいて推理するのではなく、もっと論理的な捜査を好み、読者にも同じように行動することを奨励している。

さらに、撃ち殺されたリネット・ドイルの頭の傷も非常にリアルに描かれている。

「ほら、この耳のすぐ上のところ、ここが弾の射入口です。弾はかなり小さくて、二二口径くらいでしょう。至近距離から撃たれています。みてください、ここが黒ずんでいます。皮膚が焦げているのです」

発砲時、銃身から発射されるのは弾丸だけではない。煙やガスも、さまざまな割合の未燃焼、燃焼済、燃焼中の推進剤とともに排出される。銃口が標的の表面に接触するか、またはごく近くにある場合、この煤状の混合物が標的の表面に移行する。それが皮膚の場合は、煤の粒子が実際に皮膚に浸透して、引用した文にあるとおり「黒ずんで」みえることがある。これは法科学的には「タトゥーイング（煤暈《ばいうん》）」と呼ばれている。この呼び名は、煤の浸透した皮膚が針を使った美容上のタトゥーに、非常によく似ていることからきている。似ているのは見た目だけでなく、商業的なタトゥーのインクと同じように炭の粒子が皮膚の表皮に沈着する。黒ずみの程度によって、弾道学の専門家は、銃が発射された距離を判定することができる。銃が発射されるとき、その残留物は、銃の後方にも噴出し、撃った人の手袋や手の皮膚に飛び散る。クリスティーはこのような銃発射時の残渣（ＧＳＲ）検査について一度も記述していない。それは、この検査が標準的な捜査法に組みこまれるようになったのが一九七〇年代だったからだ。アガサの時代にも発射残渣の検査法はいくつか存在していたが、やたらと時間がかかるし未熟なものだった。

アガサは『愛国殺人』などほかの作品でも、弾丸の射入口が黒ずんでいると書いている。それによって物語にリアリティが生まれる。けれども『ナイルに死す』では、クリスティーはリネットが受けた傷のイメージをリアルにするためだけにその描写をいれているわけではない。これは、ほかの発見と合わせて考えると、パズルを解くための重要な手掛かりになる。エルキュール・ポアロとレイス大佐のあいだで交わされた会話からも、それがうかがえる。

ポアロは穏やかに答えた。「それにしても……奇妙だ。お気の毒な《セ・ポーヴル》マダム・ドイル。安らかに横たわって……頭には小さな穴があき、マダムがどんな様子だったか覚えているでしょう」

レイス大佐は、ポアロが言外に何かを伝えようとしているのはわかったのだが、何を指しているのか、さっぱりわからなかった。

そのほかに発見したもののひとつが、濡れたベルベットのストールかスカーフのようなものだ。これは問題の小型ピストルを包むのに使われ、小さな穴がいくつもあいていて、一部が焦げている。けれども、ポアロがのちに指摘したとおり、このストールにはもうひとつ別の使用目的があった。おそらく銃声を消すために使ったのだろうと、ポアロはレイス大佐に説明する。この名探偵だけが、それが意味することの重要性を鋭く見抜いていて、あとでつぎのようにくわしく説明している。

「ドクター・ベスナー、あなたはリネット・ドイルの遺体を調べましたね。傷の周りには焼け焦げたような跡があったのを覚えておいでしょう。あれはつまり、ピストルが頭のすぐ近くで撃たれたことを意味しています」

ドクター・ベスナーは、たしかにそのとおりだと答える。ポアロはそこで矛盾を説明する。銃声を消すためにピストルにベルベットのストールが巻かれていたのなら、リネットの頭部に焦げ跡はつかないはずではないか。

ポアロのいうことはもっともだ。ドクター・ベスナーは、病理学的には正しい見解を示したが、間に合わせの消音装置の重要性を理解せずに、ストールとピストルを安易に結びつけていた。けれども、ポアロのいうとおり、ベルベットのストールで包まれたピストルでリネット・ドイルが撃たれたのなら、撃たれたときの傷には焦げ跡はつかないはずだ。では、ベルベットのストールを通して撃たれたのは何か、または誰なのか。この物語についてはこれ以上はヒントを出せない。この作品はわたしの一推しのひとつなので、あなたがまだ読んでいないなら、ネタばらしをして台無しにするわけにはいかない。けれども、法医病理学のちょっとした専門知識と、弾丸がどうやって銃身に挿入されるのかという知識をたまたま持っていたら、巧妙なこのミステリの謎を解く大きな助けになるだろう。

アガサは肩慣らしもせずにいきなり、法弾道学をひとつのテーマにしたきわめてテクニカルなフーダニットを書きはじめたわけではなく、かなり初期の作品から程度の差はさまざまだが銃を登場させていた。一九三二年に出版された『邪悪の家』では、一発の弾丸から物語が始まる。この作品はポアロ・シリーズの六作目にあたり、アガサ・クリスティーの人生のなかでもとくに多作な時期が始まろうとするときに書かれた。当時のアガサは執筆を本業にすることを受けいれつつあり、まちがいなく、自分の力量に自信を深めていた。本書は、休暇旅行でコーンウォールにやってきたポアロとヘイスティングズが、若くて能天気なマグダラ・〝ニック〟・バックリーとその友人たちに出会う場面から始まる。ニックは命を落としかねない出来事に何度も出会っていた。落ちてきた石にもう少しでぶつかりそうになったり、油絵が落ちてきて下敷きになりかけたり、挙句の果てには帽子のつばに銃弾が貫通したらしき穴があいていた（ニック自身は、飛んできた弾丸をスズメバチだと思っていた）。ポアロはこの若い女性を守らねばと決意する。帽子に穴をつくった銃がどれかを予測する方法はこの本では説明されていないが、ポアロは放たれた弾丸を見つけ、帽子の穴の具合から使われた銃はモーゼルだと断定する。帽子の穴についてヘイスティングズは、「小さくてきれいなほぼ真ん丸の穴だ」と表現しているが、それ以上の説明はない。けれども、ポアロは警察官や私立探偵として弾丸の穴を嫌というほどみてきたはずなので、その経験から推定の精度は高いのだろうとわたしたち読者は考える。ニック・バックリーの帽子の穴は「小さい」と表現されている。モーゼルC96の標準的な口径が〇・三〇インチという点も、銃の型式の特定に役立ったのかもしれない。また、当時はモーゼルC96が販売されているピストルとして非常に人気があったという事実からも、推測されたと考えられる。この銃は、ウィンストン・チャーチルに「世界一の銃」と呼ばれたことで、さらに人気に拍車がかかった。みつからないモーゼルについては、あとになってつぎのように語られる。「あれは父のです。父が戦争から持ち帰ったものなのです」。このセリフからは、当時の特定の年齢層の男性の大半がこのタイプのピストルを持っていたらしきことがほのめかされている。モーゼルC96は、「箒の柄《ブルーム・ハンドル》」というニックネームで呼ばれ、現在は銃の象徴のような存在として世界中に知られている。映画〈スター・ウォーズ〉シリーズでハン・ソロが愛用しているブラスター・ピストルのモデルになった銃でもある。

モーゼルはアガサ・クリスティーの本によく登場する。たとえば『牧師館の殺人』、『ホロー荘の殺人』、『ナイルに死す』など。『予告殺人』と戯曲『招かれざる客』では、モーゼルのことをいっているらしき場面が何度かある。「外国製の、ヨーロッパ大陸ではありふれた」とか、「リヴォルヴァーにも疑問がある。あれはドイツ製だ」とか、「でもこの国には、大陸製の銃がごろごろしている」とか、「この銃は〝戦争から持ちかえった記念品〟だ」とか。このように頻繁に登場するからといって、モーゼルがアガサのお気に入りだったというわけではないだろう。銃に興味がないといっていたアガサにとくに好みがあるとは思えない。単にモーゼルがそれだけ一般的な銃だったということだ。

『邪悪の家』に戻ろう。穴をつくった弾丸が至近距離から発砲されたのなら——たとえば、誰かがミス・バックリーの帽子に銃を当て、その布越しにニックの頭に向かって撃ったとしたら、『ナイルに死す』でリネット・ドイルが殺されたのと同じように、銃口の跡がほぼ確実に帽子に残り、その痕跡から弾道学の専門家によって一挺のモーゼル・ピストルが探し当てられただろう。銃は、肌と同じく布などにも痕跡を残す。『邪悪の家』に出てくる布のところではこの現象について触れられていないが、この作品よりずっとまえに出版されたスリラー『チムニーズ館の秘密』（一九二五年）ではそれが描写されているため、アガサはすでにそのプロセスを知っていたようだ。おそらく『邪悪の家』では、ニックの頭を狙った銃撃がかなり遠くから行なわれたらしいと読者にしっかり認識させたかったのだろう。これはプロットの重要な一面なのだから。もし帽子に銃を当てて発砲されていたら、布に都合よく銃口の跡が残り、そこからポアロは銃を特定しただろうけれど、この物語のプロットには合わない。

銃口を当てて撃たれたときにつくさまざまな痕跡の画像が、データベースに集積されはじめたのは、二〇世紀前半のことで、現在は情報が豊富にある。けれども一九三〇年代は、こんにちほど大規模なデータベースはなかったし、一般的な知識でもなかったので、『邪悪の家』でニックを狙ったのがどのタイプの銃かという問題は、黄金時代の推理小説ならではの方法で謎解きされている。ある登場人物のモーゼル・ピストルが盗まれていたことが発覚し、それで充分に、ニックを狙った銃に対するポアロの読みが正しかったと結論づける手掛かりとみなされたのだ。クリスティーの初期の作品では、このようなケースがよくみられる。発砲事件は、その近くでみつかった銃器やどこか別の場所でなくなったものが発見されると、状況証拠的にその銃器と結びつけられる。たとえば短編「狩人荘の怪事件」では、ポアロは病気で臥《ふ》せっていて、ヘイスティングズがひとりで、ある殺人事件を解決しようと奮闘している。

「では、凶器についてはどうですか」「ヘイスティングズが」尋ねた。

「ええ、心当たりがありますわ、ヘイスティングズ大尉。夫のリヴォルヴァーが二挺壁に飾ってありました。そのうちのひとつが見当たらないのです。警察にもそうお話ししましたら、残っていた一挺をお持ち帰りになりました」

物語の終盤で、弾丸が摘出され、警察が押収した銃と同じ型式のリヴォルヴァーから発砲されたと証明される。これは重要な点だ。なぜなら、この女性はその弾丸が発砲された銃だといったのではなく、それと同じ種類の銃だろうといったのだから。

ここからわかるのは、おそらく何年もかけて、イギリス推理作家クラブで活動したり、自分なりに調査したりして、アガサは自分の知識を徐々に蓄積していったということだ。その進歩は作品全体を通じてみることができる。アガサは法弾道学という科学分野のさらなる進歩を認識し、状況証拠に頼らなくなっていった。

『ナイルに死す』の法科学では、おもに銃創に焦点が絞られているのに対し、九年後に出版された『ホロー荘の殺人』では、銃器の特定に関する科学が中心となっていて、クリスティーが自身で調査して知った科学捜査の驚くべき技術を、作品を通じて読者に丹念に伝えようとしていると感じる。物語の早い段階でホロー荘という名前の屋敷で、不義を重ねていたジョン・クリストウ医師が撃ち殺される。その直後、現場にあったリヴォルヴァーを家族のひとりがうっかりプールに投げこんでしまったせいで、混乱が生じる。そのリヴォルヴァーは証拠品として押収される。グランジ警部いわく、捜査プランのなかで「リヴォルヴァーの識別がつぎの課題」だからだ。けれども、初期のクリスティーの物語とはちがって、現場で発見された銃は殺人に使われた銃ではないことが判明する。この本では、初期の推理小説でみられた状況証拠に基づいた捜査から、はるかに科学的なエビデンスに基づいたアプローチへと移行しているし、初めて「弾道学」について言及されている。さらに、犯人かもしれない人について話しあっている場面で、「線条痕から殺人に使われた銃を特定できることを知らないのかもしれない」という説が出てきたとき、ポアロは「どれほど多くの人がそのことを知っているでしょうか」と思いを巡らせたあと、つぎの言葉で会話を締めくくっている。「きわめて多くの人がご存じでしょう。さまざまな推理小説に書かれていますから」

ここで重要なのは、クリスティーが銃身の内側につけられた螺旋状のパターンを指して「線条」という専門用語を用いていることだ。さらには、登場人物のひとりが「弾道学についての報告」のことさえ口にしている。この文から、クリスティーの銃に関する法科学的な知識が深まっていることがよくわかる。その知識をアガサは一九四六年に読者に伝えている。当時クリスティーの作品を楽しんでいた読者は、すでにそれらの知識を知っていたのか否かは推測するしかないが、フィクションの作品を通じて、実際の科学を紹介している作家はアガサ・クリスティーが最初というわけではない。すでに述べたとおり、アーサー・コナン・ドイルはシャーロック・ホームズの物語を通して、科学技術を紹介する傾向があった。これも重要なポイントだ。それは『ホロー荘の殺人』のなかで、犯人は読んだばかりの小説を参考にして殺人を実行し、まんまと逃げおおせそうになるというメタ・ループ状態が生まれているからだ。

「あの推理小説を読んで、警察はどの銃から弾丸が発射されたか特定できると知ったのです。ヘンリー卿がその日の午後、リヴォルヴァーに弾を込めて撃つ方法を教えてくれました。わたしは二挺のリヴォルヴァーを持ちだして、片方でジョンを撃ったあと、それを隠して……」

この小説が出版されるちょっとまえの一九四〇年代初頭に、アガサは『カーテン』を書いた。この物語はポアロとヘイスティングズが登場する最後の作品だ（戦争で自分の命、あるいは作家活動が絶たれることを恐れ、ポアロのファンにきちんと最終回を提示したいという思いから、ポアロとヘイスティングズの冒険の最終章をアガサは書きあげておいた。同じ理由でミス・マープル・シリーズの〝最後〟の作品も書いていた。そして両作品を銀行の金庫に預けた。それらの作品が出版されたのはそれぞれ一九七五年と一九七六年だ。そのあいだに、アガサはミス・マープルとエルキュール・ポアロが登場する作品を数多く生みだしたのだが、もし自分に何かあっても、両人の最終作がすでにあるので安心だっただろう）。

『カーテン』でも、線条についての話が出てくる。この作品で、ヘイスティングズ大尉は、自分の妻をうっかり撃ってしまったある男性についてあれこれ考えている。

「発砲したのはラトレル大佐だ。弾丸がどの銃から発射されたのかを知る方法はいくつかある。弾丸の線条痕と銃身内の線条《ライフリング》が一致するはずだ」

この物語は、クリスティーが亡くなる直前の一九七五年に出版されたのだけれど、クリスティーが本作を執筆したのは一九四〇年代だとわかっている。だからアガサはその時期すでに線条について知っていたのだ。このタイムラインに一致して、一九五〇年に出版された『予告殺人』での、停電のあいだに侵入者が二発撃ったあとの記述は、法弾道学的に正しい。殺人事件が起こってから数日して、「ふたつの弾丸の穴がはっきりみえていた。弾丸自体はすでに取りだされ、リヴォルヴァーと突き合わせるために送られた」とされている。リヴォルヴァーは発砲が起こった直後に床に落ちているのがみつかったのだが、ここでもやはり、その銃が手放しで凶器とみなされることはもうなかった。クリスティーはこの点を一九六五年刊行の『バートラム・ホテルにて』でも強調している。この作品は、現代的な発砲事件を取りあげた後期作品のひとつだ。「弾道学の専門家が鑑定したのです。あなたほど銃にくわしいかたなら、弾道学の証拠が信頼に足るということはよくご存じでしょう」。クリスティーは数十年のうちに進化し、自分の推理小説に説得力を持たせるには、科学的な比較が必須だということをすでに認識していたのだ。

さて、ここで銃器法が施行されるまえの一九三〇年代に戻ろう。『牧師館の殺人』は、わたしの長年のお気に入りの探偵、ミス・マープルの複雑な人物像を紹介する長編小説だ。ミス・ジェーン・マープルは雪のように白い髪をして鋭い青い瞳を持つ、古めかしいヴィクトリア朝時代の女性で、その温和な態度や暇をみつけては編み物にいそしむ姿、悲観的な皮肉っぽい性格からすると、とうてい犯罪者の宿敵にはなりそうもないので、少し強引な設定ではないかと思う人がいるかもしれない。けれども、クリスティーの小説に出てくる有名な登場人物のひとりが、眼鏡をかけたアメリカ人女性、フランシス・グレスナー・リーとして現実の世界に現れるとは、クリスティーとて思いもよらないことだっただろう。グレスナー・リーは、ジェーン・マープルと同じヴィクトリア朝時代に生まれ、農業機械業で築かれた莫大な資産の相続人だった。子どものころに夢みていた法医病理学の分野へ進む道は、家族に止められ、ハーバード大学への進学を阻まれた（だが、きょうだいはその大学への進学を許された）。リーは、シャーロック・ホームズの小説を読んで、アガサ・クリスティーと同じく、犯罪事件への好奇心を満たしていた。きょうだいが一九三〇年に五二歳で亡くなると、リーはようやく、法科学分野のキャリアへと一歩踏みだした。家族の財産を相続したリーは、関心のある分野に投資できるほどの金を持っていた。「謎の死を解き明かすためのナッツシェル研究」を生みだしたのは、非常に有名な話だ。年老いた女性がロバの保護区やネコの収容施設などの慈善事業に興味を持ち、自らの財産を投じるのは珍しいことではないが、フランシス・グレスナー・リーは、ハーバード大学に新設された法医学教室（彼女が寄付して設立に貢献した教室）で鑑定士や捜査官を育成するために、現実に起こった殺人事件を人形の家《ドール・ハウス》で再現することに遺産を費やした。一九四四年から一九四八年のあいだにフランシスがつくった、これらの複雑なジオラマは「謎の死を解き明かすためのナッツシェル研究」と呼ばれた。フランシスは「犯人を有罪にし、無実を晴らし、些細なものから真実を見つける」

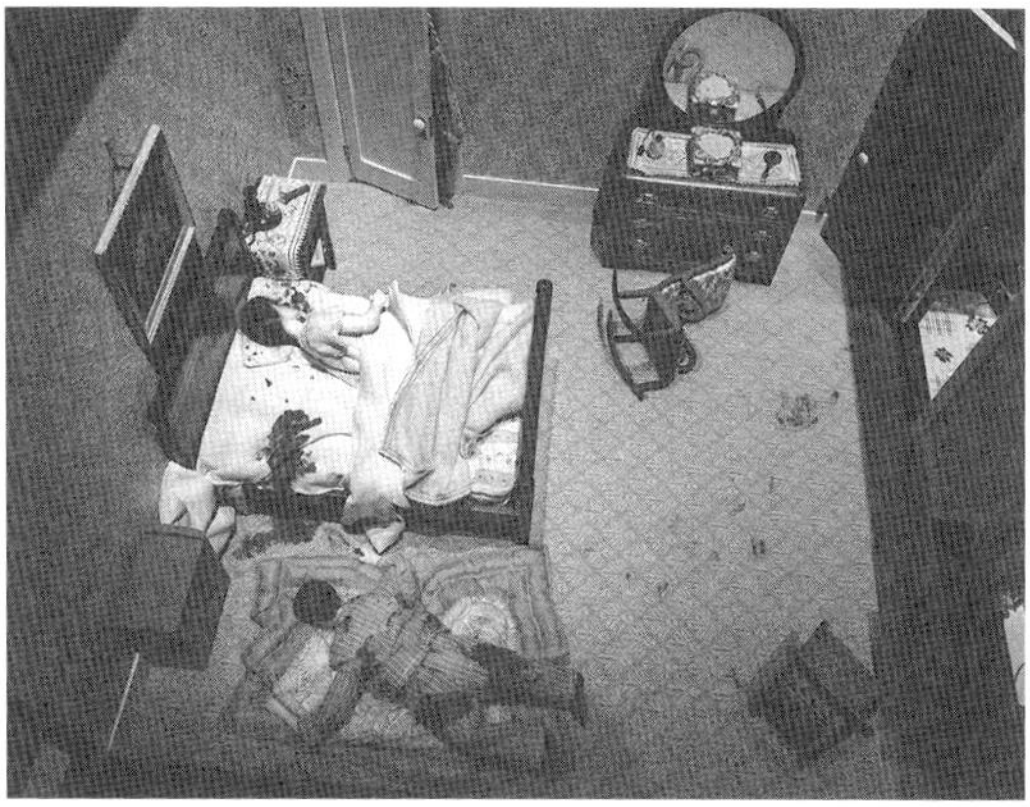

“現実世界のミス・マープル”フランシス・グレスナー・リーが制作した、謎の死を解き明かすためのナッツシェル研究の例

ために、犯行現場を模してつくったこの小さな模型を使って殺人事件の捜査官を養成しようと考えたのだ。このジオラマは非常にリアルで、実際に点灯する照明やさまざまな角度から撃たれた銃弾の痕跡、ちゃんと作動するネズミの罠や、変色まで精密に再現された死体が収まっている。ドール・ハウスの当時の費用はひとつあたり三〇〇〇から四五〇〇ドルで、現在の価値に換算すると、なんと約四万ドルにのぼる。このジオラマは実際の事件を参考にしているが、グレスナー・リーは、それぞれの設定を想像で設計していて、もともとの犯行現場を忠実に再現しているというより、自分の想像と実際の世界から抽出した要素で脚色を加えている。このジオラマは、現在もハーバード警察科学協会でトレーニングに使用されている。

ミニチュアの犯行現場という概念は、アガサ・クリスティーの本にぴったりマッチする。それはアガサ自身が認めているように、子どものころはドール・ハウスに夢中で、それが高じて大人になってからは現実の家に情熱を注いでいたからだ。自伝のなかでアガサは、子どものころはドール・ハウスが大好きで、もらったお小遣いの使い道として、飴玉と、「浮浪児」のための募金箱へいれる一ペニーは別にして、「残りは全部、ドール・ハウスの家具や小物に使った」と語っている[8]。

ひとこと付け加えておくが、有罪を確定したり、無罪を晴らしたりするためにミニチュアの模型を使った最初の人物は、グレスナー・リーではない。イギリスの司法制度のもとで、犯行現場の小さなジオラマが使われ、それは「イギリスの犯行現場のミニチュア」と呼ばれた[9]。注目すべき例は、序章で触れた一九二〇年代のクランブルズ殺人事件だ。前述のとおり、捜査に協力した病理学者はバーナード・スピルズベリーだった。この事件の犯行現場は、小人サイズで再現され、陪審員の前に提示され、被告のパトリック・マーンの話が信用に足るものかどうかが確かめられた。

とはいえ、グレスナー・リーはナッツシェル研究を生みだしただけではない。異なる距離からさまざまな銃器を発砲したときにできる銃創の標準的なパターンを描いた一連の陶製の胸部プレートが、グレスナーの依頼で制作された。一九四〇年に作成されたこのプレートは、射入口と射出口を表しており、現在も教材や参照用に使われている。法科学への貢献により、リーはアメリカで女性初の名誉警部になり、〝法科学のゴッドマザー〟とみなされている。これは、正義を追求する意志と時間と方法があって、頭の回転が速い人なら、それらしくみえない人物でもスーパー探偵になりうるというこ

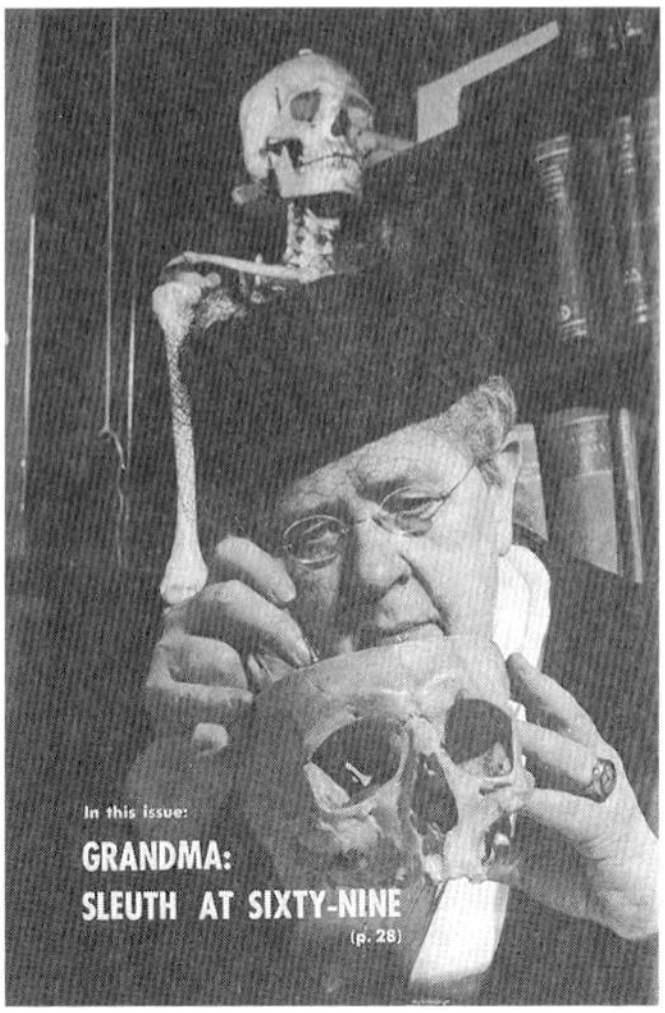

フランシス・グレスナー・リー

とを示している。そう、ミス・マープルみたいに。

　そうはいっても、『牧師館の殺人』でみられたミス・マープルの銃器の知識はやや無理があるように思える。殺人犯というのは、目撃者の目をくらませ、混乱させるためにさまざまな機器を使うものだが、この物語の犯人は、サイレンサーを巧妙に利用して、実際の発砲時間を偽ろうとする（消音器《サイレンサー》というのは発砲音を抑えるために製造された装置だけれど、発砲音が完全に消えて静寂《サイレンス》になるわけではないので、「消音器《サイレンサー》」とは名前に偽りありだ。このため、最近の専門家はこの仕掛けをモデレーター〔直訳すると減音器〕とかサプレッサー〔直訳すると抑制器〕と呼んでいるが、一九三〇年代にはそんな呼び名はなかっただろう）。この物語には、陸軍の大佐や捜査にあたっている警官が複数いるのに、村の人びとが聞いた銃声と実際の死亡時刻に食い違いがあることを見抜き、「たしかマキシム・サイレンサーとかいう発明品ができたとか」といったのが、白髪の魅力的な高齢の女性だったなんて納得がいかない。ミス・マープルと、その延長線上にいるアガサ・クリスティーは、ある面では正しい。たとえば、マキシム・サイレンサーは、商業的に成功した最初のサウンド・サプレッサーで一九〇九年に特許を取得している。ところが、アガサの説明部分は、残念ながら細かな点でいくつか間違いがある。この種のサイレンサーは固定銃床型ライフルのために設計されているので、ピストル用ではない。けれども、この事件で使用された武器は、ピストルであることがわかっている。容疑者が「すっとはいってきて、ピストルをテーブルに投げ捨て、すぐに〝わたしがやった〟という」からだ。マキシム・サイレンサーの宣伝文句にはつぎのような但し書きがある。「リヴォルヴァーやオートマチックピストルには取りつけることができませんので、それらの消音には適していません」

　ミス・マープルは、推理小説でマキシム・サイレンサーのことを読んで知ったと説明していて、クリスティーは奇妙な自己引用形式で、それらの物語がいつも一〇〇パーセント正しいとは限らず、いくらか創造的な部分があるという事実を浮き彫りにしている。アガサは、銃の知識を深めていくにつれ、まえに犯した間違いに気づいたのかもしれない。

最終的に、アガサは『ナイルに死す』でポアロにこういわせている。「とくに銃をしょっちゅう扱っている男性なら、そのことを知っているでしょうが、ご婦人がたはご存じないでしょう。推理小説を読んでいるでしょうが、あれは隅から隅まで正しいとは限りませんから」

それでも、本章の目的に適《かな》うほどには、アガサの記述した詳細は充分正確だ。アガサ・クリスティーはリヴォルヴァーの弾丸は粗野とみなし、毒殺などの方法を好んでいたかもしれないが、現実の世界ではそれは当てはまらない。事実、現代社会では、ほかの殺人方法よりも拳銃で殺される人のほうが多い。現在の弾道学の専門家は、銃の製造や使いかたの進歩に合わせて、検査手法を改善し、知識を高めていかねばならない。クリスティーも同じように、弾道学の最新知識をつねに取り入れていたのだ。

クリスティーは一見、銃が好きでないようにみえるが、作品では銃を使って大勢をあの世に送っている。当初は限られていた知識も、時を経るうちに用語はもちろん、複雑な科学的な内容への理解が深まり、後期の小説に出てくるコメントでは、初期の作品の間違いを正している場面さえある。一九二二年に出版された『秘密機関』で、ジュリアス・P・ハーシャイマーの「リトル・ウィリー」がオートマチックピストルとされたり、リヴォルヴァーとされたりしたことを思い出してみよう。当時のクリスティーは、リヴォルヴァーやオートマチックという言葉を単に「銃」の言い換えにすぎないと考えていたか、まったく異なる構造を持つ銃ということを理解していなかったのだろう。それでも、二四年後に刊行された『ホロー荘の殺人』では、弾道学の報告書や「線条」という専門用語が登場し、グランジ警部と執事のガジョンとのあいだではつぎのような会話も飛びだす。

グランジ警部がいった。「それはリヴォルヴァーではなく、オートマチックピストルですよ」ガジョンは咳払いをひとつしてから答えた。「さようでしたか。わたくし、リヴォルヴァーという言葉を少しいい加減に使ってしまったようです」

これは、アガサが初期の作品でガジョンと同じ間違いを犯したという告白ではないだろうか。アガサは、自殺や殺人の道具としてだけでなく、読者を混乱させ、ミスリードするために銃を活用している。さまざまな物語のなかで、銃声を花火の破裂音や、なんらかの方法でごまかし、銃自体も読者の気を散らし、当惑させるために利用している。こと銃器に関しては、アガサはためらうことなく引き金を引いているのだ。

第4章

文書と筆跡

ふいに文字らしきものがかすかにみえてきた。ゆっくりと言葉が形をなしてくる。炎の言葉だ。

——『オリエント急行の殺人』

法科学では、骨や弾丸や焼死体など、いかにもそれらしい要素が研究対象に含まれている。だから、あなたがこの本を手にしたのは、文書鑑定の章を読むためなどと幻想は抱いていない。大半の人はこう思っているだろう——紙やらインクやら筆跡がどうしたって？　ほかの法科学分野と比べて、この分野は、無味乾燥でつまらなそうにみえるし、犯罪捜査に関する本では、専門的すぎるとか、目新しさがないとされ、このテーマを無視する傾向にある。けれども、文書鑑定とそれに関連した証拠は、驚くほど胸が躍る分野なのだ。たとえば、中傷の手紙《ポイズン・ペン・レター》は、殺人ミステリではおなじみの小道具で、アガサも、イギリス推理作家クラブの仲間、ドロシー・L・セイヤーズも物語の仕掛けとして使っている。身代金を要求する脅迫状は、なにより大切な命を救うためにいちはやく専門家に調査を依頼すべき証拠品かもしれない。また、犯罪史上に残る大事件のなかには、残忍な犯行が行なわれた現場で血痕やガラスの破片を分析したからでなく、文書鑑定や通信手段の科学的な解析のおかげで解決に至ったものもある。たとえば有名な事件でいうと、ギャングのアル・カポネが一一年間刑務所に入っていたのは、禁酒法時代の酒の密売や聖バレンタインデーの大虐殺など暴力的なマフィアの銃撃事件が原因ではなく、脱税のせいだった。そしてこの罪を証明するには、やや退屈な台帳の審査や偽造された納税申告書の調査が必要だった。一九七〇年代にアメリカのカンザス州で活動していた、恐るべきBTKキラー（bind［緊縛し］、torture［拷問し］、kill［殺す］の頭文字）は、一九九〇年代に犯人が自分の犯行を自慢するために、地元のテレビ局に一枚のフロッピーディスクを送ったことで逮捕された。逮捕後に犯人は「フロッピーが俺をムショに送った」と述べている。またイギリスでは、悪名高い毒殺犯である医師のハロルド・シップマンが、ジアモルフィンや鎮静剤を使って、二三年のあいだに二五〇人以上の人を死に追いやった事件があるが、この男が逮捕されたのは、最後の犠牲者キャサリン・グランディの遺言書を偽造したせいだった。この連続殺人犯が遺言書の偽造をしたのはそれが初めてだったという。金を奪うことが殺人の動機ではなかったのだ。

同じように、世界的に有名な未解決の殺人事件やその犯人のなかには、関連のある文書によって伝説になっているものもある。切り裂きジャックやゾディアックキラーは、警察に届いた本人のものらしき手紙で知名度が上がったが、どちらの犯人もいまだに正体不明のままだ。ゾディアックキラーは、一九六〇年代から一九七〇年代にかけてカリフォルニア州北部で活動し、サンフランシスコ・ベイエリアの警察に、挑発的な一連の手紙や暗号文を送りつけ、そのなかで「ゾディアック」と名乗っていた。一八八八年の切り裂きジャック騒動の最中《さなか》には、ロンドン警視庁に本人からと自称する手紙が多数届いた。けれども、これらの手紙のなかで本人からの手紙と証明されたものはなく、一部の手紙は、自分が罪を犯したと主張する精神的に不安定な人びとからのものであることが追跡によってわかった。それでも、それらの手紙によって殺人犯には「切り裂きジャック」というあだ名がつけられ、この名前は、ロンドンのホワイトチャペルのスラム街を恐怖で覆った時代の代名詞となった。

これらはごく一部の非常に有名な例にすぎない。殺人者が注目を集めようとしたり、警察を愚弄したりするのはよくあることだし、とくに話題になった事件では、ただ有名になりたくて犯罪を犯したのは自分だと主張する人が多く現れる。アガサ自身も『忘られぬ死』で、レイス大佐の言葉を通じてこの現象を揶揄《やゆ》している――「新聞でいくらかでも話題を集めた事件について、嘘を並べた底意地の悪い手紙がどれほど書かれることか。それを知ったらきっと驚きますよ」

切り裂きジャックは、その他の実在の殺人鬼とともにアガサのインスピレーションを刺激し、『ABC殺人事件』を生みだすヒントになったし、この小説で何度か話題にされている。ポアロはアルファベット順の殺人事件が始まったときに、「切り裂きジャックが長いこと殺人をつづけたことを思い出してください」といっているし、そのあとで登場人物のひとりが「またもや切り裂きジャックみたいな事件が起こった」せいで、新聞の見出しを読む気になれないと嘆いている。

アガサは、多くの人と同じく悪名高い切り裂きジャック事件のことを知っていて、この事件から、当局への挑発的な手紙が「ABC殺人の犯人」の凶暴なイメージをさらに強めるというアイデアを思いついた（歴史的な切り裂きジャックの手紙が本当に連続殺人犯自身によって書かれたものかどうかは、ここでは重要ではない）。アガサが生みだしたABC殺人の犯人は、連続殺人犯《シリアル・キラー》のように思えるが、この小説のなかでは具体的な言葉で表現されてはいない。その代わりに、登場人物のひとり、ドクター・トンプソンは、「連鎖型または連続型《シリーズ》の殺人」に強い関心があるという表現がある。それは、前述したアガサ・クリスティーの千里眼だ。この本が書かれたのは、「連続殺人犯《シリアル・キラー》」という言葉が生まれる少なくとも二五年まえ、早くても一九六〇年代だったのだから。とはいえ、このテーマを扱ったのはアガサ・クリスティーだけではない。黄金時代の探偵小説は、現在では心地よく、予測可能なコージー小説という評価を得ているが、マーティン・エドワーズは一九三〇年代の推理小説について、つぎのような主張をしている――「誤審の追求、法医病理学、そして連続殺人。これらのテーマはずいぶんまえ（〝シリアル・キラー〟という言葉が生まれるまえ）に流行した[1]」

したがって、ぞっとするようなテーマをためらわずに取りあげるのは、アガサにとって珍しいことではない。一般的には「コージーな殺人事件」ばかり書いていると思われているが、実際は、人間の性質の暗部に触れていることが多いのだ。『葬儀を終えて』の二〇一四年版の序章で、ソフィー・ハナはアガサ・クリスティーのことをつぎのように述べている。

人間の邪悪さ、冷酷さ、危険な弱さを理解している。クリスティーは、ねじくれた精神や、積年の恨み、もだえるような渇望などを知りつくしていた。どの作品でも、人間の心のもっとも暗い部分に対する深い洞察が物語を支えている[2]。

だからわたしは、文書やタイプライター、手書きのメモ、脅迫状が使われているのをみつけると、ほかの法科学的な手掛かりをみつけたときと同じくらいわくわくするし、それらは傑出した作品のいくつかで重要な証拠として登場している。たとえば、独創性に富んだ『そして誰もいなくなった』では、偽造された手紙や通信文が、一〇人の客を島に呼び集めるために重要な役割を果たした。それらの呼び出し状がなければ、わたしたちは、隔離された兵隊島で犠牲者がひとり、またひとりと巧妙に殺されていく物語を読むことができなかっただろう。アガサを推理小説家の頂点に押しあげた『アクロイド殺し』では、本の題名になっているロジャー・アクロイドに宛てて書かれた一通の手紙が、すべての筋書きの鍵を握っている。その手紙は、自殺したある女性が書いたもので、その手紙のせいで犯人は殺人を決行しなければと考えるのだ。そして『オリエント急行の殺人』では、一通の手紙の小さな燃え残りから、エルキュール・ポアロの当意即妙の科学的な実験によってみごとに文字が浮きあがり、それがすべての謎を解く糸口になる。燃え残りについてポアロはこう述べている。「この手紙は殺人犯によって燃やされたのでしょう。なぜでしょうか。それは、この手紙に〝アームストロング〟という言葉があったからです。これこそが謎を解く鍵なのです」

法科学的な文書解析とは

文書鑑定としても知られているこの法科学的な分野は、つぎのような多くの側面から成っている。

- 偽造文書と真正文書の識別
- 文書の改造、削除、追加の特定と解釈
- 消去・抹消された文書の検出と復元
- 文書作成に使用されたインク、紙、機器、化学物質の分析
- 除外、または比較のための書き手の特定——手書きの文書、署名、印刷、その他文書について

法科学的な文書鑑定士のための現行の文書鑑定のガイドラインによると、この分野には四つの要素

があるとして、鑑定士が「科学的な検査、比較、文書の解析を行なう目的」をつぎのように挙げている。

1. 真贋《しんがん》の判定。文書の捏造、変更・追加・削除の有無の確認
2. 手書き文書の書き手の同定または排除
3. タイプライターで打たれた文書や印刷物、消印や刻印など文書関連証拠をつくりだした機器の同定または排除
4. 鑑定依頼者に対し、鑑定結果の理解を助けるための報告書の作成または証言の実施

この項目に当てはまるものは非常に多岐にわたる。たとえば、宝くじの券面が改ざんされていないか、記念品の直筆サインが本物か偽物か、身代金要求の手紙を書いたのは誰か、一見古代の文章らしきものが実際に書かれたのは何年なのか、メモを書くためにページを破り取られたノートはどれかなど。ここでは文書という言葉がかなり広い意味で使われている。なんらかの方法で書かれたり、印をつけられたりした、あらゆるマテリアルがこれに該当する。たとえば、壁の落書き、殺人現場に残された血文字のメッセージ。もっとありきたりな例でいうと、サイン入りのギターやサッカーボールなどがあるし、肉や卵などの食品に押された製造者のスタンプさえもここに含まれることがある。アガサの小説では「鑑定対象文書」に該当するものとして意外な品が登場する。たとえば、飾り文字が刺《し》繍《しゅう》されたハンカチ、服のラベル、ブリッジのスコア、偽造パスポート、クリーニングの札、薬瓶のラベルの切れ端など。

アガサは早期から自分の小説に、初歩的な文書鑑定を小道具として使っている。『スタイルズ荘の怪事件』では、燃え残って意味を取り違えられた文書が出てくるし、トミーとタペンスの短編「キングを出し抜く」（一九二九年に出版された『おしどり探偵』に収載）では、ちぎれた部分が一致する新聞が登場する。この物語では、レディ・メリヴェールが仮装舞踏会でヘイル大尉——原題となった新聞の服を着た男〔「キングを出し抜く」の原題はThe Gentleman Dressed in Newspaper〕——に殺害されたようにみえる。クリスティーは法科学的なプロセスをつぎのように正確に記述している。

「亡くなった夫人が何を握りしめていたかご存じですか。新聞の切れ端です。部下にはヘイル大尉の［新聞紙でできた仮装用の］衣装を回収するように命じておきましたよ。もしその断片が衣装の破れた部分と一致すれば……これで一件落着ですね」

ここではまず、さきほどリストに挙げた最初の三つにとくに目を向けてみよう。まずはひとつめの項目、真贋の判定だ。

文書鑑定士は、文書を成り立たせている要素に矛盾がないかを確認することで、全体としてその文書の出処を確認することができる。たとえば、文書に使われている紙がその文書が作成されたとされる時代に一致しているかどうか。インクはその当時手に入れられる種類かどうか。折り目やしわ、破れなどがある場合、それらがその文書が経た年数と一致しているかどうか。

偽造文書は、一から新しい文書をつくるよりずっと単純な偽造で済ませているものが多く、もとの文書に小さな変更を加えただけのものもある。たとえば、ミス・マープルが初登場する長編小説で、イギリスの雰囲気がたっぷり味わえる『牧師館の殺人』では、牧歌的なセント・メアリ・ミード村（ミス・マープルの住む村）の住民が、テニスや地元の牧師とのお茶会など、いつもどおりの夏を満喫しようとしているときに、残酷な殺人事件が起こり、小さな村に動揺が走る。被害者は教区牧師に宛てたメッセージを書いているときに至近距離から撃たれたようだ。事件を担当したスラック警部は、被害者がメモに時刻も記していたことを、なんと幸運なことかと考える。

それは牧師館の便せんで、上部に六時二〇分と書いてある。「クレメント様」メモはそう始まっていた。「悪いが、もう待てない。わたしはどうしても……」

メモはそこでふいに終わっている。書き手であり犠牲者である不運なプロザロー大佐が書いたピリオドではなく、その頭部へ打ち込まれた一発の弾丸によって中断されたのだ。まず時刻を書いてから、メモを書きはじめ、そのすぐあとに撃たれたということは、殺害時刻は六時二〇分と推測される。けれども、この種の〝手掛かり〟がたいていそうであるように、都合がよすぎて本当とは思えない。そして、スラック警部にとっての本当の幸運は、現場にやってきたミス・マープルが不審に思って、この複雑な犯罪を調べはじめたことだ。

手書きのメモを調べるにあたって、文書鑑定のガイドラインのふたつめの項目に沿えば、手書き文書の主を特定、またはそれ以外の人を除外する作業になる。誰が書いたかわからない文章と疑わしい人物の既知の文字が一致するかどうか調べるとき、真の法科学の専門家が関心を抱くのは、筆跡の物理的な特徴だけだ。これらの専門家は誰かの筆跡からその性格を推しはかろうなどとはしない。たとえば、匿名の筆者の大きくて渦を巻くような文字と、容疑者の自信家で傲慢な人格とを結びつけるような作業は、彼らの仕事ではない。この種のやや怪しげな鑑定を、最近の新聞の見出しでみたことがある。それは「法科学の筆跡鑑定士が王室の手紙を調査。メーガンの筆跡をケイトやダイアナと比較!」。これは、「法科学」ではないし、筆跡鑑定でもない。これは筆跡学と呼ばれるもので、法科学としては受け入れられておらず、むしろ、前述の骨相学みたいなエセ科学のひとつとみられることが多い。

ごく簡単に説明すると、文書鑑定としてこの段階で何をするかといえば、ある手書き文書と別の手書き文書を視覚的に比較する。クリスティーの小説では最初の作品からこの比較が行なわれている。『スタイルズ荘の怪事件』では法廷で検察官がこう述べる。「では、この手紙と登録台帳にある筆跡の注目すべき類似点については、陪審員のみなさまでご検討くださいますよう」。作品の中でこのように筆跡が見比べられるのは、これが最初かもしれないが、最後でないことはほぼまちがいない。

現実の世界では、法科学的な解析が行なわれるとき、筆跡のさまざまな特徴に注目する。たとえば、文字の形の成り立ちをみてみる。大文字のGや大文字のEの書きかたには、人それぞれ独自の方法がある。文字の線が右や左にやや傾いたり、線の間隔もさまざまだったりするし、特定の文字や数字がふたりの人のあいだでまったくちがうこともある。「7」を書くとき、縦棒に横線を入れる人もいれば、入れない人もいる。小文字の「g」「j」「y」の終わりを完全な楕円形になるように輪を結ぶ人もいれば、結ばない人もいる。ひとりの人間でさえ、時間帯や書くスピード、どれだけ長いあいだ文字を書いていたかなどによって筆跡は変わる。これは「ばらつき《バリエーション》」として知られている。そして、イギリスやアメリカでは、五段階の確実性の尺度を用いて結論を記録する。五段階は可能性の高いものから低いものへ、つぎのように分類される。

1．同一の筆者
2．同一の筆者の可能性が高い
3．同一人物によって書かれた可能性がある
4．決定的ではない
5．［共通の］所見なし

アガサの小説では、この尺度は直接使われていないが、この原理のポイントが作品に多く取り入れられている。それでも、アガサが筆跡鑑定について書いている場面を読めば、その鑑定が可能なことは知っているが、具体的にどうするのかまでは知らないことは明らかだ。では、『牧師館の殺人』に戻って、謎めいたメモをみてみよう。このメモは一見すると犠牲者のプロザロー大佐が書いたようにみえるが、ミス・マープルは疑いを抱いている。その後、ミス・マープルの推理どおり、それは偽造されたものであることが判明する。メルチェット大佐がこの事実を牧師に伝えると、牧師は「それは確かなのですか？」と尋ねる。メルチェットは「専門家らしい言葉でいってましたがね。専門家というのは、なかなかはっきりいわないもんです。でも、ほぼまちがいないようです」と答えた。

タイプライターは、アガサの小説によく登場する。これは項目の三番が当てはまる。もはや広く使われてはいないこの機械は、金属の各文字や記号（アルファベットと句読点、数字など）から成り、それぞれがタイプバーの先端についていて、文字や記号のキーを押すとそのキーにつながったタイプ

バーが持ち上がる。そして、タイプバーの先端についている文字がインクを含んだリボンに押しつけられ、リボンの裏側にある紙にその文字の形が移る。タイプライターにはかなり多くの独立した部品があり、それらの部品にさまざまな不具合が生じるため、個々の不具合が組み合わさることで、各タイプライター（と、そのタイプライターで打たれた文字）に個性が生まれる。これはとくに、タイプライターが古びてその機械独特の不具合が生じたときに顕著になる。

『そして誰もいなくなった』では、客やスタッフが受け取ったタイプされた手紙から手掛かりを探そうと、ミスター・ブロアはその手紙を調べる。「使われたタイプライターはコロネーション社のものです。まだかなり新しくて、どこにも不具合はみあたらない。紙はエンサイン社のもの。一般的に使われるありふれた紙の製造業者です。この手紙からは何もわかりませんね」。〈コロネーション〉というタイプライターのメーカーはないが、〈コロナ〉ならある。もしかすると、社名を使う許可が得られなかったのかもしれない。いずれにしろ、ブロアがタイプされた文章をみただけで、その文字を打った機械のメーカーがわかるというのは、かなり驚きだ。なぜこんなに正しい推測ができるのかについて説明はないが、ブロアは元警官だからというのが唯一の理由になるだろう。とはいえ、このエピソードは、クリスティーが文書鑑定という仕事を認識していたことを示している。ブロアが「かなり新しい」と形容したタイプライターの文字からは、島に足止めされた客たちとのつながりを示す手掛かりが得られなかった。そうはいっても、そのタイプライターが驚くほど新しくて、その島にやってきた客たちへの数通の手紙を打つためだけにしか使われていないのなら、タイプライターのリボンを調査すると有効な手掛かりが得られたかもしれない。タイプされた文字はリボンに刻印のように残り、読める可能性が高い（古いリボンは、長いあいだに繰りかえし使われ、しょっちゅう巻き戻されていうちに、打たれた文字が重なったり混じりあったりして斑点みたいになり、文字を見分けることができなくなる）。これは退屈で骨の折れる作業だ。とはいえ、兵隊島に集まった人びとは専門家ではないので、こんな知識があると期待できない。ブロアでさえ知らないのだから。最近は、リボンの文字を転写するためにコンピューター化された光学システムが開発されているが、現代ではそもそもタイプライター自体が使われなくなっているので、この手法が必要になる機会があまりない。

おおざっぱに「文書鑑定」と呼んでいるもののなかには、現実の世界より殺人ミステリのなかで多く使われているものもある。あまりに知られていて、この分野ではもはやお決まりといってもいいのが、筆圧がかかったせいでノートなどの下のページに残った跡から文字を解読するプロセスだ。小説やその他の媒体でよくみられるのが、一見何も書かれていないようにみえるページを鉛筆で軽くなぞっていくと、筆圧でへこんだ部分が鉛筆の黒鉛でみえるようになるという場面だ。これは、〈ジェシカおばさんの事件簿〉のジェシカ・フレッチャーなど素人探偵が好む方法だが、アガサはこれを使う誘惑に負けなかった。近いところまでいったのは、前述の「厩舎街《ミューズ》の殺人」で、ポアロが自殺にみえる現場でこの種の何かを探しているときだ。遺書が見当たらず、ポアロは吸い取り紙の束を調べる。そしてあとで、「束のいちばん上はきれいで、まだ使われていなかった」と明かすが、これはその紙に吸い取られたインクがついていなかったという意味であり、へこみもなかったという意味でもある。もしへこみがあれば、ポアロは鉛筆で慎重にその紙をなぞり、文字を浮き上がらせていただろう。現実の世界でも、へこみを調べるこのプロセスは生じうるけれども、鉛筆で紙をなぞるという使い古された方法ではなく、文字のへこみの深さによってさまざまな検出手法が使われる。へこみが深いときは、斜めの低い角度から光を直接当てて文字を検出する。これは一九三〇年代の初めでも使われていた。それよりもへこみが浅いときは、静電検出装置（ＥＳＤＡ）を用いて文字を浮き上がらせることもできる。これは感度がよいが複雑なプロセスだ。ロンドンでこれが開発されたのは一九七九年なので、アガサの著作には関係しない。

法科学的な文書鑑定の歴史

文書鑑定は、非常に古い法科学分野のひとつで、法科学の先駆的存在とみなされることが多い。歴史を紐解けば、文書偽造など文書に関する詐欺は、著作物それ自体の発展とともに進化してきたことがわかる。ローマ帝国時代（一世紀ごろ）には、文書に関する専門家の証言がとくにフォルム・ロマヌム（フォロ・ロマーノ）の法廷で認められていた（前述のフォーラムはラテン語のフォルムに由来する。つまりフォルムがフォレンジックのそもそもの語源）。このころから、法科学の目的で行われる文書鑑定には、たとえば、署名を調べ、本人が署名したものかどうかを判断し、法廷で証言するという行為が含まれていたのかもしれない。これはシンプルで視覚的な認識方法で、原始的な手法だけれど、文書鑑定のひとつであることに変わりない。

文書鑑定は早くから用いられてきたものの、何世紀ものあいだ、その発展には空白の期間があった。それは昆虫学、血痕分析、検死解剖など、ほかの法科学分野でも同じだ。たしかに、英語圏の法廷で最初に記録された文書鑑定としてよく挙げられるのは、一七九二年に審理された不動産遺贈文書偽造に関するリヴェット対ブラハムの裁判で、ローマ帝国時代から二〇〇〇年近く経っている。この裁判で画期的だったのは、証人による鑑定を用いたことよりもむしろ、問題とされる文書と参照文書とを並べて比較したことだ。その後これが、書き手がわかっている文書と書き手不明の文書との法科学的な比較手法として標準的に使われるようになった。

二〇世紀の前半、アガサが小説を書きはじめて作家として名前が知られるようになったその時代は、法科学的な文書鑑定が大きく飛躍した時代でもあった。一九〇一年、手書き文字の教師で早期の筆跡鑑定士だったダニエル・T・エイムズが、『文書偽造』(*Forgery*) という本を出版した。この本では文書偽造と文書詐欺のさまざまな事件が例示されていた。そのあと、いまでは〝文書鑑定の父〟と呼ばれるアルバート・S・オズボーンが一九一〇年にこのテーマで自身の代表作となる本を著し、一九二九年に第二版を出版した。この『文書鑑定』(*Questioned Documents*) という本では、法科学的な文書鑑定に科学的アプローチを採用し、紙、インク、タイプライターなどの調査もそこに含めて、文書鑑定の分野を拡大した。エイムズとオズボーンはともに、現代の文書鑑定の分野を築いた立役者であり、鑑定に拡大鏡や斜めからの照明を使った先駆者だ。

すでに何度か言及したバーナード・スピルズベリーは、イギリスでは〝リアル・シャーロック・ホームズ〟とみなされていたが、同じ時代に〝アメリカのシャーロック〟と呼ばれている人物がいた。それは犯罪学者《クリミナリスト》のエドワード・オスカー・ハインリッヒだ。(本人の好んだ表記で書くと)E・O・ハインリッヒは一九二〇年代から一九三〇年代にカリフォルニアで活躍した人物で、「秩序だっている」とか「威圧的」など、不思議なくらいスピルズベリーと似た言葉で描写される。(3) キャリアの後半にハインリッヒは、（微細証拠の章ですでにお目見えした）ポール・リーランド・カークと一緒に働いていた。ハインリッヒの名前とよく結びつけられるのは、世間を騒がせたロスコー・〝デブ君《ファッティ》〟・アーバックル事件だ。これは、サイレント映画のスターだったアーバックルが、一九二一年に若いモデルのヴァージニア・ラッペに性的暴行を加え、膀胱破裂と腹膜炎で死なせたかどで告発された事件だった。けれどもハインリッヒの卓越した才能が大きく花開いたのは、一九二四年にカリフォルニア州コルマで起きた司祭誘拐事件だろう。この事件では、大司教に送られた手書きの身代金要求の脅迫状が法科学的に検証された。そのときハインリッヒは、誘拐犯について、別の手書き文書鑑定士の意見と異なる驚くべき発言をした。「犯人はケーキやパンを焼くベーカリーにちがいない」と主張したのだ。ハインリッヒは文字の形に注目し、たとえば、「下部が角ばっている〝U〟は、ケーキの上に文字を描くときに職人が使うスタイルだ」と述べた。(4)

そして、カリフォルニア警察がようやく捜しだした犯人は、まさしくベーカリーだったのだ。

それでも最終的に、現在のＦＢＩの文書鑑定ユニット（ＱＤＵ）が生まれたきっかけになったのは、一九三二年に起こったアメリカでも指折りの悪名高い残虐な犯罪「リンドバーグ愛児誘拐事件」である。事件のあとＱＤＵが設立されただけでなく、同時代に起こったこの事件をベースにして、アガサは『オリエント急行の殺人』を書いた。

一九三二年の三月、アメリカの有名な飛行士チャールズ・リンドバーグの生後二〇カ月の息子が、ニュージャージー州の自宅寝室から誘拐された。残された脅迫状には、息子を無事に返してほしければ身代金を五万ドル用意しろとあった。現在の貨幣価値でいうと八〇万ドル以上で、大恐慌まっただなかのアメリカではとくに莫大な額だった。手紙に書かれていたとおり墓地の壁越しに身代金を手渡した父親は、息子はマサチューセッツ州の沖合の船で無事に生きていると告げられた。リンドバーグは自分で赤ん坊をみつけようと、不安を抱えたまま飛行機でその海岸付近を何度も往復したが、残念ながら子どもはみつからなかった。

ようやく、誘拐された場所から四マイルしか離れていない場所で、チャールズ・ジュニアは発見されたが、残念ながらすでに死亡していた。さらに痛ましいことに、この乳児は誘拐されてまもなく受けた頭蓋骨への殴打が原因で死亡したことが明らかになった。つまり、犯人は最初から赤ん坊を無事に両親のもとに返すつもりはなかったのだ。

捜査官の注意はすぐさま、主要な証拠のひとつに向けられた。脅迫状だ。紙にも封筒にも潜在指紋はなかったので、筆跡が鑑定された。鑑定士はひどい文法と変わった言葉遣いに気づいた。そこから、脅迫状を書いた主は、教育をまともに受けていないドイツ系の人物であると考えられた。また、誘拐に手づくりの梯子《はしご》が使われていたという事実から、犯人は大工の腕があることが示唆された。捜査班は身代金を払うのに使った紙幣に関する情報を持っていた。紙幣には、こんにちの紙幣がそうされているとおり、識別番号がつけられ、それが記録されていたのだ。

しかし、捜査は頓挫しかけていた。

それでも、その後数年のあいだに識別番号を記された身代金の紙幣のいくつかが、ときおりニューヨークのブロンクスに集中して使用された。同時に、自作の梯子についても新たな法科学研究が行なわれた。その結果、梯子に際立った特徴がみつかった。かなり際立った特徴だったため、その梯子に使われた木材を追跡したところ、ブロンクスにある特定の製材会社で製材されたものと判明した。こうして捜査の網が徐々に絞られてきた。

その後、リンドバーグの身代金に記された識別番号の紙幣がもう一枚、ガソリンスタンドで使われた。このときは、その紙幣を使って支払いをした男が怪しげな行動をしていたため、店員がその男が乗っていた車のナンバーを書き留めていた。車の持ち主はドイツ系の大工ブルーノ・リチャード・ハウプトマンだった。ハウプトマンは逮捕され、家宅捜索が行なわれた。警察はリンドバーグ夫妻の家でみつかった梯子に使われていたものと一致する木材のほか、身代金の残金も発見した。

一九三五年、チャールズ・リンドバーグ・ジュニアが誘拐されてから三年後に、ブルーノ・リチャード・ハウプトマンは有罪判決を受け、死刑に処された。

この衝撃的な事件は、「今世紀最大の裁判」として世界中で報道されたので、アガサがこの事件からヒントを得て『オリエント急行の殺人』を書いたのは、意外なことではない。アガサ自身も幼いわが子がいたので、この事件がとくに痛ましく思えたのかもしれないが、この犯罪をアガサなりに〝解決する〟ために犯人像をつくりあげることに興味をそそられた可能性のほうが高いようだ。この小説が出版されたのは一九三四年だったので、執筆当時は、赤ん坊殺しの犯人はまだ捕まっていなかった（逮捕は出版の翌年だった）。だからこそ、アガサはこの犯罪に対し、小説のなかで自分なりの正義を貫く必要性を感じ、このような〝正義〟の物語を書きあげたのかもしれない。ここで話の筋をばらすつもりはないが、上述した悪者のラチェットに対して復讐を成し遂げたその方法は、胸がスカッとするし、オリジナリティにあふれている。これは、壮大なストーリーテリングが味わえる作品であると同時に、その時点ではまだ誰も展開がみえなかった未解決事件に、アガサがカタルシス、あるいはひとつの区切りを与えようと試みた作品でもある。

殺人事件が大きなニュースになるのは、被害者が有名人だったり、犯罪が残虐だったりするときが多いが、事件の解決に革新的な技術や最先端科学がいくつも組み合わせて用いられたときも注目を集める。つぎの事件は、世間の注目を集めた陰惨な犯罪を解決するために、斬新な手法が用いられた好例であり、ある重要な新しい手法が初めて用いられたという点で、法科学の発展に大きな意味を持つ事件だ。

一九三五年九月二九日、スーザン・ヘインズ・ジョンソンという若い女性が、ダンフリーシャーのモファットという町でスコットランドのすがすがしい朝の空気を満喫していた。そのあたりは「デヴィルズ・ビーフ・タブ」と呼ばれており、その名にちなんだ「デヴィルズ・ブリッジ」という橋があった。スーザンがその橋を渡っていたとき、なにか妙なものが目に入った。小川の土手の岩に、何かの包みが引っかかっていて、なんとその包みから人間の腕が一本突きでていたのだ。

スーザンは警察に通報した。警察は川を徹底的に捜索し、よく似た包みをいくつか発見した。包みのなかには腐敗が進んでウジ虫が群がる身体の一部や肉片がはいっていた。それらの人体の断片は無造作に新聞や女性の衣服で包まれていたが、頭部は子どものロンパースでくるまれていて、とくに不気味だった。少なくともふたつの頭部が発見され、合計七〇個近くの包みがみつかった。したがって、警察は少なくとも二人の人間の遺物を扱っていると認識していた。この事件は「ジグソー殺人事件」と呼ばれた。わたしが思うに、アガサは『もの言えぬ証人』でヘイスティングズのつぎのセリフでこの事件に触れている。「ポアロ、彼女がばらばらに切断されて包みやトランクに詰められているなんて思ってやしないだろう?」。この事件を知らなかったのなら、アガサがこの作品を執筆しているときに、この事件がたまたま起こったということになる(出版されたのは一九三七年)。

憂慮すべきは、死体が切断された数だけではなく、その方法だ。犯人は明らかに医学的知識があり、法医学の専門的な知識さえもいくらか持っていた。犠牲者の身元が割れないように、この残虐な殺人者は顔面の皮膚をはがし、指先を切り取り、歯を抜いていた。さらには、のちにわかったことだが、母斑や瘢痕など身元の手掛かりになりそうなその他の特徴さえも取り除かれていたのだ。ところが、このように慎重かつシステマティックに死体が切断されていたにもかかわらず、犯人は重大なミスをひとつ犯していた。死体が発見されたのはスコットランドだったのに、ばらばら死体の一部を包んでいた紙が、『サンデー・グラフィック』というイングランドの新聞だったのだ。さらに、使われていた号は特定の地域の出来事を掲載する地方版で、このときはランカスターのモーカム・フェスティバルが記事になっていた。これによって捜査エリアが劇的に狭められた。人口九万人ほどの比較的小さな町のなかで、犠牲者の身元を捜すのにそれほど時間はかからなかった(その当時、わたしの故郷の街リバプールには、八五万人を超える人びとが暮らしていたことと比べてみてほしい)。警察はふたりの女性が行方不明になっていることを突きとめた。イザベラ・ラクストン(この女性はバック・ラクストンという医師と結婚していた)とその家でメイドとして働いていたメアリー＝ジェーン・ロジャーソンのふたりだ。バック・ラクストンがかっとなって妻のイザベラを殺してしまい、それを目撃したか、殺人を疑ったメイドも殺害したのではないかという仮説が立てられた。その医師は彼女らの身元がわかりそうな特徴をすべて取り除いたにもかかわらず、うっかり地元の新聞で死体を包んでしまったのだ。その当時、地元の住民のあいだではやった歌にこういうものがある。

赤いしみのついた絨毯、赤いしみのついたナイフ
おお、ドクター・バック・ラクストン、切り裂いたのは自分のワイフ
それを見たメイド、口封じが必要
だから、ドクター・バック・ラクストン、メイドも冥土に送ろう

ラクストン医師を逮捕したあと、警察は家宅捜査し、浴室の排水管から人間の肉片と血を発見した。また絨毯から血痕を発見した。こうして犯人は捕まえたが、ばらばらになった遺体をイザベラ・ラクストンとメアリー＝ジェーン・ロジャーソンの遺体としてはっきり特定する仕事が残っていた。

ＤＮＡ鑑定がまだない時代で、歯と指紋がないため、顔の構造的な比較という新しい手法を取り入れて、この犠牲者たちの身元の特定が試みられた。腐敗し皮膚がはがれ落ちたイザベラの頭蓋骨の画像が、さまざまなアングルから撮影され、同じ角度でイザベラの顔の写真と重ねられた。同じ手法を使ってメアリー＝ジェーンの身元も特定された。この手法はドクター・ラクストンの裁判で、法廷でも実演もされた。

たとえば掃除婦が、カーペットの巨大な赤いしみをきれいにしてほしいと頼まれたとか、ラクストン自身が庭で証拠になりそうなものを燃やしているのを目撃したという証言など、ほかの状況証拠も考慮すると、ラクストンの有罪は明らかなように思われた。掃除婦は法廷で、あれは血だったと証言した。陪審員が殺人と死体切断の罪で有罪とみなすのに時間はかからなかった。一九三六年にラクス

トンは絞首刑に処された。

この事件のもっとも興味深い側面は、死体を包んでいた新聞だ。その最初の手掛かりがなければ、捜査官たちはイングランド北部の小さな街に注意を向けることもなかっただろう。そうなると、一九三〇年代という時代に、このような殺人事件を解決するのはほぼ不可能だったにちがいない。この事件は地元だけでなく、イギリス全土でトップニュースになり、書籍『バック・ラクストン裁判』(*Trial of Buck Ruxton*) は、「イギリスの有名な裁判」(Notable British Trials) という非常に意義深いシリーズの一冊として出版された。[5] 一九〇五年からつづくこのシリーズ本で取りあげている事件は、イギリス推理作家クラブでも話題になることが多かった。アガサ自身も、バック・ラクストン事件だけでなく、このシリーズ本で特集されたほかの多くの事件を自分の小説によく登場させていた。イギリスの主要な新聞だけでなく、このシリーズも読みこんで小説のヒントにしていただろうし、ラクストンの巻も読んでいたにちがいない。『愛国殺人』では、ジャップ警部が行方不明者について、どこかで「ばらばらにされてるとでもいうんですか、ミセス・ラクストンみたいに」と直接話題にしているくらいなのだから。

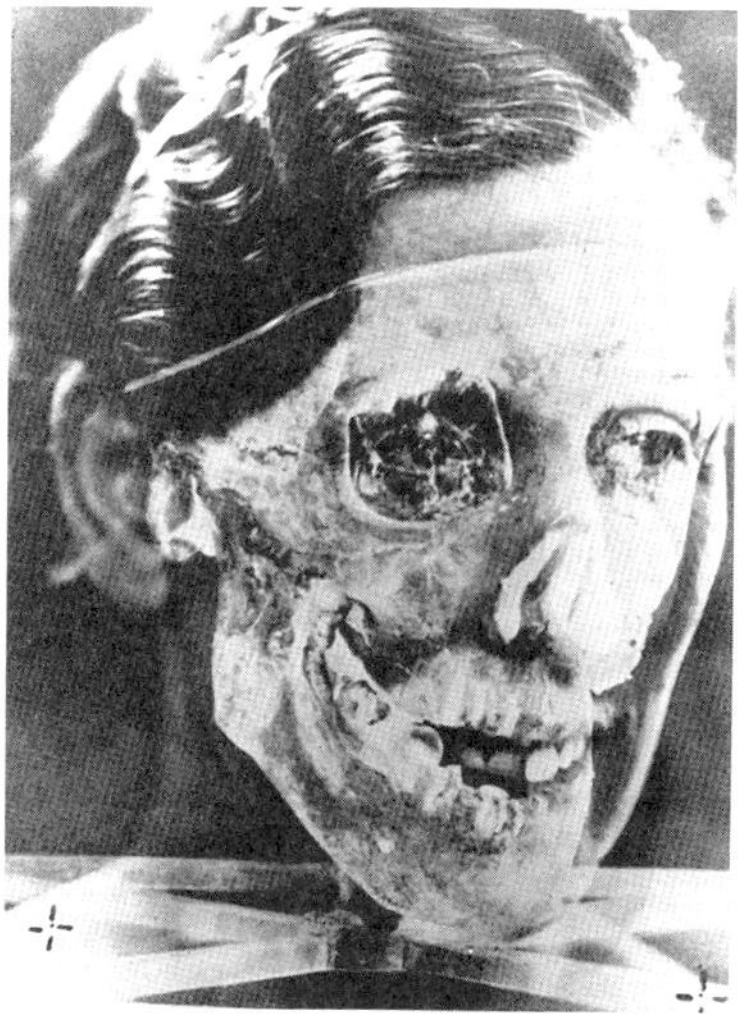

イザベラ・ラクストンの顔を
頭蓋骨の画像に重ねた写真

アガサが生きていたのは、現在わたしたちが暮らしている〝ペーパーレス〟の世界ではなく、それ以前の世界だった。登場人物たちは、（持っていればの話だが）家の電話で呼びだされ、伝言はメモ用紙に書かれた。脅迫状は、雑誌から切り取ったアルファベットを紙に貼りつけるというスタイルで作成された。手紙は折りたたまれ、タイプライターで宛名を打った封筒に入れられ、郵便で送られた。また、新聞に個人の住所を載せたり、手書きの手紙をボーイに頼んで送ったりして人びとはコミュニケーションを取っていた。この習慣のおかげで、クリスティーはミステリに格好の材料を、日ごろからいくつも手に入れることができた。

　これはまた、クリスティーがソフトウェアに頼っていないことも意味する。アイデアをUSBやクラウドに保存することもなかったし、作品を生みだすのに活用してもいなかった。アイデアはノートに記し、そのいくつかは実を結ばずに終わっている。伝記のなかでアガサは、あらゆるアイデアを小さなノートに書き溜めていたが、よくそのノートを失くしてしまったと明かしている。「ふとした思いつきや、毒や薬についての情報、新聞で読んだ巧妙な詐欺の手口など、さまざまなアイデアをノートに書き留めていました」[6]。それでもようやく、必要なのはタイプライターとそれを打つためのしっかり安定した台だと認識してからは、本一冊分や一話まるごとの草稿をまずは鉛筆に紙で書くという習慣をやめ、タイプライターでいきなり書きはじめるようになった。アガサが選んだタイプライターはレミントン社のポータブルシリーズで、この携帯に便利な機器に替えてからは、浴室で打つことさえあった。

その当時のほかの人びとと同じように、アガサは通信機器に通じていたので、多くの作品のなかで、タイプライターやインクで書かれた手紙に言及することが多かったし、紙やタイプライターを手掛かりとして物語に登場させたのは自然な流れだった。アガサは身をもって、筆跡は指紋と同じくらい個人特有のもので、重要な手掛かりになりうるし、インクのしみだってときには血痕と同じくらい重大な役目を果たすことがあると理解していた。一見すると、多くの物語のなかで文書はたいして重要な手掛かりでないように思えるかもしれないが、あとになって物語の中心的な役割を果たしていたと判明することがあるし、ときには物語のきっかけにさえなっている。『ＡＢＣ殺人事件』では、不吉な手紙がポアロの元に届き、そこから連続殺人犯の追跡が始まる。『杉の柩』は、エリノア・カーライルが匿名の警告の手紙を受けとるところから始まっている。その手紙を読んで病気で臥せっている叔母のローラを訪ねたエリノアは、のちにこの叔母を殺した罪に問われる。『動く指』では、誹謗《ひぼう》中傷の手紙がいくつも登場し、受け取ったひとりが自殺し、さらに死者が増えていく。『予告殺人』では、地方の新聞で死が宣告されたあと、実際に最初の殺人が起こる。

そのほかにも、文書の証拠にさえ注意を払っていれば謎が解けるものもある。たとえば、『エッジウェア卿の死』に登場するカーロッタ・アダムズが妹に宛てた手紙や、『ねじれた家』のジョセフィンの日記、『マギンティ夫人は死んだ』でマギンティ夫人が保管していた新聞の切り抜きなど。また、クリスティーの作品全体を通してよく登場するのは、真贋取り交ぜたさまざまな遺言書や、遺言補足条項だ。

文書鑑定の目的は、ひとつには偽造をあばくことだ。あばく方法はさまざまで、もちろん偽造の方法も同じくらい多様だ。文書の偽造の方法には、文字や数字を抹消したり、追加したりする方法がある。たとえば小切手を偽造するときは、ゼロをひとつ書き足せば、払いだし額が一〇倍になる。クリスティーの作品でいうと、第一作目の『スタイルズ荘の怪事件』から文字や数字の書き足しは始まっている。ポアロは「この手紙が書かれたのは一七日ではなく七日ということがわかるかい。ミス・ハワードが出発した翌日だよ。〝七〟のまえに〝一〟を書いて〝一七〟にみせかけているんだ」と書き足しを見破る。

『牧師館の殺人』へ戻ると、とくにややこしいのはプロザロー大佐が殺された現場でみつかったメモだ。スラック警部はこのメモの存在をもっけの幸いととらえ、幸運な手掛かりとみなしたが、ミス・マープルは最初から「ひどく胡散《うさん》臭い」と思っていた。おそらくそれは、やや都合がよすぎたためだろう。その文書が偽造されていることがはっきりしたときも、待ちくたびれた大佐が家に帰ろうとしていることを示しているように思える文の大半は大佐が書いたもので、あとで誰かが一部を加筆したと推理された。ところが最後にどんでん返しがある。こんなふうに。

「プロザロー大佐が殺されたときに書いていたメモのことはご存じですよね。あのメモを文書鑑定士に見せて、〝六時二〇分〟の部分が誰かに書き加えられたのか判断を仰ごうとしたんです。

……そもそもあのメモはプロザロー大佐が書いたものではなかったんです。まったくの偽物。その偽のメモに別の誰かがさらに〝六時二〇分〟を書き足したんだろうって、鑑定士はいうんです」

なんと、裏の裏をかかれた。メモ自体がプロザロー大佐の手によるものではなく、それらしくみせるために仕込まれたものだったのだ。しかもそのメモにまた別の人物が、偽物とは知らずに書き足して、さらなる筆跡とインクの手掛かりを残したわけだ。

『予告殺人』では、ミス・マープルが殺人の調査の途中で偽造犯を捕まえた。一枚の小切手に違和感を覚えたミス・マープルは、もちろんミス・マープルであるからこそ、誰の仕業かをたちどころに推理し、署長にすべてを語る。

「その男が小切手を書き変えたというんですか」

「これをみてください。もともと七ポンドだったのを、一七ポンドになるよう書き足しているんですよ」

ミス・マープルはこんな小細工を自分に仕掛けてくるなんて、大間違いだと説明する。なぜなら、小切手に関しては独自のルールにこだわっているからだと。

「わたしは一七ポンドなんてまとまった金額を小切手に書いたことがないの。身の回りのものに使うのに、いつもわたしが現金化するのは七ポンドです。以前は五ポンドだったんだけど、最近はなんでもかんでも値上がりしちゃったから」

文書鑑定士のもうひとつの役割は、「手書きの文書の書き手として誰かを特定または除外すること」だ。ごく基本的なレベルとはいえ、アガサは筆跡の比較照合について理解していた。当時の多くの人がそうだったように、リンドバーグの事件からアガサもその価値を知ったのかもしれないが、その誘拐事件によって筆跡鑑定が大衆に知られるようになるまえから、この手法について知識を蓄積していたにちがいない。そうでなければ、その事件の一二年も早く出版されたデビュー作『スタイルズ荘の怪事件』で、筆跡鑑定を取りあげたりしないだろう。この本の語り手のヘイスティングズは、「カヴェンディッシュ事件」と呼んでいるスタイルズ荘の事件について、つぎのように書いている。「筆跡鑑定士が呼ばれ、薬局の毒薬の登録簿にあったアルフレッド・イングルソープという署名に関する見解が求められた。本人の筆跡とは明らかに異なるというのが、鑑定士ら全員の一致した意見だった」。この筆跡鑑定が、殺人事件と大きく関わっていくのだが、どちらかというとミスリードのために用いられている。だからこそ、ポアロ・シリーズの二作目『ゴルフ場殺人事件』で、ポアロはヘイスティングズに「カヴェンディッシュ事件の筆跡鑑定士の証言を覚えているかい」とこの種の証拠について、釘を差している。とはいえ、ポアロがこの場面で事件のことを口にしたのは、絶望的な失敗を指摘するためだったのだけれど。

一点の疑いもなく、手書きの文章の書き手を特定する必要に駆られるのは、クリスティーの作品では、遺書を書いたのが亡くなった当人なのかどうかを判断するときであることが多い。少しネタバレになってしまうかもしれないが、アガサの小説では、遺書にはいつもなんらかの疑わしい点がみつかることが多いといっていいだろう。そうでなければその物語に〝殺人〟が出てこなくなってしまう。

『ひらいたトランプ』では、ロリマー夫人がさまざまな相手に宛てて投函したと思われる遺書が、実際に本人の手によるものかどうかという謎が出てくる。問題は、関係者がみな夫人の筆跡が実際はどんなだったか知らないので、遺書が本物かどうか確認できないという点だ。そのため、現実世界の文書鑑定では、誰が書いたかわからない文書と比べられるように、本人が確実に手書きしたと判断できる文書がなければならない。

小説のなかには、ほかの目的のために書かれた手書きの文書が、巧妙に遺書として使われる場合もある。『動く指』では、紙の切れ端に「もうやっていけません」と書かれた文がシミントン夫人の遺書とみなされた。『ヒッコリー・ロードの殺人』では、シーリアの遺書が「ハバード夫人へ、本当にごめんなさい。これがわたしにできるせめてものつぐないです」と、さきほどの例と同じように破れた紙切れに書かれていて、誰もそれに異議を唱えない。けれども、ちぎれた紙切れは、遺書としてふさわしいだろうか。いや、たいていの場合、自殺をしようとする人は時間をかけて、最後の手紙をきちんと書き、破れた紙切れなどめったに使わないのではないだろうか。丁寧に読みやすい筆跡で書き、ほかのやりとりで使った手紙を再利用したりしない。だから、遺書ではない別の手紙の一部にみえなくもないメモや、自殺について直接的な表現をしていない文がクリスティーの小説に出てきたときは注意したほうがいい。

とはいえ、アガサの大半の本についていえば、大事なのは、誰が書いたのかを確かめることではなく、ふたつの文書のあいだにある食い違いに気づくことだ。アガサはこのプロセスについて知識があったにちがいない。だからこそ、『エッジウェア卿の死』では、被害者カーロッタ・アダムズが書いた手紙についてポアロが苛立《いら》ちをみせる様子を描いている。ポアロはこう語る。「いかなる偽造も見当たらない。そう、これはすべて同じ筆者によって書かれたものだよ。それでも……そんなことは、ありえない」。ポアロは偽造に関してはどこをどうみればいいのか心得ている。探偵業を営んできた何年ものあいだに文書鑑定について相当に学んだのだろう。最後には手紙に関する別の側面によって事件が解決される。筆跡ではなく紙のつくりがこの作品では重要な証拠になるのだ。

また『マギンティ夫人は死んだ』では、ポアロは法科学的な文書鑑定士の役割をみごとに果たし、きっぱりといいきる。

「あの本に書かれたイヴリン・ホープという名前は、あなたの筆跡ですね。この写真の裏に書かれた〝わが母〟という字と同じ筆跡です。マギンティ夫人はあなたの部屋を整頓しているときに、この写真と、その裏の言葉をみたのです」

これが手掛かりとなって、マギンティ夫人がなぜ、そして誰に殺されたのかという謎をポアロは解決することができた。けれども、この種の比較照合は照合する文書が本当にその人物が書いたものであることが確実なときに初めて作用する。ミス・マープルの最後の事件『スリーピング・マーダー』では、ミス・マープルはヘレン・ハリデイの失踪事件を調査している。「ヘレンの筆跡がわかる別の文書を手に入れたんです。今日それをポストに投函するつもりです。先週、いい筆跡鑑定人の住所を手に入れたのでね」。そしてようやく「筆跡鑑定人の報告書」が届くと、「手紙は偽物ではなく、本物だった」ことが明らかになる。

ところが実際は、筆跡鑑定人の主張とは違っていたのだ。

鑑定士たちは、比較のために提出されたふたつの手書きの文書は、同一人物によって書かれた可能性が非常に高いという……けれども、そもそも比較対照にする文書が本当に、問題になっている人物が書いたものなのだろうか。比較する文書を提供した者から、その人物が書いたものだといわれて、鑑定士が当然のようにそれを信じているだけではないだろうか。たとえば、わたしがある友人を殺した場合を考えてみよう。別の友人には、あの子は数カ月まえからフレンチ・リヴィエラに移住して元気に暮らしていると伝え、そのあと、その友人からの手紙を装って、自分宛に何通かの手紙を書く。しかし、そのうち、その友人が本当に生きているのか、その手紙は本当にその友人が書いたのか、みんなが疑いはじめるかもしれない。わたしは疑われないようにするために捜査に協力し、これらの手紙を筆跡鑑定人に渡して、その友人が持っていた日記と比較してもらい、筆跡が一致するかどうかを確認させる……ところが、捜査官が知らないことがひとつある。それは、日記もわたしが書いていたということだ。だから、筆跡鑑定の結果はぴたりと一致するのだが、そもそもどちらも故人の筆跡ではないということになる。

もちろん鑑定を行なう者は、悪意のある書き手が、何らかの方法で筆跡をごまかそうとする可能性があることは認識している。たとえば、利き手ではないほうの手で書くという方法がそうだ。

「おふたりはお気づきだったかもしれませんが、わたしは乗客一人ひとりにお名前や住所を書いていただきました。これはかならずしも確実な手段とはいえません。なぜならときおり、ある動作は右手で行ない、別の動作は左手で行なう人がいるからです。たとえば、字を書くときは右利きなのに、ゴルフのときは左利きになる人とか」

これは『オリエント急行の殺人』の一場面で、ポアロはこのときにすでに、筆跡鑑定の専門家としてすっかり洗練された腕を持っていた。

また、『杉の柩』の匿名の差出人のように、書き手が普段は使わない言葉やフレーズを使うことも、もうひとつのごまかしの手法だろう。ロディー・ウエルマンはポアロにつぎのように語っている。

「まったくわかりません。ひどく教養に欠けた、間違いだらけで安っぽい調子の手紙でした」

ポアロは手を振った。「それはたいして重要視すべき部分ではありませんね。教養のある人がそうでないふりをして手紙を書くのは造作もないことでしょうから」

これらはアガサ・クリスティーの小説なのだから、もっと独創的なごまかしの方法が出てきてもおかしくない。『オリエント急行の殺人』でポアロは、前述したラチェットに対する脅しの手紙のひとつを調べて、つぎのように述べている。

「そのようなことに慣れている人が読めば一目瞭然です。この手紙はひとりの人間が書いたものではなく……ふたりかそれ以上の人の手によるもので、ひとりひとりが一度に一文字または一語を書いています。さらに、この手紙は活字体で書かれています。そのせいで筆跡の特定がはるかに難しくなるのです」

第一に、クリスティーの時代には一般的だった筆記体ではなく、活字体で文字を書くことは、筆跡を偽装する確実な方法だ。ポアロはすぐにそれに気づいた。しかし、書き手が複数いるというのはなんと巧妙な手口だろう。複数の人びとがひとつの文書のなかで各自の筆跡をごまかそうとするため、複雑さが格段に増す。この場合、ポアロは同じはずの文字の筆跡が微妙にちがったり、筆圧がさまざまに異なっていたりすることに気づいたのだろう。けれども、さまざまなインクが使われていたとは思えない。それでは、いろいろな書き手がいたことがあまりにあからさまになってしまうからだ。書き手はみな同じペンを使ったのだとわたしは思う。それは、まえのパラグラフに出てきた手掛かりの非常に重要なポイントだ。この手紙は、この小説のクライマックスを象徴するものでもあり、物的証拠というよりメタファーとしてとらえると、さらに重要な意味を持つ。もし結末をご存じないなら、これを機にこの作品を読んでもらえたら、この意味がわかるだろう。

ところで、それほど匿名性を保ちたいのなら、ペン書きの手紙自体をやめたらどうだろうか。その代わりに、脅迫状スタイルで、雑誌や新聞などの印刷物から文字を切り取るのだ。『動く指』では、リムストック村の住民が、同じ人からと思われる、つぎのようなスタイルの誹謗中傷の手紙を受け取っていた。「この地域から出された手紙の封筒にはタイプライターで住所が打たれ、その封筒のなかには、印刷物から切り取られた言葉や文字が、ゴム糊で一枚の紙に貼りつけられていた」

誹謗中傷の手紙は、アガサの作品にたびたび登場するので、殺人ミステリでは、ややありきたりの小道具と思う人がいるかもしれない。キャロライン・クランプトンが自身のポッドキャスト〈シーダニット〉で、「誹謗中傷の手紙は、常套《じょうとう》手段といえるくらい推理小説家にとってとても便利な道具だと思っていました」(7)と語っているとおり、わたしも当初はそんなふうに思っていた。けれども、じつをいうと、推理小説の黄金時代と呼ばれるころ、誹謗中傷の手紙は、現実の世界でもごく一般的にみられたのだ。キャロラインは一九二〇年代から一九三〇年代の多くの事件を例に挙げている。実際、二〇二〇年には、カーティス・エヴァンスがまさにこのテーマで「誹謗中傷の手紙：二〇世紀初頭の奇妙なクライム・ウェイブ」(8)という記事を書いている。エヴァンスが「裁判所が圧倒された」と述べたこの現象を、アガサが知っていたことは間違いない。

そのような悪意のある手紙で重要とされるのは、物理的な要素だけでなく、その背後にある心理的な要素だ。『ABC殺人事件』では、「匿名の手紙は、男よりも女が書くものだ」という一般的な見かたが示されている。『動く指』では、通常なら理想に思えるリムストック村で、住民全体が標的となり、一見したところは典型的な誹謗中傷の手紙のオンパレードが繰り広げられる。ロンドンからジェリーとジョアナのバートン兄妹《きょうだい》が村のコテージに移住してきたときから、その手紙が目立ちはじめた。小さな村に辛辣な手紙が数多く送られ、地元の警察はその方面の専門家としてグレイヴズ警部を呼ぶ。そしてグレイヴズ警部が前述のセリフを吐くのだ。警部はそれらの手紙について、こう述べる。「女性が出したものでしょう。わたしが思うに、犯人は中年かそれより年齢が上の女性で、おそらく、まあはっきりとはわかりませんが、独身でしょうな」。もちろん、筆跡やコミュニケーションの方法から書き手の年齢や結婚しているかどうかなど言い当てることはできない。この考えのもとになっているのは、手紙の見た目よりも心理学的な側面だ。そこには、毒《ポイズン》のように、そのような誹謗中傷のメッセージはより弱い性（つまり女性）が用いるものだという前提がある。だから、誹謗中傷の手紙は「ポイズンペン」と呼ばれている。ところが、興味深いことに、悪意のある手紙は通常男ではなく女によって書かれるという考えは、心理学者や英国グラフォロジスト協会のような組織の共通した見解というわけではない。さらに、クリスティー自身も実際はそんなふうに考えているわけではないようだ。これは、クリスティーの多くの小説に登場する匿名の手紙の犯人を考えると明らかだ。じつのところ、前述した実際に起こった多くの誹謗中傷の手紙事件でも犯人は、女性ばかりではなかった。

とくに『動く指』では、グレイヴズ警部の経験のおかげで、膨大な数の法科学的な文書鑑定が行なわれ、捜査に役立つその文書のある側面が特定される。グレイヴズ警部は文章を構成しているそれぞれの文字が「古い本、おそらくだいたい一八三〇年くらいの本から切り取られた」とみてとる。さらに指紋の採取は行なわれたが、「手紙や封筒には明確な指紋がなかった」と説明している。もちろん、手紙は、郵便局員や受取人など多くの人びとが触れている。けれども、どの封筒にも共通してついている指紋はみつからなかった。差出人は「用心ぶかく手袋をしていた」のだ。

そのあとグレイヴズ警部は、タイプライターの調査にわたしたちの注意を引き戻す（タイプライターについてはすでに説明したとおり）。

「封筒の文字はウィンザー7というタイプライターで打たれています。このタイプライターは使い古されていて、〝a〟と〝t〟の位置がずれている。……封筒の文字はすべて、誰かが一本の指でタイプしたものです」

文書鑑定士にしてみれば、ある人物が一本の指でタイプを打ったというのは通常はわかりやすい。すべての文字が同じ力でタイプされるからだ。さまざまな指を使ったときは少しずれた角度からさまざまな力でキーが押されるため、タイプされる文字にばらつきが生じる。

封筒の文字がタイプで打たれていたという状況は、驚くほど役立つ手掛かりになりそうに思われる。タイプライターと打ち手の癖を特定することができるからだ。だが残念ながら、この小説ではそれが当てはまらない。それらの驚くべき分析手法が用いられ、タイプライターをピンポイントで特定することはできたのだが、それは重要な鍵にはならないのだ。なぜなら、そのタイプライターは村の婦人会にある共用機器で、村の誰もが使えるものだったからだ。同様に、〝一本指〟でタイプする方法も、かならずしもタイプライターを打ち慣れていない人を意味するわけではない。グレイヴズ警部が推測しているとおり、そうすることで、タイプが上手な人でも下手なふりをして簡単にごまかすことができるからだ。警部はこういっている。「ことごとく痕跡を消している。これらの手紙を書いたのが誰であれ、かなり知恵の回る人物だ」。知恵が回っているのはアガサだ。こんなふうに筋書きを組み立て、現実のカモフラージュの技を使い、刑事や読者の裏をかきつづけるのだから。

タイプライターで文字が打てるのは、なにも封筒の宛名だけではない。手紙の本文自体もタイプライターで打つことができる。そうすれば手書きの筆跡をまねたり、偽装したりする必要はまったくなくなる。『魔術の殺人』に登場するクリスチャン・グルブランドセンが死ぬ間際に書いた文書が、その一例だ。ここで唯一の現実的な問題がある。文書鑑定士なら、遺書を紙の「切れ端」に記すのも奇妙だが、遺書をタイプライターで打つのも奇妙だと述べるだろう。最終的にはそこから、謎が明らかになる。

こうして、クリスティーが繰りかえし示しているとおり、文書鑑定士は手書きの文と同じく、タイプライターで打った文からも多くの情報を得ることができる。『動く指』の誹謗中傷の手紙のほか、クリスティーの作品でタイプライターに関する多くの情報が手掛かりとして示されるのは、独創的な『ABC殺人事件』だろう。殺人犯はタイプライターで打った手紙で、ポアロを挑発するというミスを犯す。「ミスター・カスト、タイプライターが特定できるのをご存じなかったのですか。これらのすべての手紙は一台のタイプライターで打たれたものです……そしてそのタイプライターはあなたが持っています。あなたの部屋にあったものです」

じつはタイプライターに光が当てられている、クリスティーの小説のなかで意外な作品を挙げるとしたら、『白昼の悪魔』だろう。この小説はエルキュール・ポアロの長編二〇作目で、ポアロはデヴォン地方への旅の途中で、日差しがまばゆいバー・アイランドを訪れる。その島は『そして誰もいなくなった』の兵隊島のモデルにもなっている島だ。ポアロは保養に来たのだが、もちろんゆっくり休暇を過ごせるはずはない。メロドラマじみた三角関係に気づいたポアロは、誰かが傷ついたりしないか、あるいはもっと悪いことが起こりはしないかと気が気ではない。いつものようにポアロの予感は的中し、殺人事件が起きる。被害者は、はっとするほど魅力的なアリーナ・マーシャルという女性で、ポアロが懸念していた三角関係の渦中のひとりだった。

アガサのプロットの多くは、鉄壁のアリバイを持っている人びとに左右されるが、ときにはそのアリバイこそが疑いの理由になったりもする。一般的に無実の人びとはアリバイが必要になるなんて思いもしないので、行動もやや気まぐれになるものだ。崩しようのないアリバイを持っている人はたいてい、アリバイをつくろうと計画している。その故意の計画性によって、みごとなまでに複雑なクリスティーの多くの殺人の物語が生まれ、彼女が「平凡なナイトクラブ殺人」と呼ぶものとは異なる趣を与えている。ナイトクラブ殺人とは、酔っ払いの暴力や恋人同士の痴話喧嘩が不幸にも殺人に発展したような事件を指している。アガサの作品のなかで使われているすべてのアリバイのなかで、わたしのお気に入りは〝タイプライターによるアリバイ〟だ。『白昼の悪魔』でアリーナが不幸にも絞殺されたあと、警察は夫のケネス・マーシャル大尉に疑いの目を向ける。マーシャル大尉には明確なアリバイがない。アリーナが殺された時間に、ケネスは「一一時一〇分まえにもう一度自分の部屋に戻り、タイプで手紙を打っていた。一二時一〇分まえまでそうやってタイプを打った」あと、テニスの準備をして、正午に予約していたコートで友人たちとテニスをした。誰かその話の証人になってくれる者がいるかと警察に訊かれたとき、マーシャル大尉は、たぶんホテルの客室係がタイプライターの音を聞いているにちがいないと答えた。それに加えて、マーシャル大尉はまだ投函していない手紙も複数持っていた。そうやって、たとえば警察が実験のようにしてその手紙をタイプライターで書き写してみて、一時間以内でタイプし終えられなければ、マーシャル大尉のアリバイが確固たるものになることが、ほのめかされている。

それらの手紙は、その日の朝マーシャル大尉が受け取った仕事の手紙に対する返事だった（つねづね思うのだが、アガサ・クリスティーの小説のなかでいちばん信じがたいのは、やたらと正確な郵便サービスではないだろうか。けれども、たしかに郵便は、昔のほうがだんぜん頼りになる存在だったのはまちがいない。わたしもそれなりに歳を重ねているので、朝と夕に規則正しく郵便を受けとっていた時代があったことを覚えている)。したがって警察は、興味深いアリバイとして、マーシャル大尉のアリバイが妥当かどうか調査しなければならない。警察はマーシャル大尉が受け取って、返事を書いていた手紙を調べた。手紙はその日よりまえの日付になっていた。その部分は確認したが、その他の部分についてはどうなのだろうか。警察は返事をタイプするのにかかる時間を測る必要がある。マーシャル大尉がいうように本当に一時間かかるのだろうか。つまり、アリーナが殺されたとき大尉は本当に自分の部屋にいたのか。さらに重要なことに、それらの手紙があらかじめタイプされていたということがないか、返事の内容を知る必要がある。だからマーシャル大尉がタイプした手紙を読むことが大事だ。

そのあと、〝タイプライターによるアリバイ〟は真実だと証明されるのだ。警察はできるかぎり、大尉の話を再現し、アリバイに穴がないことを確認する。クリスティーはいつも、このような一見鉄壁にみえるアリバイでまんまとわたしたちの裏をかくので、そのつもりでこの本を読むと、むしろ予想外の結末が待っている。そして、タイプライターは意外と法科学的な証拠としても使えるとわかる。

では、文書鑑定できる文書自体が、ほとんど残っていない場合はどうだろうか。文書を燃やせば、証拠を破壊することができる。これは紙の証拠ならではの破壊方法のひとつだ。クリスティーの小説には、その例がいくつか描かれている。暖炉で焼かれた文書の燃え残りは、推理小説の典型的な小道具で、クリスティーの作品でもデビュー作から焦げた文書の断片が登場する。『スタイルズ荘の怪事件』では、「ポアロが半分焦げた紙片を巧みに取りだし」たり、「ジャップが暖炉から炭化した紙片を拾いあげ」たりしているし、短編「謎の遺言書」〔『ポアロ登場』収載〕では、「彼が手にしたのは、焦げてごわごわになった紙の燃え残りだけだった」とある。なかでも、もっとも刺激的な燃え残りの紙片は、『オリエント急行の殺人』でポアロがみつけたラチェット宛の脅迫状だろう。それはこの紙片が事件解決の重要な糸口になっただけでなく、ポアロが本物の法科学的な実験を行なっている唯一の例だからでもある。ポアロは、女性用の旧型の帽子入れが必要だとつぶやき、車掌に頼む。車掌がその箱を手渡すと、ポアロは箱のなかから帽子ごと針金のネットを取りだす。その時代より一〇年以上まえの帽子の箱には型崩れしないように針金のネットがよく使われていた。そのネットがポアロの実験に必要だったのだ。

　そのあとも、焦げた紙片に書かれた文を、ポアロの言葉でいう〝復元〟させる試みがくわしく描写されている。ポアロは焦げてもろくなった紙片を帽子箱から取りだした二枚の針金のネットのあいだに挟み、焼きごてでネットごと摑んで炎の上にかざす。金属のネットが熱で赤くなりはじめると、紙片のインクで書かれた文字が浮かびあがる。それはほんのつかの間のことだったが、ポアロが紙片に書かれた文を読み、その後事件全体を解決に導くには充分な時間だった。この現象が起こるのは、書かれた文字のインクと紙とでは、燃える速度がちがうからだ。ちかごろでは、この実験には人間の目ではなく赤外線フィルターが使われている。

思うに、人びとは手紙や文書を燃やすべきときほど、まったく逆のことをする傾向があるのではないだろうか。たとえば感傷的な恋人は、道ならぬ恋のラブレターを大事に取っておいて、なんどもなんども読みかえし、証拠を隠滅しようとしない。この行為はアガサの作品でも数多く登場する。それは手紙のやりとりが、携帯電話のメッセージや電子メールが存在しなかったころは、きわめて日常的な行為だったからだろう。短編「〈西洋の星〉盗難事件」〔『ポアロ登場』収載〕でポアロは「彼女に手紙は捨てたといわれたんだな。いやはや、どうしてもという場合は別として、女性というものはけっして手紙を捨てたりしないものだよ。捨てたほうが賢明だとわかっているときでさえ、なかなか捨てられないんだ」と嘆く。『青列車の秘密』でも、ポアロは同じような行為についてこう断言している。「ド・ラ・ローシュ伯爵はひとつの対象についてはよくご存じです。つまり女性について。それがどうでしょうか、彼ほど女性のことを知り尽くしている人が、あのマダムが手紙を取っておくだろうと予測できなかったのでしょうか」

この時代のきわめて有名な殺人事件のひとつに、一九二三年にイディス・トンプソンとフレデリック・バイウォーターズの絞首刑で幕を閉じ、「イギリスの有名な裁判」シリーズに掲載されることになったものがある。この事件にはフレデリックとイディスがやりとりしたラブレターがからんでくるのだが、アガサの小説の引用部分とは正反対に、実際にその手紙を保管していたのは男のフレデリックのほうだった。

イディスは一八九三年のクリスマスに、ロンドンでイディス・ジェシー・グレイドンとして生まれた。イディスは幸せな子ども時代を過ごし、舞台芸術の才能に秀で、学問の面でも突出していた。一六歳になる手前の一九〇九年に学校を出たあと、衣料品の製造会社で初めて働いた。その後、女性の帽子を製造販売している大きな会社に勤め口をみつけた。持って生まれた独創性と気品が知性と組み合わさって雇用主に高く評価され、イディスはあっというまに昇進してチーフ・バイヤーになり、会社の代表として頻繁にパリを訪れるようになった。将来夫になるパーシー・トンプソンとは学校を卒業するまえの年にすでに出会っていて、六年間の婚約期間を経て結婚した。ふたりには前途有望な職があり、心地よく幸せな生活を送っていた。

フレデリック・バイウォーターズは、夫のパーシーよりまえにイディスの人生に登場していた。フレデリックはイディスの弟の友人だったからだ。フレデリックは商船に乗りこんで働いたあと、一九二〇年にイディスと再会し、その後、イディスの夫を含めて交友関係を結ぶようになった。フレデリックはイディスより八歳年下だったが、冒険談を聞かせてくれる若くてハンサムな青年で、イディスはたちまちフレデリックに惹かれていったといわれている。夫のパーシーはそういうことにまったく気づかなかったようで、休日にフレデリックを家に呼んだり、あろうことか三人で一緒に住むことさえ許したのだ。イディスとフレデリックは関係を持つようになり、とうとうパーシーもそれに気づいた。なんどか口喧嘩をしたあと、パーシーはイディスに暴力をふるうようになった。目撃者によると、イディスにあざがあったという。パーシーにとっては幸運なことに、フレデリックはふたたび商船に乗って海に戻っていったので、イディスは結婚生活を営む家から手紙を書き、返事を心待ちにすることしかできなくなった。数カ月後、フレデリックがロンドンに戻ると、情事がふたたび始まり、その後まもなくこの関係が暴力的な結果を招くこととなった。劇場に出かけたイディスと夫パーシーは、帰宅するとちゅうに藪《やぶ》から飛び出してきた者に話しかけられた。そして、イディスは地面に投げ飛ばされ、パーシーは刺された。パーシーはその場で亡くなった。事件が通報されたあと、トンプソン家の下宿人のファニー・レスターが、犯人はフレデリック・バイウォーターズではないかという疑惑を警察に知らせた。すぐさまフレデリックは逮捕された。警察署でフレデリックと対面したイディスは、フレデリックと知り合いであるだけでなく、不倫関係にあったことも正直に打ち明けたが、殺人については一貫して無実を主張した。警察はフレデリックの住まいを捜査し、イディスからの六〇通を超えるラブレターを発見した。これらはふたりの関係を示す唯一の物的証拠だった。イディスのほうはフレデリックからの手紙をすべて捨てていたからだ。フレデリックはパーシー・トンプソンの殺害は自分ひとりでやったと主張しつづけたが、フレデリックとイディスはふたりとも殺人の罪で裁判にかけられ、歴史上もっとも物議をかもした事件のひとつとなった。

手紙は動かぬ証拠だった。合計五万五〇〇〇語におよぶ手紙のなかで、イディスは自分の日常生活を振りかえり、フレデリックに何度も愛を告白し、どれほど恋しく思っているかを書いていた。ただ不幸なことに、イディスはどれほど夫から自由になりたいかも記していて、夫に毒を盛ろうとしたことや、ぞっとすることには、電球をすりつぶして夫の食べ物に混ぜて食べさせようとしたことさえあると書いていたのだ（いずれも、実行したかどうかは証明されなかった）。

陪審員たちはあきれかえった。フレデリックは、自分の殺人計画をイディスはまったく知らなかったと主張し、イディスが書いていた夫の殺人計画は単なる派手な妄想にすぎず、好んで読んでいたその種の本に感化されただけだといいつのったが、ふたりとも有罪で死刑を宣告された。ふたりは一九二三年の一月に、半マイル離れた場所で同じ日に縛り首になった。その後いまやおなじみの病理学者バーナード・スピルズベリーがイディスの死体を解剖した。この事件は当時世間の注目を集め、いまだにいくつかの理由で批判の的になっている。その時代の一般大衆はイディスが受けた判決に衝撃を受けた。一九〇七年以降、イギリスでは女性が絞首刑になっていなかったからだ。それだけでなく、イディスが殺人に加担したという証拠がないので、世間一般の人びとは、イディスは単に女性の〝あるべき姿〟に沿わなかったというだけの理由で絞首刑になったという見かたをしていた。法廷でのイディスは、若い恋人をかどかわして夫を残酷に殺害する計画を立てた妖婦《ファム・ファタル》として描かれた。けれども本当のところは、新しい恋に夢中になってのぼせあがっただけの若いうぶな女性だったのではないだろうか。夫から怒りをぶつけられ暴力を受けたイディスは、妄想の世界に引きこもり、情事よりもむしろ自由を切望して、勢いを緩めることなく若い恋人に手紙を送りつづけたのだろう。手紙は紙に書かれたが、石に刻みつけるように、思いを封筒のなかに封じこめた結果、彼女自身の運命も封じこめられてしまった。

クリスティーの小説『ねじれた家』は、イディスとフレデリックが最後を迎えてから、かなり経ったあとに出版されているのだが、読みかたによっては、このふたりへの追悼作品のように読めなくもない。クリスティーは自伝のなかで、この本は書きはじめるまで長いこと頭のなかでアイデアを温めていたと語っているので、時間の経過も一致する。この作品はアガサのお気に入りのひとつになった。わたしが思うに、アガサはこの事件の記事を読んですぐに、この作品の筋を思いついたのではないだろうか。ひょっとすると、イディス・トンプソンのことが頭から離れなかったのかもしれない。イディスは絞首刑になったとき二九歳で、アガサもまだ三三歳だった。イディスの名前は『ねじれた家』

のなかに何度も出てくる。主要な登場人物であるマグダがイディスの生涯を描いた芝居で主役を演じたいという思いを繰りかえし口にしているからだ。さらに、題名のねじれた家の住人同士が、イディスとフレデリックのように情事を重ねている。ここでも女性のほうが男性より年上だ。そしてふたりの関係がラブレターのせいで明るみになる。トンプソンとバイウォーターズの事件のまさに模倣と思える場面は、つぎのように進行する。


「そこそこの量のある証拠が出てきたらしい。手紙だよ」

「ふたりのあいだで交わされたラブレターってこと？」

「そうだよ」

「そんなの取っておくなんて、なんて愚かな」

「まったくそのとおり……新聞を開けば、そういう愚かな行為の例にはことかかない。でも、書きしるされた言葉や、文字で残された愛の証を大事にとっておきたいという衝動が抑えられないのだ、きっと」


現実世界の事件と同じく、アガサの初期の作品にあった感傷的な女性についての台詞とは正反対に、『ねじれた家』の恋人たちのうち、ラブレターを保管していたらしき人物は女性ではなく男性のほうだ。例に挙げた手紙や文書は、（愚かにも保管されていたものもあるが）炎によって破壊されていたかもしれない。けれども、炎はつねに破壊者とはかぎらない。種類によっては熱に対して有利に反応するものがひとつある。それはインクだ。

ミステリというジャンルからすると、クリスティーが〝みえないインク〟などの小道具を濫《らん》用しているとはいえないが、まずまずの頻度で登場する。とくに、短編「謎の遺言書」では、この小道具を鮮やかに用いている。タイトルになっている遺言書を捜しているとき、ポアロは場違いな場所で封筒をみつけ、直観で行動する。「慎重に封筒を開き、平らに広げた。それから火をともし、封筒の内側の真っ白な面を炎に近づけた。しばらくすると、ふいに文字が現れた」

これは透明のインク（隠顕《いんけん》インクともいわれる）がいかにして効果を示すかの描写で、アガサはまだ二作目だった『秘密機関』で「隠顕インク」という用語さえも使っている。定義によると隠顕インクは、書いたときは透明だが、火であぶったりほかの物質を加えたりなどなんらかの処理を施すことによって、みえるようになるインクのことをいう（このインクはレモン汁に水を少々加えてつくることができる。その液体を通常のインクのように使って文を書くと、乾けば跡がみえなくなる。けれども暖房機器やヘアドライヤー、ラジエーターのそばに置くと書いた文字が浮き上がってくる。直火だとそのページが燃えてしまう恐れがあるので、前述の方法をお勧めする）。最近では、この小道具は、ライアン・ジョンソン監督の二〇一九年の映画〈ナイブズ・アウト／名探偵と刃の館の秘密〉で使われた。この映画は黄金時代のさまざまな推理小説へのみごとなオマージュが込められていながら、時代設定は現代になっている。映画では、ジェイミー・リー・カーティスが演じている登場人物がうっかりしてライターを紙に近づけてしまったとき、手紙の内容が浮かびあがった。

隠顕インクは消えるインクとは違って、最初からずっと目にみえない。いっぽう消えるインクは通常のインクのように書いたときは紙に色がつくが、そのあと透明になる。だからジョークや故意にミスリードさせるのに使えるのだ。『ねじれた家』では、遺言が消えるインクで署名されたかのように思われる場面がある。署名がなんらかの方法で消されたかどうかが議論されるのだが、その場にいた弁護士は、それはありえないという。「削除した痕跡を残さないでおけるはずがない」。法科学的には、まったくそのとおりだ。『現代犯罪捜査の科学』（一九三五年）で著者のハリー・ゾエデルマンはつぎのように述べている。

インクはナイフ、ゴム、またはインク消しで消されていることがある。ナイフやゴムで削除されている場合、通常は削除された部分の紙が薄くなっているので、容易に識別できる。インク消しが使われた箇所は紫外線を使えば簡単に検出できる。(9)

『ねじれた家』にもどると、その後の状況から、読者は消えるインクが使われたと仮定せざるをえず、アガサが持つこの分野への深い知識に驚嘆させられることになる。その知識があるからこそ、クリスティーの作品全体を通して、何十年ものあいだ、複数の物語でインクが取りあげられているのだろう。一九三四年に出版された『三幕の殺人』では、「インクのしみの調査」という章がある。その章では、執事の部屋の妙な場所に飛んだインクのしみのことが書かれており、そこから素人探偵が暖炉に隠された恐喝の手紙という文書証拠にたどり着く。そこから二〇年後、『マギンティ夫人は死んだ』では、マギンティ夫人が死の直前に買ったインクの瓶が出てくるが、当時の労働者階級の女性にしてはその行為はやや珍しいということが示され、その事実からポアロは、殺人犯の隠された動機を明らかにする手掛かりを得る。

クリスティーの小説に出てくるインクは、その意味を解明しようとさえすれば、ロールシャッハ・

テストよりずっと多くの情報を教えてくれる。

手書きの文字や文字の一部、図など、アガサはデビュー作から開始して、その後の著作活動全体を通じて、文章に図や画像を添え、読者の注意を文書証拠に引きつけてきた。ただし、血痕や銃弾の痕跡、指紋の場所を示す図は一度も使っていない。通常は断片の形で、文書を再現しているのみだ。たとえば、燃やされた遺言書の燃え残り、薬のラベルの断片、破られて別の目的で使われた紙片など。これは黄金時代の殺人ミステリの典型だ。これらの小説にはパズルのような要素やルールが存在していて、その当時推理小説と同じくらい流行っていたクロスワードパズルと現実に近い犯罪の物語との溝を埋める役割を果たしていた。これによって、推理小説はクロスワードパズルより長い謎解きゲームとなり、反対に、クロスワードパズルは手掛かりを探す読み手への視覚表現になった。どちらも、第一次世界大戦後にやってきた〝二〇世紀前半のパズル熱〟と呼ばれるものがその根底にあって、ドロシー・L・セイヤーズなどの作家によってそのふたつが組み合わされたのだ。クロスワードパズルが初めて雑誌に掲載されたのは一九一七年だが、その起源は碁盤目を使った文字をつなげるパズルやアクロスティックと呼ばれる遊び〔いくつか単語を並べて語頭を縦に読むと別の意味になる遊び〕にある。これは、クリスティーの短編「グリーンショウ氏の阿房宮」〔『クリスマス・プディングの冒険』収載〕にも登場する。推理小説と言葉遊びはこのように相性がよい。わたしはこれを証明できる。なんといってもわたしは、推理小説の熱烈な愛好家であると同時に、毎朝コーヒーを片手に、夫とクロスワードパズルをひとつ完成させるほどのパズルファンでもあるのだから。
〝文書証拠〟ともいわれるその他の図としては、地図や屋敷の見取り図などがある。これらは推理ゲーム〈クルード〉でも活用されているが、アガサのミステリの多くにも散りばめられており、小説にはゲーム性を、ゲームには物語性を加えるという相互作用を及ぼしている（あなたが〈クルード〉のファンなら、付録2のリストにある見取り図がどれもゲームに使われているのがわかるだろう）。見取り図や地図は現在のフーダニットでもいまだ使われている。殺人ミステリの特別な一日にオリエント急行の車内でわたしも犯人当てゲームを楽しんだことがある。与えられた手掛かりのひとつが、車両のどの位置に誰がいたかを示す図で、それと併せてさまざまな名刺とゲームへの参加を表彰する賞状も受け取った。わたしが受け取ったのはそれだけなく、謎を解いた甲斐あって、嬉しいことに特製の『オリエント急行の殺人』の本も勝ち取った。

屋敷の見取り図を掲載するというアイデアはクリスティー独自のものではない。これまでみてきたとおり、クロスワードパズルとアクロスティックにみられる、読者も謎解きに参加している気分が味わえる双方向の性質が自然に発展して、犯罪ミステリのなかに取り入れられるようになったと思われる。マーティン・エドワーズによると、一九一七年に出版された『夜に』(*In The Night*) の著者であるゴレルが、家の見取り図を小説に初めて添付した。それは「黄金時代の小説にはおなじみの要素となった、付け合わせのような存在」だった。[10] ゴレルは、アガサ・クリスティーと共同でイギリス推理作家クラブの会長を務めたことがある。

このような背景を考慮すると、アガサが小説のなかで文書証拠を提供していた重要性がおのずとみえてくるだろう。これはその当時の傾向を映しだしている。パズルや図を使うことによって、恐ろしい暴力が、もっと快適な頭脳ゲームの世界へ変換されるのだ。

第5章

痕跡、凶器、傷

「足跡がつづいているのに、すべて同じ足で踏んだ足跡というわけではないようにみえる」
――『ヒッコリー・ロードの殺人』

古代の土器の破片が出土すると、その破片は専門家によって記録され、クリーニングされ、復元が試みられる。復元された土器は写真に撮られ、画像が出版されたり、博物館に展示され一般に公開されたりすることさえある。良好に保存されていたものは、ひび割れがほとんど見えなくなることもある。考古学者の注意深く巧みな腕で、損傷が可能な限り修復される。

アガサの傷ついた心も、こんなふうに考古学者マックス・マローワンによって癒やされたのかもしれない。

アガサは、最初の夫の浮気を知った年に愛する母も失い、心理的にも感情的にも真の苦しみ（いわゆる神経衰弱）を味わい、人生でもっとも苛酷な一年を過ごしたあと、気づけば四〇代の入り口に独りで立っていて、日常から離れられる休暇を必要としていた。現代風にいえば、〝自分探し〟をしたかったのかもしれない。そして、そのために西インド諸島行きのチケットを予約していたのだけれど、ある夜のディナー・パーティで聞いた中東の話に魅了され、オリエント急行でバグダッドへ向かう旅に変更した。この旅によって、アガサのその後の人生が形づくられ、才能がさらに磨かれることになった。それはちょうど、先史時代に岩から先の鋭い石器や矢じりが削りだされたのと似ている。のちにメソポタミヤと呼ばれるようになる地域を訪れたとき、有名な考古学者レナード・ウーリーの発掘現場に立ち寄って、そこで彼の助手だったマックスと出会い、やがてふたりは結婚した。アガサとマックスはその後、世界でもっとも謎に満ちたその地を繰りかえし訪れ、結婚生活の多くの時間をそこで過ごした。

アガサは自身の著作活動をしながら、マックスの発掘プロジェクトの助手も務め、発見された遺物のクリーニング、写真撮影、描画までも行ない、それらの過程の多くを『メソポタミヤの殺人』や『死との約束』など複数の物語に盛りこんだ。アガサが発掘の助手をした遺物のなかには有名なものもある。おもしろいことに、『ナショナル・ジオグラフィック』誌がこの状況を〝事件〟として報じた。「調査の担当者は、クリスティーの二番目の夫マックス・マローワン。ただし手掛かりを探している《ディテクティブ》この男は警察官ではなく、考古学者だ[1]」。探偵を意味する「ディテクティブ」を考古学では「発掘調査」の意味で使う。だから、アガサがこの分野でも活躍していたのも不思議はない（じつは、法科学と考古学のふたつを合わせた法考古学という特異な分野もある）。

工具の痕跡や足跡や〝カット〟は考古学でも法科学でも重要だが、それぞれの分野で少し意味が異なる。考古学では、〝カット〟は物理的なひとつの〝断片〟で、時間という単位のある瞬間を示す。たとえばある穴に、その壁面にみえる地層の断面とは別に、その穴に堆積したほかの層がみられることがある。過去に何かが掘り起こされたとき――または埋め戻されたとき――、それは、考古学の特定の時間枠内である行為と対応している。〝墓穴（グレイブ・カット）〟は何十年または何世紀を経るうちに沈殿物でふさがれる。その後考古学者がその墓穴を掘削して、その沈殿物と周囲の層とを比較してどのようにみえるかを調べることで、最初に穴が掘られた時代を突きとめることができる。その後の年月で堆積した地層については、特定の時代に関連した陶器の破片や日付の入った硬貨などの形で、手掛かりを得ることもある。つまり穴の周囲の地層の状況とその穴のなかのアイテムによって全体像がみえてくるわけだ。それは、推理小説の結末や現代の犯罪現場の捜査で謎が解けるのと同じだ。

考古学的な発掘で出土した遺物は、それが何か、歴史的な地層のどこにあったのか、近くにどのような物がほかにあったのか、有機的な痕跡があるかなど、さまざまな視点で評価されるが、それと同じように、法科学的な証拠もさまざまな分野が組み合わさった複雑な混合物だ。たとえば血でついた靴跡は血痕と足跡が組み合わさっているし、紙に残されたインクのついた指紋は指紋鑑定と文書鑑定が必要だ。クリスティー自身はちがうタイプの証拠を組み合わせることが多かった。たとえば『ひらいたトランプ』ではレイス大佐がこんなふうに語っている。「しみのある手袋や指紋のついたグラス、燃え残った紙きれ……」。本章でも同様に、(異なってみえるが、それぞれの関係が深い)さまざまなタイプの証拠を組み合わせて解説する。現実の世界では、法科学に携わっている人のなかには、ひとつだけでなく二、三分野を専門にしている人もいる。また多くの場合、血痕の解析者と血清学者(さまざまな体液を研究している)や、病理学者と毒物学者など、異なる分野の学者が複数で連携して調査にあたる。

クリスティーは、考古学的な作業のなかでメソポタミヤ人の指紋の跡を目にしていただろうし、多くの発掘現場で先史時代の足跡がみつかっている。それらは何百万年もまえの古代人の痕跡なのだ。古代ギリシャの墓や、昨日発生した殺人現場で、同じような道具や手掛かりが、過去の再現に活用されている。

痕跡、凶器、傷とは

法科学という文脈のなかでの痕跡証拠というのは、ある物体が別の物体に接触したとき、なんらかの跡を残すのに充分な力が加わって、傷や印、ある種のへこみがついたもののことだ。指紋や弾道学はもちろん、文書鑑定という分野でさえ、これらがみられることがある。たとえば、パテに残った指の跡、弾丸の線条痕、ノートパッドの下のページについた文字のへこみなど、それらはみな痕跡証拠だ。とはいえ、この章の目的に合わせて、痕跡証拠のひとつの形態として、推理小説で手掛かりとしてよく登場する足跡にまずは焦点を絞り、つぎに引きずり痕《ドラグマーク》や工具痕《ツールマーク》、タイヤ痕など足跡と似た種類の痕跡を取りあげる。そのあと、凶器とそれによって生じる傷は密接に関連していると考えられるため、別々の痕跡証拠だけれどまとめて紹介する。検死解剖で病理学者は、ある種の傷が特定の凶器によってつけられたものと判断することが多くある。その判断は遺体の肉や骨に残されたなんらかの暴力的な痕跡に基づいている。

痕跡証拠：足跡、タイヤ痕（および引きずり跡と工具痕）

痕跡証拠は、損傷に基づく証拠と、損傷以外のものに基づく証拠の二種類に大別される。たとえば指紋は損傷以外の痕跡証拠だ。それは、指紋は個人の指腹にある内因的な紋様であるからで、前述したとおり、指紋によってつけられた痕跡はひとりひとり独自のものだ。

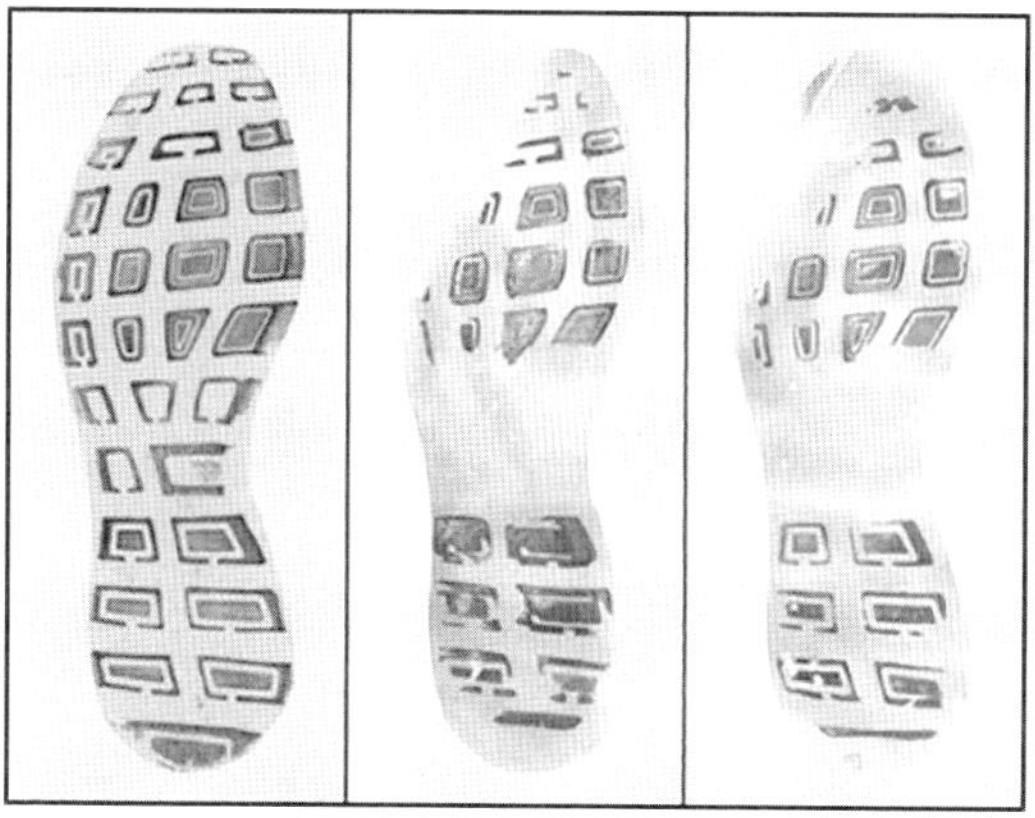

靴底が徐々に擦りへっていく様子

この章では、なんらかの損傷に基づく痕跡証拠を取りあげる。名前から察することができると思うが、これは損傷を受けたものと損傷を与えたものに依存する特定の痕跡だ。ここには、靴や機器などが含まれるし、たとえば前述のタイプライターなど摩耗や劣化によってなんらかの跡がつくことで、証拠としてもってこいの役割を果たすものもある。靴に関する法科学的な文献では、「大量生産されるゴム製の靴底は、店で販売されているときは製品としてまったく同一なのだが、数日使用されただけで履いた人それぞれの特徴が出てくる」とされている。要するに、靴の底が擦りへれば擦りへるほど、つまり損傷《ダメージ》を受ければ受けるほど独特の靴跡が残るのだ。

痕跡には、**型式特徴**と**固有特徴**という二種類の特徴がある。型式特徴というのは、「ナイフ」や「ハンマー」のようによく似たものが集まった大きなグループに振り分けることができる特徴で、いっぽう固有特徴は、特定の個人やアイテムに結びつく特徴だ。たとえば、現代の犯罪現場でみつかった一組のトレーニング・シューズの跡は、記録され、ブランドを特定するためにデータベースで検索される。その結果、リーボック社製のシューズと一致するとする。これがその靴跡が属するクラス（型式）またはグループだ。さらに調査した結果、そのリーボックの靴底が摩耗していて特定のパターンがみられることがある。これは、誰かの履きかたによって独特の特徴が生じたせいだ。足の運びや、体重を移動させる位置、歩いた場所、一足の靴をどれほどの頻度で履くかなど、人によって違いがある。この例では警察が特定の誰かに疑いを持っているかもしれない。それを仮にビルと呼ぼう。ビルの靴を何足か調べて、摩耗のパターンが犯罪現場から採取した靴跡と一致すれば、それが固有特徴で、その靴跡はビルのリーボックの可能性が非常に高いといえるようになる。さらにビルが履いていたリーボックの現物をみつけることができれば、ますます強固な証拠になるし、その段階で捜査官は正しい道をたどってきたことがわかる。リーボックがみつからなかったとしても、ビルの銀行口座にリーボックの購入記録がないか調べることができる。もし購入していれば、殺人事件が起こるまえかあとかを確認する。

アガサ・クリスティーは、この概念を驚くほどよく理解していて、『アクロイド殺し』ではとくに、靴跡について言及している。ロジャー・アクロイドの殺人事件の捜査に乗りだした切れ者のラグラン警部は、容疑者のブーツをいくつか押収して、こういう。「ここに一足、あの男の靴があります。ほぼ同じ靴を二足持っているらしい。これからこの靴とあの靴跡を比較してみます」。そのあと警部は窓枠にあった靴跡にブーツを重ねる。

「同じです」ラグラン警部は自信満々でいった。「いえ、この靴跡を実際につけた靴とはちがいますがね。そっちはあの男が履いたまま消え失せたので。この靴はそれとよく似ていますが、もっとくたびれています。ほら、靴底の突起がかなり擦りへっている」

アガサが、型式（クラス）証拠と固有証拠という分類について知らなかったとしても、この場面で描写しているのはまさしく型式証拠と固有証拠のことだ。型式証拠とは、「それとよく似ている」と表現されているとおり同じブランドや同じ種類の靴のことで、固有証拠とは、靴底の鋲《びょう》が取れかかっているというような、その靴独自の特徴のことだ。

足跡は、犯行現場に文字どおり犯人や目撃者がいたことを示すので有用だ。また、その場にいたのがひとり以上かどうかがわかることもあるので、供述やアリバイを裏づけたり論破したりできる。さらには、入口と出口を示すこともある。典型的な例としては、窓の下の花壇に靴跡があり、部屋のなかに花壇の土が落ちているときは、窓から侵入したことが示唆される。『チムニーズ館の秘密』は殺人ミステリというより本格的なスリラーだが、アガサのほかのすべてのスリラー作品と同じく、殺人事件が起こる。「チムニーズ館」と呼ばれている郊外の巨大な館で、スタニスラウス伯爵が殺される。その殺人事件を捜査しているとき、発見された死体のそばにある開いた窓の外の階段に、泥だらけの一組の靴跡と、それとは別に「去っていく靴跡」もみつかる。

その結果、犯人はあいている窓をみつけ、そこから館に侵入したあと、また窓から出ていったため、そのような靴跡が残ったのだろうと推理される。同じような泥だらけの靴跡のシナリオがいくつかの短編で何度か使われているところからして、アガサは証拠としての足跡の概念と、それが犯罪の再現にいかに役立つかを明確に理解していたと思われる。

犯行現場を調べているとき現場に残された靴跡を追跡するのは、ほかの物理的証拠を捜すためでもある。足跡をたどることで、手袋や凶器や盗品など、容疑者が捨てた別の物品が落ちている場所に行きつくことがあるからだ。

さらに重要なことに、複数の犯罪が起こっている場合、別の犯行現場に同一の足跡が存在すれば、ふたつの事件を結びつけることができる。別の場所にあった同じ靴跡の発見は、それらすべての犯行をひとりの人物に結びつけるだけでなく、それらの犯行現場の関係を調べることで、ほかの証拠にもつながりがみつかることもある。また、それぞれ個別ではたいして役に立たなかったとしても、全体としてみれば、事件解決に欠かせない手掛かりになることもある。たとえば、ひとつの犯行現場で足跡とブロンドの髪の毛、別の犯行現場で同じ足跡と身長約一八〇センチの犯人を示唆する血痕パターン、そしてもうひとつの犯行現場では同じ足跡とフォード製の車のカーペットの繊維がみつかったとする。それらのパズルのピースは別々だとあまり有用でないかもしれないが、すべてが結びつけば、警察は身長約一八〇センチでブロンド、フォードを運転している人物を捜すべきだということがわかる。このような証拠は、容疑者のリストをかなり短くすることができるし、少なくとも捜査を集中すべき方向を示してくれる。

では、集められたさまざまな証拠は、どのようにして復元や解析がされるのだろうか。まずは足跡からみていこう。足跡の鑑定は、それがどのように存在しているかによって方法が異なる。指紋と同じく、大きく分けて三つの種類がある。

顕在足跡：顕在指紋と同じく、肉眼で視認できるもの。また通常はある人物が塗料や泥などの物質を踏んだときについた跡。したがって、この種の足跡は凸状になっている。とくにむごい殺人のあと、泥ではなく血まみれの足跡が家の奥に向かい、裏のドアから出ているとき、血の近くにいた誰かが血を踏んで外へ出たことが示唆される。短編「エルマントスのイノシシ」〔『ヘラクレスの冒険』収載〕では、ポアロがこの足跡について説明している。「足跡、おそらく血を踏んだと思われる足跡がホテルの使われていない棟からつづいていています」。その足跡を復元するには、単純に写真で撮影すればいいのだけれど、歪みや誤った遠近感が生じないように九〇度の角度、つまり真上から撮影しなければならない。足跡のサイズを正しく測れるようにルーラーを足跡のそばに置いておくことが大切だ。そうすれば、その人物の足のサイズもわかる。足跡がはっきりみえず、カメラで撮影できるほどではない場合は、斜めから照明を当てることによってみえやすくなる。紙に移った手書きの跡などのへこみが、斜めの低い位置から当てた照明で、くっきり明らかになるのと同じだ。

潜在足跡：専門的な設備を用いなければみえない足跡、および肉眼ではみえない非常に薄い層が一見綺麗な靴の底から移って生じる足跡。油分と一般的な煤や垢の混合物が、ガラスやリノリウムの床、紙片を踏んだときにその表面に堆積することでできる。あるいは、静電気で布などがまとわりつくように、静電気によって生じることもある。これは、膨らませた風船を数日のあいだ部屋のなかに放置しておいたときにみられる状態と同じだ。風船の表面には、静電気で引きつけられた髪の毛や埃《ほこり》、小さなゴミがくっついているだろう。この類の足跡を探すのは難しいが、専門家は何年にもわたる犯罪現場での経験を経て、うまく探しだす方法を会得している。これはアルミニウムの指紋採取の粉を使って復元することができる。復元したら写真に撮影するか、テープに転写する。とはいえ現在は、ゼラチンや静電気による採取ツールを使って足跡をリフティング・フィルムに転写することが多い。これはクリスティーの時代にはなかった技術だ。ここまで読めば、指紋と足跡とのつながりがはっきりしただろうし、なぜひとりで複数の分野を専門とする人がいるのかも理解していただけたのではないだろうか。

可塑性の足跡：これは推理小説のなかで足跡として最初に思い浮かべるタイプの足跡かもしれない。泥や雪などの物質で形成された、三次元の痕跡証拠だ。これらはまず、とくに雪でできているときは最初に写真を撮影する。斜めから照明を当てることで、必要な詳細を浮き彫りにして撮影することができる。さきにセラック〔天然の樹脂〕やヘアスプレーを吹きつけてコートすることもある。そうすることで安定するし、コントラストも強くなる。そのあと、足跡を物理的に採取する。まず足跡を木製の枠で囲み、硬質石膏《せっこう》を枠のなかに流しこみ、足跡のあらゆる溝に液体が流れこむようにする。石膏がギプスみたいに固くなったら、耐久性のある3D模型のできあがりだ。初期のころはギプスに使われる焼石膏が使われていた。クリスティーは一九二四年に出版された短編集『おしどり探偵』で早くもこの手法について言及している。この本は、探偵事務所を任されることになったトミーとタペンスというベレズフォード夫妻の冒険を描いている。この本に収載されている短編「桃色真珠紛失事件」で、タペンスがトミーにこういう。「石膏で足跡の型を取るつもりなんでしょう？」。一九三〇年代の本に、犯罪現場に石膏がないときの代案がいくつか紹介されているものがある。緊急時にはラード、オートミールがゆ、または小麦粉と水を混ぜ合わせたもので足跡の型を取ったらしい。さらに、焼石膏には塩を加えると固まるのが速くなるとか、砂糖は固まる速度を遅らせるということも書かれている。キッチンにあるものが科学捜査にこれほど使えるとは、誰も想像していなかったのでは？

タイヤ痕は足跡と非常によく似ていて、泥のなかや路肩の草むらに残されているときは可塑性の立体的なものが多く、血やタールや塗料の上を通ったときは肉眼でみえる痕跡になり、タイヤのゴムの製造時に用いられる油によって潜在的な痕跡にもなりうる。タイヤ痕は靴跡と同様の方法で現場から採取される。アガサが生涯を通じて車をおもな交通手段として使い、自家用にしていたモーリス・カウレーを愛してやまなかったことを考えると意外なのだが、作品のなかで車が法科学的な捜査の対象として扱われることはめったになかった。だから、タイヤ痕については時間を割かないでおく。さらに、タイヤ痕の科学は、靴の痕跡証拠に比べるとまだ若く、いっぽう馬や馬車などはアガサの先達アーサー・コナン・ドイルのほうがよく取りあげていた。とはいえ、アガサがタイヤ痕を手掛かりとして使った例をひとつ挙げておくのもいいだろう。それは密輸をテーマにした短編小説「金塊事件」（『火曜クラブ』収載）だ。おもな登場人物のひとりバッジワース警部は金塊が隠されていると思しき場所を捜査していて、その現場にタイヤ痕がくっきり残っていることに気づく。そのタイヤ痕のとくに固有特徴が捜査の重要な役割を果たす。バッジワース警部はタイヤ痕に欠けがあると指摘する。「タイヤのひとつに三角形の欠けがあって、見まちがいようのないタイヤ痕を残しています」。バッジワース警部は、ミス・マープルの甥でこの話の語り手であるレイモンド・ウェストを連れて、勘を頼りに疑わしい人物のトラックを調べに出かける（レイモンドは、このほかのマープル・シリーズの長編や短編でもたびたび登場したり、噂の種にされたりしている）。容疑者のガレージで、ふたりはタイヤのひとつに謎めいた三角形の欠けがあるのを確認する。バッジワース警部は「しっぽをつかんだぞ。ちょうど同じ大きさの欠けがタイヤにある」と声をあげる。容疑者のケルヴィンは、タイヤ痕の証拠に基づいて正式に逮捕される。

　ところが話はこれで終わりではない。バッジワース警部にとっては不運なことに、看護師が事件の夜は一晩じゅう窓の外を眺めていたが、トラックは一度もガレージを出て行かなかったと証言したのだ。看護師が付き添っていた患者もエンジン音を聞かなかったという。またタイヤ痕の証拠以外には、ケルヴィン氏とこの犯罪を結びつけるものがほとんどない。もちろん、この独創的な謎を解いたのはミス・マープルで、みごとに事件を解決した。

　タイヤ痕と同じく、工具痕や引きずり痕などの痕跡証拠はクリスティーの物語にそれほど多く出てこない。それでも、数回は言及されているので、アガサがそれらについても認識していたのは明らかだ。

　一九三八年に出版された『ポアロのクリスマス』では、ドアの内側からかけられた鍵穴を拡大鏡で調べているときに、印象的な〝密室殺人〟のシナリオが説明される。ポアロが鍵をじっとみつめていると、ジョンスン大佐が声をあげた。「こいつはおどろきだ。鍵の端にかすかな引っかき傷があるぞ。みえるかい、ポアロ？」もちろん、いかなるものも見逃さないポアロが、その傷に気づかないはずはない。ポアロはつぎのように答える。

「ええ、みえますね。この傷があるということは、ドアの外側から錠が回されたということじゃないでしょうか。鍵穴に鍵をさして外から何か道具を使ってその鍵の先を摑んで、鍵を回した。おそらく、普通のペンチで事足りるでしょう」

アガサは約二〇年後に出版されたスリラー『死への旅』でも、これと同じ技を使っている。工具痕は現代の法科学用語で、通常はつぎの三タイプが含まれる。

圧痕：窓枠のパテや厚い乾きかけの塗料など、何か柔らかいものに工具が押しつけられたときに生じる跡。

擦過痕：工具が何かの表面を擦ったか引っかいたときに生じる跡。たとえば絵画についたのみの跡や車のドアについたバールの跡など。

切断痕：木材や金属、骨などの素材を道具で切断したことで残る痕跡。

あるいは、工具痕はふたつのカテゴリに分けることも可能だ。摩擦痕（工具の一部が何かの表面を擦ったときに生じる）と、押圧痕（工具の縁や面の完全な痕跡）がそれである。

最初のカテゴリに従えば、『ポアロのクリスマス』に登場する鍵穴の痕跡証拠は、ペンチによる擦過痕だ。アガサはおそらく正式な専門用語を使って定義する方法は知らなかっただろうが、小さくて絶妙な痕跡証拠を用いていた。現代的な捜査では、殺人事件の解決に必要ならば、比較顕微鏡を使って錠前のシリンダーに跡をつけたペンチの特定が試みられる。けれどもアガサは、顕微鏡の助けがなくてもこの章の目的にかなう手掛かりを与えてくれている。
『ポアロのクリスマス』で示された痕跡証拠は、〝損傷に基づく証拠〟のひとつで、この種の損傷が人の身体につけられた場合は、傷や怪我になる。

凶器と傷

打撲傷は、痕跡証拠の一種として記録される。凶器であれ、人の足であれ、車のバンパーであれ、いわばなんらかの〝ツール〟で人体につけられた痕跡と考えられるからだ。打撲傷――専門分野では「挫傷」と呼ばれる――は、生存中に生じた一過性のもので、治癒していくにつれて色が変わり、だんだん色が薄くなって皮膚とのコントラストが弱まる。死亡すると、生前についた打撲傷は生きていたときより長く残ることがある。それは、死後は治癒が進まないせいだけれど、身体は腐敗プロセスが進むので、別の方法でこの種の証拠は破壊されていく可能性がある。だから、タイヤ痕や足跡のときのように、ルーラーをそばに置いて、死体の挫傷を写真に撮影しておく必要がある。サイズを正しく測定できれば、その打撲傷を生じさせたと疑われる物体で実際にできた打撲傷と比較することができる。しかし、クリスティーの小説にはこの例は出てこない。
ただし、打撲傷ではないほかの種類の傷とその傷を負わせたかもしれない凶器を(ちょうど、わたしたちが検死解剖で行なっているのと同じように)比較している場面はある。それらの傷はつぎのようなカテゴリに分類される。

鈍的外傷には、前述の挫傷のほか、つぎのものがある。

擦傷：表皮（皮膚の表層）にのみ傷をつける身体のいちばん表面に生じた傷。典型的なのは〝すりむいた膝〟で、表皮には血管が通っていないため、理論上、擦傷では出血しないが、赤い〝斑点〟がみられることが多い。

裂傷：身体の一部に鈍器による力が加えられると、その衝撃で弱い要素が伸びたり裂けたりすることがある。骨の上にある肉の層が比較的薄い部位を鈍器で強く叩かれると皮膚が破れる。これは、下にある骨が力の一部を跳ねかえすからだ。そのエネルギーは外へ向かってしか進まないので、エネルギーが激しすぎると裂ける。裂傷は傷が深くなる傾向があるので出血し、傷の縁がとくに明らかな場合は、鋭利的外傷とまちがわれることもある。けれども、皮膚を構成している要素の強度がさまざまであるおかげで、病理医はこの違いを見分けることができる。裂傷が生じたとき、比較的強度の高い結合組織や神経はその衝撃では裂けないため、傷の根元に「架橋繊維」としてそれらの組織や神経が残る。裂傷は、臀《でん》部のような肉づきのいい部位より、頭皮のような骨のすぐ上を皮膚が覆っているような部位に生じやすい。鈍器による外傷はアガサの作品に多く登場していて、わたしが数えたかぎりでは約三〇件の殺人事件の死因になっている。誰かを殺す方法としてはひどく衝動的だが、効果的だ。

鋭利的外傷

切り傷／切傷：鋭利な刃のついた物体（メスや斧《おの》など）はもちろん、ガラスの破片やカミソリなど〝刃〟に類似した鋭利な物体で生じた傷。刃は鋭いため結合組織や神経も切られ、肉のあらゆる要素が整然と切断される。したがって架橋繊維も残存しないため、この点から裂傷と区別がつく。切傷は深さより長さがあり、それが刺し傷と違うところだ。

刺し傷／刺傷：刺傷は、傷の幅より深さがあることが多く、切傷よりも命の危険が高い（ただし、手首など大きな動脈が表皮近くを通っている部位の切傷は別だ）。刺傷で使われるもっとも一般的な凶器はナイフだが、剣やネジ回しなどでも刺傷はできる。

とくに、なんらかの方法で比較して凶器を特定できるのは刺傷が多い。そのせいか刺傷はクリスティーの多くの作品に登場する。この視点でとくに注目してほしいのは、短編「クラブのキング」だ。この小説のなかで、アガサは鈍的外傷と鋭利的外傷をはっきりと識別している。興行主ヘンリー・リードバーンが殺害されたあと、ポアロは死体を調べたライアン医師に「後頭部の一撃は、床に倒れたときにできた傷という可能性はありませんか？」と尋ねる。医師はこう答える。「ありえませんね。凶器が何であれ、頭蓋骨のかなり奥まで傷がありますから」。これは、アガサがこれらの傷の違いに精通していたことを示している。実際、ローラ・トンプソン著の伝記によれば、アガサは自分の小説にリアリティを持たせるために、さまざまな資料から傷に関するあらゆる種類のメモを取っていたらしい。『ブリティッシュ・メディカル・ジャーナル』誌〔一九八八年からはBMJが正式名称〕に掲載されていた、刺されたあと何時間も生きていた患者に関する論文を保管し、スチール製の雨戸がギロチンのような役割を果たして死んだ人や、目を刺されたときの影響などについてのアイデアを書き留めていた[2]。

現実の世界で生じた傷は、検死解剖の手順の一部として、つねにルーラーと共に写真撮影され、明確な説明がつけられ、スケッチされ、身体のどの部位の傷かが記録される。アガサの本のなかでも、そのプロセスは同じだろうけれども、血なまぐさい解剖の細かい詳細は省かれている。

痕跡と傷跡の歴史

専門家によると、法科学の分野で靴跡の調査が行なわれるようになって三〇〇年以上になるという。イギリスでは一六九七年に起こった告発事件の一部として履物の証拠が初めて記録された。被害者のエリザベス・プーレンが殺されたのは、自宅の食料貯蔵室のなかだった。彼女の喉は切り裂かれ、このような事件で予想されるとおり、殺人現場はおびただしい血にまみれていた。被害者の血のなかに、足跡、正確にいうと室内履きの跡があった。その足跡の大きさからすると、犯人は女性のようだった。疑いをかけられたのは、フランス人女性のマーガレット・マーテルだった。歴史的な事件は情報が少ないため想像するしかないのだが、マーテルは被害者のエリザベスと面識があったようだ。たしかに、現代の殺人事件でも同じで、殺人犯と被害者は知り合いであることが多い。さらにマーテルの所有物のなかから、エリザベスの財産の一部と血のついた室内履きがみつかった。マーテルは無実を主張したものの、強力な証拠を前にして、陪審員はマーテルに有罪の判決を下し、死刑を宣告した。マーテルは絞首台に立ったとき、ついに殺人を認めた。

もうひとつ、一七八六年にスコットランドで記録された事件がある。もうひとりのエリザベス、妊娠中のエリザベス・ヒューアンが刺し殺されたのだ。犯行現場で捜査官は、泥のついた足跡に気づいて、それを追跡した。足跡は「ブーツの跡」と記述され、泥のなかに比較的深く沈みこんでいたため、捜査官はその足跡を残した人物は走っていたと推測した。走っているときの足は、地面を強く蹴るからだ。これに加えて、このブーツの底は「多数の釘が打たれ、修理されている」ようだともあった。警察官は靴跡の型を石膏で取った。それは粗雑だったが、有効でもあった。翌日、警官はその型を、被害者の葬儀に参列した人びとのブーツと比較し、その過程で殺人犯がウィリアム・リチャードソンという男であることを突きとめた。捜査報告書にはこう書かれている。[3]「一七八六年一〇月一日、エリザベス・ヒューアン殺害犯が残した靴跡の型を取り」、「一七八六年一〇月二日、ウィリアム・リチャードソンの足に当ててみたところ、ぴったり一致した。つまり、靴底が一致したのだ。靴跡の溝が実際の靴のかかととぴったり適合している」。ウィリアム・リチャードソンはこの証拠に基づいて縛り首になり、マーガレット・マーテルと同様に、刑に処される直前になってようやく殺害を認めた。

足跡の型が取れるようになると、犯罪現場に残されたほかの痕跡証拠採取の道も開かれた。一九三七年のルビー・キーン殺人事件は、いくつかの理由で興味深い。まず、一九四二年に出版された『書斎の死体』で、クリスティーが「ルビー・キーン」という名前を使っているだけでなく〔実在のキーンの綴りはKeenで作中のキーンの綴りはKeene〕、ほかにもこの現実の事件に似せている部分があるところ。そして、より広い法科学というテーマでいうと、実在のルビーの検死解剖を担当したのが、すでに何度か話題にのぼった病理学者のバーナード・スピルズベリーだったこと。さらに、とくにこの章で紹介するにふさわしい特徴がある。それは、捜査の一環として使用されたのが、足跡だけでなく、なんと膝をついた痕跡の石膏型だったところだ。

ルビー・キーンは二三歳の若い女性で、兄、姉、未亡人の母と一緒にレイトン・バザード（ベッドフォードシャーのマーケット・タウン）で暮らし、地元の工場で働いていた。労働者から英国陸軍砲兵隊に入隊したレスリー・ストーンという恋人がいたが、レスリーが香港に赴任したあと、ルビーは気持ちが冷めてしまい、けっきょくは若い警察官と婚約した。興味深いことに、クリスティー自身もこれと驚くほど似た経験をしている。当初は、友人のルーシー家の男きょうだいであるレジナルド・ルーシーという砲兵隊の少佐と婚約していたか、少なくとも「結婚することを了解しあっていた」。ところが、レジナルドが香港に赴任してしまうと、航空便で文通をつづけていたにもかかわらず、アガサはパーティでアーチー・クリスティーと出会い、哀れレジーはすっかり忘れさられてしまうのだ。

ルビーの人生に戻ろう。ストーンは四年後、医学的な理由で除隊し、レイトン・バザールに帰還した。一九三七年の四月、小さな町ゆえにストーンは、ルビーがほかの男性と一緒にいるところを目撃する。男性は婚約者らしい。ストーンはルビーがひとりになるのを待って、〝昔を懐かしんで〟そのうち飲みにいこうと誘った。ルビーは誘いを受け、一週間後にゴールデン・ベルという名前のパブで待ち合わせをした。ストーンは新品の紺のサージのスーツを小粋に着こなしていた。だから、婚約を破棄して自分と結婚してほしいとストーンがルビーにプロポーズしたとき、パブにいたほかの客の誰も、またルビー自身でさえも驚かなかったようだ。レスリー・ストーンは一張羅で元恋人を感心させ、よりを戻そうとしたのだ。

けれども、この計画はうまくいかなかったにちがいない。残念なことに、翌朝の七時ごろ、

ルビー・キーン

ルビーの遺体がみつかった。ルビーは自分の水玉模様のシルクスカーフで首を絞められ（クリスティーの小説のルビー・キーンは「着ていたワンピースのサテンベルト」で首を絞められていた）、服のほとんどを無理やり脱がされていたが、性的暴行は受けていないようだった。なんらかの争いがあったことは、地面に残されたさまざまな痕跡からみてとれた。警察はその痕跡の型を石膏で取ったが、注目すべきは両膝をついた跡のような窪みがふたつ残されていた点だ。バーナード・スピルズベリーがラボでこれらを調べたところ、この窪みには殺人犯のズボンのしわがはっきりみえ、サージのスーツと一致する綾織りの生地も確認できた。

警察はレスリー・ストーンを逮捕した。その理由は、ストーンとルビーがゴールデン・ベルで一緒にいるところを目撃されていたからでもあるし、押収されたスーツの膝の部分が、生地がすり減るほど強くブラッシングされ、きれいになっていたからでもある。この犯行とストーンをはっきり結びつけるほかの微細証拠として、現場の土とスーツに付着していた微細な粒が比較され、さらに、地面の土についていた足跡から取られた石膏のかかとの型が、レスリーの靴と比較された。これらはレスリー・ストーンをルビー殺害の犯人とみなすのに充分な証拠となり、ストーンは一九三七年の八月に絞首刑に処された。

この事件で使用された石膏の型と衣服は現在、ロンドン警視庁の犯罪博物館《クライム・ミュージアム》に展示されている。説明にはこうある。「最初の所長ドクター・ジェイムズ・デヴィッドソン指揮のもと、ロンドン警視庁法科学研究所が立ち上がってからわずか二年のことだった。これは、犯罪現場の管理が注意深く行なわれたことと、犯罪現場の解析が着実に進歩してきたことを示している」

本書を書くにあたって『アクロイド殺し』を再読したとき、わたしはこの本のなかに（一部は初歩的なレベルだったとしても）法科学があふれるほど詰まっていることに驚いた。そのため、本書では何かにつけ、この作品を取りあげることが多くなる。この小説では、指紋や足跡、傷について何度も考察がなされている。アガサがデビュー作『スタイルズ荘の怪事件』を書いたときは、自分がすでに知識を持っている毒に的を絞って、おもに毒に関する法科学的な調査を描いていた。ところが、『アクロイド殺し』では、法科学に関するさまざまな文献を読み、その知識を組み合わせて物語に盛りこむことにしたようにみえる。ちなみにこの小説で、ポアロはいったん引退したあと、ふたたび探偵に戻っている。

この小説全体を通じて語られる足跡についての意見はとくに興味深い。それは、これがエルキュール・ポアロのシリーズであることと、（微細証拠の章で考察したとおり）ポアロは足跡については複雑な関係を保っているからだ。

ロンドン警視庁の犯罪博物館に
展示されているルビー・キーン事件の証拠

『スタイルズ荘の怪事件』でわたしたちは初めてポアロに出会った。その友人でもあり助手でもあるヘイスティングズ大尉は探偵の世界の新参者で、探偵小説で読んだお決まりの調査手順しか認識していない。ある殺人事件が起こったとき、殺人現場となった寝室の入口で、ヘイスティングズは「手掛かりを消してしまうことを恐れて」立ち止まる。ポアロがじっとしているヘイスティングズを、足を取られたブタにたとえたとき、ヘイスティングズは足跡をだめにしてしまわないか心配なのだと答えた。すると、ポアロはこの見方に疑問を呈する。「足跡だって？　そんなことを考えていたのか。この部屋にはもうすでに軍一部隊分くらい人が出入りしているんだぞ。いったいどんな足跡がみつかるというんだい？」。ある意味、これはみごとな返答だ。これを読むと、わたしは法科学の学士号を取るために学んだ最初の教訓のひとつを思い出す。それは、電灯のスイッチから指紋を採取しても、あらゆる指紋がそこについているから、ほとんど役に立たないということだ。

とはいえ、ポアロたちがこの殺人事件を調査していたのは、事件の翌日のことで、何カ月も何年も経ってから無駄に足跡を探すわけではない。ポアロは調査後、床についていたコーヒーのしみ、カーペットに落ちていたカップの破片、解けたロウの跡など、足元に残るさまざまな証拠をみつけている。それらはみな、損なわれることなくまだちゃんと残っていたのだ。なのになぜ〝足跡〟はそれほど軽視するのだろうか。

ポアロは短編「謎の盗難事件」でこんなふうに語っている。「はっきりいって足跡の類にはあまり興味がないんです。ですが、足跡がないのは重要な証拠になりますね」。このセリフのまえに、ポアロは器用に窓から外に出て、懐中電灯を照らしながらその周辺を調べ、足跡があったかと尋ねられたとき、なかったと答えていた。ポアロはそこから、つぎのような理論を立てる。「芝生には足跡がありません。夕べはかなり激しく雨が降ったのでこの夜に誰かがテラスから芝生の庭に出たのなら、足跡がついているはずなのに」。ポアロは足跡を採取するのに求められる土地の種類にも精通しているが、気になっているのは足跡があることよりないことなのだ。

けれども同じアンソロジーのなかのもうひとつの短編「死人の鏡」のポアロは、足跡に夢中のようにみえる。銃殺事件現場の庭を調べていたポアロは、足跡に気づく。そのあとポアロはこの屋敷の客人スーザン・カードウェルとこの足跡について会話を交わす。

「ご覧なさい、マドモアゼル。足跡ですよ」
「あら、本当だわ」
「四つあります」ポアロはつづけた。「おわかりですね。ふたつは窓に向かっていますが、あとのふたつは窓から出てきています」
「誰の足跡かしら。庭師の？」
「おやおや、マドモアゼル。この足跡は小さくて優美な女性のハイヒールの跡ですよ」

数ページ読みすすめていくと、ポアロはスーザンを足跡に一致する人から外し、この屋敷にいる別の人物、ルース・シュヴェニックス＝ゴアの足跡だと確信する。ポアロがルースに、庭に出たことがあるかと尋ねたところ、ルースは二回出たと答えた。

のちに、なぜその靴跡に夢中になったのか説明している。

「マダム、足跡が四つ、その四つがこの花壇のへりにだけあります。けれども、花を摘んだのなら、もっとたくさん足跡がついていたはずです。ということは、あなたが庭に出た一回目と二回目のあいだに誰かがその足跡を消してしまったにちがいありません。そうやって足跡を消すのは犯人しかいませんし、あなたの足跡が残っているということは、あなたは犯人ではないということになります」

わたしからすれば、ポアロこそ足跡に関心のある人そのもののように思える。

同様に、『ゴルフ場殺人事件』でもポアロはいくつか残っていた足跡について、つぎのように語っている。「この足跡こそ、今回の事件でもっとも重要でもっとも興味深い手掛かりですよ」。とはいえ、ここでポアロがいっているのは、ついていた足跡よりもついていなかったほうの足跡のことかもしれない。このセリフのまえの場面で、ポアロは真っ赤なゼラニウムが植わっているふたつの花壇に関心を抱く。花壇のひとつには木が植わっていて、殺人があった寝室に枝が伸びている。もうひとつには木がない。木が生えているほうの花壇には足跡がなく、木が植わってないほうには庭師の足跡が残っている。この事実を警官は手掛かりから除外した。ところがポアロの考えでは、これらは「もっとも重要でもっとも興味深い」もので、「足跡の件は、あとで調べるとしよう」といっているとおり、さらに調査しようと心に決めている。

その言葉どおりポアロは足跡の一件を調べ、ヘイスティングズに、犯人は窓から出て、花壇に植わっていた木を伝って逃げたと説明する。もちろん、ヘイスティングズはそれは不可能だと反論する。「だって花壇に足跡がなかったじゃないか」。この言葉を聞いてポアロはきつい言葉を返す。

「そう、なかったんだ。足跡がないとおかしいのに。いいかい、ヘイスティングズ。庭師のオーギュストは事件前日の夕方、両方の花壇に花を植えたといってたじゃないか。そして、いっぽうの花壇には靴底に大きな鋲を打たれたブーツの足跡がどっさり残っていた。ところがもういっぽうにはその足跡がひとつもないんだ。それは誰かが足跡を消したからさ。その誰かは自分の足跡を消すために熊手で土の表面をならしたんだ」

アガサは指紋と同じように足跡も消したり、ごまかしたり、あえてつけることさえできることを理解していた。アガサの世界では、つねにある法科学的証拠が偽物であるという可能性がある。では、窓枠についた一見重要そうな足跡が登場する『アクロイド殺し』に戻ろう。その足跡についてはなんどか話題にのぼるが、ちょっと都合がよすぎるのではないだろうか。殺人犯として疑われているラルフ・ペイトンのブーツがその足跡と比較されるが、ラルフは似たようなブーツを二足持っていたので、靴をはいていなくても靴跡はつけられるという問題が生じる。それなのに、語り手のシェパード医師はこの事件に関する自分の考えをつぎのように一言でまとめている。「靴跡という証拠からすると、ラルフ・ペイトンがあの夜、窓から屋敷にはいったのはまちがいない」。シェパード医師はこの靴跡を残すのに、かならずしもラルフの足は必要ないという重要な点を考慮に入れていないのだ。

わたしたちが想像しているよりポアロの足跡への関心が薄いのは、ひょっとすると、この理由のせいかもしれない。ここまでのところで、ポアロが内心はどう思っているのかはわからないが、ときどき正反対の態度をみせる性質にも慣れてきた。そもそも、ポアロの足跡についての見解は固定されているわけではないように思う。その見解は、手掛かりを示すアガサの独創的なアイデアに左右されるだろうし、読者の期待を裏切ることで、証拠が本当は何を意味しているのか、読者自身の〝小さな灰色の脳細胞〟で考えさせようとするアガサの試みとも関係しているのだろう。

足跡と同じく、『アクロイド殺し』では、「非常にユニーク」で「ねじったような加工を施した輝く物体」という描写で、被害者が驚くほど鋭い道具で刺し殺されていることにも光が当てられている。それはのちに、アクロイドが所有していたチュニジアの短剣であることがわかる。その短剣は本物で「これなら、子どもでも、バターみたいにすんなりと大の大人を突き刺すことができるだろう」という代物だった。刺殺という殺人方法は、自作品のなかでクリスティーが好んで使う方法のように思う。ここで使われた凶器は珍しいものだが、つぎのような方法で刺せばかなり有効だ――背後から、即死する可能性の高い部位、つまり、首の頭蓋骨のすぐ下を刺す。

背後から首のあたりというのが、この殺人方法の臨床的な性質からすると大きな鍵になる。不意を突くためか、殺人犯が臆病で犠牲者の死に際の顔をみたくないからかはどうあれ、犯人は被害者と目を合わせずにすむからだ。この殺人方法は〝死刑執行〟に近い。すばやく、比較的クリーンでまちがいなく死に至らしめることができるからだ。

一九四二年に出版された『動く指』では、この方法でメイドが殺されている。「なんの変哲もない料理用の先が尖った焼き串で、頭蓋骨のすぐ下をぶすりと刺されていました。即死です」

その九年まえに出た『エッジウェア卿の死』でも、アガサは不運なエッジウェア卿が「うなじの髪の生え際を刺された」と殺害方法を描いている。ジャップ警部はポアロに、このように刺された場合「驚くほど速く死に至ります。医者は、腔《こう》から脊髄まで一突きとかなんとかいってましたよ。的確にその箇所を刺せば、大の男でも即死するそうです」

それでポアロはこう結論づける。「つまり、犯人はどこを刺せばいいか知っていた。医学的な知識があるということでしょう」。そして、これを書くには、アガサにも一般常識以上の調査をする必要があったはずだ。
『動く指』の「なんの変哲もない料理用の焼き串」は、捜査官が刺してみても、非常に一貫した刺傷ができるが、『エッジウェア卿の死』の傷の形は、検死している医師を戸惑わせる。医師は、傷の形からすると、よくみかけるペンナイフ〔折りたたみ式の小型ナイフ〕で刺された傷ではなく、むしろ折りたたみ式のカミソリに似ているが、はるかに薄い何かで刺されたものだと述べ、凶器がなんであれ、恐ろしく鋭い刃だと一言でまとめた。

のちに、凶器はコーンナイフという、足治療師が使う道具であることがわかる。わたしも正直あまり知らなかったので、足の魚の目《コーン》をこすり取るための道具と知って、ぞっとした。コーンナイフとは、たしかにペンナイフとカミソリを足して二で割ったようなもので、むしろ、長くて薄い、折りたたみ式のカミソリのミニチュアみたいなものだ。野菜のコーン、つまりトウモロコシを切り落とすナイフとまちがえてはいけない。そっちのコーンを想像すると、鉈《なた》のようなものを思い浮かべてしまうだろう。アガサは鉈を手にした狂人については何も書いていない。少なくとも一九三三年には。

コーンナイフというのは、致命的なほど鋭かった（いまでもそうだ）ため、最近では足治療の専門医でないかぎり一般人が購入することはまずない。けれども二〇世紀の前半は、おそらく、ある程度の年齢で、あまり速く歩けない人びとはこのナイフを持っていたのかもしれない。アガサの小説のひとつでは、厚いカンバス地のリュックサックを切り開くのに使われており、そこからもカミソリのような切れ味であることがわかる。足に問題を抱えた小さなおばあさんにはご用心。ハンドバックのなかには……！

『エッジウェア卿の死』の最後の最後に、わたしたちは殺人犯からの手紙を読むことになる。そこで、ジャップ警部の「腔」から「脊髄」までという説明が意味をなしはじめる。殺人犯がこの冷徹で素早い殺人方法のアイデアを得たのは、ある医師との会話からだった。その医師は「腰と首の穿刺《せんし》についで話しているとき、重々注意しなければ、小脳延髄槽《シスターティア・マグナ》から多くの大事な神経が通っている延髄まで突き刺してしまうかもしれない。そうなると即死してしまうんだ、といいながら、その場所を示した」

この引用部分をみて、わたしはアガサがこの特定のテーマについてなにがしかの調査を行なったか、少なくとも専門的な文献をいくつか読んだにちがいないと思っている。説明は非常に厳密で正確だ。ただし、小脳延髄槽（シスターナ・マグナ）が「シスターティア・マグナ」になっていた。これはアガサ自身がまちがえたのか、タイポなのか、それとも、書き手／殺人犯が実際は医学的な教育を受けていないが、見知った手口を自分の能力の及ぶ範囲で繰りかえしていたことを示すために意図的にまちがえているのかは定かではない。アガサに敬意を表して、わたしは意図的にミススペルしているという説を取りたい。

医学的な説明の間違いにかかわりなく、脳の下部の刺傷は、アガサにヒントを与えた。この殺人方法は前述の本でその一バージョンが使われているほかに、一九五八年に出版された『無実はさいなむ』でも登場しており、この方法がクリスティーの小説で四〇年もの歳月にまたがって使われていることを示している。

『エッジウェア卿の死』に出てくる刺傷は、医師を戸惑わせたが、この小説のなかでアガサは一般的に認められている刺傷の特性に触れている。それは、傷をみれば、その傷を生じさせた凶器に関する情報がいくつか得られるという点だ。『シンプソンの法医学』(*Simpson's Forensic Medicine*)(4)によると、「皮膚についた刺傷の外観は、使用された武器の横断面を反映している（ただしかならずしも類似しているとはかぎらない)」。もっとも基本的なレベルでクリスティーは、凶器がその場になくても、傷の形から、刺傷を容易に識別できると知っていた。この件については小説のなかで何度か取りあげている。そのなかでも注目すべきは『ナイルに死す』で、ドクター・ベスナーが殺されたメイドの刺傷を調べている場面だ。医師は使われた凶器が興味深いと述べ、つぎのようにつづけている。

「これは非常に鋭利で、非常に薄く、非常に精巧なものだ。その例をひとつおみせしよう」。ドクター・ベスナーは船室に戻ると、ある包みをあけ、長くて精巧な手術用のメスを取りだした。「こんなタイプの凶器ですよ。食事に使う一般的なテーブル・ナイフとはちがう」

このあと、被害者はまさに「手術用のメスで刺された」ことが明らかになる。ドクター・ベスナーはメイドを刺すのに使われたのが、どのような道具だったのか当て推量している。病理学者は経験に基づいて、致命傷と一致する可能性のある凶器をいくつか挙げられるが、(いつものように)注意が必要だ。ポイントをいくつか挙げてみよう。

・ナイフは刃の部分が非常に鋭利だが、(短剣とちがって)鈍的な縁もある。これはナイフでできた傷にも再現され、いっぽうの端はV字形の鋭い縁になっているが、もういっぽうは鈍的な縁になる。そして、興味深いことに、鈍的な縁はある部分が裂けていて、〝サカナの尾〟と呼ばれる箇所が生じる。
・ナイフや短剣がきわめて強い力で深く刺された場合、および衣服があいだにない場合、傷の周りに柄の形の打撲傷および擦傷が生じることがある。それは銃が被害者の皮膚に押しつけられたときに銃口が特定されうるのと同じだ。

・ねじ回しなどの鈍的な凶器は鋭利なナイフよりも打撲傷（挫傷）ができやすい。とくにねじ回しはさまざまな傷が生じる。たとえば、十字形のプラスドライバーは特徴的な十字形（×形の）傷をつくる。

・ハサミやノミなど、尖っているが形が一定していない凶器は、ナイフとは異なる独特な形の傷を残す。ハサミはZ形、ノミは四角の傷ができる。

このようにして、さまざまな刺傷の形から、病理学者は使用された凶器の種類がわかるのだ。鋭器損傷であれ鈍器損傷であれ、ほかの種類の傷も同様に解釈することができる。クリスティーは自信を持って、この種の説明が出てくる場面を多く描いている。したがって、アガサはこのトピックについてリサーチを行ない（『ブリティッシュ・メディカル・ジャーナル』誌の論文を保管しておくなど）、イギリス推理作家クラブのメンバーと議論したにちがいない。

おそらく、傷のなかでももっとも明白な傷は、鋭利な刃のある道具でつけられた切傷だ。たとえば、『そして誰もいなくなった』では、「大きいほうの手斧が……ロジャーの後頭部にある深い傷にぴったりはまる」し、『葬儀を終えて』で使われたのは手斧だった。犯人は「手斧でコーラ・ランスケネを襲い、残酷に殺害しました。斧を七、八回も打ちふるっているのです」。これはクリスティーの小説のなかでもとくに残虐で猛烈な殺害方法なので、読者はこのような残虐性に慎重になる必要がある。いつになく不穏なこの殺害方法で、読者は攪乱《かくらん》されて重要なポイントを見失う。それは、遺体が誰かわからなくなるほど切り刻まれたという点だ。殺人犯がこんなことをした目的はなんだろうか。ただしこれは、『マギンティ夫人は死んだ』の不運なマギンティ夫人には当てはまらない。マギンティ夫人は同様の方法で無残に殺されたが、死後も身元は認識可能だった。夫人が殺された凶器は現場になかったが、物語が進むにつれ、事件を調べている人びとが探すべき凶器の種類が少しずつ明らかになる。最終的に結論に至ったのは、「警察医は肉切り包丁みたいなものだといっていたが、肉切り包丁そのものではないようだ」。つまり、おそらくポアロが探しているのは、肉切り包丁以外のあまりみかけない凶器なのだ。そしてその珍しさから、この凶器が事件解決の鍵になる。

『満潮に乗って』は、殺人の現場に凶器があったかどうかにかかわらず、傷を調べて、凶器と傷になんらかの相関があるかどうかを確認することの重要性を説いている。舞台は第二次世界大戦が終わって間もない一九四六年。エルキュール・ポアロはある村に呼びだされる。その村で、エノック・アーデンという文学者の名前を騙《かた》っていた身元不明の男が殺されたのだ（この男は、村に住むデイヴィッド・ハンターという男を脅迫していた。デイヴィッドには未亡人となって夫の巨万の財産を相続した妹のロザリーン・クロード［旧姓ハンター］がいるのだが、男はロザリーンの最初の夫を見つける方法を知っているといっていた。その夫がみつかればロザリーンの二度目の結婚は重婚となり、さまざまな金銭的問題が生じる恐れがあった）。「エノック・アーデン」は宿泊していた村のパブの自室で頭を殴られて死んでいた。死体は暖炉のそばで発見され、火格子のなかには火ばさみがあり、それが変色していたので、殺人の凶器は火ばさみだろうと思われた。
検死審問では、さらにくわしい情報が明らかになった。検死官《コロナー》のミスター・ペプマーシュは、ロザリーンの夫の親戚であるクロード医師に殺人現場で死体を調べたときの状況を説明するように促し、その後、クロード医師に火ばさみが凶器であるという可能性はあるかと尋ねた。クロード医師は、傷の一部はまちがいなく火ばさみによってつけられたものと考えているが、警察が現場にやってくるまで遺体を動かすことができなかったので、徹底的に調べてはいなかった。
クロード医師から引き継いで検死解剖を行なった警察つきの外科医は証言台に立ち、検死官に、エノック・アーデンは頭蓋骨の下部を五、六回殴られていると述べた。そしてこの外科医も火ばさみが凶器として使われたのではないかと考えていた。ところがあとになって、最初に死体を調べたクロード医師はポアロに、傷について感じていた疑問をつぎのように述べた。

「医者というものは、ほかのみなさんと同じく、先入観の犠牲者なのです。明らかに殺害された男の遺体のそばに血まみれの火ばさみが落ちている。この状況で凶器は別にあるというのはおかしいかもしれませんが……わたしは別の何か、それほど滑らかでも丸くもなく、何か……ええと、そうだな、もっと角ばったレンガみたいなものではないかと疑っていました」

このあと、傷と凶器のあいだには明らかに矛盾があるという会話がつづく。これは読者に与えられたひとつの長い手掛かりだ。読者は事件を解決するために、この手掛かりをもとに謎解きのスキルをおおいに発揮しなければならない。けれども、これは手掛かりというだけでなく、法医病理学のすばらしい可能性を表しており、また、アガサが数多くのリサーチから小説のアイデアを得ているということもみごとに示している。

これまでの章でもそれとなく話してきた事実なのだが、検死解剖で記録される傷は、慎重に調べられ、正確に記述され、身体の図の関連部位にスケッチされるので、正確な場所が記録される。この情報によって、たとえば、犯人の身長や、犯人が右利きか左利きかを導きだせることもある。犯人の利き手というのは、推理小説ではとくに好まれる手掛かりだが、病理学者のなかには、非常に例外的な環境を除いて、犯人の利き手（専門的な言葉でいえば手の機能的左右非対称性）の解明には慎重な姿勢を示す人もいる。それでも、推理小説家はいまだにこの手掛かりをよく使っているし、アガサも例外ではなかった。それらの例のなかで右利きか左利きかを区別する根拠は、常識に基づいている。ふたたび『アクロイド殺し』に戻ると、「右利きの男に背後から刺された」と断定的に書かれている。論理的に考えると、ロジャーは暖炉の前にすわっていたのだから背後から襲われたにちがいない。殺人犯が背中を火傷せずにロジャーの正面に立てる可能性は非常に低い（し、ほかの登場人物は、容疑者の背後から漂ってくる繊維が焦げた臭いを文字どおりたどって殺人犯を捕まえることができるだろう）。短剣は首から突きでていて、「横にうつむき加減で」頭が傾いているとだけ描写されているけれども、わたしが想像するに、頭は左に傾き、短剣は右側に刺さっていたので、犯人は右利きとされたのだろう。左利きの人がそんなふうにロジャーを刺すのは非常に不自然だから。それでも、不可能とはいえない。したがって、犯人の利き手を推測するには、いくつか問題がある。それはクリスティーも認識していただろう。第一に、前述したとおり、『アクロイド殺し』は直球の推理小説ではないので、わたしたちは自分が〝みていること〟つまり書かれていることを信頼していいのかがわからない。第二に、右利きか左利きかという判断は、襲った人が単独犯で、非常に明快な傷がなければむずかしい。これ以降のアガサの小説には、このアイデアを扱いながら、その弱点を突いているものが複数ある。たとえば、『オリエント急行の殺人』では、被害者が受けた刺傷は一貫性がないため、特徴がはっきりせず、簡単に調べがつかない。コンスタンティン医師は、「一〇から一二、一五箇所」の傷は、傷の深さがまちまちなら、刺す方向もばらばら。信じがたいほどでたらめにみえると語った。さらに、医師の言葉を借りれば、さっと「かすめた」だけの傷もあれば、「一、二箇所は筋肉や固い骨の髄にまで達するほど、強い力で突きたてられて」いる傷もあった。

傷に一貫性がなければ、傷をつくった犯人が男か女か判断できない。ポアロはこの点をいぶかしく思い、指摘している。

「この犯罪を行なったのが男なら、自分自身にこういいきかせたのかもしれません。〝女の犯行にみせかけて、めった刺しにしよう。いくつかの傷は浅く致命傷にならない程度にして……〟」

この、でたらめで偽装の要素もある奇妙な傷の特徴は、被害者のラチェットが生前に受け取っていた手書きの脅迫状にもみてとれる。あとになって、コンスタンティン医師はラチェットの身体に一二箇所の傷があることを確認した。これは相当な数だ。けれども、それ以外にも医師とポアロを悩ませたことがあった。それは、右利きの人が刺したとは考えにくい傷がいくつかあることだ。

「そうなのです、ムッシュー・ポアロ。あの傷は左手で刺されたものであることはほぼまちがいありません」

「では、犯人は左利きだとおっしゃるのですか。いや、これなどは左手で刺されたとは考えにくいですね、そうじゃありませんか」

「おっしゃるとおりです。たしかに右手で刺されたらしき傷もあるのです」

この事件では、死体から手掛かりを得るのが思っていたほど簡単ではないとわかって、ポアロは皮肉っぽく語る。

「問題がだんだんはっきりしてきました。殺人犯は力の強い男で、女性のような弱々しさもあり、右利きであると同時に、左利きでもある」

アガサはこの小説のなかで犯人の利き手に関して明確な見解を示そうとしていないが、それは、この質問を投げかけられた病理医や検死官が示すであろう慎重な姿勢と同様だ。『オリエント急行の殺人』が書かれたのが、イギリス推理作家クラブ発足から四年後であることを考慮すれば、このクラブの夕食の気楽な会話のなかで利き手のことが話題にのぼり、犯人の利き手の推定はそれほど簡単ではない、というのがだいたい一致した意見だったのではないかとわたしは想像している。これはアガサにとって望ましい結果だっただろう。いずれにしろ、刺傷から〝利き手〟を推測するという流れは、ミスリードの格好の材料になるからだ。

それから一〇年後に書かれた『ゼロ時間へ』では、さらに周到なミスリードが用意されている。トレシリアン夫人が頭を殴打されて殺されたあと、死体を調べたレイズンビー医師がこの事件全体がいかに〝不自然〟かをつぎのように説明している。「トレシリアン夫人は右のこめかみを殴打されています。けれども、誰であれこんなことをした犯人はベッドの右側に立っていたはずなのです。左側には隙間がありません。壁にぴったりついているのですから」。リーチ警部はこの話に〝耳をそばだてて〟、犯人は左利きに違いないのでは、と尋ねた。医師はつぎのように、ごく当然の、このトピックに関して称賛すべき言葉で応じている。

「この件に関して、確約はできません。隠れた問題が多すぎますから。いうなれば、殺人犯は左利きだったというのがもっとも簡単な説明ですが、別の説明もありうるということです」

そのあとレイズンビー医師はさまざまな説明を始め、最終的にこう結論をくだす。「この件についてはそれなりに経験がありますから、いわせていただきますが、致命傷を負わせたのが左手という推論は、落とし穴だらけですよ」

レイズンビー医師が積極的に区別しようとしないのは、読者にとってはかえってありがたいくらいだ。この事件の殺人犯は二重にも三重にも裏をかき、わたしたちを翻弄するので、断定されるとかえって怪しいと考えてしまうだろう。実際のところ、傷から犯人の利き手を推定することについてアガサから与えられた三つの例はすべて教訓的な話で、医学的な専門家の見解とも一致する。

この章に出てくる多くの証拠についても同じことがいえる。適切に分析した足跡や、タイヤ痕、工具痕から有り余るほどの情報が得られることがあるが、つねに注意を怠ってはならない。ポアロが足跡に対してやや軽蔑の念を示すのは、このことを要約しているのだ。最近出かけたロンドン警視庁の犯罪博物館へのリサーチ旅行でみた証拠物も同じことを示していた。[5] その証拠物は木製の竹馬の下部に靴を履かせたもので、〝偽の足〟と呼ばれている。これは足のサイズが一二〔日本のサイズでいうと三〇センチ〕の泥棒が、もっと小さい足にみせようとして使ったらしい。その泥棒の足跡はあまりに大きいので、容易に身元が割れやすく不利だったため、犯行現場に偽の足を持っていき、小さな足跡をつけて捜査を攪乱しようとしたのだ。けれども、効果はなかった。盗みに入ろうとしていた家の近くで、この竹馬の仕掛けに乗ろうとして、もともとの足跡も残してしまったからだ。警察はその足跡をみつけ、この男が犯人と特定した。

『おしどり探偵』に収載された短編「大使の靴」にこれと似た場面がある。ほんのつかの間大使のブーツが盗まれていた。その件についてトミー・ベレズフォードは、こう述べている。「ブーツから足跡がわかる。［泥棒は］大使の足跡をつけておこうとしたのかも。きみはどう思う?」。これは、靴跡のような法科学的証拠は、犯罪現場に誰かの指紋や血痕を残すより簡単に捏造できると理解しての言葉だ。おそらくこの理由から、アガサ・クリスティーはエルキュール・ポアロに〝靴跡〟に関するかぎり二面性のある態度を取らせているのだろう。靴跡はきわめて重大な証拠としての価値があるが、それはそこに持ち主の足が収まっている場合に限られる。

これが示しているのは、無機的な手掛かりは、犯罪現場では慎重に扱わなければ、巧妙に欺かれることもあるが、死体はつねに真実を語る、ということかもしれない。さまざまな種類の専門的な法科学的証拠を使いこなしているのに、ポアロのそれらに対する態度が両極ともいえるほど極端な点から判断すると、アガサははっきりとこれを認識していたようだ。また、作品に登場するさまざまな死体から検死を通じて得られる手掛かりも、毎回ツボを押さえている。それなのに、アガサの作品に繰りかえし登場する人物のなかに、医師の資格を持っている人がいないというのは意外だ。たとえば、バーナード・スピルズベリー医師に匹敵するような医師は作品に登場せず、さまざまな地元の医師や警察医、ときには薬剤師さえもが、作中の遺体からわかる秘密をわたしたちに伝えてくれる。そうやってわたしたちは、被害者の身体を徐々に切り開いて、情報を集めるのだ。だがまずは、死体の有機的な手掛かりのなかでもとくにドラマティックな手掛かり、血液をみていこう。

第6章
血痕の分析

血、大量の血がそこかしこに……イスにも、テーブルにも、カーペットにも血が……しつこいほどの血。新鮮で、べとべとして、光っている血……おびただしい血、大量の血。

——『ポアロのクリスマス』

BBCのテレビシリーズ〈ベリー・ブリティッシュ・マーダー〉で、司会のルーシー・ワースリーがアガサ・クリスティーの代表作『アクロイド殺し』のつぎの部分を引用した。

アクロイドはわたしがこの部屋を出たときのまま、暖炉の前の安楽椅子に腰かけていた。頭が片側に傾いていて、上着の襟のすぐ下に、金属をねじり合わせた何かが光っているのがはっきりみえる。

ワースリーはこのパラグラフを使って、つぎのように述べ、クリスティーの作品はどちらかというと血の描写が乏しいことを示そうとしていた。「さて、なぜこれがアガサ・クリスティーの典型的な作品なのかという理由は、いくつかあります。ひとつめは、血があまり流れていないこと……[1]」けれども、わたしはアガサのすべての長編推理小説と多くの短編を読み終えたいま、血の少なさが「クリスティーの典型」という意見には同意できないとはっきりいえる。『アクロイド殺し』では、被害者の首から突きでていた金属はきらりと光っていたかもしれないが、ほかの多くの物語に出てくる刃《やいば》も同じとはいえない。著作活動の年月が進んでいくにつれ着実に、アガサは凶器についた大量の血をもっと鮮やかに描写するようになった。最初は「錆《さび》みたいな汚れ」というような描写だったが、年数を経るにしたがってリアルな乾いた血痕を描写するようになっていったのだ。後期の作品でも、刃に「赤く光るまだらの斑点」がついているという描写もあるが、「ほとばしる」とか「凝固した」というような言葉も使われていて、最終的には『ポアロのクリスマス』に出てくるおびただしい血みどろの場面を描くに至っている。

　アガサは、「舗道の血痕」〔『火曜クラブ』収載〕という短編小説も書いているが、これはアメリカ向けに「ポタリ、ポタリ！（Drip! Drip!）」と改題された。みなさんご想像のとおり、この短編は血痕をテーマにしたもので、この作品では、こと血の描写に関しては、アガサになんの躊躇《ちゅうちょ》もないことがよくわかる。アガサが『アクロイド殺し』をはじめとするいくつかの小説で、ほとんど血を描写していなかったのには、明らかに理由がある。わたしが思うに、この作品では、華々しい予想外の展開を物語の大きな特徴にしたかったため、流れる血であれ血の塊であれ、血の描写で焦点をぼかしたくなかったのではないだろうか。けれども、ほかの作品では、現実の世界と同じく、血によって物語が伝えられている場面もある。アガサは時間の経過によって、流れた血が凝固することや、その凝固具合によって死亡時間が推定できる場合があることも理解していた。『愛国殺人』では、歯科医のヘンリイ・モーリイが仕事場で死んでいるのがみつかる。そして、「傷の周りには乾いた血がついていた。死んでからしばらく経っていたということです」と説明がある。アガサは、さまざまな状況で流れた血は、それぞれ特徴的な血痕が残るため、血痕をみてその状況が推測できることも知っていた。また、もともとの血痕が、別の人に、またはどこか別の場所に移る場合もある。短編「クラブのキング」でポアロは、大理石のイスの座面についている血痕は被害者が殺された場所を示しているが、「磨かれた床にある血痕」は遺体が運びさられるまえに仮置きされていた場所を示していると推理した。

アガサは素朴で世間から隔絶されていた少女時代を過ごしたというのに、第一次世界大戦中は篤志看護隊（VAD）に加わって兵士の看護に打ちこみ、血をみて怯えるような様子はまったくなかったといわれている。ローラ・トンプソンはつぎのように述べている。「激しい破壊行為や、手足を失った少年たちの痛ましい姿、血や粘液を含む汚物に胸が塞がる思いをしていたとしても、それを口に出すことはなかった」。切断された足の逸話にふたたび話を戻すが、アガサは自伝のなかで恐れおののいている新人看護師を手助けした様子をつぎのように冷静沈着に語っている。「切断された足を焼却炉に放りこまねばならなかった。子どもみたいな新人の看護師には酷すぎる作業だ。そのあと、わたしたちは散らかったものを片づけ、血をすっかり落とした[2]」

このようなトラウマになりそうな経験と、流血した傷に関する直接的な知識を考えると、クリスティーの物語は予想していたほどコージーでも、〝血が流れない〟話でもないと考えていいだろう。

血痕パターン分析とは

血痕パターン分析（BPA）とは、通常は犯罪現場にある血痕パターンを分析・解釈する学問を表す用語だ。分析して解釈し、血が流れる原因になった行為を再現する。科学ではなく学問という言葉を使ったのは、BPAには解釈する能力と芸術的ともいえる目がある程度必要とされるからだ。このような能力はもうひとつの血液科学である法医血清学では必要とされない。BPAは科学的なルールに沿っているが、芸術的な解釈の要素もある。いっぽう血清学とは、一般の人がラボにいる法科学者を想像するときに思い浮かべる姿そのものだ。白衣を着て試験管を手にした科学者が、血痕から血液型やDNAを調べているというような。血清学者が調べるのは血液だけでなく、運がよければ精液、吐瀉物《としゃぶつ》、排泄物なども調べる機会に恵まれることがある。血清学とBPAは分野が異なるが、このふたつは互いに影響を及ぼすので、両方を理解しておけばなにかと役に立つ。

BPAは重大な疑問の答えをみつけるために用いられる。たとえば、その死に犯罪がからんでいるのかどうかという基本的な問題や、災難がどのようにして起こったのかという詳細な状況など。犯行現場では、血痕の飛び散りかたや外観から、以下のような疑問の答えが導きだされる。

- 血痕はいかにして形成されたのか?
- どこから出血しているのか?
- 傷や血痕をつくったのは、何(あるいはどのような種類の凶器)か?
- 攻撃の最小回数は?
- 被害者(たち)と加害者(たち)の位置は?
- 出血時および出血後どのような動きがあったか?
- 血痕は目撃者の証言を裏づけるか否定するか?

BPAはひとつの学問として、さまざまな科学分野を組み合わせた知識が必要で、鑑定の際は、熟練した分析者が生物学や物理学、数学その他もろもろの科学分野の知識を駆使して解釈を行なう。生物学の知識を使って、血液の凝固という側面から血液のふるまいを解明し、その粘性、つまり血液の濃度に関する情報を得る。物理学は、重力がかかることによって血液がどのように反応するか、血液が流れおちたのが平面か立体的な容器かによって、血液がどのように溜まったり、広がったりするか、その解明に役立つ。数学、とくに幾何学は、血が落ちたり飛んだりする速度、距離、角度やその他さまざまなことを測定するのに使われる。

BPAの分析は、これらのさまざまな要素をすべてかけ合わせたものだ。血液というのは、これらの原理に基づいて非常に特異的な反応を示す。犯行現場におびただしく広がる血は、知識がない人の目には、無秩序に飛び散っているようにしかみえないが、血の言語に堪能な者にしてみれば、翻訳されるのを待っている象形文字の壁のようにみえるだろう。血の言語の文字は、さまざまな血のしみで、血痕を生じさせた動力学に基づいて解釈される。

『ホロー荘の殺人』で唯一の被害者、ジョン・クリストウが撃ち殺された現場は、どちらかというと芸術的に描写されている。「黒々としたしみがジョン・クリストウの左脇からゆっくりと広がってプールの縁のコンクリートにこぼれ、赤い滴が青い水のなかにしたたり落ちている」

この場面でクリスティーが記述しているのは、BPAの世界でいえば**受動**血痕だ。これは、ほかの力はかからず、重力のみが作用した典型的な結果である。たとえば、あふれ出たり、したたったり、流れたり、こぼれ落ちたり、溜まったりなどがある。クリスティーの本でもこれらの例には事欠かない。たとえば『ナイルに死す』の、ズボンの足にゆっくりと浸みこんだ深紅のしみ。

『牧師館の殺人』に出てくるプロザロー大佐の頭の周りにできた血だまりなど。

『複数の時計』ではちょっと変わった血の交換が行なわれる。シェイラという不運な秘書が、タイピストの仕事を依頼してきた人の居間で、死体に出くわす。シェイラは家を飛びだし、通りがかった男性にいきさつを説明するが、男性はその状況をあまり快く思っていない。

「その死体に血が」女性はぼくにしがみついていた手をはなして、その手に目を落とした。「それに、わたしにも。いやだ、血がついてる」

「そうですね」といいながら、ぼくは自分のコートの袖に目をやり、「ぼくにもつきました」といって、指で示した。

これは**転写**血痕のみごとな例だ。転写血痕とは既存の血痕に接触することで別の物体（人）に生じる血痕で、液体の転写パターンのひとつである。ほかにも血のついた靴跡や死体を引きずって動かしたときに生じるドラッグマーク、血のついた凶器が置かれた場所にできる跡、血を流している人に別の人が触れてついた血痕などがある。三つめの血痕タイプはＢＰＡの分野では**飛沫**血痕といい、非常に独特で専門的な意味があり、「しぶき（splatter）」とは混同しないことが大事だ。飛沫（spatter）は血の滴が空中に飛んで、どこかに付着して生じる。飛沫痕には、それが生じた力学によってさまざまな種類がある。血の滴は、血まみれの凶器など、血で濡れた表面からはじき飛んで、独特の血痕パターンを生じることがある。動脈血管が破れたり損傷したとき、心臓がまだポンプのように動いている場合は圧力がかかるため、動脈から血がほとばしったり、噴きでたりする。クリスティーはぞっとする響きがある「ほとばしる」という言葉を「舗道の血痕」で使っているし、短編「教会で死んだ男」〔同名タイトルの短編集に収載〕では飛び散った血が登場する。法科学の世界の人びとにとって、とくに興味をそそられ、非常に嬉しいことは、アガサが「しぶき《スプラッター》」ではなく「飛沫《スパッター》」を使っているということだ。この違いは取るに足りないようにみえるかもしれないが、重要なのだ。その言葉が登場するのは『ゼロ時間へ』で、この小説はほかの作品に比べて法科学的な情報が多く盛りこまれている。この小説のなかの被害者トレシリアン夫人は、「ガルズ・ポイント」と呼ばれる自宅屋敷のベッドで寝ているあいだに鈍器（当初はゴルフの九番アイアンと思われている）で頭部を残酷に殴打されて殺される。このむごい惨劇のあとには法科学的な証拠が数多くみつかる。事件のあと警官のウィリアムズが容疑者のひとりネヴィル・ストレンジのジャケットを調べて、こういう。「ここの黒っぽいしみがみえますか。これは血です。まちがいありません。そしてこれをみてください。袖のそこらじゅうに飛沫《スパッター》血痕があります」。スパッターとスプラッターは表面的には同じものを意味しているので、これは小さな違いのようにみえるかもしれない。けれども、法科学の分野では、両者には大きな違いがある。スプラッターは一般的にさまざまな意味に定義されうる。もっともよくみられるのは、粘り気のある液体が飛び散ったり、表面を這《は》うように流れたりする場面だ。いっぽう、「Ｌ」がないほうのスパッターは、小さな滴や飛沫のみを示し、ＢＰＡでは特殊な血痕のタイプを意味する。言い換えれば、「スプラッター」は泥やカスタードクリームや油が帯のように長く伸びた痕跡を指している場合もありうるが、「スパッター」はつねに複数の小さな血のしみを指す。スパッターは、それ自体にさらに細かい分類があり、アガサはその一部を深く理解している。

ガンショット・スパッター：誰かが頭を撃ちぬかれたとき、銃弾の力によって傷口から血が放出される。血は銃弾の射出口からその前方へ飛び散る（弾丸と同じ方向に進む）場合もあれば、後方飛散といって射入口から逆方向、つまり通常は銃器に向かって飛び散る場合がある。通常、前に飛ぶ飛沫は後方の飛沫よりも細かい霧状で、後ろに飛ぶ飛沫はより数が少なく大きな滴で構成されている。けれども、要因によってさまざまなパターンがある。重要な要因は、弾丸の射入口から飛散する後方飛沫は、前述した銃発射残渣（ＧＳＲ）とともに、銃を撃った人に降りかかることがあるということだ。したがって、どちらのタイプの飛沫かを区別する必要がある。銃を撃った人の位置とは異なる場所に立っていた目撃者の証言と飛沫に関する法科学的な調査結果は矛盾することがあるからだ。アガサはガンショット・スパッターについて具体的に記述したことはないが、法科学の専門家ではない人が違いを知っているのは珍しいことなので、これは意外なことではない。とはいえ、アガサは銃撃による死傷者の血痕についてはくわしく描写しており「狩人荘の怪事件」では、被害者のミスター・ペイスが「撃たれて血を流している」場面の描写がある。また、『ゼロ時間へ』にはつぎのような場面もある。「……殺されているんです。頭に大きな傷ができて、血がそこらじゅうに飛び散って」。これはつぎのキャスト・オフ・スパッターをみごとに描写している。

キャスト・オフ・スパッター：血のついた物体が空中で弧を描くように振られるとき、アーチ状の血痕が生じることがある。これがキャスト・オフ・スパッターである。その物体が凶器だった場合、その血痕から攻撃の方向や回数についての情報が得られるし、血の滴は凶器の種類によって大きさが異なることがある。あなたが現実世界の〈クルード〉を楽しむなら（ご家庭で試したりしないで！）、攻撃に使われた凶器の区別がむずかしいのは、大きさがよく似ている、レンチ、鉛管、燭台《しょくだい》だ。けれども、たとえば木槌と比較すると、ほかのヒントは乏しくとも、キャスト・オフ・スパッターの違いは歴然としている。キャスト・オフ・スパッターの分析によって、ある人物に及ぼされた攻撃が少なくとも何回だったかがわかることがある。凶器が振り上げられるたびに、飛び散る血が特徴のある筋をつくるので、それを数えるとわかるのだ。少なくとも、といったのは、最初の一、二回は血痕が生じるほど充分な血が凶器についていないかもしれないという事実を考慮してのことだ。

このキャスト・オフ・スパッターで描かれる弧は、つぎに挙げる動脈切断による出血（アーテリアル・スプレイ）とよく似ているが、動脈切断による出血のほうが滴の大きさが小さい。クリスティーは看護の仕事をしたこともあるので、凶器からしたたるのではなく、人の身体からほとばしる非常に特徴的なこの血痕パターンに精通していたのだろう。だからこそ「舗道の血痕」で、誰かの血が「舗道に噴きでていた」と、リアルに表現できるのだ。

動脈血の飛散（アーテリアル・スプレイ）：足にある大腿《だいたい》動脈や首の頸《けい》動脈など、とくに大きな動脈血管が（通常は刺傷や切断によって）切れたときに放出する血しぶきまたは血の噴出した痕跡を示す。たとえば、壁に付着するときは、心臓が拍動するたびに傷から血が放出されることで明確なアーチ状の血痕が連続して生じることがある。体内の血液量と心臓の拍動の両方が低下するにしたがって、アーチ状の血痕の高さも低くなっていき、アーチも小さくなっていく。

アガサはこの現象の記述はしていないが、シリーズのなかでもとりわけ血なまぐさい『ポアロのクリスマス』で、静脈からの出血と動脈からの出血の違いに関する深い知識を披露している。この知識は、看護師をしていたころに、血まみれのスポンジみたいに身体に沁《し》みこんだのだろう。『ポアロのクリスマス』は、典型的なカントリーハウスの当主であり、歳を取って弱ってはいるものの、いたずら好きな人物シメオン・リーが少々意地の悪い計画を立てることから物語が始まる。シメオンは興味深いが危険なクリスマスの家族の集いを計画する。自分の子や孫とその配偶者を対立させて、ホリデーシーズンが終わって弁護士が仕事を再開したらすぐに遺言を書き換えると脅したのだ。そして意外なことではないが、クリスマスイブに「豚のように喉を掻《か》き切られて、まもなく失血死した」。事件を捜査している警部は、検死を行なった医師につぎのように尋ねる。

「血痕はどうですか。犯人は返り血を浴びたにちがいありませんね？」

医師はあいまいに応えた。

「そうとは限りませんよ。出血の大半は頸静脈からです。この血管からの出血は動脈みたいに噴きでたりしませんからね」

アガサは噴きでるという描写に「スパート（spurt）」ではなく「スパウト（spout）」という言葉を使っているが〔どちらも「噴きでる」という意味があるが、「血が噴きでる」という表現ではスパートのほうがよく使われる〕、静脈からと動脈からの出血の違いを完璧に理解しているのは明らかだ。『シンプソンの法医学』によると、アガサは完全に正しい。「無防備な表在動脈の損傷は、傷口からある程度離れたところに血液が噴出する可能性が非常に高いが、同様の部位にある静脈が損傷しても、血液にはいかなる放出力もなく単に傷口から流れでるだけである(3)」

また、アガサは負傷した兵士の手当をしているとき、もうひとつの種類の血痕に出合っているはずだと、わたしは確信している。それは吐く息とともに吐き出されるエクスピレイテッド・スパッターだ。とはいえアガサは、小説のなかではっきりこの血痕について語っているわけではない（それに近い表現は、「マースドン荘の悲劇」〔『ポアロ登場』収載〕の、つぎの描写だ。「唇に血がついていましたが、大半の血は体内で出血しています」つまり、身体の外に出血していない）。

エクスピレイテッド・スパッター（呼気飛沫血痕）：傷から出血した血が肺のなかの空気と混じった場合、鼻や口からエアロゾルのようなごく小さな血の滴になって肺から吐きだされることがある。この飛沫血は非常に特徴的に呼吸とともに吐きだされる（またはときには、肺や胸の傷から押しだされることもある）。これは細かい霧状の滴となり、ときには泡状になったり、血液に混じった空気のせいで血痕に「バブルリング」と呼ばれる輪がみられることもある。この血は唾液と混じって薄まってみえることもある。

このように、さまざまなスパッターの種類をみて、用語にいかに微妙な違いがあるかを知ってみれば、血痕パターンの分析者が「スパッター」ではなく「スプラッター」という言葉が使われて苛立ちを覚えるのも理解できるのではないだろうか。血痕パターンの分析者のみなさんには、アガサ・クリスティーがついていると、知っておいてもらえたらと思う。

血痕の解釈

血痕証拠の解釈について書かれた最初のシステマティックな文献は、「殴打による頭部外傷に由来する血痕の発生源、形状、方向、および分布について」という人目を引く題名の文献だ。これは一八九五年に、ポーランドのクラクフの法医学研究所に所属していたエドゥアルト・ピオトロフスキーによって執筆された。[4] もともとはドイツ語の文献で、英語に翻訳されたのは、ずいぶんあとになってからのことだった。その翻訳に尽力したのは、血痕分析で高名なハーブ・マクドネル（アメリカの有名なO・J・シンプソン裁判に関わった）だった。とはいえ、その間、ほかの人びとが血痕の分野を発展させていなかったというわけではない。マクドネルが、ピオトロフスキーの著作を翻訳したいと考えたのは、ピオトロフスキーが一〇〇年もまえの血痕パターン分析の先駆者だったからだ。マクドネルはピオトロフスキーをつぎのように評していた――ほかの誰よりも先んじて「ピオトロフスキーは、科学的に重大な実験をデザインし、血液の動力学だけでなく、実験手法や、その徹底ぶりを示した。科学的手法について類まれな知識を有し、その手法を血痕パターンの解釈にどう取り入れるべきかをよく理解していた」

とはいえ、ピオトロフスキーの論文は、人間ではなくウサギを殴打して得たデータを用いて書かれていることは、記しておくべきだろう。さらに、論文の図には不運なウサギの姿も描かれていた。ウサギをこのような実験に使うことについては、こんにちでは倫理的な問題をはらんでいるため、同種の実験がまた実施されることはないだろうが、繰りかえす必要もない。どの動物の血であれ、この原則はあらゆる血に応用できるため、ピオトロフスキーの概念のほとんどがいまだに使用されている。

では、一滴の血の滴に目を向けてみよう。犯罪現場に存在する血痕を解釈するには、さまざまな要素を考慮しなければならない。まずはよくある誤解を解いておこう。血の滴は〝涙の形〟をしていると思われがちだが、涙形になっているのは血の滴がその出血源を離れる瞬間のみだ。その後、空中を落ちていく滴は、重力と表面張力が同時に作用して完全な球体になる。この球体の滴が何かなめらかな表面に垂直に落ちると、血痕は完璧な円になる。血の滴がかなり高い場所から落ちたり、織地のような表面に落ちたときは、円形の点を囲むように放射状に斑点がつくことがある（それらの斑点はたいてい、滴が表面に当たった衝撃で〝跳ねかえって〟生じ、中心の点より小さい滴になって周囲に飛ぶ）。血の滴がある表面に落ちたり、飛んだりした角度が、たとえば四〇度、三〇度、一〇度など、九〇度以外の角度だった場合、血痕は長く伸びるので、血痕パターン分析者はその形から滴が来た方向を推測する。伸びた〝しっぽ〟は滴の移動方向を指し示す。

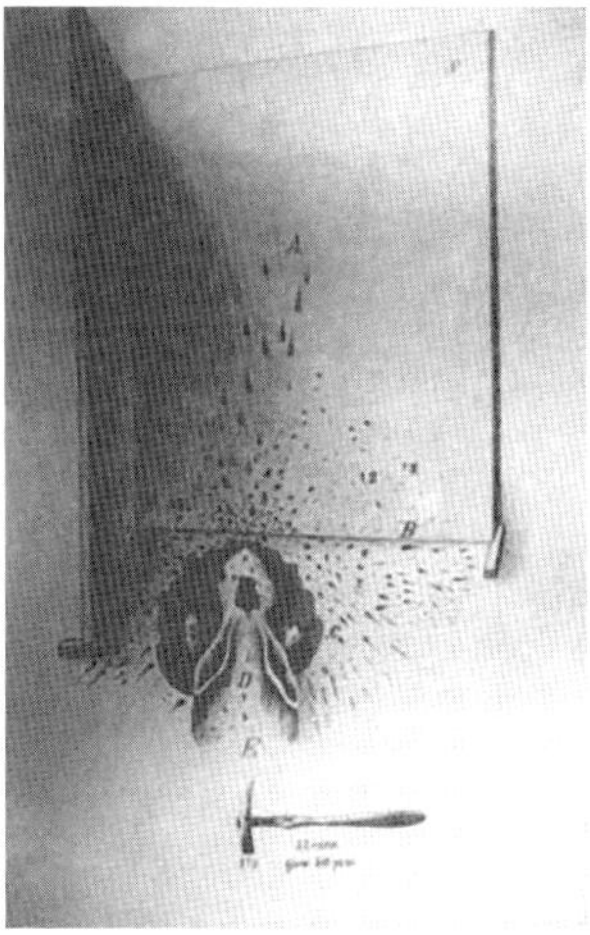

血の滴の移動方向がわかれば、殺人の現場で何が起こったのか正確に再現するのに役立つ。多数の血痕がさまざまな方向に放射状についている場合、血痕パターン分析家は、わたしの脳がこれまで扱ったこともないような複雑な計算を使って、血痕が飛んだ角度と軌道を割りだし、血痕の後方に線を描いて、それらの線の収束領域を算出する。〝収束領域〟というとむずかしそうに聞こえるが、要は、計算で出したそれぞれの血痕の角度と軌道に沿って後ろに伸ばしたいくつも

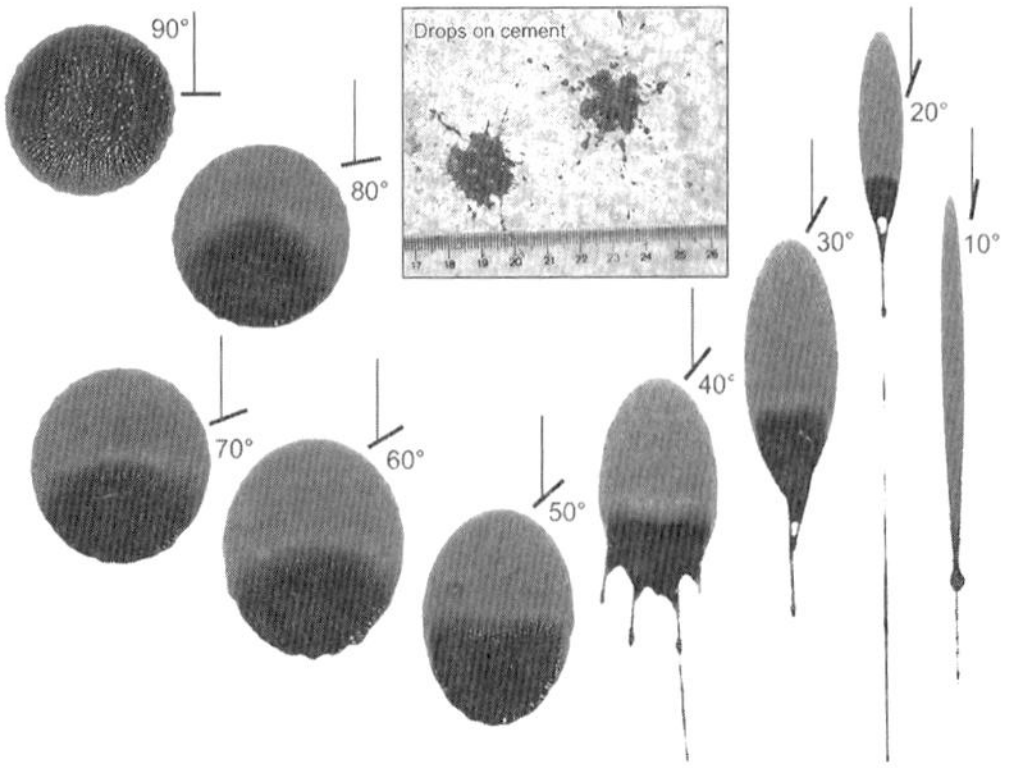

さまざまな角度で壁などに付いた血の滴の形状

の線が交わる場所のことで、血がそこから飛んできたことを示す。つまり出血が起こった場所だ。刺傷や頭部の傷からの出血もあれば、動脈瘤《りゅう》など自然な理由で誰かが血を吐いたせいで血痕がつくことだってある。収束領域を絞りこんだあと、結果は二次元の絵として表してもいいが、三次元でみられれば、そのほうがはるかにわかりやすい。それが見た目にも印象的な「ストリンギング」と呼ばれる技法だ。〈デクスター〜警察官は殺人鬼〉というテレビドラマでよく出てくるので、みたことがあるかもしれない（デクスターという主人公は、昼間はマイアミ警察で働く血痕鑑定士なのだが、夜はなんと、頭の切れる連続殺人犯に変わる）。ストリンギングは時間のかかる手作業のプロセスで、血痕鑑定士は血の代わりに鮮やかな赤い糸を使って、壁や床などに付着した血の滴に糸の端を留め、もういっぽうの端を収束領域、つまり出血の場所と定めた場所に固定する。この場所が空中にあるようにみえることがある。その場合は、三脚などを土台に用いる。ふたつめの血痕にはまた別の糸を留め、それを収束領域へと伸ばし、つぎに三つめの血痕に糸を留め……というふうにすべての血痕に糸をつけていく。その結果、壁や床、家具から伸びた何百本もの糸が空中のひとつの場所で交差して、現代アートのような、巨大あやとりとみまごう印象的な形のものになる。この方法のどこに価値があるかといえば、空中のその場所が地上からおよそ一八〇センチの位置だったら、傷を受けた人は立っているときに頭部を殴打されたのだとわかるところだ。また、地上からたった一五センチほどの高さで交差していれば、その被害者の頭部は床の上だったことになり、殴打されたとき被害者は横たわっていたことが示される。けれども、その人はすでに何度か殴打されていた場合や、多くの人がひとつの現場で傷を負っていた場合は、それらのさまざまな血の滴からさまざまな出血ポイントまで糸を張るのはひどく時間がかかる。そのため、この技術は手作業から〈HemoSpat〉や〈LeicaMap 360〉をはじめ、さまざまな名前のソフトウェアに置き換わっている。アプリのなかにひとつくらい〈イトイラズ〉なんて名前のものがあってもよさそうなものだとわたしは思う。

おもしろいことに、血痕パターン鑑定には逆の作用もある。何が起こりそうにないかという情報が得られるので、それに基づいて犯行現場にいた人を容疑者から外せることがあるのだ。また、血痕の不在——たとえば、血痕が全体的に付着している領域の中央にある〝空白〟の部分など——も血痕の存在と同じくらい多くの情報を鑑定士に教えてくれる。空白の部分ができたのは、大量の血が飛び散ったところに誰かが立っていたせいかもしれない。誰かが立っていれば、その身体によって血の飛散が遮断され、その人がいた場所には血痕がつかない。だからその人物が去ったあとには、反転した影のように空白の部分が残るというわけだ。血痕の不在の重要性はクリスティーも認識している。『葬儀を終えて』で、モートン警部は疑いを掛けられた女性は有罪だとは思っていない。それは着替える時間はなかったのに「服に血痕がついていなかった」からだ。ここでも、そこにあるのではなくないという手掛かりから、法科学的な全体像がみえてくる。

血痕パターン分析の歴史

『洗冤集録《せんえんしゅうろく》』は、中国で一三世紀から使われていた検死官の手引書だ。この本には、法科学の分野で初めて昆虫学が用いられた例としてよく引用される話がある。けれども、その例は犯行現場での血の飛び散りかたの重要性も描いていると、わたしは考えている。このおどろくほど古い時代にできたテキストの著者であり、弁護士で死因の調査官でもあった宋慈《そうじ》によると、一二三五年にある村で刺殺事件が起こった。捜査のために、大型の動物の死骸を使ってさまざまな刃物がテストされ、刺傷をつくった凶器は鎌である可能性が高いことがわかった（まえの章で解説したとおり、ある種の凶器は特徴のある傷をつくることがある）。その後、すべての村民が自分の鎌を持って捜査官から調査を受けるようにいわれた。調査すると、鎌はどれもきれいにみえた。だがなぜか一本の鎌の刃にだけ、クロバエがたかっていた。肉眼ではみえないが、殺人による血の残骸が一見きれいな刃に残っていたのだ。ハエだけがその血をみつけだし、引き寄せられた。こうして、ハエと血が殺人犯を捕えるのに役立てられたのだ。

一三世紀という早い時期に重要性が示されていたにもかかわらず、血痕パターン分析が真価を発揮するのは二〇世紀前半になってからのことだ。そう、エドゥアルト・ピオトロフスキーが論文を書いたのは一八九五年だったが、ピオトロフスキーの研究結果を利用するには、ヒトの血と動物の血を区別する必要があった（そしてひとりの人間と別の人間の血も）。血痕パターンがさらにくわしく調査できるようになったのは、これらの区別が可能になってからのことだ。そしていまや、血清学と血痕パターン分析という独立したふたつの学問が確立されている。血清学についてはのちほど取りあげることにして、まずは血痕パターン分析に的を絞ってみていこう。

　多くの法科学分野と同じく、血痕パターン分析の有用性が大衆の意識に刻みつけられたのは、世間をさわがせる犯罪が起こったときだった。ここで例として挙げるのは、一九五四年に起こったサム・シェパード医師の事件である。

　マリリンとサム・シェパードは高校時代から恋人同士で、一〇年後にはオハイオ州クリーヴランドにある湖畔の町ベイ・ヴィレッジで、郊外のマイホーム生活という夢を実現した。サムはアメリカのいわゆる〝ジョック〟、つまりスポーツ万能で学級委員も務めるクラスの人気者で、高校卒業後はいくつかの大学から運動選手として奨学金を提示されたものの、父親の歩んだ道を自分も選び、オステオパシー医学〔代替医療のひとつ〕の医師になった。一九四五年にマリリンと結婚したあとは父親の病院で仕事をしはじめ、一九五四年には七歳になる息子のサム・〝チップ〟・シェパードともども、湖畔の二階建ての家で暮らしていた。

　ところが、郊外暮らしの夢がやがて悪夢に変貌する。

　サムの主張によれば、その年の七月三日の夜、友人のドンとナンシーのアハーン夫妻をもてなしているあいだに、サムは一階の寝椅子で眠りこんでしまった。マリリンはアハーン夫妻と映画をみたあと客を見送って、上階のベッドに向かった。その後マリリンは暴行を受け、約三六回も頭部を殴打されたあげく、それらの傷によって死亡した。性的暴行もあったようで、パジャマが破れていた。

サムは一貫して無実を主張した。マリリンの悲鳴でふいに目を覚ましたサムは、寝室に向かって階段を駆けあがったと証言した。そして、「毛むくじゃらの男」が妻を襲っているのをみて暴行をやめさせようとしたが、殴られて気絶し、意識を取り戻したときには、階下で騒がしい音がしていた。音のするほうに近づき、侵入者を追いかけて家のなかはもちろん、浜辺まで出て争ったが、ふたたび殴られて気絶した。もう一度正気に戻ったときは、上半身裸で、エリー湖に身体が半分ほど浸かっていたという。サムは家に駆けもどり、友人であり隣人でもあるフック夫妻に電話をかけて、こう叫んだ。

「なんてことだ……早くここへ来てくれ。マリリンが殺されたみたいなんだ」

殺人現場に到着した検死官《コロナー》のサミュエル・ガーバー医師は最初からサムを疑っていた。最終的にサムは妻殺害容疑で逮捕された。それはつぎのような理由からだった。まず、マリリンが暴行を受けてからサムが助けを呼ぶまでに一時間近く経過していたと推定されること。助けを呼ぶために電話をかけた相手が近所の友人で、警察ではなかったこと。マリリンが襲われているあいだシェパード家のイヌが吠えなかったこと(侵入者がいたのなら、吠えそうなものだが)。物色されたという家の状態が〝演出〟のようにみえたこと。そして、盗まれたいくつかの物品——友愛リングと鍵、血のついた腕時計が庭に捨てられていたバッグに入っていたこと。

その後、サムが美人医療技術者のスーザン・ヘイズと浮気をしていたことや、妻のマリリンが妊娠していたことがマスコミに暴露された。大衆や、専門家、報道関係者はサムに対して悪い印象しか持たなかったし、ガーバー医師も明らかに先入観を持っていてサムの助けにならなかった。ガーバーは犯行現場におびただしい数の血痕があると認識していたが、鑑定の必要はないと考えていた。ガーバーの考えでは、容疑者はすでにいたからだ。サム・シェパードは妊娠中の妻をむごたらしく殺した罪で終身刑をいいわたされた。

　けれどもサムのきょうだいは、サムの無実を信じていた。とくにリチャード・エバーリングという男に関する奇妙な事実が明らかになったあとは、なおさらだった。エバーリングは便利屋で窓掃除をしにシェパードの家を訪れたことがあった。この男は人生を通してずっと、いわゆる〝前科者〟で、複数の女性の不審死に関わっていると疑われていた。マリリン・シェパードの殺害についての捜査報告書によると、エバーリングは少なくとも警察から事情を聞かれており、また明らかにマリリンに好意を寄せていたことも確認されている。

　エバーリングはシェパード家に出入りしていたので、家の間取りをよく知っていたし、イヌも慣れていた可能性がある。さらに重要なことは、シェパード家の近隣で連続して強盗があり、その犯人として疑いをかけられ、警察から尋問を受けていたし、マリリンの指輪に執着していたことも警察はわかっていた。また、エバーリングは、マリリンがのちに殺害された部屋で窓を清掃したとき怪我をしたので、警察が探せば自分の血がみつかるかもしれないとすすんで情報を提供していた。意外なことではないが、見識に欠ける検死官のガーバー医師は当時、血液鑑定をまったく行なっていなかった。血液鑑定は一九五〇年代の捜査領域を越えているわけではなかったし、血液型を検査するための血痕のスワブ採取は一時間ほどしかかからなかっただろう。この情報は重要だったのに、ガーバー医師は無視したのだ。

　このような理由から、シェパードの弁護士ビル・コリガンはようやく（本書ではすでに何度も名前を挙げている）ポール・リーランド・カーク博士に連絡を取った。カークは犯罪学者《クリミナリスト》として評価が高く、カリフォルニア大学バークレー校犯罪学科の長だった。そのころサムはすでに塀のなかで、殺人から一年経っていたので、カークが調べたのは古い犯行現場だった。それでも、カークは、マリリンのベッド近くの血まみれの壁に、血痕が飛んでいない空白の箇所があるのは、何かまたは誰かが大量の血しぶきを浴びていることを意味するという結論をくだした。だが、『葬儀を終えて』に登場する容疑者と同じく、シェパードの着衣に大量の血痕はなかった。また、カークはその空白の部分からして、殺人犯が凶器を振るったのは左手だと主張したが、シェパードは右利きだった。本書でわたしたちはすでに、容疑者の利き手の判定は困難なことを確認したし、そのころにはアガサ・クリスティーも、小説に利き手のことはほとんど取りあげていなかった。したがって利き手は確固たる証拠とはいいがたいけれど、パズルのピースとして検討の余地はあった。さらに、ガーバー医師は、枕にあった血痕のひとつを外科手術用のメスの輪郭とみなし、それが医療を専門とするサム・シェパードと犯罪を結びつけると主張したが、実際は、枕カバーの一部が折れてできた跡にすぎないことが明らかになった。

非常に重要なのは「血がついていた」と前述した腕時計の証拠だ。当初は妻を殴打したときサムが着けていたと推定されていた。たしかに血痕は文字盤に付着していたが、文字盤の裏側に**も**ついていた。これは血痕鑑定の初級編だ。つまり、マリリンが襲われたときにサムがこの腕時計を身に着けていたというのはありえないということになる。実際は、腕時計はベッドサイド・テーブルに置かれていて、飛び散った血がついただけにちがいない。さらに決定的な証拠は、ほかの血痕の飛び散りかたと一致していないようにみえる血痕だ。これはカークのおかげで鑑定され、サムのものでも、マリリン・シェパードのものでもないことが明らかになり、殺人現場に第三の人物がいたという結論がくだされた。それはエバーリングの血だった可能性はあるだろうか。このせいで、エバーリングは、殺人現場におそらく自分の血がついているだろうと述べ、血痕が存在する正当な理由をでっちあげたのだろうか。

何度も訴えがあったあと、ようやく再審が行なわれたのは一九六六年で、最初の公判から一二年後のことだった。これによってシェパード医師は晴れて自由の身となり、世界じゅうで大ニュースになった。シェパード医師はいくつかのトークショーに出演し、本も一冊執筆したので、クリスティーはこの事件のことを充分に知っていただろう。この事件がきっかけになり、法科学のツールとして血痕鑑定が世界の注目を集めた。

この事件がとくに興味深いのは、ポール・リーランド・カークが捜査したときの写真を含め、すべての情報が現在もクリーヴランド州立大学のデジタルコモンズで利用できるという点だ。これのおかげで、すべての証拠を調べて誰でも安楽椅子探偵の真似事ができる。あなたも調べてみたいという気になったかもしれないが、写真のなかには、かなり生々しいものもあるのでご注意を。

この事件はクリスティーの『無実はさいなむ』を彷彿《ほうふつ》とさせる部分がある。小説では、ジャッコ・アージルという男が母親殴殺の罪で逮捕され、潔白を主張するが刑務所にいれられ、数年のうちに死亡する。その後、みごとに無実が証明されるという筋書きだ。シェパード事件の最初の捜査と裁判が行なわれたのは、この小説が執筆される四年まえであるので、この事件がヒントになった可能性はある。サム・シェパードの現実の物語もこの小説に劣らず悲劇的だ。マリリン殺害の罪で有罪判決を受けた二週間後、サムの母親は自殺した。それから一週間後に今度は父親が出血性の潰瘍で死亡した。マリリンの父親も一九六六年に自殺し、サム自身はアルコール誘発性の肝不全で一九七〇年に四六歳という若さで亡くなった。クリスティーが『無実はさいなむ』のなかで何度も繰りかえし書いているとおり「重要なのは、有罪かどうかではない。無罪かどうかだ」。

『マギンティ夫人は死んだ』では、警察が殺人の容疑をかけている男の服について、つぎのように述べている。「いよいよまずいことに、服の袖口に血がついていたんです……そういえば前日に肉屋に寄ったなんていいだすんですが、ばかげている。動物の血じゃなかったんですから」

この物語の容疑者は、捜査チームが人間の血と動物の血の違いを見分けることができるとは夢にも思わないほど、法医学の進歩についてよく知らなかったらしい。たしかにかつては、服や手に血のついた殺人犯が、「ああ、これか。これはさきほど牛を一頭屠殺《とさつ》したからだよ」とさらりといってのけると、警察も探偵もその言葉を覆すすべがなかった時代もあった。

現代は、DNA検査や輸血などの技術が進歩しているので、人を惨殺した犯人が、ついている血痕は人間のではなく動物のものだといって罪から逃れられるなんて、ばかばかしいという気がするかもしれない。ところが実際は、そんな言い訳をする犯人が昔から存在したのだ。捜査官たちは、どうやって人血を見分けることができるようになったのだろうか？　区別が可能になったのは一八六三年のことだった。ドイツ系のスイス人化学者クリスティアン・フリードリヒ・シェーンバインが血液とさまざまな化学物質を使って実験をしているとき、血液に過酸化水素を加えると、血液が泡立つことに気づいた——この現象は精液や唾液などほかの生物学的物質でも起こった。シェーンバインによるこの過酸化水素を使った発見によって、その後、一九〇〇年代前半に血液の推定検査と呼ばれるものがつくられた（クリスティーが執筆しているころには使用されていて、いまだに使用されている）。推定検査とは、血や生物学的物質が存在するかどうかを判定する検査で、そこには動物の血も含まれる。クリスティーの時代の捜査官が使っていた検査には以下のようなものがある。

カスルマイヤー試験：清潔なスワブに付着させた血液と推定される試料にフェノールフタレインという化学物質を加え、数秒後に過酸化水素を加える。スワブが急速に鮮やかなピンク色に変われば、血液が存在する可能性が高い。

ロイコマラカイトグリーン（LMG）試験：LMGは無色の液体だが、清潔なスワブに付着させた血液と推定される試料に加え、そこに過酸化水素を追加すると、血液が混じっていれば緑色に変わる。

これらの試験を推定試験と呼ぶのは、前述の精液や唾液などの体液に加えて、血液ではない物質から陽性結果が出る場合もあるからだ。たとえば天然のペルオキシダーゼを含む物質（奇妙なことだがセイヨウワサビがそのひとつだ）などがそれにあたる。捜査官はこれらの推定検査を行なって陽性反応が出た場合、血液が存在する可能性があると推定することはできるが、それをはっきり確定することはできない。とはいえ、一歩前進しているのはまちがいない。一例として『満潮に乗って』をみてみよう。この小説の殺人現場には、鋼鉄の火ばさみがあって「重厚な柄に赤錆色の汚れがついていた」。赤錆色の汚れは、何であってもおかしくない（でしょ？）。だから、その時代の犯罪現場の捜査官――この本が書かれた一九四〇年代に活躍していた捜査官は、シンプルな化学物質とスワブを使って数分以内に答えの得られる、さきほど挙げたような推定試験を行なっていたはずだ。そして、陰性の結果が得られれば、その火ばさみは何か別のもので汚れているとされ、凶器でないとみなされる――ただのペンキかもしれないし、本当に錆かもしれないが、とにかく殺人事件には無関係だ。けれども結果が陽性なら、赤錆色のしみは血液の可能性がある。ただし、血液以外の物質の可能性もまだあることを忘れてはならない。その後はつぎのステップとして複雑な確証試験を行ない、血液の存在を証明する。それらの試験は通常はラボで行なわれるし、推定試験より時間も費用もかかる。そういったもろもろの妥当な理由から、確証試験はただちには行なわれない。犯罪現場の黒っぽいしみは、塗料の可能性もあるので、証拠物件の一覧からふるいおとす手っ取り早い方法は推定試験なのだ。陰性反応が出れば、もうそれ以上確証試験をする必要はないので、時間もお金も無駄にせずにすむ。陽性反応は、そのしみが血液（または精液か唾液か、ひょっとするとセイヨウワサビかも！）を含む可能性を示すので、少なくともその時点で捜査官は、なんらかの種類の血液が存在するかどうかを確認するために、どこに焦点を絞って確証試験を行なうべきかがわかる。だからこそ『ゼロ時間へ』では、飛沫痕のついた上着が試験されることになる――「袖の血は分析に回しましたよ。結果がわかりしだい電話がかかってきます」。警察はなんの血であれ血がついているかもしれないと単に推測したのではなく推定試験をまず行なって、その上着は分析のために送る価値があると判断したにちがいない。

ここで鍵となるフレーズは〝なんの血であれ〟だ。『マギンティ夫人は死んだ』の容疑者に関して説明していた部分に戻ると、彼は「そういえば前日に肉屋に寄った」とある。捜査官は「これは動物の血ですぜ、だんな」みたいな言い訳をさせないために、いったいどうやって最終的にヒトと動物の血を区別したのだろうか。

推定試験が導入されたのとほぼ同じ時期の一九〇一年に、ドイツの生物学者パウル・ウーレンフートが、ほかの科学者らによる過去の生物学的研究の結果に基づいて、沈降素反応試験として知られる手法を生みだした。ウーレンフートはつぎのような事象を発見した。ニワトリの卵に由来するタンパク質を生きているウサギに注射し、その後このウサギの血清（血液から血球とフィブリノーゲンを除いた液体の部分のこと）をニワトリの卵の白身と混ぜると、卵のタンパク質が液体と分離または沈降し沈降素というある種の物質と「凝集塊」を形成する。けれども、この凝集塊はニワトリの卵の白身と混ぜた場合にしか形成されない。カモやガチョウ、その他のいかなる鳥類の卵の白身でもだめだった。本書が扱う基本的な法科学の知識という視点からすると、ウーレンフートのこの研究のポイントは、動物の血にはそれぞれ動物特有のタンパク質が含まれていると示されたことと、この研究結果によって、ヒトの血と動物の血を見分けられるようになったことだ（また、ウサギが依然として科学者たちの実験対象リストに入っていることも示している）。この「沈降素反応試験」こそが『ゼロ時間へ』の血痕のついた上着に関する場面で「分析」と称された試験だ。これは複雑な確証試験で、どの動物の血かを調べられることから、物語のあとのほうで「上着についていたのは人間の血だ」ということが語られる。この試験を生みだしたあと、ウーレンフートは試験の手法に関して特別な手順《プロトコール》をつくった。その手順には、毎回比較対照を用いることも含まれていた（学校の科学的な実験などで、比較するための標準サンプルをいつも用意するのと同じだ）。またウーレンフートは、特定の方法を使って標準的な血清もつくられるようにして、その作成方法を公的な機関を通じて誰でも利用できるようにした。そうすることで誰が試験を行なっても、結果が大きくばらつかないようにしたのだ。また、安定した比較対照を使うことで、試験の結果が毎回信頼できるかどうかわかるようになった。この試験が最初に法科学の場で使用されたのはそれからたった一年後、ドイツで複数の子どもたちが無残に殺されたときだった。

一八九八年の秋のある午後、レヒティンゲン村でふたりの幼い少女が行方不明になった。夜になるまでに、七歳のハナロア・ハイデマンの遺体が森のなかで無残に切断された状態でみつかった。その一時間後、友だちのエルゼ・ラングマイヤー八歳も同じように手足をばらばらに切断された状態で発見された。まもなく、地元の大工ルートヴィヒ・テスノフが疑われた。血痕のついた服で森から村に戻ってくるところを目撃されていたからだ。ところが、警察の事情聴取でテスノフは暗褐色の汚れは「木材用の塗料」だといった。当時の捜査当局は塗料でないことを証明する手立てがなかった。釈放されたテスノフは、はるか遠いリューゲン島に向かった。一九〇一年七月にその島で、ペーター・シュトブとヘルマン・シュトブというふたりの幼い兄弟が遺体となって発見された。ふたりは手足を切断され、首を切られ、腹をかき切られていた。ふたたびテスノフが疑われた。同じ日の早い時間に、この兄弟に話しかけているところを目撃されていて、またもや黒っぽいしみで覆われた服を着ていたからだ(試験が普及するまえの殺人犯のなんと面の皮の厚いことか!)。けれどもテスノフの運はそこで尽きた。このときは、尋問にあたった治安判事のひとりがレヒティンゲンの少女たちの殺人事件と関連してテスノフの名前を憶えており、また地元の酪農家が自分の羊が何頭か殺されたあと、自分の牧場からテスノフが逃げだすのを目撃したと訴えた。

警察はこのモンスターと身の毛のよだつ殺人とを結びつける現実の証拠を必要としていた。そうでなければ、テスノフは自由の身になり、ほぼまちがいなく殺人を繰りかえすだろう。警察はパウル・ウーレンフートに連絡を取り、テスノフの服と、少年たちの頭蓋骨を割るのに使った可能性が高い石の調査を依頼した。ウーレンフートは木材用の塗料を検出することができた。さらに塗料に加えて、羊と人間の血のしみも検出された。これはテスノフを裁判にかけるには充分な証拠だった。裁判でテスノフは有罪になり、死刑に処された。その結果、ウーレンフートの名前が世に知られるようになった。細菌学と免疫学における彼の功績は多大なもので、研究者としてノーベル生理学・医学賞に四〇回以上もノミネートされた。残念ながら、ウーレンフートがナチ党員で、一九四四年に非白人の戦争捕虜に対する医学的実験の実施を申請していた事実が、それ以外の数々の功績に影を落としていることを付け加えておかねばならない。科学者は驚くべき発見を成し遂げることもあるが、悲しいことに、科学者の動機に左右されて、すぐれた科学が恐ろしい使い道に利用されることもあるのだ。

こうしてヒトの血はヒトのものとして特定できるようになったが、まだ問題はあった。赤く染まった手（であれ、シャツであれ、床であれ）をみとがめられたとしても、その人物は自分の傷のせいだと嘘をつくことができるからだ。「もちろん、人間の血ですよ。髭を剃っているときに切ったんです」とずる賢い殺人犯は、まだ言い抜けができた。つぎに必要なのは、本当は誰の血なのかを特定することだった。

そこで登場するのが、カール・ラントシュタイナーとＡＢＯ式血液型分類法だ。

パウル・ウーレンフートがヒトと動物の血を判別していたのとほぼ同じころ、オーストリア生まれのカールはウイーンの病理解剖学研究所で働いていた。

それまでに、ほかの動物の血液をヒトに輸血すると、赤血球が凝集して塊になってしまうので輸血がほぼうまくいかないことは、すでに実証されていた。けれども、ラントシュタイナーは、別の動物種だけでなく、ヒトの血を輸血した場合でも同じような反応が起きることを確認した。自分自身の血と同僚たちの血を使ってこの「凝集塊」あるいは科学的な言葉でいえば凝集反応が起こることを観察し、なぜそれが起きるのかを研究しはじめた。その結果、少なくとも二種類の抗原（感染症などと戦う身体の反応として免疫応答を引き起こす物質）が存在するにちがいないと結論をくだし、それらを抗A、抗Bと名づけた。その後、ラントシュタイナーは血液を四つのタイプに分類して、それをA、B、ABおよびOと呼んだ。この名前はラントシュタイナーが最初に発見した抗原に由来している。簡単にいえば、A型の血液中の赤血球にはA抗原が乗っかっていて、B型の赤血球にはB抗原が乗っかっている。O型の赤血球にはどちらの抗原もなくて、AB型には両方の抗原がある。さらにラントシュタイナーはRh抗原（Rh因子）も発見した。このRh抗原も検査で抗原を持っている人（陽性またはプラス）と持っていない人（陰性またはマイナス）がわかるので、個々の人の血液型は「O型のRhマイナス」〔つまりこの人はA抗原もB抗原も持っていないし、Rh抗原も持っていないということ〕や「A型のRhプラス」などと分類する。ラントシュタイナーは、それまでの輸血の実験でみられた凝集が、同じ型の血液を混ぜたときには生じないことを示した。この画期的な発見によって輸血が可能になった。抗原の情報に基づいて、医療者はそれぞれの患者に合った血液を提供できるようになったからだ。

科学捜査という視点でみると、これらのさまざまなタンパク質によって、抗原のタイプ別に人びとをグループ分けできるようになったわけだ。現在のDNA解析の可能性に比べれば、ひどくおおざっぱなグループ分けだけれど、特定の事件の捜査方法に変化をもたらすには充分だった。殺人現場や被害者や凶器に残された血が、容疑者の血液型と別の型のときは、その人を除外できるし、被害者の血液型と同じ血がほかの誰かに付着していたら、その人が重要な容疑者になることもある。

血液型は『ゼロ時間へ』に頻繁に登場する。この小説は、一九四〇年代にはアガサの法科学の知識が増していたことを示す、まさにショーケースのような作品だ。殺人の凶器かもしれない血痕の付着したゴルフの九番アイアンをみつけて、バトル警視は捜査のスピードアップを期待したが、警察医のレイズンビー医師は（典型的な法医学者として）もっと慎重だった。「私が断言できるのは、これが凶器である可能性があるということだけです。これに付着している血を分析して、同じ血液型かどうかを確認します……」。レイズンビー医師が徹底的に調査しようとする姿勢は称賛に値する。なにせ、バトル警視は殺人が起こった部屋にあったゴルフクラブに血と髪の毛が付着していただけで充分に凶器として特定できるという考えなのだから。しかもそのあと、このゴルフクラブは凶器ではないことが判明する。この小説は偽の証拠やミスリード、裏の裏をかく罠が満載だ。

このふたりの会話は注目に値する。クリスティーの初期の作品では、登場人物が手掛かりに気づくだけで充分で、血痕がついているものが殺人現場にあれば、それが凶器にちがいないという理屈が通っていた。たとえば一九二三年に出版された「イタリア貴族殺害事件」ではつぎのような描写がある。「彼はうつぶせになっている。後ろから頭に強烈な一撃を受けたのだ。凶器はほうぼう探すまでもない。大理石の像があわてて元の位置に戻されたみたいにずれて立っていて、その頭部には血がついている」。法科学の発達とともに、推理小説を執筆する作家には、ふたつの側面がもたらされた。ひとつめは、物語は現実の状況に沿っていなければならず、凶器はもはや試験や検査を行なわれない限りは妥当な証拠とみなされないこと。ふたつめは、このような手掛かりは、画期的な法科学の技術を理解している悪人によって、でっちあげられるというアイデアが生まれたこと。

アガサは殺人現場からいくつかのアイテム——法科学では「証拠物件《イグジビット》」と呼ぶ——を分析に送ることで最初の問題に取り組んでいる。証拠物件には衣服や凶器と思われる武器も含まれる。

『ゼロ時間へ』のバトル警視はのちに、袖についた飛沫血痕が、被害者の血液型と一致することを確認した。このようにしてラントシュタイナーが発見した重大な法科学的手法が活用され、血液に関するこれらの事実を早い段階で確認することの重要性が示される（ゴルフクラブについていたしみについての試験結果も同様に人血であることは、それとなく伝えられるだけなのだが、ゴルフクラブは偽りの凶器であることがのちに明らかになるので、この件はさほど重要ではなくなる）。ガルズ・ポイントに滞在している者は誰も、木槌で生肉を叩いて柔らかくしているときに血がついたというような振りはできないので、わたしたちは少なくとも科学的な面では、事実を完全に把握していると安心して、物語の先へ進むことができる。

『マギンティ夫人は死んだ』でも血液型について言及があるが、その血は気の毒なマギンティ夫人のものなのだろうか。警察によれば、夫人のものらしい。「ベントリイの上着の袖には血と毛髪がついていました。血は夫人と同じ血液型で、髪も夫人のと一致しました」。ベントリイ自身の血液型が、彼が殺したとされる被害者と同じかもしれないという事実を除外すると、ミスター・ベントリイにとって不利な状況だ。それに、わたしたちはその可能性を除外することができる。ベントリイが自分の血だといっていないからだ。ベントリイは肉屋で肉に触れたから血がついたのかもしれないと説明しようとしていたことを、覚えているだろうか。警部は袖についてこのように語っている。「もちろん、洗ってありましたがね。このごろは顕微鏡でしかみえない微量の血液でも、最新の試薬を使えば反応するってことを知らないんでしょう。ええ、あれは確実に人間の血です」

クリスティーは新たな法科学上の発見を、村のゴシップと同じようにさりげなく物語に落としこむ。わたしがクリスティーの本を好きなのはこういうところだ。この本は一九五二年に書かれた。そのほんの数年まえに、血液検出の領域にアイコンと呼べるような重要な化合物が登場した――**ルミノール**だ。

血液検出にルミノールを使うときの鍵はヘモグロビンにある。ヘモグロビンはすべての脊椎動物の赤血球にある酸素を運ぶ分子で、鉄分を含む。だから、貧血症の人は鉄分を補充する。ルミノールは人工的に合成される複雑な化合物で、血液と（推定試験のときに出てきた懐かしき）過酸化水素を混ぜると、化学発光と呼ばれる過程で一時的に淡青色に光る。実際にルミノールと反応しているのは血中の鉄分で、その反応によって血痕は幻想的に光る。一九〇〇年代初頭から段階的に開発されていたものの、「ルミノール」という名前で呼ばれるようになったのは、一九三四年になってからで、一九三七年から、ドイツの法科学者ヴァルター・シュペヒトは、とくに犯罪現場での血の検出に使える試薬として、ルミノールを徹底的に研究した。ルミノール試験を行なうときは、ほかの光に邪魔されて化学発光が識別しにくくなるのを防ぐために、部屋は暗いほうがいい。試薬を混ぜた液を血痕と思われるしみに細かい粒子でまんべんなく噴霧すると、（そのしみが血だったら）ほんの三〇秒ほどのあいだ、しみが青く光る。この時間で充分写真が撮影できるので、その写真は専門家によって分析され、法廷で証拠として用いられる。必要なら、そのしみに何度も何度も噴きつけることができるし、そのたびに同じ反応が得られる。ルミノールはいかなる形であれ血を劣化させせないので、発光反応を何度も再現して、証拠として必要なだけ写真を撮影することが可能だ。

『シタフォードの秘密』は、アガサのお気に入りの場所、ダートムーアが舞台になっている。これはわたしのお気に入りの一冊でもある。シタフォード荘は大きな牧師館で、冬になると雪に閉ざされる。このクローズド・サークル型のミステリでは、やや気味の悪い行為が行なわれる。トリヴェリアン大佐が殺されたあと（これが物語の原動力となる）、ロニーという若く少年らしさが残る人物がこういう。「血のしみってぜったい落ちないよ。どれだけ洗っても、浮きでてくるんだ」

ある意味、ロニーは正しい。年月が経って腐敗した血でも、ルミノールを使えば、むしろ新鮮な血よりも強く、長く反応が持続するし、誰かが洗い落とそうとした血の検出にはとくに有効だ。したがって、犯人がすべての証拠をきれいに消そうとした犯罪現場にこそ理想的なツールとなる。もちろん、『マギンティ夫人は死んだ』で、スペンス警視がいった「血痕かどうかを判定する新たな科学的手法」や「最新の試薬」という言葉で、アガサがルミノールを指していたのかは定かではない。けれども、この本でスペンスが語ったこと――つまりアガサのコメント――は、一二年まえに書かれた『愛国殺人』で血塗られた床について述べたジャップ警部のつぎの言葉より進化している。「リノリウムの床の隅に血痕がある。床を洗い流したときに落とし損ねたのだろう。それさえあれば、あとは死体をみつけるだけだ」。この血痕に関する最初のころの言及は、血痕がいい加減に清掃されたせいでみつかったことを示している。つまり肉眼でもみえる微量の血液が残っていたため、血痕がみつかったわけで、潜在的な血痕を視認できるようにした試薬のおかげではない。このあたりにも、時を経て科学が進歩したことと、クリスティーの血痕に関する知識が深まっていることが現れている。

ルミノールに関するグロッキーの一九五一年の論文は、『クリミナル・ロー・クリミノロジー・アンド・ポリス・サイエンス』誌に掲載された。(5) このような魅力的な名前がついている専門誌は、犯罪の熱心な研究者であるアガサに読まれて、イギリス推理作家クラブのメンバーとの会話でも話題にされていたかもしれない。アガサは自伝のなかで、推理小説を書いているうちに、事実上犯罪学《クリミノロジー》の研究家になったと述べている。

短編「霧の中の男」〔『おしどり探偵』収載〕で、トミーとタペンスは、頭部を殴打されて殺された女の死体を偶然みつける。「鈍器で強く殴打された頭蓋骨は一部が陥没している。血がゆっくりと床にしたたっているが、傷自体からの出血はとっくに止まっていた」。この場面では血の重要性と凝固する特徴、またそれが法科学という面ではどのような意味を持つのかが完璧に描きだされている。わたしたちの血は、単純に出血を止めるために〝凝固〟するし、死ぬまではほんの小さな傷からでも出血する。生きているときは、たとえばタンパク質やカルシウム、血小板細胞が関係する多くの凝固メカニズムが機能する。そのため、血液の病気でないかぎり、個人の血液の凝固速度はかなりのレベルで予想可能だ。また、出血して身体から放出された血液の凝固プロセスも、環境によってはかなりのレベルで予測できる（ただし、生物学に関しては多くの要因が影響することを忘れないでほしい）。かなりざくっとした説明になるが、いったん身体から出た血は三分から一五分後に最初の凝固の徴候を示す。色が黒っぽくなり、ゼリーのような塊が形成される。時間が経つにつれて、おもに赤血球からなる塊自体が収縮して、血の液体の要素、つまり血清から分離する。したがって、血痕パターン分析者であれ、警察官であれ、病理学者であれ、傷口の血を観察することで、死亡または出血してからだいたいどれくらい時間が経ったかがわかる。

・まだ液状＝出血が起こったのは数分まえ
・ゼラチン状で光沢がある＝出血が起こったのはおそらく一時間以内
・凝集塊と血清に分離している＝出血が起こったのはおそらく数時間まえ

すべての法科学分野と同じく、ここでも注意を怠ってはならない。この方法は死亡時刻を推定するためのもので、決定するための方法ではない。それでも、時間をかけて多くの経験を積んだ者は、出血が始まった時間の推定に熟達してくるものだ。クリスティーの作品でもこの例を目にすることができる。たとえば、『牧師館の殺人』でプロザロー大佐が撃たれたときなどがそうだ。

「レディングがいつ彼を撃ったとお考えですか」
「わたしが家に着く数分まえではないかと」
ヘイドック医師が首を振る。「それはありえません。ぜったいにそれはない。もっとまえに亡くなっています……レディングは嘘をついている。いったいどういうつもりだ。わたしは医師だからわかっています。血が固まりはじめていましたから」

医師は、プロザロー大佐の頭部の傷から出ていた血の状態を調べて、この話をしている。プロザロー大佐がたった「数分まえ」に撃たれたなどということは、（個人的な見解だが）ありえないといいきっている。このことから考えると、血は液体ではなく、前述のリストのなかにある「ゼラチン状で光沢がある」状態になっていたにちがいない。このちがいについて医師が譲歩しないという事実は、最終的にこの殺人事件がどのように解決されるかという点からも、きわめて重要だ。

アガサ・クリスティーは凝固のプロセスを知っているだけでなく、そこから死亡時刻を推定できるという有用性も認識していて、しかも凝固を遅らせる化学的な方法までもみごとに小説のなかに取りこんで、殺人犯に独特なアリバイ工作をさせている。それがみられるのは、数ある作品のなかでもとびきり血が多く出てくる『ポアロのクリスマス』だ。人間とは思えないような悲鳴が鍵のかかったシメオン・リーの部屋から聞こえたあと、「耳の下まで」ざっくり喉を切られて命が尽きたシメオン・リーがみつかり、家族の一部はこの状況をきわめて文学的に言い表した。たとえばシメオンの長男の妻リディアはシェイクスピアを引用して、「この年老いた男の身体にこれほど多くの血があったと、誰が想像しただろうか」〔『マクベス』第五幕第一場〕といった。けれども、もっと現実的な言葉を口にした人もいる。「ああ、どこもかしこも血だらけ」とか「祖父は血のなかに倒れていました」とか。

これらの言葉は重要な手掛かりだ。ポアロは血が多すぎると主張する。ひとりの老人が本当にこれほど大量の血を流すものなのか。老いてひどく身体が弱っていたというのに、これほど激しく抵抗したのだろうか。さらに、もっと差し迫った疑問は、ドアには鍵がかかり、窓から出られない状態の部屋で、犯人はどうやって殺人を犯したのか。

殺人は、発見される数分まえに起こったようにみえた。家族全員が、悲鳴や争っている声や床に家具が倒れる音を耳にしていた。さらに重要なことに、ドアをこじ開けたときに血がみえた。そこには血だまりがあり、赤く輝いていた。前述の大まかな推定方法によると、出血は「数分まえ」に起こったことを示している。けれども、あとになって、この死亡時刻はありえないことがわかる。では本当は何があったのだろうか。なぜ血は嘘をついたのか。

ポアロは謎を解いたあと、関係者全員を書斎に集め、クリスティーを有名にした例の大団円の場を設けるのだが、実際このような終わりかたをする作品は、おおかたの人が想像しているより少ない。ポアロは犯人に向かっていう。

「屠殺したばかりの動物から採った血にクエン酸ナトリウムを加えた液体を瓶に詰めておいたんでしょう。そして、シメオン・リーの喉を切ったあと、この液体を床にぶちまけ、さらにクエン酸ナトリウムを傷から流れて溜まった血に加えたのです」

クエン酸ナトリウム！　みなさんは想像できただろうか？　わたしは思いつかなかった。いかに鋭い読者でも、これは想像がつかなかったのではないだろうか。

血が固まるにはカルシウムが必要なので、クエン酸ナトリウムは血液のなかのカルシウムと結合して血液の凝固を抑える作用がある。実際の物質は、柑橘系の果物に由来するクエン酸のナトリウム塩から成る。クエン酸ナトリウムはその純粋な形態で、食品に酸味が欲しいとき、酢やレモン果汁の代替として使用されており、成分表には食品添加物として通常E番号（E330）〔E330はクエン酸でクエン酸ナトリウムはE331〕で表示されている。けれども、わたしたちの大半は採血のときに使われているクエン酸のほうが馴染みがあるかもしれない。採血されたあと、わたしたちの血液は通常何本かのさまざまな色のキャップがついているプラスティックの容器に分けられる。そのなかの青色のキャップの容器には、クエン酸ナトリウムが入っていて、試験のまえに血が固まらないようにしてある。

殺された人の血が流れたばかりのようにみせかけ、〝嘘の〟死亡時刻を示すことによって確固としたアリバイを得ようと殺人犯が立てた計画は、ほかに例がない。けれども、それと同じくほかに例のないほどの偶然は、アガサが第一次世界大戦で兵士らを看護する経験を積んでいた時期に、このクエン酸ナトリウムの特性が発見されたことだ。一九一四年の一一月に、『ニューヨーク・ヘラルド・トリビューン』紙に掲載された記事に、血液の凝固を止めるためにクエン酸ナトリウムを使用する方法の説明があり、一九一六年にはこれをテーマにした「全血輸血：戦時の手術で導入を進めるための提案」という題名の論文が『ブリティッシュ・メディカル・ジャーナル』誌で発表された(6)。篤志看護隊に参加していたアガサが、ともに働いていた医師からこの物質のことや、血の凝固を抑える作用について学んでいた可能性は高いし、自分自身でもこれらの記事や論文を読んでいたのかもしれない（後年、この医学誌から得た情報をアガサがノートに記していたことがわかっている）。とにもかくにも、アガサはこの興味深いプロセスについて学んだことを、クリスマスという〝祝祭〟の日の物語に盛りこみ、この知識を不朽のものにしたのだ。

最後にもうひとつ。死亡後に身体のなかで起こる血液の分布は、どの分野であれ死因を究明する者にとっては、重要な死後アーチファクト〔死亡後に起こる変化のこと〕である。死後に身体が硬直する（死後硬直）という現象を耳にしたことのある人はきっと多いだろうが、死斑という用語を聞いたことがある人はそれほど多くないのではないだろうか。これは血液沈滞や青藍色《リビディティ》状態とも呼ばれるもので、心臓が止まって遺体全体に血が巡らなくなると、重力の影響で血が身体の下方に溜まっていく現象だ。リビディティの元の英語「リビッド（livid）」は「暗青色の」という意味だ。口語的に「人がリビッド（怒っている）」と表現することがあるが、これは「顔が青黒くなるほど激怒している」ということを意味している。アガサは『ゴルフ場殺人事件』で殺された被害者を表現するときに、この言葉をつぎのように正しく使っている。「唇は開いていて、歯がむき出しになり、青紫色の顔には驚愕と恐怖の表情が浮かんでいる」。ここでアガサが表現しているのは、遺体がうっ血している状態であって、怒っている様ではない――そりゃ殺されたときに怒るのは当然だろうけれど。

死体が横たわっているか吊るされているか、その他どんな姿勢であれ、心臓が停止するやいなや、血液は地面にいちばん近い血管に溜まりはじめるため、死斑はとても重要だ。これは単純に重力の作用である。仰向けに横たわっている死体の場合、床に触れている部分は除いて（床と接している面の血管は床に押しつけられる圧力で押しつぶされている）、死体の背部に血が溜まる。吊るされている場合は、両足と、両腕の低い位置、つまり指のほうに血が溜まり（手が自然に垂らされている場合）、耳たぶにさえも溜まる。死斑の紫がかったあざは、打撲によるあざとは異なり、腐敗が進むにつれて特定の場所に固定されることがある。警察が死体のある現場に呼ばれていくと、ベッドに遺体が仰向けに寝かされていて、家族が眠っているあいだに亡くなっていたと聞かされる場合がある。死斑が背面と、足の裏側や臀部にある場合はつじつまが合っている。けれども、顔や首や肩に濃い青や紫の斑があって、脚が青白い場合は、頭からさきにベッドから落ちて数時間その状態だったところを家族に発見されて、ベッドに戻された可能性がある。

アガサは執筆活動を始めた当初、一九二三年という早い時期から血を取りあげていた。最初は短編で、その時代にふさわしい方法を用いて血なまぐさい犯罪を描くためにさまざまな戦略を試していた。最初期の例は「マースドン荘の悲劇」だ。この作品では、被害者の唇から血がしたたるのみで、体内での出血の可能性が示されている。ところが三〇年後に出版された『葬儀を終えて』では、犠牲者は「無残に襲われ……ヘナで染めた前髪は血糊で房状に固まっている」。これらのふたつの物語のあいだにあるのが、ひときわ異彩を放つ『ゼロ時間へ』だ。この小説には、あらゆる種類の法科学的な要素がちりばめられ、人であれその他の動物のものであれ、血痕の位置や血液型の描写がとくに目立つ。じつのところ、クリスティーが「血液型」という言葉を使ったのはこの作品が初めてだった。とはいえ、これは妙な話だ。血液のグループについてよく知られるようになったのは、この作品が生まれる四〇年もまえのことなのだから。したがって、アガサはこの方面の科学的知識を自分の推理小説に盛りこむのは、たとえばルミノールと比べるとやや遅かった。ひょっとすると、クリスティーは前述したとおり、殺人の手法を変えるほうが好きなので、流れる血を多く描きすぎて筋がぼやけるのを避けたかったのかもしれない。

あるいは、血まみれの殺人を書いてほしいと、はっぱをかけられる必要があったというのが真相かもしれない。『ポアロのクリスマス』のプロローグで、アガサは義理の兄に宛ててつぎのように書いている。

わたしの描く殺人は上品すぎて、貧血気味じゃないかとぼやいていたお義兄さん。「どっさり血が出てくる凶暴な殺人」をお望みでしたね。どこからどうみても殺人であることが疑いようもないような殺人を。だから、この物語はあなたへの特別な作品です。あなたのために書きました。気に入っていただけますように。

けれども『ひらいたトランプ』（一九三六年）では、アガサ・クリスティー自身をモデルにしているアリアドニ・オリヴァーが著作プロセスの手法をつぎのように説明している。「話がちょっと退屈になってきたと思ったら、少し血を足すわけ。それでかなりめりはりがつくの」。ポアロ・シリーズのなかでも血まみれのこの事件を、あえてお祭り気分ただよう時期に設定してインパクトを強め、不気味さを演出する小粋なセンスを示したのは、アガサ自身だ。また、血の凝固を止める方法を調べ、その知識を独創的な殺人事件に用いたのもアガサだ。さらに、「新鮮で、べとべとして、光っている」血についての卓越した会話を描き、血に染まったシェイクスピアの一節を引用したのもアガサ自身なのだ。だから、わたしが思うに、この作品を義兄が気に入ったのはもちろんだろうけど、アガサ本人も気に入っていたにちがいない。

第7章 検死

「彼らは何だろうか。男でも女でもない、ただの肉体だ。それをみて思い出すのは、パリのモルグ。死体が平台のうえに並べられ、まるで肉屋みたいな眺めだった」

――『白昼の悪魔』

人の肉体は絵画のようなものだ。皮膚のカンバスが骨という枠のうえに広がっている。病理学者や、またわたしのような解剖病理技師（APT）は、このカンバスに描かれている特徴から、その人物がどのように死んだのかだけでなく、どのように生きてきたかも知ることができる。病理学というのは疾患についての学問なのだけれど、一般的には死の研究をしている学問とみられることが多い。ヒトの死体の視覚的な謎に取り組むことに、わたしは惹きつけられる。だからこそ、職業としての病理学に導かれたし、アガサ・クリスティーの本にも夢中なのだ。

アガサは読者に、たいていは多くの手掛かりを示して、謎解きの機会を与えている。なかには、結末まで読んだあとあらためて読みかえすと、あまりに明白でなぜ最初に読んだときに気づかなかったのかと不思議に思うものもある。けれども、物語に深く埋めこまれていて、アガサの夫である考古学者のマックスにしか掘り当てられそうもない手掛かりもある。わたしが子どものころ、アガサの本を初めて読んだときの物語には、死体にまつわる手掛かりがたっぷりあって――血や傷、複雑な腐敗の現象――それらが非常に独創的だった。アガサの本のおかげで、わたしのその後の人生で大きな部分を占めるようになる法医病理学への愛がどんどん強まっていった。

『おしどり探偵』(この本のなかで、トミーとタペンスのベレズフォード夫妻は探偵事務所を引き継ぐ)は短編集なのだが、各編で事件を解決するためにさまざまな推理小説の探偵のパロディをこの夫婦が演じるというユーモラスな趣向が凝らされている。たとえばトミーが、シャーロック・ホームズのように頭脳明晰であろうとして失敗したり、夫婦ともどもエルキュール・ポアロの「小さな灰色の脳細胞」を引用したり、トミーがポアロをまねて「モナミ」という言葉を使ったりと、愉快な仕掛けが楽しめる。トミーとタペンスのフィクションの世界に、エルキュール・ポアロの世界が入りこんでいるのだ。この短編集をここで紹介したのは、タペンスがまねようと考えた架空の探偵のひとりが、レジナルド・フォーチュンという外科医の探偵だからだ。この探偵を生んだのは、イギリス推理作家クラブのメンバー、H・C・ベイリー(ヘンリー・クリストファー・ベイリー)である。ミス・マープル・シリーズの『書斎の死体』では、ピーター・カーモディという子どもがベイリーの名前を口にしている。短編「大使の靴」でトミーはタペンスのアイデアに反対して、つぎのように警告している。「ひどく殴られてぐちゃぐちゃの顔や、死体をたっぷり調べなきゃならなくなるぞ」。現在、イギリス推理作家クラブの会長を務めているマーティン・エドワーズは、「一九二〇年代でさえ、H・C・ベイリーの小説には、悪に対する強い感情が充満していた」と述べている。(1) その感情はクリスティーの小説でみられるより、はるかに強いものだった。

クリスティーは、ややダークな内容であったにもかかわらず、ベイリーのレジナルド・フォーチュン・シリーズを賛美していたが、自分が書いている推理小説では、やたらな暴力や流血は描いていない。アガサの死後出版された自伝のなかで、推理小説の黄金時代を振りかえり、アガサはつぎのように語っている。「当時は、バイオレンスが好まれたり、残忍性それ自体をサディスティックに楽しんだりするために犯罪小説が読まれる日がよもや来ようとは、誰も想像していませんでした」[2]。これはおそらく、黄金時代のコージーな探偵小説より荒々しい要素がある現代の警察小説を指しているのだろう。とはいえ、これはなにも、アガサが、自分の殺人の描写が残酷ではないと思われていたと当時を振りかえっているという意味ではない。一九四〇年代に出版された『愛国殺人』についての『タイムズ』紙の論評でこのことが裏づけられている[3]。『タイムズ』紙はこの本を「シリアスで、ドライで、冷酷」と形容し、つぎのように評している。

忌まわしい死体が発見されたときにこそ活気づく。これはクリスティー派の特徴だ。人びとに死がもたらされるときの〝ぞっとする詳細な〟描写は、人びとに命をもたらすときの細かな描写よりも重要なのだ。

この論評は、多くの人が思い浮かべる〝コージーな〟アガサ・クリスティーの小説とは結びつかないが、アガサが執筆をしていた時代と、わたしたちの時代の感覚には開きがあるからだろう。

このようなわけで、アガサ・クリスティーの物語には暴力的でぞっとするような描写があると認識されていた、または認識されているのだが、それらはある理由があって使われている。イギリス推理作家クラブのメンバーでクリスティーとも親しかったドロシー・L・セイヤーズも、このテクニックを用いていた。セイヤーズは「作家がとくに身の毛のよだつ場面を描いている」作品では、「手掛かりに注意して」と述べている。[4] そういう本には、法医病理学的な手掛かりがそこらじゅうにある。

検死解剖とは？　法医病理学とは？

死後に起こることをラテン語では「ポスト・モーテム（post-mortem）」という。直訳すると「ポスト」は「〜のあと」、「モーテム」は「死」である。だから、死後の解剖検査は「ポスト・モーテム検査」とも呼ばれる。「ポスト〜」を含む言葉は、ほかにもいろいろあるので混同されやすい。妊娠の後期にタクシーに乗ったとき、そのタクシーの運転手が奥さんの妊娠にまつわる笑い話を聞かせてくれた。奥さんは病院の受付に到着したとき、自分の「ポスト・モーテム」のために来たと告げた。びっくり仰天した受付の職員はこう答えた。「あなたの、なんて、まさか」

奥さんがいいたかったのは、死後の検査ではなく出産後の検査「ポスト・ナタル」のことだった。ポスト・モーテムは、わたしたちにはなじみ深い言葉なので、「ポスト・モーテム検査」という正式な呼び名ではなく、単に「ポスト・モーテム」と呼んでいる。この分野で働く人は誰も正式な言葉を使ったりしないし、むしろ通常は、忙しさに準じてさらに略し、「ポスト」とか「PM」と呼ぶこともある。呼び名で無駄に費やす時間はないのだ。クリスティー自身はさまざまな呼び名を使っているが、「オートプシー（autopsy）」という言葉も頻繁に使っている。これも同じく検死解剖を意味する言葉だ。オートプシーは、ギリシャ語の「自分自身」を意味する「オート（autos）」と、「視覚」や「みること」を意味する「オプシス（opsis）」に由来する。文字通りの意味は「自分自身でみること」

または「自己検査」となる。オートプシー、つまり検死解剖のおもな目的は、死亡の原因をみつけることだ。

この説明は少し単純すぎるだろうか。わたしはよく「首吊りや列車に轢《ひ》かれたりした人は死因が明らかなのに、なぜ検死解剖を行なうのか」と尋ねられる。検死解剖の目的は、死因の究明にとどまらない。検死解剖には、いくつか異なる種類があり、ここで知っておくべきは、法科学的（または法医学的）解剖とルーチンの（検死官《コロナー》による）解剖だ。法科学というのは「法律に関連した」という意味なので、簡単にいうと法科学的検死は犯罪が起きて、人が殺されたときに実施される。この場合、調べるのは、その人物がどうやって死んだのか、死ぬまえやあとに外傷を負っていたかどうか、性的な暴行を受けていたか、もしそれを受けていたら何人の人が関わっていたのか、またその場合は襲撃者が死体に犯人自身の証拠を残していないかどうか、である。突然亡くなった人も自然死にみえても正確に何が起こったのかを調べるために検死解剖が必要になる（これは検死官《コロナー》の命令によるので、「コロニアル」解剖と呼ばれる）。この検死解剖は「ルーチン」とも呼ばれている（とはいえ、すべての死者に対してルーチンにPMを実施するわけではないので、この呼び名はやや違和感がある）。これらの検死解剖は、そのプロセスに対する家族の心情も、亡くなった人が生前に信仰していた宗教についても考慮されない〔日本では前者が「司法解剖」、後者が「行政解剖」に近い〕。

殺人の方法はごまんとあり、自然死のようにみせかける方法もどっさりある。クリスティーはこのことを充分認識していた。『死との約束』では、登場人物のひとりが、キツネノテブクロ（ジギタリス）という植物から抽出されるジギタリスを使った毒殺の可能性がある事件について、つぎのように説明している。「ジギタリスの有効成分は検出できないので、痕跡を残さずに命を奪うことができる」。

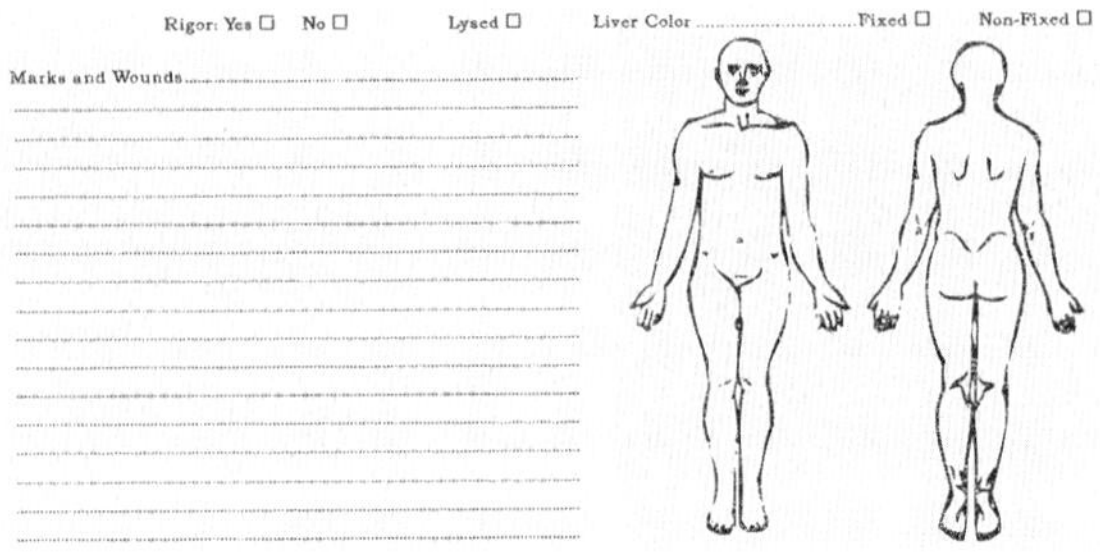

一般的な検死解剖記録用紙

これはいくつかの種類の毒物にも当てはまる。『五匹の子豚』でアガサは、五人の主要な登場人物のうちのひとりを介して、つぎのような説明を行なっている。「コニインについていろいろ調べてみたんです。そしたら、死後に現れる現象はとくにないようなのです。だから、日射病のせいだと思われて終わっていた可能性だってありました」。専門家が死体を一見して「弾丸の跡がないから、自然死だ」なんていっていたら、うまく殺人をやってのけた犯人が世の中にうようよのさばることになりかねない。また、家族が検死解剖に断固反対し、検死官《コロニアル》による解剖に「ノー」といえるとしたら、家族の殺人をたやすく隠すことができる。残念ながら、世の中の殺人の多くは、他人同士よりも身内によるもののほうが多い。見知らぬ誰かに殺されるよりも、知っている誰かに殺される可能性のほうがはるかに高いのだ。

近年、イギリスでは検死解剖を免れるための基準はどんどん厳しくなり、以下の二項目のどちらも満たさねばならなくなった。

1．死亡まえ二週間以内のいずれかのタイミングで、医師の診察を受けていなければならない。

2．その医師が、死因は自然死であると確信していること。

この制度全体を厳格にするために、制度自体が厳しく見直されたのは、悪名高い殺人医師ハロルド・シップマンがイギリスの死亡率を（のちにわかったことだが）急上昇させたあとだった。シップマンの殺人がなかなか気づかれなかったのは、犠牲者の多くが老人で、薬物を飲まされて殺されていたせいで自然死のようにみえていたからだ。この行為が阻止されるまで、シップマンは少なくとも二五〇人の患者を殺していた。興味深いのは、クリスティーの時代にも同じような連続殺人が起こっていたことだ。一九四六年から一九五六年にかけて、ジョン・ボドキン・アダムズという医師は、一六三人の患者を昏睡させてから死に至らしめていた。この医師は取り調べを受けたが、なんと無罪放免になっていた。シップマンはこの事件からヒントを得たのだろうか。シップマンの事件以降、検死を以前よりも一般的に行なっていくために、検死解剖なしで死因診断を行なったときの正確さを調べるさまざまな研究が実施された。現代の教科書『シンプソンの法医学』はつぎのように主張している。「医師が特定した死因の少なくとも五〇パーセントは、その後に行なわれた検死解剖で不正確であったと示されていることに留意しておくべきである[5]」。最低五〇パーセントとは！　アガサの時代は検死解剖をするかしないかを判断する基準は現在よりはるかにゆるかった。この件に関して、アガサは一九二〇年代に出版された短編「マースドン荘の悲劇」でつぎのような見解を示している。

「ところで、医師《せんせい》は検死解剖は必要ないと思われたのでしたね？」
「もちろん、必要ありませんとも」。医師はいきなり怒りだした。「死因ははっきりしていましたから、残された家族をそれ以上悲しませる必要はないと医師の立場で判断しましたよ」

この場面では、検死解剖を行なわなかった医師は、死因ははっきりしていると思っていた。それは犠牲者が「すでに一度血を吐いたことがあり、つぎの吐血が致命傷になった」と考えていたからだ。これは、当時のゆるい基準に沿っている。けれども、物語の終盤で、巧妙な手口で殺人が行なわれた疑いが出てきたとき、死者は掘り起こされることになり、検死解剖の結果、疑っていたとおりであることが確認されるのだ。これは小説だが、現実の世界でも何年ものあいだ同様の死体の掘り起こしが行なわれた結果、より厳しい検死解剖のガイドラインが必要とされるようになった。後年の短編「レルネーのヒドラ」〔『ヘラクレスの冒険』収載〕でポアロは、妻を毒殺したと心ない噂を流され、人生を台無しにされた医師を助けてほしいと依頼される。亡くなった妻については、つぎのような会話が交わされる。

「死因はなんですか」

「胃潰瘍です」

「検死解剖は行なわれたのでしょうか」

「いいえ。かなり長いこと胃を患っていましたのでね」

ポアロはうなずきながらいった。

「胃炎の症状とヒ素中毒の症状はそっくりなので……死体を掘り起こして検死解剖を行ないましょう」

一連の作品を読めば、検死官による検死解剖のプロセスと検死審問に関する細かな知識を、アガサが備えていたとわかる。だからわたしは、薬剤師としての資格から、アガサはいくつかの事件の検死審問を傍聴した経験があるのではと考えている。検死審問は公に開かれているので、アガサの小説のなかの多くの登場人物も、スキャンダラスな殺人事件が起こったとき、静かな町で普段どおり過ごすよりもとにかく〝何かすべき〟と感じて検死審問を傍聴している。このような場面は、一九三四年に出版された『なぜ、エヴァンズに頼まなかったのか?』と一九七三年にアガサが著した最後の長編『運命の裏木戸』というかなり年月に開きのある二作にも登場する。検死審問の傍聴は、著作のための積極的なリサーチになっただけでなく、イギリス推理作家クラブのディナーでの話の種にもなっただろう。これらの審問を傍聴したことがあるからこそ、『満潮に乗って』や『終わりなき夜に生れつく』などの後期の小説では、検死審問や検死解剖の情報をあれほど専門的にくわしく描けたのかもしれない。ただし、デビュー作『スタイルズ荘の怪事件』では、法廷のシーンが削除された。出版社がリアルではないと考えたためだ。その代わりに、最後の場面で登場人物が屋敷の一室に集められるという展開になり、それがアガサの小説の〝客間で大団円〟という特徴になっていった。

検死官《コロナー》によるルーチン解剖の例では、真の死因の解明や、犯罪性の有無、場合によっては死体の身元確認、また(きわめて重要なことに)死因以外の病気の徴候があるかどうかなどの記録のために解剖が行なわれる。たとえば縊死《いし》〔首を吊って死亡すること〕の場合、死因が縊死と一致しているようにみえても(詳細な検査の結果によって、それが裏づけられたり、否定されたりする)、その人がたとえば、がんなどの疾患に苦しんでいた可能性があれば、じつは首を吊ったのはその疾患のせいだったということもありうる。あるいは、たとえ解剖でがんがみつかったとしても、本人や近親者は病気のことを知らなかった可能性もある。これらの情報はすべて検死官に知らされ、公式な記録となる。これは、イギリスのドラマ〈法医学捜査班〉や似たテレビ番組で目にするようなドラマティックなシーンではないかもしれないけれど、データを照合したり、関連する医療機関とデータを共有したりすることで、死亡や疾患の統計学的な情報が蓄積されていくのだ。

法医病理学者が死体を解剖するとき、その場には助手や解剖病理技師（APT）だけでなく、さまざまな部署の警察官、証拠物件管理官、および写真撮影者などの関係者が立ち会うことがある。通常は決められた手順があり、チームはそれにしたがって解剖のプロセスを進め、被害者の遺体からできるだけ多くの情報を拾いあつめる。けれども、担当者や事件の状況によって手順はさまざまだ。いずれの手順で行なったにしろ、解剖によって無数の手がかりや、興味をそそる詳細な情報が手に入り、そうやって徐々に全体像がはっきりと形を取りはじめる。ポアロが推理のなかで、病理学的な事象を積みあげていくスキルを見せる場面は多い。たとえば、『ゴルフ場殺人事件』で、ポアロは被害者の唇についている泡を観察する。そして、「彼が亡くなったのは、わたしの考え違いでなければ、てんかんの発作のせい」だろう、口のまわりの泡はある種のけいれん発作を示すのでと説明する。クリスティーの小説には、窒息死した被害者が非常に正確に描写されている例はいくつもある。たとえば、『予告殺人』では、「青紫色にうっ血した顔と突きでた舌」と表現されている。たしかに、うっ血（過剰な静脈血）、浮腫（膨張）とチアノーゼ（青紫色の顔）はどれも絞殺の特徴だ。

病理学者は、被害者が生前に受けた傷と死亡後に自然に生じた現象を区別できるし、そうすることが重要だ。素人の目でみると、死後に自然に起こる現象のなかには、傷とまちがえそうなものがある。

血液の章で、死斑（血液沈滞や青藍色状態としても知られる）は、心臓が停止したあと、重力のせいで血管に血が溜まって生じると説明した。この死斑は見た目が打撲傷と似ているため、その傷と誤解されることがある。これはどちらの現象も血の動きによってできるからである。それでも違いはある。打撲傷（医学用語では挫傷）は、傷によって破裂した小さな血管から血が組織へと漏れだすことで生じる。血が組織内に入りこむと、色素を含んだ血が皮膚から透けてみえるのだ。しかしこの血は身体の保護メカニズムによって異物とみなされ、血中のヘモグロビンが段階的に分解されていくため、紫、赤、茶、緑、黄と万華鏡のように色が変化して、最終的にはすっかり消失する。いっぽう、死体の血液沈滞（つまり死斑）の色は血管に溜まった血によって生じており、この場合、傷は受けていないので、血管は傷ついていない。その色は、生きている人間についた打撲傷の初期の色とそっくりな場合があるが、いったん違いに気づけば、パターンと広がりかたから、肉眼でも挫傷と死斑の区別がつけられるようになる。顕微鏡でみても違いがわかる。このようにして、病理学者は傷と疑われるような見た目のものが実際は自然な死後の変化であると判断できるのだ。とはいえ、死斑は特定の環境ではきわめて独特な色調を示すことがある。たとえば、死斑が全体的にチェリーレッドを呈している場合は、一酸化炭素中毒が示唆されるし、褐色がかっている場合はリン中毒の可能性がある。

死後の早期変化には、ほかに死後硬直がよく知られている。これは、死後およそ一二〜三六時間のあいだに独特な順序で身体の筋肉が固まっていく現象だ。死後の変化は環境の影響を受けるので、その変化を考察するときは〝およそ〟という言葉が非常に重要になる。死後硬直について重要なポイントは、それが物理化学的な変化で、身体の筋細胞が酸素を得られずにこわばりはじめたときに起こるということだ。

アガサは初期の短編「戦勝記念舞踏会事件」〔『教会で死んだ男』収載〕で死後硬直について言及している。ジャップ警部がポアロに仮装舞踏会で起きたクロンショー卿殺人事件の捜査協力を依頼する。ジャップ警部はポアロに、検死を担当した医師の言葉を伝える。「医者がいうには、手足には張りとこわばりがあって……」これは死後硬直の始まりを示している。この情報から、クロンショー卿がしばらくまえに死亡していたとわかる。これは重要な手掛かりとなり、ポアロは事件を解決する。

『ゼロ時間へ』では、医師が死亡時刻を推定するとき、この現象のことをもっとはっきり述べている。

「死亡したのは一〇時から夜中の一二時のあいだでしょうね」
「もう少し狭められませんか？」
「それはむずかしいですね。考慮すべき要素がいろいろありますから。このごろは、死後硬直に基づいた死亡時刻だけで誰かを縛り首にしたりはしないんですよ」

もちろん、誰も「死後硬直に基づいて縛り首」になったことはないし、ポアロがもっと早期の物語で吐き捨てるようにいった、指紋ひとつで絞首刑に処された人もいないだろう。この医師が主張しているのは、死体の物理的な証拠は重要だが、つねに決定的な証拠になるわけではなく、殺人事件の捜査は互いに撚《よ》りあわされた糸のように複数の情報に基づいている、ということだ。これらのコメントは的確だけれど、クリスティーは、わたしのお気に入りの本のなかで、硬直について彼女らしくないミスをひとつ犯している。『書斎の死体』は悲鳴をあげながらメイドがドリー・バントリー夫人の寝室に駆けこむ場面から始まる。メイドは書斎の暖炉のまえに、見知らぬ若い女性の死体があるのを発見したのだ。すぐにビリー・ポーク巡査が呼ばれ、ドリーの友人ミス・マープルもやってきた。被害者は絞め殺されていたとここでわかる（が、その女性の名前がルビー・キーンとわかるのはあとのことだ）。ヘイドック医師は死亡推定時刻を尋ねられ、こう答える。「状況によって大きく変わります。暖炉に火があってこの部屋は暖かいので、死後硬直の始まるのが遅れた可能性がありますね」

これはまったく事実と異なるが、まちがえるのも無理はないだろう。多くの人が死後硬直と凍結を結びつけがちで、死後硬直によるこわばりは――体温の低下とともも起こることからしても――暖かい部屋では進行が遅れると思われがちだ。一見矛盾しているように思えるかもしれないが、死後硬直はむしろ寒い部屋のほうが始まるのが遅くなる。死後硬直は、低温によって引き起こされるタイプのこわばりとはなんの関係もない。前述したとおり、死後硬直は物理化学的な現象なので、熱によってそのプロセスの速度は早まり、反対に冷気によって速度が遅くなる。それと同じくほかの腐敗変化も物理化学現象なので、死体は安置所の冷蔵庫や冷凍庫で保管され、〝新鮮に〟保たれるわけだ。

低温というテーマでいえば、病理学のポスト・モーテム・トリオをコンプリートするために、もうひとつラテン語を語源とする用語を紹介しよう。それは「死冷／アルゴール・モーティス（algor mortis）」で、死後に身体が冷えていくことを意味する。人が死ぬと、心臓の拍動が止まるので生理学的なプロセスが停止し、体温が下がっていく。これは、人の死を示すもっとも有名な現象であるため、アガサはよく使っている。とくに注目すべき例は『複数の時計』のなかで、不運なタイピスト、シェイラ・ウェッブが死んだ男性につまずいて、死冷を身体で感じる場面だ。シェイラは男性が死んでいるのか生きているのか確信が持てなかったので、「反射的に腰をかがめ、男の頬に触れた。冷たい。男の手も触れてみたが、同じく冷たかった」。この場面は注目に値する。死んだ男性が発見された家の住人は、目の見えない女性で、男性が誰なのか、なんのためにそこにいたのかまったく見当がつかない。男性に心当たりがないか確認するために、警察は目の見えない女性に死人の顔に触れて、知り合いかどうか確認するよう依頼する。男性が冷たくなっていたのなら、あまり心地のよい体験ではなかっただろう。死体の温度を医学的に正確に記録する場合、身体に触れるだけでは充分ではない。体表面は周囲の温度から影響を受けるため、たいていは身体の中心より温度が低いからだ。体温と死亡時刻との関係性に関する計算を実施するには、病理学者は体内の深部温度を測るために体温計をどこかに挿入しなければならない……通常は直腸に。

意外なことでもないが、アガサはこの体温測定法をどの作品でも記述していない。けれども看護師として、まちがいなく知識はあっただろう。

死後変化にまつわるふたつの仲間、死冷と死後硬直を組み合わせて、ざっくりした死亡時刻は推定できる。多くの病理学者が用いている基本的なルールはつぎのとおりだ。

死体が温かく、弛緩している＝死後三時間以内
死体が温かく、硬直している＝死後三～八時間
死体が冷たく、硬直している＝死後八～三六時間
死体が冷たく、弛緩している＝死後三六時間以上

これはかなり単純化した死亡時刻の推定法だ。このルールが三六時間で終わっているのは、それ以降はおもに微生物の活動によってふたたび体温が上がってくるからである。だからこそ、死体は冷蔵

庫や冷凍庫で保管しておかねばならない。死体は冷たいとは限らないのだ。実際に死亡時刻を推定するとなると、なかなか困難だが、法科学的な解剖時に担当病理学者がもっともよく訊かれるのがこの質問だ。クリスティーの物語のなかでも、とりわけ必要とされる情報でもある。それは、被害者が死んだ時間は現実であれ小説のなかであれ、容疑者が語った話やアリバイに直接関わってくるからだ。死亡推定時刻は謎を解く鍵としてかなり重要なピースなのだ。だから、アガサの小説では、ポスト・モーテム・トリオに「消化」を加え、四つの方法で死亡推定時刻を導きだしている。

『スタイルズ荘の怪事件』で、ポアロが友人のヘイスティングズにした最初の質問のひとつが、被害者が取った食事の内容とその時間だった。この件は物語のなかで何度も出てくるので、重要な手掛かりのように思わせられる。「イングルソープ夫人が昨夜はたくさん食べたかどうか、いってくれなかったね」とポアロはヘイスティングズを責める。ヘイスティングズはあとになって、そもそも、なぜポアロはそんな情報を欲しがったのだろうと不思議に思うが、ポアロはなかなかヘイスティングズの好奇心を満たしてくれないので、ポアロという人物は、たいてい自分の考えを最後まで明かさないものなのだと、ヘイスティングズは心にとどめる。

アガサはこの道具を謎解きの物語のなかで何度か使っている。『エッジウェア卿の死』では、哀れなカーロッタ・アダムズの死後に、優秀なジャップ警部がポアロとヘイスティングズを相手に、この話題について熱心に語っている。ヘイスティングズは「夕食の消化具合は、検死解剖まで待たねばなりません」と語っていて、のちにつぎのように結果が述べられている。

胃の内容物を分析した結果、死亡時刻は夕食終了から少なくとも一時間後で、そこから一時間延長される場合があるとわかった。これにより、死亡時刻は一〇時から一一時のあいだということになり、確率的には一〇時に近い可能性が高い。

アガサは死後変化の進み具合だけでなく、消化の進み具合も死亡時刻の推定に使えると確信していたらしい。これは注目すべき事実である。アガサが執筆していた当時は、胃内容物の分析が死亡時刻の信頼できる指標になると一般的に考えられていた。これは多くの食物の消化時間は予測可能であるという前提に基づいていたわけだが、その前提に無理があり、アガサの時代以降、この推定方法はすっかり信用を落としてしまった〔日本では、胃内容物に基づく死亡時刻の推定方法はいまも使用されているようであるが、本書の筆者が述べているとおり、個人差やその他さまざまな要因で大きく変動しうるため注意が必要とされている〕。わたしたちの身体は、〝通常の状態〟とみなす環境下でさえ、個人差がありすぎる。さらに、どんな形であれストレスが消化を遅らせたり止めたりするという要因が加わる。死亡後に経過した時間と食物の消化具合の相関関係はまったく実証されていない。けれども正確ではなかったとしても、この概念を小説に取り入れていた事実は、とくに『エッジウェア卿の死』に登場する具体的な例からして、アガサが当時の検死解剖に関する情報を徹底的に調べていたことを示している。

クリスティーの本に登場する医師は、死亡時刻を推定するとき、腐敗の程度、死後変化、食物消化の程度という解剖検査でわかる要素をすべて考慮にいれている。それにしても、登場する医師たちが死亡時刻を推定したがることといったら。検死で答えを求めるさまざまな疑問のなかでも、アガサがとくに注意を向けたのが、この死亡時刻だ。これまでみてきたとおり、現実の世界でも小説の世界でも、死亡時刻は疑わしい人びとのアリバイの有無を確認するための重要な鍵であり、したがって、たいていはその後の物語の拠《よ》りどころになる。これは重要なポイントとして覚えておいてほしい。『シタフォードの秘密』では、したたかで賢いエミリー・トレファシスが、「アリバイの有無に大きな違いが出てくる」ので正確な死亡時刻の重要性はわかっていると話す。推理小説を読む人がみな、かならずしもその事実を認識しているわけではないけれども、クリスティーはその重要性を承知していて、この場面で読者に死亡時刻がこの物語の肝になると、はっきり知らせている。たしかに『シタフォードの秘密』では、トリヴェリアン大佐の死亡時刻が事件の大事な鍵で、テーブル・ターニングという降霊術（ウィジャボードに相当）で霊がそれを予言してさえいる。

平均すると、クリスティーの小説に出てくる医師は、死亡時刻を数時間以内に限定している。なかでも注目すべき例は『書斎の死体』である（前述のとおり、この本ではヘイドック医師が暖炉の火がルビー・キーンの「死後硬直を遅らせる」と誤った見解を述べた）。ヘイドック医師は、「一〇時から真夜中のあいだ」に死亡したと推定している。スラック警部から「もっと狭められないか」と尋ねられた医師は笑みを浮かべて「医師としての評判を落とすようなリスクは犯しませんよ。一〇時よりまえということはないし、真夜中よりあとではないですね」と応える。けれどもこれは現実世界の推定死亡時刻としては、かなり時間枠が狭い。現在、法医病理学で認められている死亡時刻推定法として、もっとも信頼性が高いのは温度を使った推定法である。死冷現象を活用することで、前後二・八時間の時間枠で死亡時刻を推定できるようになった。それでも前後合わせると推定時刻の範囲は約五・五時間だ。この計算には現在ノモグラム法（Henssge法）が使われている。ノモグラムとは、周辺温度、死体の直腸温、死体の体重という三つの変数の相関関係を示すチャートで、これらのデータとノモグラム法を使って九五パーセントの信頼度で死亡時刻を推定できる。これはかなり精度が高そうに聞こえるかもしれないが、実際の推定の時間枠はさきほど述べたとおり五・五時間になる。

このノモグラム法が使われはじめたのは二〇〇〇年代初頭になってからなので、クリスティーはこの方法を知らなかった。けれども死亡時刻推定に死冷が重要であると認識していたのは、多くの小説で示されている。なかでも『ナイルに死す』は格好の例だ。リネット・ドイルの遺体がみつかったとき、検死を行なった医師はこういう「きっちり正確なことはいえませんが、現在八時で、昨晩の気温を考慮すると、死亡後、確実に六時間は経っているでしょう。八時間以上は経っていないかもしれない」。

クリスティーが物語のなかで具体的な推定時間を提示しているのは、無知だからではない。現実世界で誰かが亡くなったときにその時間を算出する難しさは重々承知していただろうが、物語に説得力を持たせて、容疑者に鉄壁のアリバイを与えるために、アガサは創作するほうを選んだのだ。ただ三作目の『ゴルフ場殺人事件』でのみ、検死した医師は「死亡してから、少なくとも七時間はたっています。もしかすると一〇時間以上かもしれません」と話している。これは、その後書かれた物語で示される推定時間よりずっと現実に近い。また、登場人物のひとりが発する「個人差が大きすぎる」という主張は、『死との約束』のような後期の作品にみられる。

「厳密にいうのはむずかしい……どうしても数時間の猶予は必要です。宣誓に基づいて証言するとしたら、死後一二時間は確実に経過していますが、一八時間以上ではないとしかいえませんね」

けれども、わたしがとくに気に入っているやりとりは「厩舎街《ミューズ》の殺人」に出てくる、つぎの場面だ。ポアロは、自殺にみせかけた殺人か、その逆かをたしかめようとしている。ジャップ警部はバーバラ・アレンの死亡時刻を尋ねて、ブレット医師から思っていたよりはっきりした答えを得る。

「殺されたのは、昨晩の一一時三三分ですね」ブレットは即座に答え、ジャップが驚いた顔をしたのをみてにやりと笑った。「失礼、刑事さん。小説に出てくる腕利きの医師しかそんなことはいえませんよ。実際のところは、一一時というのがいちばん近いと思いますが、前後一時間ほどはずれがあるでしょう」

この会話で、アガサは自分自身と作家仲間をからかっている。必要とあらば、みんながどれほど創作するのか知り尽くしているアガサだからこそのフレーズだ。

死冷やノモグラム法などもっとも信頼性の高い方法を用いてさえ、〝個々の特質〟が絡むと死亡時刻の正確な推定はむずかしくなる。考慮すべき項目は、死体の姿勢、死亡時に着ていた服のタイプ、肥満体か衰弱していたか、死亡直前に発熱があったかなど多岐に及ぶ。けれども、アガサ・クリスティーみたいなストーリーテラーの名手は、このような問題で物語の進行を妨げられたりしない。クリスティーの本を読むのは情報を得るためというより楽しみを得るためだからだ。現実的で法科学的な死亡推定時刻に従っている回数は、そうでないときより上回る。完璧なミステリを生みだすために少々科学的なルールを曲げていたとしても、そこは目をつぶるとしよう。

死冷、死斑、死後硬直トリオの親類みたいな最後の仲間は強硬性死体硬直（即時性死体硬直）の概念だ。これは死後硬直が通常どおり始まるまえに起こる死体の筋肉の突発的な硬直で、死後硬直と似た化学的な作用で起こる。この現象は非常にまれなため、医学界ではこの現象のプロセスや、真の死後硬直とは無関係に生じるか否かなどについては議論が多くある。たとえば溺死した人がちぎれた木の葉や枝を握りしめたままでいることがある。これはおそらく、溺れまいとして木の枝にしがみついていたときに摑んだのだろう。大半の科学者は、死亡時に極度に強い感情やストレスが生じた結果、起こりうるという見かたをしている。これは手や腕に起こりやすい。クリスティーはこの珍しい現象を知っていたようで、『ポアロのクリスマス』では、ポアロが死んだ男を観察している場面にこの現象をそれとなく盛りこんでいる。「口は開いて、血の気の失せた歯茎がむきだしになり、唸《うな》り声でもあげているようにみえる。指は鉤爪《かぎづめ》のように曲がっている」。クリスティーは、第一次世界大戦中に看護師をしていたときに、このように曲がった指をよくみかけたのかもしれないが、どんなふうにして死んだか、あるいは死に際に何を感じていたが伝わるよう死者の顔を描写しているときに、芸術的な効果を狙って大げさに強調したというほうが近いだろう。あまりにリアルになったときに書きたす創作の部分といえるだろうが、すでに述べたとおり、アガサの本に詩的な創作があることは許容されるべきだし、このような創作があるからといって、クリスティーの小説に正確な科学がたっぷり詰まっている事実が否定されるわけではない。

死斑のほかにも、死後の身体に現れる目にみえる特徴で、生前に負った傷とまちがいやすいものがある。たとえば、肌に極度の摩擦が加わると、〝羊皮紙状〟になることがある。これは黄褐色の平たい水疱《すいほう》のようにみえる。また外気や水中に晒《さら》された死体は、アナグマやキツネ、カニなどの腐食動物の注意を引き、その結果損傷した部分が生前の傷みたいにみえたり、一部が切断されたみたいにみえることがある。これを小説のトリックに使ったのは、アガサ・クリスティーではなくドロシー・L・セイヤーズだ。被害者が生きているときにえぐられた傷なのか、腹をすかした獣に齧《かじ》られてできた傷なのか、その違いを見分ける能力が大切だ。

クリスティーは違いがわかっていたようだ。『ゴルフ場殺人事件』でポアロは「奇妙な傷だな、これは。血も出ていないし……簡単に説明がつく。この男は死んだあとに刺されたのだ」と述べている。ポアロは、死体にある損傷に関して、重要なことに気づいた。純粋な傷はたいてい、傷がつけられたタイミングから、死後につけられた傷とは見分けがつく。生きているときに負った傷は、出血し傷口が赤くなる傾向がある。これは、身体の免疫システムが外傷に反応して炎症を起こしている証拠だ。だが、死体が傷つけられたときはそうはならない。だから医師たちは、傷が死ぬまえにできたものかどうか確信を持って判断できる。クリスティーはこの問題を何度か直接的な言葉で描写している。看護師として過ごしたときやリサーチで得た情報を盛りこんでいるのだが、基本的に正しく描いている。医師は通常、両者の違いを区別できる。だからこそ『アクロイド殺し』で、殺されたロジャーの傷に疑問を抱く姉に、シェパード医師は憤慨したのかもしれない。「姉さん、聞いてくれよ。死体を調べたのはぼくなんだから、確信を持っていえるよ。傷は死後につけられたんじゃない。あの傷のせいで死んだんだ。これはまちがえようがない」。『青列車の秘密』では、ポアロはフランスのリヴィエラ行きの列車に乗って、一人旅をしている若い女性キャサリン・グレーと知り合う。その列車のなかで、グレーは富豪の娘ルース・ケタリングと出会った翌日、客室で死んでいるルースの身元確認をさせられる。物語のなかでルースの無残な最期はつぎのように描かれている。

強い一撃で誰かわからないほど顔がつぶれていた……

「いつ殴られたのでしょうか。死ぬまえかあとか」ポアロは尋ねた。

「医者はあとだといってましたよ」コウ警視が答えた。

「妙だな」ポアロはいった。

最後に、『愛国殺人』ではこんなセリフがある。「傷は明らかに死後につけられたものといえます。けれども、遺体安置所で、もっとはっきりしたことがわかるでしょう」。これは犯罪現場で死体を調べた医師の語った分別のある意見であり、クリスティーが生前と死後の傷の違いをしっかり認識しているという考えを強化してもいる。イギリス推理作家クラブのメンバーが述べているとおり、暴力的な場面で注意を払うべきは〝手掛かり〟だ。この場面でいえば、暴行が加えられたいちばんの目的は、被害者の身元をわからないようにすることで、これは独創的なプロットには欠かせない。

腐敗した死体の見た目は気持ちのいいものではないが、アガサ・クリスティーは尻込みしたりしない。第一次世界大戦中に看護師として働いていたことと、現代のように死が目につかないように隠されたり、清潔に整えられたりしていなかった時代に育ったという事実によって、心臓が止まったあとに起きる死体のさまざまな変化を目にしていたにちがいない（現代の用語でいえばアガサは「デス・ポジティブ」とみなせるかもしれない。デス・ポジティブとは若い欧米女性のあいだでおもに広がりつつある死を受け入れるムーブメントのことである。自伝のなかでアガサはこう書いている。「人間の血には、葬式と葬式の習慣を満喫する性質が流れているに違いない」[6]）。クリスティーは腐敗の作用を描くことで、小説のなかの死に、ある種の信憑性をもたらした。また、文学的な色を添える目的でも、腐敗の描写を散りばめたのだろう。『殺人は容易だ』の中心人物ルーク・フィッツウィリアムは、意中の女性が、地元のオカルト好きなエルズワージーとふたりでいることに不安を感じている。ルークは「いいようのない恐怖を感じた。ブリジェットを、あの腐りかけの肉みたいな緑がかった不健康な色の手をした男とふたりきりにさせるなんて」と語っているが、この懸念は当然だろう。もしあなたが、腐肉を思わせるような肌の色をした誰かとふたりきりになったとしたら、逃げだすほうが賢明だ。『愛国殺人』では、ポアロとジャップ警部が、死んでから一カ月経った殺人の犠牲者の〝自然な腐敗のプロセス〟を目にして、青い顔になる（これほど時間が経つと、遺体のほうもさまざまな色合いの青みを帯びていることだろう）。『三幕の殺人』に登場する女性「エッグ」はやけに明るく、腐りかけた肉体のきついにおいについて会話している。

不快な話題をやんわりごまかすというのはエッグのやりかたではない。サー・チャールズが心に浮かべた問題をすばやく察知して率直に口にした。

「においはあがっていくもので、下がってはいきません。だから屋根裏より地下室にある腐乱死体のほうが気づかれるのが早いのです。でもいずれにしろ、しばらくはネズミでも死んだのだろうと思われるだけでしょうね」

これこそたしかに、『シタフォードの秘密』の登場人物のひとり、ロニーが考えていたこと、つまり「厄介なのは死体の隠し場所」だ。だからこそ、連続殺人犯のジョン・ヘイは死体の捨て場所として屋根裏か地下室か、あるいはほかの場所かと悩むよりも、硫酸を使ってその問題を解決しようとした。『無実はさいなむ』でアガサは、ジョン・ヘイを「ひとりの女性を酸に漬け、その結果に満足してからはそれが癖になった」と表現した。これはやや不謹慎な描写でジョン・ジョージ・ヘイを紹介している場面だ。ヘイは一九四八年から一九四九年にかけて六人を殺害して有罪判決を受け「硫酸風呂殺人鬼」と呼ばれるようになった（ただし、ヘイ自身は九人の殺害を認めている）。被害者が身につけていた金になりそうなものを身ぐるみはがして売ったあと、〝やっかいな〟死体を酸で溶かして始末したのだ。ヘイは一九二五年にこの方法を使っていたフランス人殺人犯の話を聞いて、ヒントを得た。ヘイ自身の説明によると、死体が〝ドロドロ〟になるまで約二日かかるという。ヘイはそれをさまざまなマンホールに捨てていた。『鏡は横にひび割れて』に出てくるヘイについての「……そしてあの、死体を硫酸漬けにしたヘイとかいう男は、この上なく魅力的だったらしい」という描写と比べると、かなりおどろおどろしい。

検死解剖の歴史と法医病理学

死体の解剖は（議論を呼びやすい行為なので当然かもしれないが）、少なく見積もっても語るに足る過去がある。捜査のツールとしての検死解剖《オートプシー》は、発見されてから指数関数的な進歩を遂げているほかの大半の法科学分野と違って、大きな注目も浴びていない。これは、生死を問わず人の身体についての知識が深まらずにいた時期が、何世紀もあったことを意味しているのかもしれない。

人間の解剖が初めて行なわれたのは——少なくとも、死因を探るために初めて解剖が行なわれたのは——紀元前三世紀だ。これを記録したのは、古代ギリシャの著名な医師ヘロフィロスとエラシストラトスである。ふたりは活気あふれる植民都市《メトロポリス》、アレキサンドリアで解剖の一学派を創設した。アレキサンドリアはルネサンス時代まで、解剖（および議論を呼ぶ生体解剖――生きている人の解剖）が実施されていた唯一の場所と考えられている。

注目すべきは、紀元前四四年に行なわれた、刺殺されたユリウス・カエサルの解剖だ。しかしその発見の旅はひとつの旅にすぎない。すべての科学は、そのような旅を経てわずかな距離を進む科学者たちによって成り立っているのかもしれない。先達からバトンを受けとった人が少し前に進み、その人はまた別の誰かにバトンを渡すのだ。けれども、人体の解剖学という分野には、西暦五〇〇年から一五〇〇年代あたりまで巨大な溝がある。〝キリスト教〟という名の溝だ。

こんなふうにいうのは単純化しすぎているかもしれないが、すべての病理学的研究がよろよろとその歩みを止めたのは、遺体に死後の傷があると天国に行けなくなるとか、ばらばら死体は墓から甦《よみがえ》るなどの考えが広まったためだ。記録によると、一般的に受け入れられていた解剖学の知識は古代ローマ時代から引き継がれたもので、正確な知識が進歩したのは一五〇〇年代になってからのことだ。それまでは、いかなる研究も動物の解剖に基づいて行なわれていて、人体の解剖は許されていなかったからである。それがルネサンス時代になると、アンドレアス・ヴェサリウスをはじめとする先駆的な解剖学者が、真夜中に絞首台から死体を回収して解剖し、絵を描き、最終的には長大な書物を出版して、過去千年ものあいだ保たれてきた人体についての考えがまちがっていたことを示した。

イギリスでは、一九世紀あたりまで解剖は人目を忍んで行なわれるものだった。それでも、解剖学校は隆盛期にあり、一七五二年の殺人法によって、極刑になった罪人の死体は解剖学校で解剖することが認められた。これは学生の教育のためだけでなく、正義によって死に処された人びとに対する刑罰のひとつとみなされた。けれども、こうして提供される死体は、医学校や医学生にとって充分な数ではなかった。解剖学の先人たちと同じように、学生たちは自分たちの研究を進めるために、埋葬されて間もない死体を墓から盗む〝死体盗掘〟を行なわねばならないことが多く、場合によっては、死体で授業料を支払うことで、研究が可能になることもあった。死体の不足は広く知られていて、それを供給する仕事はひどく儲かるので、死体盗掘を職にする〝死体盗掘人〟が現れ、医学校からかなりの利益を得た。これは一八二八年までつづいたが、この年、ヘアとバークという二人組の悪党が、埋葬されたばかりの死体を掘り起こして売るという労力をかけずに、人を殺して死体を得るという恐ろしい行動を取った。このふたりが逮捕されたとき、少なくとも一六件の殺人に関与していることがわかった。ヘアは罪を認めて共犯証言者になり、殺人方法についての情報を提供し、うまく〝取引して〟死刑を免れた。したがってヘアは正義の鉄槌《てっつい》から逃れたが、まもなく極貧のうちに亡くなった。いっぽうバークは報いを受け、(犠牲者と同じように)解剖されて皮をはがれ、その皮膚を使って手帳のカバーや名刺入れなどがつくられ、現在も骨格とともにエディンバラのさまざまな博物館に展示されている。しかしこれでは、一般大衆の怒りは収まらなかった。外科も内科も進歩が求められ、そのためには死体が必要であることは認識されていたが、真夜中に墓場から死体をくすねるのはもちろん、あろうことか人を殺すなどというのは、憎むべき行為でとうてい許されるものではない。その後、一八三二年の解剖法によって、医学校に以前の割り当てを上回る追加の死体が供給された。それは救貧院の貧困者の死体や引き取り手のいない死体だった。

　これによって死体盗掘は必要とされなくなり、医学や病理学の研究が制約を受けずに進められるようになった。

ルーシー・ワースリーは、法医病理学を「ヴィクトリア朝時代の発明」と呼んでいるが、これはきわめて正確な表現だ。(7) アーサー・コナン・ドイルは、一八七七年にエディンバラの外科医師であり講師でもあったジョセフ・ベルのもとで学んだあと、シャーロック・ホームズという人物を生みだした。それは解剖法が成立してから五〇年近く経ったあとのことだ。ベルは驚くほど明敏な男で、「抜け目のないきらきら輝く目」をしていた。学生たちに観察と推論の重要性を伝え、患者に質問するのではなく、その患者の職業や最近の行動を調べ、その情報から病気の全体像を組み立てていくべきだと教えた。コナン・ドイルによると、ドクター・ベルは「患者を観察するだけで、その患者の病気だけでなく、たいていは職業や居住地もわかると自負していた」という。

ベルは法医病理学の先駆者とみなされ、ロンドンで起きていた切り裂きジャック事件の捜査にも協力していたし、コナン・ドイルに影響を与えたことは同時代の人びとに広く知られていた。シャーロックのファンとしてアガサは、ベルの存在やその功績をきっと知っていただろうし、微細証拠に関しては、ベルの研究から知識やヒントを得ていたことは明らかだ。

世間からみて、法医病理学が〝黄金時代〟に達したころ、アガサは世界に名の知れた作家になっていたので、法医病理学と推理小説の黄金時代は同時期にやってきたといえる。多くの病理学者が法医病理学を発展させ、歴史に残る殺人事件を調査してきたが、そのなかでも推理小説に登場しそうな人物といえば、もうみなさんおなじみのバーナード・スピルズベリーだ。そして、当時注目を集めた数々の殺人事件のなかでもとくに有名な事件といえば、ドクター・クリッペンの事件だろう。

一九一〇年、バーナード・スピルズベリー医師は三三歳にして、ロンドンのパディントンにあるセント・メアリー病院ですでに病理学者として成功していた。スピルズベリーはハンサムで才能にあふれ、服装も立派だったし態度も堂々としていた。だから、ドクター・クリッペンの事件で専門家証人として表舞台に現れたとき、マスコミも大衆もスピルズベリーに夢中になった。いっぽうホーリー・ハーヴェイ・クリッペンは、スピルズベリーとは対照的に、眼鏡をかけたおどおどしたアメリカ人で、垂れ下がった濃い口髭のせいで悲しげにみえた。クリッペンは〝ドクター〟として知られていたが、イギリスでは医療行為はできなかった（イギリス以外の国では、ホメオパシー医療の資格があったが、ホメオパシーは医学ではない）。そのため、当初は売薬の調達人（〝もぐりの医者〟ともいわれている）として生計を立てていた。クリッペンは、同じアメリカ人でミュージックホールの舞台に出ていた新進の歌手コーラと結婚した。しかしあまりに多くの時間を費やして、ちっとも芽の出ないコーラを助けているうちに仕事を首になり、聴覚障害者のための施設で働きはじめた。コーラはこの献身に対し、公然の浮気で応えた。ふたりの生活様式の違いからすると意外なことではないが、一六年間の結婚生活は暗礁に乗りあげ、クリッペンは新しい職場のタイピスト、エセル・ル・ネーヴと関係するようになった。

そんなとき、コーラがふいに姿を消した。

夫妻の共通の友人たちからコーラの所在を尋ねられたとき、クリッペンはコーラはアメリカに戻ったと答えた。それから数週間後、クリッペンはあれこれ詮索されまいとして、コーラがアメリカで亡くなったと友人たちに伝えた。その後、浅はかにもクリッペンはコーラと暮らしていた家で愛人のエセルと暮らしはじめ、エセルはコーラの毛皮や宝飾品を身につけるようになった。そのとき、すでに妙だと思っていた友人たちは、クリッペンがコーラに危害を加えたのではないかと強く疑うようになった。アメリカで〝都合よく〟コーラが死んだという話を聞いて、友人たちは落ち着くどころではなく、ロンドン警視庁に連絡を取った。ロンドン警視庁は少し事件を掘りさげてみようと、ウォルター・デュー警部を差し向けた――このときの〝掘る〟はただ比喩的な意味だった。

デュー警部から質問されたクリッペンは、妻の不義がただ恥ずかしくて、友人には事実の一部だけを話したのだと説明した。コーラは複数いた恋人のひとりとアメリカに行ってしまったのだが、面目を保ちたくて、共通の友人にはその事実をあやふやにしたところ、噂が広まったのだという。

デュー警部は事情を理解したようだった。クリッペンのことを、気力を失ったくたびれた男とみなしたのかもしれない。『三幕の殺人』に出てくる登場人物のひとりがつぎのような見解を述べている。「劣等感というのは人によってさまざまな形で現れます。たとえばクリッペンはまちがいなく劣等感に苛《さいな》まれていたでしょう」。もしかするとデュー警部もこの男に質問したとき、同じように感じていたのかもしれない。

何も不適切なものはみつからず、デュー警部はヒルドロップ・クレセントをあとにした。ところが、クリッペンはなぜかパニックになり、エセルと共にベルギーに逃走した。クリッペンは口髭を剃り落とし、エセルは少年のような服装で〝巧妙に〟変装して汽船モントローズ号に乗りこみ、目的地のカナダでふたりの新生活を始めようともくろんだ。

警察がますますこのふたりを疑うようになったのは、ほかのいかなる状況証拠よりも、この夜逃げのせいだった。デュー警部はクリッペンの家にもどり、ふたたび家宅捜査を実施した。このときは物理的に、地下室を少し掘ってみた。すると、ぞっとすることに、かつてはヒトの身体だった数キロの〝べたべた、ドロドロした灰色のもの〟がみつかった。遺物には頭部、両腕、両足、性器がなく、見た目では身元の確認は不可能だったが、男性用パジャマの上の部分に包まれていたことと、そこに混じっていたヘアカーラーに、染めた毛髪が数本絡まっていたことが明らかになった。

この時点で、セント・メアリー病院の病理学チームがロンドン警視庁から呼ばれ、バーナード・スピルズベリー医師が、病理学の責任者になった。この事件はすでに新聞で「北ロンドン地下室殺人事件」と呼ばれ、どんな小さな情報でも知りたいという野次馬たちがクリッペンの家の周りに集まっていた。

いっぽうモントローズ号の船上では、船長のヘンリー・ケンダルがふたりの乗客に疑いの目を向けていた。父と息子と自称しているのだが、互いへのふるまいがちっとも父子らしくない。船長は警察に知らせようと考えたが、通信手段は無線電信しかない。しかもまもなく船は、無線電信さえ通じない海域へさしかかろうとしていた。時間の猶予はない。船長は「地下室殺人事件」の逃亡者と「強く疑われる」者が船に乗っているというメッセージを送った――こうして、このような目的で電信が初めて使用され、その結果、ふたりはみごとに逮捕された。モントローズ号からこの情報を受けとったウォルター・デュー警部は、モントローズ号より速いホワイト・スター・ライン社の船で一足さきにカナダに到着し、モントローズ号の到着を待ち受けた。世界中の報道機関と大衆がこのニュースを耳にしていて、知らぬはモントローズ号の乗客たちだけだった。しばらくしてカナダに到着したクリッペンとル・ネーヴは、デュー警部に出迎えられ、マスコミと野次馬に囲まれた。クリッペンは疲れ切った様子でただ「これで終わりだ。ありがたい」といったという。裁きを受けるため、ふたりは汽船メガンティック号でイングランドにとんぼ返りさせられた。

一九一〇年にツイッターがあったなら、ドクター・クリッペンはトレンドになっていただろう。クリスティーはこの現象を『五匹の子豚』で「人びとはドクター・クリッペンが妻を殺害した事件を興味津々で読み……」と記しているのをはじめとして、約一五作品でクリッペンに言及している。「イギリスの有名な裁判」というシリーズ本には、イディス・トンプソン、バック・ラクストン、ジョン・ジョージ・ヘイやその他多くの実際の事件とともにクリッペンの事件の巻がある。そしてそれらの多くの事件をアガサも自分の小説で取り上げていることからして、アガサはきっとこのシリーズを読み、自著の参考にしていたのだろう。クリッペンの事件には、不義を働かれた男、行方不明の妻、情事、愛人など大衆を夢中にさせる要素がいろいろと含まれていた。性的な表現《セックス・セルズ》で客を引き寄せるという方法が、当時もいまと変わらないくらい使われていたのだ。これに加えて、最新技術を使った逃亡カップルの逮捕劇、ふたりの奇妙な変装方法などが組み合わさったのだから、大衆が新聞で捜査状況を逐一追いかけたとしても無理はない。とくに興味深いのは、死体の遺物の調査に法科学を使用した点で、一〇〇年経った現在でさえも、その事実に心を奪われる。

当時はＤＮＡ検査が可能ではなかったし、指紋を採取するための指もみつかっていなかったので、地下室から回収されたばらばら死体の身元は、ヘアカーラーにからみついたブリーチされた毛髪などに基づいて推定するしかなかった。その毛髪はコーラの髪のようにみえた。スピルズベリーが注目したのは人体組織の一部で、それが身元特定の助けになった。腹部と思われるその部分には傷跡らしきものがあり、コーラは腹部を手術したことがあった。スピルズベリーは以前、瘢痕の形成について二年間研究に打ち込んでいたことがあり、そのテーマの専門家だった。だから、法廷でこの皮膚の詳細な分析結果を証言しているときは説得力に満ちていて、陪審員はうっとり聞きほれていただろう。クリッペンは妻殺害の罪で有罪を言い渡され、一カ月後に絞首刑に処された。そして、バーナード・スピルズベリーは一躍有名人になった。

ところがここで、どんでん返しがある。

この瘢痕組織を乗せた顕微鏡のスライドガラスが、いまもバーツ・ヘルスNHSトラストの一翼をになうロイヤル・ロンドン・ホスピタルの博物館に保管されており、二〇〇八年にコーラ・クリッペンの生物学的な家族が追跡されたあと、DNA検査が行なわれた(8)。この検査によって、ドクター・クリッペンの地下室の遺物はコーラでなかったばかりか、女性でさえないということがわかった。一部の理論家は、遺物と一緒にみつかった毛髪は、警察がでっちあげた証拠と考えている。その毛髪は現在、ロンドン警視庁の犯罪博物館で保管されているが、検査への提供は許可されていない。わたしは自分で現物をみたことがあり、検査を許可しない理由を尋ねたことがあるが、答えを知る栄誉は与えられなかった……。

地下室に埋められていたのはいったい誰なのか。コーラでないのなら、コーラにいったい何が起こったのか。これらの謎に迫るのはまた別の機会に譲る。アガサは短編「レルネーのヒドラ」でもこの事件を取りあげ、登場人物のひとりに感慨深げにこういわせている。「それにもちろん、クリッペン事件ね。わたしはずっと、エセル・ル・ネーヴは共犯だったのかどうか気になっているのよ」。その真実はもはや、知りようがない。エセルは殺人罪ではなく、事後従犯として起訴され、一〇年後に起こった不運なイディス・トンプソンの件とは違って、無罪になった。その後、アメリカに戻るまえに、いくつかマスコミのインタビューに応えた。それでも大衆が新たな事実を知ることはなかった。

ただ、『マギンティ夫人は死んだ』のなかの「あの女たちはいまどこに？」という記事にある四人の女性のひとりエヴァ・ケインのモデルになっているようではある。

皮肉な話だが、クリッペン事件がきっかけになって、バーナード・スピルズベリーは一般大衆に注目されるようになり、一九四七年には『ランセット』誌の追悼記事で「誰もが認める比類なき法医学の専門家」と評された。[9] けれども、当時、スピルズベリーの功績や扱った事件は世界中に知られており、アガサ・クリスティーは作品のなかで、その多くを直接または間接的に言及している。これはおそらく、単純にスピルズベリーがイギリスでもっとも有名な病理学者だったからだろう。素人の陪審員とコミュニケーションを取る能力が高く、マスコミからは「みんなの病理学者」というニックネームで呼ばれていた。そんなわけで、スピルズベリーは、犯罪の黄金時代といえば思い浮かべるような、さまざまな有名事件を手掛けた。

バーナード・スピルズベリー

とくに有名な事件は、一九一二年と一九一四年に起こった「浴室花嫁殺人事件」だ。『ゴルフ場殺人事件』でポアロが、「浴槽でふたりの妻を溺れさせて亡き者にしたイギリスの殺人犯」

と称したジョージ・ジョセフ・スミスは、幼いころから問題児だった。一八七二年にロンドンで生まれ、九歳になるころにはすでに矯正施設に入っていて、さまざまな別名を使い分けて詐欺師またはペテン師として人生の大半を生きた。この男のやり口はたいてい金目当ての結婚詐欺で、重婚を繰りかえしていたという。結婚後に金を盗んで痕跡を残さずに姿を消し、またどこかで別の女性と結婚するのだ。けれども、ベシー・マンディを妻にしたとき、スミスはやり口を変えた。ベシーの夫〝ヘンリー・ウィリアムズ〟になり、彼女の遺言の受益者であることを確認したあと、ある医師に妻がてんかんに悩まされていると思わせた。念入りに組み立てられた筋書きにしたがって、ベシーは結婚してからたった七カ月後に浴室で亡くなった。ベシーの遺体を調べた医師は、みたところ暴力の痕跡がなかったため、入浴中にてんかん発作が起こって溺れ死んだ、つまり純粋に不運な事故と判断した。けれども〝ヘンリー・ウィリアムズ〟にとっては、それほど不運なことではなかった。ベシーの遺言で、二五八〇ポンド近くを受けとったのだ。当時は現在の一〇〇倍以上の価値があったので、途方もない額の遺産だった。

スミスはつづいてアリス・バーナムと結婚した。このときは本名のジョージ・スミスを使った。そしてアリスもベシーと同じように突然の最後を迎え、スミスにはアリスの貯金と五〇〇ポンドの生命保険が残された（現在の価値でいうと六万ポンド近く〔およそ一二〇〇万円〕に相当）。そのころになると、成功が中毒になりつつあったが、つぎのマーガレット・エリザベス・ロイドが最後の犠牲者となった。ポアロが『ゴルフ場殺人事件』で述べているとおり、スミスの完璧ながら変化のない殺人方法が身の破滅を招いたのだ。

一九一五年一月、北部の町ブラックプールで下宿を営んでいるジョセフ・クロスリーが、アーサー・ニールというロンドンの探偵に、ある小包を送った。そのなかには、一九一三年にその下宿屋で起きた事件についての疑念を大まかに説明した手紙が入っていた。事件というのは、アリス・スミス（旧姓バーナム）という女性が死んでいるのを、夫のジョージが発見したという出来事だった。

クロスリーは探偵に宛てた小包に、ふたつの新聞の切り抜きも同封していた。ひとつはアリスについての記事、もうひとつは一年後の一九一四年にアリスとそっくりの死にかたをしたマーガレット・エリザベス・ロイドの記事だった。マーガレットも浴槽のなかで死んでいるのを夫の〝ジョン・ロイド〟に発見されていた。遺体に暴力の跡はみられなかったため、事故による溺死と判断された。けれども、似たような状況で時期も近いので、警察は捜査を開始した。ようやく捕えたスミス／ロイド／ウィリアムズは重婚を認めたが、戦いはまだ半分残っていた。被害者たちが殺されたことをどうやって証明すればいいのか。さらに、それをジョージ・ジョセフ・スミスがやったと証明できるのか。一九一五年という時期に、病理学的な難問が起こったら誰を呼べばいいだろうか。そう、バーナード・スピルズベリーだ！　スピルズベリーはこの事件を担当するや、多くの施設に浴槽の提供を依頼し、さまざまな浴槽を調べた。また、墓から掘り起こされた犠牲者の遺体も調べた。そしていくつかの殺害方法を検討した結果、つぎのような結論に達した。スミスがその場その場で暴力的な方法を使って、女性を死ぬまで水中にただ抑えこんだだけなら、被害者が逆らった痕跡が残るはずだが、遺体にはそれがみつからなかった。したがって、もっと手際よく即死させられる方法を使ったにちがいない。そしてようやく、首の迷走神経を遮断する方法をつきとめた。ジョージ・ジョセフ・スミスが、このような医学的作用について知っているというのはかなり意外なことだったが、おそらく偶然この方法をみつけたのだろう。

スミスの裁判のとき、スピルズベリーはこの複雑に聞こえる殺人の手順をわかりやすく伝えようと心に決めていて、法廷に浴槽を持ちこみ、水泳が得意な女性巡査を、湯を満たした浴槽に浸からせた。その女性巡査が〝被害者〟役になって浴槽に横たわると、スピルズベリーはスミス役になり、浴槽の足側の端に立ち〝被害者〟の両足首を摑んで引っ張った。女性の頭はすぐに水中に滑りおちて、湯が口と鼻へ同時に勢いよく入った。それによって迷走神経が圧迫され、女性巡査はあっというまに失神した（迷走神経反射として知られている現象。実際の犠牲者も同じようにされて、ほぼ即死したはずで、そのため溺水や窒息の痕跡がほとんどみられなかった）。じつをいうと、ジョージ・ジョセフ・スミスの残酷な殺人と同じく、この実験はあまりにうまくいきすぎて、気の毒な巡査は意識が回復するまで一時間近くかかったが、この裁判は新聞の第一面を飾った。

近年、法廷でのこのようなデモンストレーションは、代役に危険が及ぶ恐れがあるため実施される可能性はきわめて低い。法科学に関していえば現在は、生死を問わず人をもっとずっと丁寧に扱う傾向がある。

短編「死人の鏡」で、警察本部長リドル少佐は、死体を動かしてもいいかと名もない警察医に尋ねる。医師はこう答える。「ええ。検死解剖までに調べられることはもう調べましたから」（つまり、検死解剖を行なう機会が得られるまでにということだ）。これは完璧な標準的手順である。検死解剖が始まるまえに、現場で死体を調べる。これは通常は警察医として知られる医師が行なう。このようなひたむきな警察医――あるいは最近は法医病理学者と呼ぶことが多い――のなかには、事件性が疑われる遺体を調べて生計を立てている場合がある。殺人現場と遺体安置所の両方で遺体を調べ、検死審問や法廷で証拠を提供するのだ。『満潮に乗って』ではこんな記述がある。「そのあと警察医が呼ばれ、専門的なくわしい説明を行なった」。けれどもそのほかのクリスティーの小説では、現場で遺体を調べている医師は、地域の一般医などだったりする。死亡を宣告し、遺体が詳細に調べられるまえにおおまかな観察と記録を行なえる人物だ。その後遺体は動かされ、法医病理学者に相当する別の医師が検死解剖を行なう。犯罪現場で死体を調べるのは、いくつかの理由で重要だ。死体の腐敗は経時的に進むので、死体が発見された時点で視認できる死亡後の変化は、のちに遺体安置所で確認しようとしたときには顕著でなくなっていることがある。また、死体の姿勢も重要な鍵になることがあるため、いかなる形であれ動かすまえに専門家が記録しておく必要がある。また、死体を動かすまえにある種の観察や検査を行なうことで、死体の身元特定が促されることがある。そうすることで、死体を移動させているあいだに、一部の捜査官が仕事に取り掛かれることがあるのだ。たとえば、さまざまなクリスティーの小説のなかで、殺害された位置のまま死体の写真が撮られたり、〝指紋鑑定士〟が身元確認のプロセスを早めるために死体の指紋をすでに採取していたりする。アガサはこのように多くの捜査手順について言及しているが、それらはいつも正しくて、しっかり調べられていることは明らかだ。

なんといっても、警察を殺人犯へと一直線に導くのは死体そのものだということを、アガサは理解していた。犯人は手を尽くして被害者の死体を隠し、破壊し、損なうので、身元がわからなくなっていることが多い。『葬儀を終えて』では、誰かの頭蓋骨をめった打ちにするために使われた凶器は「手斧みたいなのもの」で、「ひどく暴力的な犯行」と表現されている。また「残酷な無差別殺人」という表現もあるが、クリスティーの描くミステリでたしかなことをひとつ挙げるとすれば、無差別殺人は登場しないということだ。『愛国殺人』に出てくる殺人もそのひとつ。この物語のなかで、被害者は「顔がわからなくなるほど潰されていた」。初期の作品『ゴルフ場殺人事件』や『青列車の秘密』で、ポアロは被害者の外見を損なうのは、身元をわからなくするためだという見かたを示して、この種の凶暴性の核心を突いている。また『愛国殺人』では、とくにジャップ警部がこの重要な問題について同じ意見を述べている。

「……けっきょく、なんの理由もなく死人の顔や頭を何度も殴りつけたりしないでしょう。厄介で不快な作業ですから。そうするには何か理由があるのが普通です。その理由はひとつ。身元を確認しにくくするためなのです」

アガサが被害者の身元を隠して、探偵と読者を混乱させようとしているときでさえ、探せば手掛かりはいくつかある。『書斎の死体』では、バントリー大佐の書斎に横たわる窒息死した被害者は、「顔が紫色に膨れあがっている」ので、もとはどんな顔だったのかわかりにくいのだが、歯型から身元が確認される。この物語では、ミス・マープルによる小さな発見が謎を解く鍵になる。ミス・マープルは目撃者が「女はすきっ歯だといっていましたけど、バントリー大佐の書斎で死んでいた娘の歯はどちらかというと出っ歯でした」と説明する。このプロセスは現実の世界と同じだ。現在でも、法科学捜査の世界では、歯の調査――法歯学は身元不明の被害者が誰かを特定するのに最初に用いられる方法である。歯を使うのにはいくつか理由がある。正確であること、(DNAの比較と比べて)安価であること、そして非侵襲的であること。わたしは遺体安置所で、死体を保管している冷蔵庫から次々に死体を出しては、一〇分ほどですばやく検査をしていく歯科医となんども午後を過ごしたことがあるので、そのスピードは保証できる。『書斎の死体』ではその後、こんにちでも使われている、非常に重要で原始的な身元特定のツールを活用している。それは、複雑なデンタルチャートやX線写真などではなく、肉眼による比較と、さきほどの歯を手掛かりとして使いこなせる、ミス・マープルの回転の速い頭だ。それより数年早く出版された『愛国殺人』で登場した歯科医のカルテも、プロット上きわめて大きな手掛かりで、腐敗して誰かわからない死体の身元確認に役立つ。ネタバレの危険があるのでこれ以上くわしく説明できないが、アガサが精通している法科学的証拠を使って、巧妙などんでん返しが用意されている作品といえば充分だろう。

歯と犯罪の関係は、クリスティーの時代には、未知の被害者の身元確認だけではなく、別の使われかたもしていた。噛《か》み痕は、ある種の攻撃が行なわれた事件でよくみられる。たとえば性的な動機の殺人、性的暴行、児童や高齢者への虐待など。噛み痕と犯人の歯型との比較は、一六九二年のセーラム魔女裁判にまでさかのぼることができるが、この方法で有罪判決がくだされ、初めて文献で公表されたのは、一九四八年にジョージ・ゴリンジが妻フィリスを殺害した罪で有罪になった事件だ。このとき有罪の根拠になったのが、妻の胸元にあった噛み痕だった。この事件の病理学者は、もうひとりの著名な英国紳士、キース・シンプソンだ。シンプソンは、バーナード・スピルズベリー亡きあと、事実上の後継者となって、わたしがよく参照する『シンプソンの法医学』という本を書いた。また、硫酸風呂殺人の犯人ジョン・ジョージ・ヘイの毒牙にかかった被害者らの、わずかに残った遺物の検死解剖も行なった。

殺人事件の被害者に関していうと、アガサはリソースには事欠かず、驚くほど詳細な情報を蓄積して作品に取りいれていた。二〇世紀前半は、イギリスのバーナード・スピルズベリーやフランシス・キャンプス、アメリカのE・O・ハインリッヒなどの有名な法医学者が登場し、産声をあげたばかりの法科学が大衆文化としてブームになった時代だった。「浴室花嫁殺人事件」、「クランブル殺人事件」、「硫酸風呂殺人事件」などの残虐な犯罪は、発生すれば新聞の第一面を飾り、捜査に協力した病理学者は事件の顔として実写版シャーロック・ホームズみたいな存在になった。また、エディス・トンプソン、フレッド・バイウォーターズ、ドクター・クリッペンをはじめとする裁判は、〈ザ・ブラック・ミュージアム〉などのラジオ番組の題材として扱われた。一九五一年に放送されたこの番組は、ロンドン警視庁の事件簿をオーソン・ウェルズのナレーションでドラマ仕立てにしていた。一九六〇年には、ロンドン警視庁をモデルにしたテレビ番組も放送された。アガサは、自分の小説をできるだけ事実に即したものにするために、イギリス推理作家クラブの仲間と議論したり、専門家とやりとりしていたのはもちろん、貪欲にこれらの番組を視聴したり、新聞で事件について読んだりしていただろう。

わたしはロンドン警視庁のザ・ブラック・ミュージアムを訪れたとき、訪問者の記録簿を確認して、アガサが展示物をみに来ていたかどうか調べてみた。ザ・ブラック・ミュージアムで取りあげられた事件の多くを小説に登場させているというのに、意外にもアガサはここを訪れていなかった。けれども、イギリスの超有名な犯罪と関連のある品々の保管場所を訪れなくても、アガサは独自の方法で、科学捜査や死体について正確に把握していたことは、まちがいない。

第8章

法医毒物学

「でも、わたしは幸い看護師じゃなくて、薬局で働いてるんです」

「いままで何人くらいに毒を飲ませたんだい？」わたしはにやりと笑いながら尋ねた。

シンシアも笑みを浮かべた。

「それはもう、何百人と」

——『スタイルズ荘の怪事件』

アガサ・クリスティー生誕の地であるイギリス南西部、トーキイのトア・アビー・ミュージアムの敷地内には、デイムとなったアガサに敬意を表した庭園がある。アガサは庭園を愛《め》でて、とくにツバキの花を愛したが、このトア・アビーの庭にはツバキはない。その代わりに、この庭園の一区画には命を謳歌するのではなく命を奪う可能性の高い植物が植えられている。ポテント・プランツ・ガーデンと呼ばれるその庭の花壇は、斎壇というほうが似つかわしいほどで、昏睡やけいれんを引き起こし、死を招きかねない毒性植物に満ちあふれている。たとえば、トリカブトを含むヨウシュトリカブト、アトロピンたっぷりのベラドンナ、ジギタリス製剤の原料になるキツネノテブクロなどが毒に満ちた藪をつくっている。たしかにアガサには〝死の侯爵夫人〟という異名もあるが、とくにこのような形で敬意を表されているのはなぜだろうか。
それは、デビュー作の『スタイルズ荘の怪事件』で、アガサが殺害方法に毒殺を選んだからかもしれない。この小説を出版後、クリスティーはいくつか好意的な批評を受けた。なかでもアガサがいちばん喜んだのは、『ファーマシューティカル・ジャーナル』という医薬関係の雑誌に掲載されたつぎの書評だろう。「この推理小説は、追跡不能な物質についてのよくある浅はかなプロットではなく、深い知識を生かした毒殺事件になっている(1)」

駆け出しの作家は自分がよく知っている分野を題材にして小説を書きはじめることが多い。クリスティーも例外ではない。百科事典並みの毒の知識は第一次世界大戦（と第二次世界大戦）中に薬局で働いていた日々に得た。この最初の小説を書いてみようと思いたったきっかけは、（家族からはかわいこちゃん《パンキー》と呼ばれていた）姉のマッジだった。当時、姉妹は気晴らしに物語を書いて楽しんでいた。マッジは犯人が誰かまったくわからない推理小説を書くのはかなりむずかしいだろうと考えたが、アガサが書けるというので、妹を励まし、けしかけ、タイプライターまで貸して応援した。だからアガサは、薬局で働いているときの休憩時間にあれこれプロットを思い描いた。自伝のなかでアガサはこう述べている。「毒に囲まれていたので、殺害方法として毒殺を選んだのは自然なことだったのかもしれません(2)」

アガサは第一次世界大戦中に篤志看護隊（ＶＡＤ）に参加して篤志看護師になったが、勤務場所だったトーキイの病院で薬局が開局されると、薬剤師としての訓練を受けて試験に合格し、そこで働きはじめた。当時の薬局では処方薬は薬剤師の手でつくられた。気づくと、アガサの周りにはモルヒネやストリキニーネ、青酸カリなど危険で魅惑的な薬物があふれるほど豊富にあった（これらの多くは、二〇世紀半ばになるころにはイギリス薬局方から削除された）。『五匹の子豚』では、五匹の子豚にたとえられたうちのひとり、メレディス・ブレイクが、植物学にたんなる熱情では収まらないほどの関心を寄せていて、ドクニンジンに由来するコニインという危険な毒物について説明するとき、イギリスの薬局方にもつぎのように触れている。

「コニインは一覧から除外されていません。最新の薬局方の局方製剤のなかに含まれていませんが、百日咳と百日咳からくる喘息《ぜんそく》によく効くことをわたしは証明したことがあります」

アガサが、作家としても薬剤師としてもキャリアの当初から薬局方に精通していたのは明らかで、その知識を自分の作品に何度か盛りこんでいる。

現代の薬局は、厳格に試験された医薬品を飾り気のない袋や箱で処方しているが、ふたつの世界大戦のあいだの時代は、薬剤師がそれぞれ手作業で調合した治療薬が使用されていたし、現在ではありえないような薬物が一般的に使われていた。ストリキニーネは元気を回復する気付け液として少量ずつ飲まれていたし、モルヒネの粉は（手あたり次第にみえるほど）あらゆる痛みに対処する薬として処方された。人生のその時点まで、アガサの著作は、いくつかの短編と詩と、未発表の小説一冊のみだった。さまざまな珍しい物質にかかわる仕事をしているうちに、当然の結果として、そこからヒントを得て、アガサはそれらにまつわる作品を書く気になり、まずは「薬局にて」という詩を書いた。その詩にはつぎのような刺激的な一節がある。

さあこれで、眠りと慰め、痛みからの解放が得られるでしょう
元気をだして。力が湧いてくるから
さあこれで、突然死や心停止、殺人が起きるでしょう
緑と青の瓶のなかには……

この一節を読めば、さまざまな薬剤には使う量によって癒やしにも害にもなるという矛盾した性質があることを、アガサが認識していたことがわかる。投与量によってはいかなるものも（水でさえ）毒になる。ルネサンス時代の医師パラケルススは「服用量で毒になる」という名言を残した。アガサは薬剤師としての訓練時にこのことを学んだのだろう。

最初の推理小説を書きはじめたとき、アガサの作品のなかの殺人犯は一般的な方法として毒を使った。アガサが著した六六冊のミステリとスリラーのうち、四一冊で毒殺が行なわれている。そのなかには、青酸カリやヒ素、モルヒネなどの見慣れた薬物だけでなく、エゼリンやタキシン、シュウ酸などの一般的でない化合物で人を殺《あや》めた犯人もいる。

とはいえ、毒薬がこんなふうに便利な殺人の道具として使われている理由はもうひとつある。アガサが著作活動を開始した時代は、毒薬は小説家だけでなく現実世界の殺人犯にとっても、主力の殺人ツールだったのだ。毒性の強い化学物質は、二〇世紀なかば以降に徐々に規制されていったのだが、

それまでは手に入れやすいものだった。たとえば、短編「グリーンショウ氏の阿房宮」ではミス・マープルが「もちろん、ヒ素という可能性はあります。簡単に手に入りますからね。わざわざ買わなくてもすでに道具小屋にあるかもしれません。除草剤としてね」と語っている。のちに、より安全で（場合によっては）中毒性の少ない別の薬が発見されたものの、当時、大半の毒薬は農薬として使われていた。たとえば青酸カリはスズメバチを殺すのに用いられていたし、ハエトリ紙にはヒ素が浸みこませてあった。『三幕の殺人』では、ニコチンは無色無臭のアルカロイドで、数滴で「大のおとなひとりをほぼ即死させることができる……しかも、一般的によく使われていて、バラに噴きかけてるわよ、なんていう人もいる」と記述されている。アブラムシなどの害虫に有効なのだ。ストリキニーネは二〇世紀前半から規制薬物だったにもかかわらず、正当な理由があるとみなされた客には売られていた。これも害のある生物を駆除するために使われていたが、アブラムシより大きいネズミやキツネを殺すのが目的だった。わたしが思うに、こうして特定の客に売られていたことが、アガサが長編デビュー作『スタイルズ荘の怪事件』でストリキニーネを選んだ理由のひとつだったのではないだろうか。この物語のなかで、ストリキニーネを購入する人は薬局で登録簿に自分の名前を署名しなければ、その薬物を受けとれないようになっていた。人びとは名前と住所、ストリキニーネの使い道を記入しなければならず、本のなかでは「野犬の駆除」のためと記載された。これは取引の記録を残すのが目的で、後日その物質を使った殺人さわぎが起きたりしたら、警察はまずそこから調査を開始する。けれども、『スタイルズ荘の怪事件』の筋書きで、クリスティーがストリキニーネを選んだことと、この購入記録は別の理由で重要で、また筆跡鑑定の領域に戻ることになる——あとはこの小説を読んで、その理由をみつけてほしい。

現代は科学が進歩し、毒殺の状況も様変わりした。トア・アビーのポテント・プランツ・ガーデンに戻るが、そこにある案内板のひとつにすばらしい注意書きがある。

職員や来園者の安全を確実にするため、できるかぎり、有毒植物のなかでも安全な種類や、許容範囲の代用種を植えています。以下をはじめ、多くの植物は完全に除外しています。

ドクニンジン――きわめて有毒なため。

大麻とコカノキ――刑務所入りは望ましくないため。

誘惑に負けそうな人にひとこと。前述の毒はすべて現代の科学捜査で検出可能です。いずれにしろ、有効な毒を抽出するには相当な専門知識が必要です。

そのあとに赤い太字でこう書かれている――**そんなこと、考えることさえしないでください！**

わたしはこの注意書きが気に入っている。これらはたしかに本当のことだからだ。これらの毒物はかなり古臭いものに聞こえて、こんなふうに考える人がいるかもしれない。「ドクニンジンなんてもう検査してないんじゃないの。ソクラテスを殺すために使われたひどく年代物の毒物でしょ」と。けれども、現代の治療薬や毒性化合物の多くは、それらの原始的な植物に由来しているのだ。たとえば、モルフィンはケシに含まれていることは有名だし、それを化学変化させてヘロインがつくられる。アトロピンはベラドンナという植物から抽出され、眼科の薬に使われている。眼科で目の検査を受けるとき、瞳孔を拡大するために点眼される目薬にはこの物質が含まれている。また、キツネノテブクロという植物から抽出されるジギタリスは現在、心臓の薬に含まれている。

アガサの小説のなかでもとくに毒性が強い作品のひとつが『死との約束』だ。それは、登場する毒物の数が多いせいだけでなく、この本に出てくるサディスティックな嫌われ者ボイントン夫人の毒のある性格のせいでもある。夫人が当然のように殺されると、使われた毒に注目が集まる。アガサは知識を駆使してジギトキシンが使用された可能性を論じている。「ジギトキシンは心臓に害がありますね？」とポアロが尋ねると、ドクター・ジェラールという精神科医がつぎのように答える。

「ええ。ジギトキシンはジギタリス、いわゆるキツネノテブクロから得られます。有効成分にはジギタリン—ジギトニン—ジギタレイン—ジギトキシンの四つの形態があります。なかでもジギトキシンはもっとも毒性が強い成分とされていて……」

この作品はふたつの世界大戦の間《はざま》である一九三八年に書かれた。この本を読めば、アガサ・クリスティーが毒の達人であることは一目瞭然だ。『アガサ・クリスティーと14の毒薬』の著者キャサリン・ハーカップの言葉を借りれば、クリスティーの科学的な知識は「ぴかいち」だ。ハーカップはさらにつぎのように述べている。「クリスティーが並べた成分のうち……ジギトキシンとジギタリンは、いまも処方されている。ジギタリンは現在、ジゴキシンとして知られている」。ハーカップは、ジギタリスが殺人の道具としてはとても有効だが、微量でも検出が可能であると警告もしている(3)。イギリスでは、とくにどうやって死んだのか明らかな所見が見当たらないときなど、多くの検死官《コロニアル》による解剖で、ジギタリスなどの毒物をみつけるための毒物検査（略してトクスと呼ぶこともある）が行なわれる。本書で何かいいアイデアがないか探している人は、心に留めておくこと！

法医毒物学とは

毒物学は、化学と生理学が組み合わさったもので、化学物質や物理的因子が生物に及ぼす有害な影響を研究する学問として定義されている。〝毒性物質〟は非常に幅広く使える用語で、著しい量でみつかった場合は、水やカフェインや酸素さえもそこに含まれる。したがってこのテーマは驚くほど広大なのだが、わたし自身を含め遺体安置所で働く職員は熟知しておくべき分野なのだ。高リスク解剖（完全な防護スーツと、ときにはガスマスクをつけなければ危害が及ぶ恐れのある解剖）に備えて特別な訓練を受けるときを含め、現代のモーチュアリー・サイエンス（死体防腐保蔵学）では、毒物は化学（chemical）・生物（biological）・放射性物質（radiological）・核（nuclear）で分類される。これらは頭文字を取ってCBRNと総称されている。この分類法のほか、人工の化合物か生物由来のもので毒物を分類することもある。本書では、アガサ・クリスティーの本でみられることが多い毒物にこだわって、それらがどのように捜査されてきたかをみてみよう（だから、核エネルギーのことは忘れてもいい）。アガサが第一次世界大戦時に薬剤師になるべく勉強していたころは、別の分類法を使っていた可能性は充分にあるが、ここでは腐食性と全身性の毒に分ける。

腐食毒

腐食毒には酸とアルカリがあり、直接触れたときに身体の組織を腐食または壊死（細胞死）させる物質を含む（人体の組織を腐食するからこそ、「硫酸風呂殺人」の犯人ヘイは被害者の死体を処理するために腐食性物質を使ったのだ）。一九世紀後半に発明された消毒薬リゾールは腐食性で、硫酸と塩酸も同じく腐食性だ。腐食性毒物は軟組織に深刻な目にみえる損傷を引き起こし、被害者は激しい痛みに襲われる。これらの毒物は法医学的な事件のなかでかつてほど頻繁に出合わなくなったものの、不幸にも、このタイプの毒による症状はたいてい、自殺や意図的な攻撃や虐待の捜査時にみられる。口から飲みこんだ場合は体内の臓器に腐食性の損傷が生じるだけでなく、通常は口や鼻、あご周りの組織にも損傷がみられる。腐食性毒による死は、きわめて暴力的で痛みが激しいため、アガサは物語にそれほど頻繁に使ってはいないが、いくつかの作品には登場させている。たとえば『殺人は容易だ』の連続殺人事件でエイミーが飲んだハットペイント〔麦わら帽子用の染料〕にはシュウ酸が含まれていた。もっとも注目すべき例は『メソポタミヤの殺人』で、この本ではミス・ジョンソンの死が正確に記述されている。この被害者は真夜中にベッドサイド・テーブルにあったグラスから誤って塩酸を飲んだのだ(グラスには水が入っていたはずが、残酷な犯人によって中身を入れ替えられていた)。この物語の語り手であるレザラン看護師は死にかけているミス・ジョンソンを発見したときの様子をつぎのように語っている。

「苦しそうに身をよじり……唇は何か話そうとして動いていましたが、ひどくかすれた声がかすかに聞こえるだけでした。口の端とあごのあたりに薄灰色の火傷がありました」

これらはまさしく、腐食毒を飲んだときの症状だ。繊細な肉体がきわめて強く刺激されることによって、前述した深刻な目にみえる損傷が起こり、組織の壊死つまり組織の〝死〟が起こる。口や食道など体内は、内側を紙やすりで擦《こす》ったような、あるいはカミソリの刃を飲みこんだような状態になる。これは激痛で、ミス・ジョンソンはそのせいで「苦しそうに身をよじ」っていた。さらに、腐食性の液体は喉頭をひどく傷つけるので、「ひどくかすれた声がかすかに聞こえ」たのだ。このような場合、体がその液体を吐きだそうと反応して口から排出されるため、顔や首などの外部組織がさらに傷つけられる。その結果、皮膚の細胞が破壊され、焼かれるため、クリスティーが表現しているとおり、皮膚が薄灰色にみえるのだ。

全身毒

この毒の影響は局所的にひとつの場所に限定されるのではなく、さまざまなレベルで全身の器官や系に広がり、（腐食毒のように局所や特定部位ではなく）ひとつまたはふたつの器官に重大な障害がみられる。アガサ・クリスティーの小説に出てくる毒殺の大半は、この種類の毒が原因になっていて、ヒ素やタリウムなどの金属性毒物や、青酸カリ（シアン化物）、リシン、ジギタリスなどもこれに含まれる。

「レルネーのヒドラ」でポアロは、チャールズ・オールドフィールド医師の妻の殺人事件を調査している（村人は夫が殺害したと疑っている）。死体を掘り起こすことについて話し合っているとき、聡明な若い薬剤師のジーン・モンクリーフ――アガサ自身をモデルにしているにちがいない――がポアロにこういう。

「何をいっているのかはわかっています。ポアロさんはヒ素による毒殺があったかどうかを考えておられますね。死体を調べれば、ヒ素による毒殺でないことは証明できるでしょう。でもほかの毒、たとえば植物性アルカロイドなんていうのもあります。これは、使われていたとしても一年たったら、痕跡をみつけることはできないんじゃないかしら」

ジーン・モンクリーフが挙げたのは、クリスティーがさまざまな作品のなかでよく用いている全身性の毒物、アルカロイドだ。この化合物によって作品の現実感と信憑性が増す。アルカロイドは窒素を含む天然の化合物で、植物、真菌、細菌などさまざまな生物によって生産される。多くの毒物（と多くの薬）はアルカロイドだ。アルカロイドは人体生理に顕著な影響を及ぼし、神経系に作用するが、体内に識別可能な痕跡がほとんど残らない。ものによってさまざまに異なる症状を引き起こすが、おしなべて共通しているのは、アルカロイド系の薬物はかなり苦みが強く、こっそり飲ませるときはその味が問題になりうる点だ。アルカロイド系の薬物の多くは接尾辞が「-ine」で終わる。たとえば、アトロピン（atropine）、ストリキニーネ（strychnine）、カフェイン（caffeine）、モルヒネ（morphine）、コカイン（cocaine）など。だから、推理小説を読んでいるとき、物質名の最後に「-ine」がついていたり、苦みがあると記されていたりしたら、アルカロイドが含まれているかもしれないと疑ってみるといい。そうすれば、殺人事件を解決する手掛かりになるだろう。

『ポケットにライ麦を』は、童謡がみごとに物語に盛りこまれた作品だ。「二四羽の黒ツグミ、パイに焼かれ」、「王様は金庫に」（レックス・フォーテスキュー）、「女王は客間に」（レックスの妻アデル）と物語が進んでいく。レックスが突然命を落とし、アルカロイドで毒殺されたことが明らかになる。検死を担当したバーンズドーフ教授はひどく、というか病的なくらいアルカロイドによる毒殺に興奮している。捜査を担当しているニール警部が「なんと、イチイの実に毒が？」と尋ねると、バーンズドーフ教授はこう答える。
「実と葉の部分だよ、タキシンだ。もちろんアルカロイドの一種だね。これが毒として盛られた事件などいままで耳にしたことがない。珍しくて興味深い事件だな。きみにはわからないだろうがね、除草剤を使った殺しには、ほとほと嫌気がさしていたところなんだ。タキシンとは恐れ入った」

この事件ではタキシンが鍵になる。なぜなら、オフィスでレックスの紅茶にタキシンを入れたと非難される人物がいるからだ。けれどもわたしたちはいまや、アルカロイドがひどく苦いことを知っている。レックスは一度口をつけたら、残りは飲まなかっただろう。それではミスター・レックスを殺すためにどんな苦い食物を使ってタキシンを飲ませたのだろうか。読者は自分の小さな灰色の脳細胞を使って答えを導きださねばならない。

非常に現実的なこの難問に加えて、クリスティーが医師の口からいわせた最後の言葉も、当時は事実だった。クリスティーがこの小説を書いたころ、タキシンは殺人に使われたことがなかったからだ。とはいえ、クリスティーが世間にあまり知られていない毒を使った画期的な殺人を描いているのは、この作品だけというわけでもない。

検死解剖時の毒物検査

近年は、解剖がおおよそ完了した時点や解剖を開始するまえに、毒物検査《トックス》のために死体から試料が採取される。毒物検査は、不審死の場合はもれなく行なわれるし、ルーチンの解剖でも実施される可能性が高い。毒はかならずしも被害者の身体に何か痕跡を残すとは限らないので、病理学者が調べた結果の裏づけとして検査が行なわれるのだ。さまざまな物質の検査を行なうために、ひとつの死体から同じような試料を多数採取する必要がある。この役目を果たすのは、たいていアシスタントの解剖病理技師（APT）だ。よく採取される試料には、つぎのようなものがある。

血液：検死解剖時は、通常、大腿静脈か腸骨静脈から採取されるが、臓器がすべて取りだされたあと、体内のもっとも床に近い部分からも採取される。これは、ほかより大量の血液がそこに溜まっているからという理由のほかに、そこの血液がもっとも汚染されていないという理由もある。

尿：検死解剖時、膀胱《ぼうこう》には尿が溜まっている状態であることが多い。死んだとき排尿するとか、排泄するという話を聞いたことがあるかもしれないが、これはかならずしも正しくない。Y字切開して内臓が露出したらすぐに、相互汚染（と、一般的な煩雑さ）を避けるため、肺や腹部から血や体液が大量に流れだすまえに大きな針や注射で尿を採取しておくのが賢明だ。薬とその代謝物はしばしば、血中より尿中のほうが時間が経っても検出されやすいので、不純物が混じらないようにすることが重要である。

硝《しょう》子体《したい》（液）：目のなかにあるゼリー状の構造で大型の注射器や針で吸引（吸いだし）される（眼球の横から水平に針を刺し、抵抗を感じながら虹彩の後ろ、瞳孔のなかに針先がみえるまで針を押しこむ。それが最適な位置だ）。体内に尿が残っていない場合は、信頼性の高い代用として、これをかならず採取する。硝子体を取り除くと、眼球はややしぼむので、そのあと瞼《まぶた》が閉じられる場合でも、水または生理食塩水を目の奥に注入して外観の回復をはかる。

胆汁：胆汁を貯えている胆嚢《たんのう》は肝臓の背面にあるので、この試料は通常は病理学者自身が採取する。胆汁はたいてい、とくにモルヒネや麻薬の検出に使われる。

胃内容物：ほかの試料がない場合にのみ採取されるため、まれにしか使われないが、胃内容物に未消化のカプセルや錠剤があれば、それらの摂取直後に死亡したことがわかる。

肺（組織）：溶剤乱用が疑われる場合はたいてい、病理学者によって取りだされる。溶剤やガスは肺に吸入されるためである。溶剤の気化ガスが漏れないように肺組織は不浸透性のナイロン袋に入れられる（この袋は、火災現場で火災捜査官が衣服を採取するときにも使われる）。分析と、安全のためにガスが袋から漏れないようにすることが大切だ。

肝臓（組織）：通常は病理学者によって取りだされる。毒物の多くは肝臓で代謝されることから、肝組織内に高濃度で存在していることがあるため、肝試料は毒物検査に有用だ。たとえば、アルコール（化学的にはエタノール）を飲んだとき、肝臓はアルコールを代謝（分解）して別の化学構造を持つアセトアルデヒドという物質に変える。その後アセトアルデヒドは酢酸（酢）になり、最終的には水と二酸化炭素になる。すべての物質には異なる代謝物があり、肝組織に存在する代謝物からも、もとの毒や薬物がわかる。

毛髪と爪：このふたつの試料は、その人物が麻薬常用の問題を抱えていなかったか、ヒ素やタリウムなどの特定の金属毒に長期間さらされていなかったかを判定するのに有用だ。それらの物質は、比較的害が及ばない身体の部位に蓄積されやすい。したがって、毛髪と爪の角質は理想的な部位といえる。

毛髪は一カ月に約一センチメートルの速度で伸びる。試料には引き抜いた毛髪が最適だ。抜かずに切った場合、近位端――すなわち頭皮にもっとも近い部分――は、わかりやすくラベルをつけておく必要がある。そうすれば、最近摂取された物質は根元にいちばん近い部位に含まれるという前提のもとで、のちに解析できる。また毛髪が伸びる速度から、毒をいつ摂取したかがわかる可能性がある。髪に何もみつからなかったのに、ほかの器官から毒物検査の陽性結果が出たときは、長期にわたる摂取ではなく急速な大量摂取が示唆される。

爪はまず肉眼で調べる。薬物の存在を示す特徴が現れていることがあるからだ。たとえばミーズ線（爪を横断する白い線）は、毒物の長期使用や曝露時にみられる。その後爪の先を爪切りで切って採取し、毛髪と同様の方法で分析する。

爪に関するクリスティーの知識は『魔術の殺人』で発揮されている。登場人物のひとり、キャリイ・ルイズはミス・マープルに、義理の息子アレックスが新しいハサミをえらく気に入って、爪を切らせてくれといわれたと語る。ミス・マープルはすぐにピンときて、「アレックスさんは切った爪を丁寧に集めて片づけたんじゃないですか」と尋ねる。あとで明らかになるのだが、キャリイ・ルイズに長期間ヒ素が盛られていたのではないかとアレックスは疑って、それを爪で確認したのだ。ミス・マープルにはそれがわかっていた。

法科学者にとっては、前述の試料をすべて採取して組み合わせて検査するのが理想だ。それは、薬物（毒物）に関する有用な情報が保たれる期間は試料によってさまざまだし、薬物が違えば、それがみつかる身体の部位も違うからである。これらの試料は毒物学のラボに送られ、結果がわかるまで病理学者は連絡を待つ。（非常に注目を集める事件でない限り）通常は少なくとも一週間待たねばならない。〈CSI：科学捜査班〉みたいなテレビ番組から受ける印象とはちがって、検査結果はすぐには手に入らない。これはアガサ・クリスティーの時代でもそうだった。『愛国殺人』でジャップ警部は、アドレナリンとノボカインによる毒殺事件の結果が届かないことを嘆いている。「まだはっきりした分量はわかりません。定量分析ってやつはひどく時間がかかるものでね」。病理学チームは、いまもむかしも、結果を待ってじりじりするわたしたちにお預けをくわせる。

法医毒物学の歴史

わたしたち人間が地球で暮らしてきた長い年月と同じくらい長いあいだ、人びとは毒を盛って人を殺《あや》めてきた。この方法で命を奪われた犠牲者について書かれた文献は、古代までさかのぼることができる。

ジャコビアン時代〔イングランドとスコットランド史でジェームズ一世の治世期間〕の劇作家ジョン・フレッチャーは、毒は「臆病者の武器」という有名な言葉を残した。これは毒が相手から抵抗されたり反撃されたりする危険を冒さずこっそり命を奪えるという事実を指している。もちろん、この言葉は単に毒殺者は臆病者だといっているわけではないし、すべての毒殺者が臆病者とはかぎらない。毒殺者には、誰かを暴力的に殺すのに必要な身体的な強さが備わっていない可能性があるということだ。この理由から、毒は〝女の武器〟とみなされることも多い。クリスティー自身も『三幕の殺人』でつぎのように書いている。「毒は男の武器であるのと同時に女の武器でもある——いや女にこそうってつけの道具だ」。一七世紀のイタリアには、五〇年近くも毒入りの液体を売りつづけた女がいたといわれている。この液体を使って、未亡人志望の女たちは疑いをかけられることなく夫を殺すことができた。女の名前はジュリア・トファナ、伝説的な飲み物はアクア・トファナという。美容にいい飲物として女性たちに売られていたらしい。ところが実際は、この無臭の透明な液体には毒が混ぜられていて、しかもその毒は検出できない成分だったという。とはいえ、その液体の存在自体をはっきりたしかめた人がいないので、正確に何が入っていたかはわからない。ただ、ヒ素がその液体の大半を占めていたといわれてはいる。また、モーツァルトは、死に際に誰かにヒ素を盛られたと嘆いていたというのは有名な話だ。アクア・トファナの人気に関する説明のひとつによると、「ナポリのご婦人がたはみな、自分が持っている香水瓶のなかにその瓶をこっそり紛れこませていた。小瓶の存在を知っていて、それを見分けられるのは本人だけだった」らしい。

何十年にもわたって、ジュリア・トファナと女たちはこの方法で六〇〇〇人以上の男性を殺害したといわれているが、ジュリアの最後についてはさまざまな逸話がありすぎて、本当に存在していたのか定かではない。とはいえ、このような商売をしていたのはジュリアだけではない。トファナの死からたった一〇年後、ラ・ヴォワザンというフランスの魔女は、ヴェルサイユでルイ一四世時代の宮廷の人びとをすっかり虜にしていた。未来を占い、媚薬《びやく》を渡し、そしてもちろん毒を売って客が敵を排除する手助けをしていた。これらの話はやや大げさに語られているのかもしれないが、それでも、噂を広めた当時の人たちの考えかたや、毒殺の脅威に対する人びとの危機感が伝わってくる。ヒ素などの毒物は、フランスやイギリスでは〝相続の粉薬〟〔遺産を受けとるための殺人に使う毒薬という意味でこの名前がついたとされる〕と呼ばれるほど、珍しくもない殺人の道具で、高い地位にある人は毒見役を雇って、自分の食事に毒が入っていないか確認させた。もちろん、毒見役がチェックできるのは、即効性のある毒物だけだっただろう。毒見役がたちまち命を落としたら、雇い主はその料理を食べないでおく。毒見役も妙な苦味を感じたときは、その料理を下げさせる。そうすることで雇用主を死の危険があるアルカロイドから守ったのだ。

毒物学をテーマにして書かれた最初の法科学の本は、『毒について』(*On Poisons*)だ。この本を著したのは、紀元前三五〇〜二八三年という古い時代に生きていたインドの学者チャーナキヤである。けれども、毒物を検出する検査法が生まれたのは一八世紀になってからで、その後検査法が改善され、現代の検死解剖で行なわれている一連の毒物検査の枠組みができた。一八世紀の後半から一九世紀前半にかけては毒殺の黄金時代として知られている。アガサの知識の大半は、薬剤師名誉協会で薬剤師になるための勉強をしていたときに得たものと思われる。一九一七年に、アガサはこの協会の薬剤師試験に受かった。

毒物の検査はいまやありふれた存在になり、検死解剖時はもちろん、職場ではドラッグ検査、車を運転しているときはアルコール検査などが行なわれている。だから想像しづらいかもしれないが、その昔、毒物を検出する信頼性の高い科学的な技術がなかった時代があった。けれども、一七七五年、ドイツ系スウェーデン人のひとりの化学者が、ある毒の試験を発明し、すべてを一変させた。その毒はわたしたちにとっていちばんなじみ深いもの——ヒ素だ。

カール・ヴィルヘルム・シェーレは複数の元素の発見と酸性物質についての研究で、当時すでに名の知れた化学者になっていた。シェーレは日常的に行なっていた作業中に、白いヒ素の粉（亜ヒ酸、毒殺に用いられる白い粉）に硝酸と亜鉛を加えて熱すると酸が生じることを発見した。この酸は、すでに発見されていたアルシンと呼ばれるガスになる。これを分離するプロセスと同じ手法を用いれば、毒殺が疑われる被害者の遺体に亜ヒ酸があるかどうか検査できるのだ。必要な作業は、胃内容物に硝酸と亜鉛を加えて加熱するだけ。ニンニクのようなにおいのアルシンガスが発生すれば、胃のなかに亜ヒ酸があったということだ。こうして、史上初の毒物検出試験が行なわれた。当時、ヒ素は悪名高い存在だったので、検出できる毒がヒ素であったというのは、重要な意味がある（本書でもヒ素はとくに重要な存在だ。ヒ素はアガサ・クリスティーにもっとも関連が深い毒だから。いや、こう書くと誤解を招くかもしれない。わたしが思うに、毒薬としてヒ素になじみがあるのは、とくにクリスティーの作品のせいというわけではなく、むしろほかの多くの本や映画によく登場するからだろう。作品全体を通じて、クリスティーがヒ素で死なせた登場人物は一三人だけだ――ただし、ユーモアの混じった軽い会話のなかで頻繁に話題にされてはいる。『死との約束』で邪悪なボイントン夫人を話題にしているとき、若い医師のサラ・キングがつぎのように不平を漏らす。「あのおばあさん、殺さinればいいんだわ。朝食のお茶にヒ素が入っていたら、それはわたしが処方したものですから」）。

わたしたちの多くは、自分の仕事に関するかぎり、それなりに身を捧げていると感じている。けれどもシェーレの場合は文字どおり、仕事に自分の身を捧げて命を落とした。個人防御具の着用が義務づけられるずっとまえの時代に、ヒ素や水銀、鉛などの毒性物質を扱っていた偉大な科学者たちは、それらの物質にさらされつづけて大きな犠牲を払ってきた。シェーレもその例にもれず、世を去ったのは四三歳のことだ。その後、この最初の発見を引き継ぐようにして、イギリスの化学者ジェイムズ・

マーシュが一八三六年に有名な「マーシュの試験法」を生みだし、それが、法医毒物学という特殊な分野へとつながった。アガサはマーシュの試験法をよく知っていて、薬剤師名誉協会の試験勉強をしているとき、友人とこの試験を実際にやってみようとして、コナ社製のコーヒー・メーカーをだめにしてしまったと自伝で語っている。アガサが再現しようとしていたのは、いったいどんな試験で、どのようにして誕生したのだろうか。

ジェイムズ・マーシュは有望な科学者として、イギリスのウールリッチにある王立兵器廠《しょう》（ロイヤル・アーセナル）で働いていた。一八三二年、マーシュは死後まもない男性の胃の内容物と、男性が飲み残したコーヒーの検査依頼を受けた。亡くなった男性ジョージ・ボドルはプラムステッド（当時はロンドンに近い村だった）出身の農夫で、すこぶる健康だったのに突然倒れて亡くなった。突然の死と、その死をとくに悲しんでいる様子のない家族、さらにジョージと孫のジョンとのあいだに確執があったらしいという情報から、地元の治安判事が疑いを抱いた。治安判事から依頼を受けて、マーシュは、遺体の胃内容物とジョージが死の直前に飲んでいたコーヒーの残りを分析して、ヒ素の有無を調べることになった。シェーレの手法を用いて、コーヒーとジョージ・ボドルの胃内容物の両方にヒ素が含まれていることが確認できた。この科学的な証拠に加えて、目撃者の証言から孫のジョンが地元の化学者から亜ヒ酸を購入していたことが明らかになり、有罪はまちがいないように思われた。ところが、いざ裁判が開かれ、マーシュがコーヒーとジョージ・ボドルの胃内容物のヒ素の存在を実証するために試料を取りだしてみると、試料は劣化していて、証拠として使いものにならなかった。残るは伝聞証拠のみという状態で、ジョン・ボドルは無罪放免にされ、オーストラリアに移住し、あとになって祖父のジョージを殺害したと告白した。

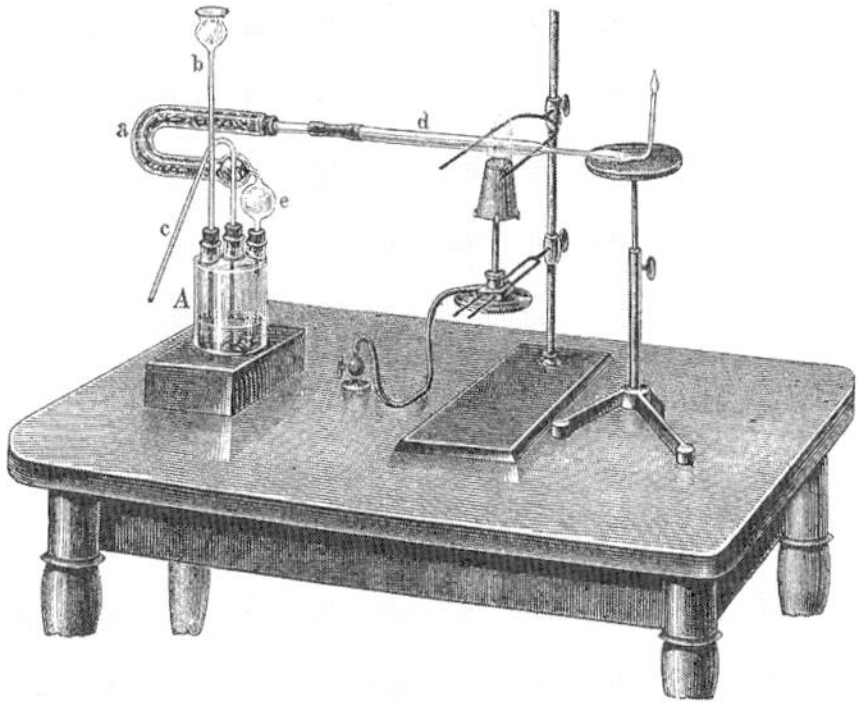

ヒ素を検出するマーシュの試験法で使用されていた装置

マーシュはこの最初の失敗を非常に悔しく思い、法廷での使用に耐えるヒ素試験の発明を決意した。そして、素人でも理解できる反論の余地のないプロセスを探して何度も何度も試験を行なった。その甲斐あって、シェーレの手法を改良して新たな試験を生みだした――塩酸を加え、発生したガスを燃やすことで、磁器などの表面に銀色がかった黒い永続的なしみを生じさせる手法だ。この黒いしみこそが金属ヒ素とも呼ばれるヒ素で、その存在を示す物理的な証拠だった。

ジェイムズ・マーシュは自ら発案した試験を発表してから一〇年後に、五二歳という若さで亡くなり、あとには極貧の家族が残された。生きていた当時、マーシュは評価されていなかったが、現在は実用的なヒ素の検出検査を最初につくった〝犯罪捜査の陰の偉大な英雄〟とみなされている。マーシュは法科学の殿堂に名を連ねるのに値する人物だが、マーシュと同じように、大きな功績を果たしたのにそれに見合う評価を生前受けられなかった人びとはほかにも多くいる。

それらの無名の人びとに代わって、毒物学の創始者とされているのは、スペイン人の医師で科学者のマチュー・オルフィーラだ。ジェイムズ・マーシュと同じく、オルフィーラはヒ素による毒殺が疑われる事件で、医学の専門家としての務めを果たすよう求められた。一八四〇年のパリでのことだった。被告人はマリー・ラファルジュ。マリーは、シャルル・プーシュ・ラファルジュという男をかなりの金持ちと見込んで結婚したが、シャルルは崩れかかった屋敷に住んでいた。ラファルジュのほうもマリーのことを資産家の娘と思いその財産を当てにしていた。お互い自らを偽っていたのだから当然なのだが、この結婚は問題だらけだった。シャルルが財政的な後援者を探しにパリに出かけたとき、その問題がはっきり現れた。マリーが送ったケーキを食べたシャルルはひどく気分が悪くなり、ようやく家にたどり着いたあと、ふたたび具合を悪くしてそのまま死亡したのだ。ヒ素による毒殺が疑われた。マリーは崩れ落ちそうな館のネズミを毒殺するためにヒ素を購入していたことがわかった（このいきさつからヒントを得て、アガサは『葬儀を終えて』に出てくる一切れのヒ素入りケーキによる毒殺事件を思いついたのかもしれない）。

オルフィーラは裁判でマーシュの試験法を用いて、陪審員にシャルル・ラファルジュの遺体にヒ素が存在することを実証した。これが充分な証拠となり、陪審員はマリーに有罪判決を下し終身刑を言い渡した。このときから、ヒ素の試験は大衆に知られるようになり、この種の毒殺を犯しても罪から逃れられた時代は終わった。けれどもいいニュースは、被害者になる可能性のある人びとにとってだけではない。捜査官にとっても改善があった。『スタイルズ荘の怪事件』で、ポアロはさまざまなコーヒー・カップにあった残留物のサンプルを採取している。その場面をクリスティーはつぎのようにくわしく説明している。「果てしない注意を払いながら、ポアロはそれぞれのカップの底に残っている液体を一、二滴、試験管に取って、順に味見しながら封をした」。順に味見？　毒のなかには恐ろしく効き目が早いものがあることを考えると、この行為は少々危険な気がする。けれども、当時は一般的な方法だった。警察官や死体の検案を担当した医師は、被害者や被疑者のそばで見つかった物質を味見してみることが多かったのだ。それだけではない。ぞっとすることに胃内容物さえ味見していたのだ。「レルネーのヒドラ」にも味見している場面がある。この短編のなかで、グレイ部長刑事は謎めいた物質を発見する。

「これは白粉《おしろい》ではないな」部長刑事は指でその粉を少し取り、用心深く舌先で味をみた。「とくに味はしない」

ポアロはいった。「ヒ素の白い粉には味がないんですよ」

そう、そのとおり。アガサはさまざまな作品で繰りかえし書いているが、ヒ素はなんの味もしない。だからこそよく使われたのかもしれない。幸いにも、この場面では、ごく微量だったせいかグレイ部長刑事に害はなかった。現代ではむしろ、この行為は麻薬取締局の取締官にみられる。怪しげな白い粉の詰まった袋をみつけたとき、用心深く小指をそのなかに突っ込んで、少し舐《な》め、コカインやヘロインでないかどうか確認するのだ（専門家として理想的な方法ではないが、実際に行なわれている）。なぜ捜査官や探偵はリスクを冒して、なんだかわからない物質や体液を味見して毒が混じっていないか確認しようとしていたのだろうか。味がない毒だってあるというのに。その答えは簡単だ。ほかに方法がなかったからである。

一九世紀は、新たな有毒化合物が驚くべき速さで発見された時代だった。とくに注目すべきは、一八二〇年代と一八三〇年代にそれぞれ登場したストリキニーネとクロロホルムだ。きわめて幸運だったのは、当時は毒物学という分野も急速に進化し、それらの毒物の悪用に追いついていたことである。一八五〇年になるころには、クラーレ（クリスティーのいくつもの作品に登場するが、なかでも『雲をつかむ死』では吹き矢の先に塗られていたと説明されている黒褐色の毒）がストリキニーネ中毒を抑えることが明らかになり、一九〇〇年ごろには、青酸カリを含むシアン化水素酸が、クロロホルム中毒の特効薬として使用できるようになった。

それでも、通常は毒を飲まされたときに解毒剤を手にする時間などない――薬の在庫が豊富にある化学研究所で働いているなら別だが。そもそも、殺人の被害者となった一般の人びとは、どんな毒を盛られたのかわからない可能性が高いし、ましてや解毒剤が何かなど知る由もない。長期間飲まされていたとしても、毒を盛られているとは思いもよらず、体調が悪いのは何かの病気のせいだと考えるのが普通だ。けれどもアガサは知っていた。毒を専門にしていたからだ。そして、ある物語でその知識を存分に披露している。「聖ペテロの指のあと」〔『火曜クラブ』収載〕で、ミス・マープルは殺人犯として疑いをかけられた姪のメイベルの潔白を晴らそうとするが（ほんのつかのま）手詰まりになる。この物語の被害者、メイベルの夫ジェフリーは身体の不調を訴えたが、そのときは「毒キノコ」のせいだと思われていた（『パディントン発4時50分』には「人びとはつねに毒キノコにあたるのではないかと気にしていた」とあるので、当時は何かというと毒キノコのせいにされていたにちがいない）。そのあとジェフリーは亡くなるのだが、「魚の群れ《ヒープ・オブ・フィッシュ》」みたいな、何かよくわからない言葉を死に際に叫んでいたという。ミス・マープルはしばらくしてやっと、「ヒープ・オブ・フィッシュ」だか「ヒープ・オブ・ハドック」〔コダラのこと〕だか、「コイの群れ《パイル・オブ・カープ》」だか、看護師が耳にしたジェフリーの叫び声は、じつはピロカルピンという言葉で、これはアトロピン（より有名な呼び名はベラドンナ）の解毒剤だということを突きとめた。死の苦しみに悶絶しながらジェフリーはどんな毒を飲まされたのか気づいて、その解毒剤の名前を思い出したのだ。なぜジェフリーは「毒を盛られた、助けを呼べ！」といわずに、そのようなまぎらわしい言葉を叫んだのか、わたしにはよくわからないが。

　不幸にも、現実の世界でこの短編「聖ペテロの指のあと」を読んで、殺人のヒントにした者がいる。フランス、ノルマンディー地方のクレアンスで、五八歳のローラン・ルーセルが、自分の母親は殺されたと思いこみ、犯人と考えた女性を殺して復讐しようと決意した。不思議なことに、標的となった女性の名前は不明で、当時の報告には「警察はルーセルが標的にした女性の名前を開示しようとせず、その女性についてルーセルが語ったことも公表していない」とある。ルーセルはクリスティーの短編を読んで、おおいに刺激され、目薬として手に入れたアトロピンをワインのボトルに加えた。そしてこのワインのボトルを叔父のマキシム・マセロンの家に置いておいたという。その理由は――わたしとしては微妙なのだが、その女性が叔父の家をしょっちゅう訪れて、ワインを飲むことがわかっていたためらしい（わたしは殺人鬼ではないが、誰か特定の人を毒殺するなら、確実にその人が毒を飲むようにするのが〝第一ステップ〟だと思う）。ローランの理屈でいうと、叔父と叔母は来客がないかぎりワインはほぼ飲まないので、その標的の女性のためにボトルをあけて提供する可能性が高いと期待していたのだろう。とはいえ、この筋書きは叔父と叔母にはほかに友人がいないという前提にも依存しているように思われる。

予想できるというか、予想どおりというか、もくろみは大きくはずれた。叔父のマキシムとその妻はそのワインを大事に取っておき、クリスマスにふたりで飲んだ。マキシムは即死し、妻は昏睡状態になった。妻は病院に担ぎこまれ、医師たちはふたりが食中毒で倒れたと推測した。その後、地元の大工とマキシムの義理の息子が、葬式のために棺に遺体をいれようと家を訪れたとき、テーブルの上に栓のあいたワインがあるのをみつけた。ふたりは死者の冥福を祈ってワインを少量飲んだ。するとふたりともひどく具合が悪くなった。そのときになって警察はようやく疑いを抱き、とうとうルーセルに目をつけて、家宅捜査し、毒に関するさまざまな文献と――決定的なことに――クリスティーの「聖ペテロの指のあと」をみつけた。この本のアトロピンに関する重要なパラグラフには下線が引かれていた。

クリスティーは薬剤師として訓練を受けはじめたとき、現場で学び、複数の人びとから指導を受けた。そのうちのひとりに、アガサが「ミスター・P」と呼ぶ個人で薬店を営んでいる薬剤師がいた。ミスター・Pは風変りな人で、アガサの自伝ではとくに不穏な会話の記憶が綴られている。ある日、ミスター・Pはアガサに強い印象を与えたかったのか、ポケットから黒っぽい何かの塊を取りだしてこう尋ねた。「これがなんだか知っているかい」。アガサが知らないと答えると、クラーレといって、南アメリカでは弓矢や吹き矢の先につけて使う物質だと語った。口から摂取しても害はないが、直接血管に入ると、身体が麻痺し、死んでしまうこともあるという。「なぜ、ポケットにいれて持ち歩いているのかわかるかい」ミスター・Pは戸惑っている若きアガサに尋ねてから、こう説明した。「持っていると自分が強くなった気がするんだ」[4]

ミスター・Pはたしかに強い印象を与えたにちがいない。クラーレはクリスティーの作品に何度も出てくるし、『魔術の殺人』では、こう書かれている。「クラーレは血管に注入されなければなりません……胃に入るのではだめなのです」

ミスター・Pと一緒に働いてから何十年も経って、アガサは『蒼ざめた馬』の登場人物のひとりという形でミスター・Pを復活させたようだ。ミスター・Pがアガサの人生に影響を与えたように、『蒼ざめた馬』は毒物学の世界に影響を与えた。それどころか、推理小説としてもこれまで書かれたなかで、とくに重要な作品のひとつといえるだろう。

『蒼ざめた馬』で鍵となるどんでん返しを明かさずに、しびれるような筋書きを説明するのは至難の業だが、基本的には魔女と噂される三人組の悪意のある犯罪をめぐる物語で、なおかつ、この章のトピックがすでにひとつの手掛かりになっている。アガサがイギリス推理作家クラブの創設者のひとりでクラブのメンバーであったことと、このクラブが定めた物語を書くための戒律のふたつめに「あらゆる神秘的な力、または超自然的な力はもちろん除外される」とあることを考慮すると、この場合、実際は魔女が関係する類のフーダニットではないという説明は許容範囲だろう。遠く離れた場所から人を殺すもっと現実的な方法に目を向けるべきで、残された方法は毒殺しかない。

一九六一年にアガサが『蒼ざめた馬』を書いたとき、毒物として選んだのはタリウムという物質だった。この毒物を登場させたのは、ユニバーシティ・カレッジ病院で一緒に働いていたチーフ薬剤師のハロルド・デイヴィスから提案されたから、というのが理由のひとつらしい。この物質はクリスティーの本が出版されるまではあまり知られていなかったが、その後、この毒（とこの小説）は有名になった。

タリウムを毒殺に使った推理小説家はクリスティーが初めてだと思われがちだけれど、じつはそうではない。ニュージーランドの作家ナイオ・マーシュが、クリスティーより一五年近く早い一九四七年に、著作『終幕』（*Final Curtain*）で、タリウムを使用していた。また、現実にタリウムを使った殺人事件などないだろうと思われるかもしれないが、それも事実ではない。タリウムによる毒殺事件が最初に記録されたのは、一九三〇年代のオーストリアだ。マルタ・マレクは夫、ふたりのわが子、叔母、間借り人ひとりをタリウムが含まれている農薬ゼリオで殺害し、一九三八年にそれらの罪で絞首刑に処された。その後の一九五〇年代に、オーストラリアで奇妙なタリウム毒殺事件が頻発し、しかも犯人はすべて女だった。そのなかでもとくに三人の女たちは、それぞれ無関係な事件で、合わせて八人の犠牲者をあの世に送りこんだ。クリスティーの『蒼ざめた馬』がすばらしい出来なのは、アガサの薬局での実体験と細かい部分にまで注意を怠らない性格のおかげだ。タリウム中毒の特有の症状に関する記述はじつに正確で――とくに毛髪が抜ける症状など、クリスティーは架空の物語を描いているのだが、毒の作用に関しては教科書のような側面もある。

タリウムが脱毛を引き起こすという特徴は、この本でとくにくわしく描かれているので、この毒の作用としてよく知られた現象になった。また脱毛は、中心人物であるマーク・イースターブルックが、どれほど重要な意味があるかも知らずに、物語の初めのほうで口にしていた症状のひとつでもある。

この物語の大半で語り手を務めているマークは、魔女の犠牲になった者たちが毒を盛られていると徐々に理解しはじめ、かつて何かで読んだ文を思い出して、どんな毒が使われているのか気づく。たまたま思い出したこの記憶をたどり、たしかアメリカにいたときに読んだ記事だったと語る。そして、記事ではある工場で起こったタリウム中毒の影響がくわしく報じられていたという。

「被害者は驚くほどさまざまな原因で死に至っています……症状はじつに多様で、最初に下痢や嘔吐が生じることもあれば、いきなり中毒症状が出ることもあります。手足が痛んだり、皮膚の色素沈着がみられたりすることもある。それでも、遅かれ早かれ、ある症状がかならず現れます。髪の毛が抜けるのです」

『蒼ざめた馬』では、被害者たちがじつにさまざまな症状で苦しんでいるが、誰もがみな決定的なひとつの症状を呈していることに気づいたマークは、あれやこれや状況を組み合わせて推理し、事件を解決する。

「人生は芸術を模倣する」という名言どおり、現実の世界でも同じことが起こった。普通とは逆で、『蒼ざめた馬』の読者がタリウム中毒の症状に気づいて、二件のタリウムによる事件が別々に発覚したのだ。一九七五年、クリスティーは南米の若い女性から、ある人の命を救うことができたという感謝の手紙を受け取った。この女性は、『蒼ざめた馬』を読んで、ある時期から具合が悪くなった友人の症状がタリウム中毒のせいだと気づいた。警察にこの新たな情報を知らせたところ、男性は助かり、若妻が夫にタリウムを盛っていたことが明らかになった。

その二年後、ロンドンの病院に勤めているひとりの看護師が、患者の症状について同じような発見をした。この患者はまだ小さな子どもだった。カタールの生後一九カ月の女児が急に病気になったのだが、地元の医師は原因がまったくわからなかった。子どもの症状が悪化したため、心配になった両親はイギリスの医者ならいい治療ができるかもしれないという望みをかけてロンドンにやってきたのだ。けれども、子どもの症状にロンドンの医師も困惑していた。そのとき、この子どもを担当していた看護師のひとり、メイトランドはちょうど『蒼ざめた馬』を読みおえたところで、この本の被害者の症状と患者の症状が似ていることに気づいた。患者の尿がロンドン警視庁に送られ分析された結果、この女児の体調悪化の原因はタリウム中毒であると明らかになった。家庭で使われた殺虫剤をうっかり口にいれたせいらしかった。幸いなことに、子どもはすっかり回復した。

タリウムによる毒殺犯(つまり〝蒼ざめた馬〟)らのうち、もっとも悪名高い人物は「ティーカップ・ポイズナー」と呼ばれたグレアム・フレデリック・ヤングだろう。この男はイギリスでタリウム殺人の犯人として有罪になった最初の人物だ。

子どものころからヤングは頭がよく、好奇心とあくなき探求心があり、将来は優れた科学者になるだろうといわれていた。化学に興味があったので、父親は一一歳テスト〔中高一貫のグラマースクールへの入学試験〕に合格したご褒美に化学実験セットを買い与えた。けれども、多くの似た事件と同様に、ヤングの死への好奇心と良心の欠如により、趣味の実験が高度になっていくにつれ、その好奇心はいつしか人を殺したいという欲求に変わっていった。ヤングは毒殺に関心があった。何年もかけて、このテーマでひとり研究をつづけ、ティーンエイジャーになるころには毒物学の知識が大学生並みにあったとされている。不幸なことに、一九六一年にヤングがたった一四歳で積極的に実験を開始しはじめたとき、その対象になったのは家族だった。同じ年にアガサの『蒼ざめた馬』が出版されていることから、アガサの本が直接この男にヒントを与えたと非難する人もいた。この件に関して、わたしはまったく同意できない。『蒼ざめた馬』が出版されるまえにヤングはすでに広く毒の研究をしており、ヤングはクリスティーのその本を読んでいないといっていたし、また、家族を実験台にして毒物の愚かな実験を始めたその年、家族の具合をひどく悪くさせたのはアンチモンとアトロピンで、タリウムではなかった。そしてたった一年後の一九六二年に、ヤングは殺人の欲望を抑えきれなくなり、継母モリーにタリウムを盛って殺害した。さきほどみてきたように、このときまでに、タリウムはすでに複数の殺人事件に使われていた。奇妙なことに、継母の死は自然死とされ、遺体は火葬された――ヤングが巧妙に提案したのだ。その後まもなく、父親も体調を悪くして、検査を受けたところ体内からアンチモンがみつかった。病院で父親は、もう一服その毒を摂取していたら死んでいただろうといわれた。このときになってようやく、家族と科学の教師が疑いを抱いた。そして、精神科医の助言に基づいて、この精神を病んだ若者は逮捕された。ヤングはパーソナリティ障害をきたしているとされ、一五年間の拘留が推奨され、ブロードモア精神病院（現在のブロードモア高度保安病院）に収容され、一八八五年以来、高度保安施設に収容された者のなかでいちばん年齢が低いという〝栄誉〟に浴した。ここでこの物語は終わりになるはずだった。たった八年後に退院しさえしなければ……。

グレアム・ヤング

収容施設の精神科医は、ヤングには「もはや、毒や暴力やいたずらに対する脅迫観念がない」と判断し、また何年も品行方正にしていたとみなして退院を許可した。ところが実際は、ヤングがブロードモアに入院していたとき、毒混入事件が四件起こっていて、ヤングの関与が疑われていた。それなのに、この件は精神科医の目に留まらなかったようだ。また同じく精神科医の耳には届かなかったようだが、看護師のひとりはヤングが退院するときに「ここで過ごした年数と同じ人数を殺すつもりだ」という背筋が凍りつきそうな言葉を耳にしていた。

そのころには二四歳になっていたグレアム・ヤングは、ハートフォードシャーのボヴィンドンにあるジョン・ホランド・ラボラトリーズに勤め口をみつけた。ここでは赤外線レンズを製造しており、製造工程で用いる重要な物質としてタリウムを扱っていた。ヤングは、犯罪者リハビリテーション・プログラムの一環として、ブロードモアからの非の打ち所のない紹介状を雇用者に提出できた。その紹介状には、過去の毒殺についてなんの記載もなかった。一般人としての未来をつかむチャンスを与えるために、過去の記録はすっかり拭いさられていたのだ。

けれどもグレアム・ヤングは一般人としての未来など望んでいなかった。働きはじめてまもなく、ヤングは不気味な言葉どおり、八人に毒を盛り、そのうちふたりの命を奪った。被害者は症状を訴え、医師の診察を受けた。診察した医師は合計四三名にものぼったが、誰も毒のせいだと思わなかった。グレアム・ヤングの過去の行為を知らないままで、毒殺に思いいたるのはむずかしかったのだろう。その結果、この事件は謎の病気〝ボヴィンドン症〟として地方紙でニュースになった。だが結果としてヤングはふたつの理由で逮捕された。ひとつめは、多くの精神病ナルシストと同様に、うぬぼれが強かったこと。潜在意識下では、周囲の人に自分の能力を誇示したいと思っていたため、雇用主に疑わしい質問や不適切な質問をして注意を引いてしまった。そしてもうひとつは、ひとりの医師が『蒼ざめた馬』を読んで、〝ボヴィンドン症〟はタリウム中毒だと気づき、ロンドン警視庁に連絡したこと。それも、クリスティーが症状を正確に記述したおかげだろう。

幸いにも、一九七二年にはグレアム・ヤングは毒を盛った罪によってふたたび囚われの身に戻った。このときはワイト島の悪名高いパークハースト刑務所にいれられた。毒殺の件を脇においても、ヤングはけっして感じのいい男ではなかったし、子どもを殺害した悪名高い「ムーアズ殺人事件」のイアン・ブレイディと友人だったのは有名な話だ。アガサ・クリスティーは、根拠もないのにヤングと『蒼ざめた馬』とを関係づけられて動揺していたといわれる。これを報じた『タイム』誌は、「この男はアガサの本を読んで、そこから何か学んだのだろうか」というアガサの夫マックスの言葉も引用している[5]。この件について、わたしは絶対にちがうといいきれる。グレアム・ヤングは、『蒼ざめた馬』が出版されるまえから、同じような金属性毒について百科事典並みの知識を備えていたし、現実の世界の多くの事件からヒントを得ていたはずだ――たとえば前述した一九三〇年代のマレクの事件や一九五〇年代にオーストラリアの主婦たちに流行したタリウム事件など。アガサが実際にしたのは、いくつかの命を救ったことと、毒としてのタリウムにスポットライトを当て、もはや計画的な毒殺には（あるとしても）めったに用いられないようにしたことだ。

クリスティーが毒殺の道具としてタリウムを使うきっかけになったのは、仕事仲間の言葉だったかもしれないが、現実の毒殺事件からもインスピレーションを得て、作品のなかでさまざまな事件を引用している。何度も引用されているのが、〝ヘイの毒殺者〟ハーバート・ラウス・アームストロングだ。この事件の被害者は病理学者バーナード・スピルズベリーによって検死解剖され、この事件を下敷きにした物語が、ロンドン警視庁を舞台にしたラジオ番組〈ザ・ブラック・ミュージアム〉で放送された。アームストロングは、イングランドとの境界に近いウェールズのヘイ・オン・ワイという小さな町で事務弁護士をしていたが、職業上のライバルをヒ素で殺そうとしたかどで訴えられた。そしてこの事件をきっかけに、それよりまえに亡くなっていた妻の死にも疑いの目が向けられた。墓から掘り起こされた妻の遺体を調べたスピルズベリーは、すでに一〇カ月も墓の下にあったにもかかわらず、その組織から大量のヒ素を発見した。アームストロングは裁判にかけられ、絞首刑になった。アームストロングはいまだに、イギリスで殺人罪によって絞首刑になった唯一の事務弁護士である(偶然にも、アームストロングの死刑執行人は当時のイギリスで死刑執行人の長だったジョン・エリスだ。エリスはドクター・クリッペンやイディス・トンプソンの絞首刑の執行人も務めた。エリスはこの職の罪悪感を背負ったまま生きていけず、一九三二年にカミソリで喉を切って自殺した)。

興味深いことに、クリスティーは『殺人は容易だ』のつぎの文で、一部虚構を取り交ぜてこの事件を紹介しているようだ。「……アバクロンビー事件——もちろん、疑いが生まれるまえにすでにあの男は、かなり多くの人を毒殺していました」。現実には「アバクロンビー事件」というのは存在しないが、クリスティーはこの小説のあとのほうでふたたびこの事件に言及している。「彼女はアバクロンビー事件について話しはじめた。あのウェールズの毒殺事件だよ」。〝A〟のつく名前とウェールズという場所からして、アガサはアームストロングをモデルにした架空の事件をつくりだしたのではないだろうか。すでにみてきたとおり、この方法はクリスティーの作品全体をとおしてよくみられる。アガサは有名な事件に直接言及したり、少し名前を変えて使ったりしていた。多くの毒殺事件を知っていたし、明らかにそれらに（かつて薬剤師だった者として）関心があった。エルキュール・ポアロが探偵業から引退しているときには、安楽椅子にすわったまま、歴史的な事件を解決させようとさえした。『複数の時計』でポアロはコリン・ラムに、新たに発見した読書の楽しさを語り、古い殺人事件の謎を解こうとしていると話す（『複数の時計』は一九六〇年代に出版されたので、その当時よりまえの実際に起きた古い殺人事件のことだ）。コリンはポアロにこう尋ねる「たとえばブラーヴォ事件とか、アデレード・バートレット事件とか、そういう未解決事件をいっているのですか」。ちなみに、このバートレット事件というのはこんにちでも未解決のままで、一八八五年の大みそかにロンドンのピムリコで起こったことから〝ピムリコの謎〟とも呼ばれている。けれども、毒の混入は実際の死のずっとまえから起こっていたようだ。

トマス・エドウィン・バートレットとフランス生まれの若い妻は一八七五年に結婚したが、一八八五年にふたりがジョージ・ダイソン師と出会ってから、状況は奇妙な方向へ向かった。ダイソンはメソジスト派の聖職者で頻繁にこの夫婦の家を訪れるようになり、アデレードの〝指導者でありスピリチュアルなガイド〟にもなり、エドウィン・バートレットの遺言執行人でもあった。またバートレット自身から妻との恋愛を奨励され、自分が死んだらアデレードと結婚するようにといわれていた。これはエドウィンがアデレードより一一歳年上で、健康状態も良好でなかったせいかもしれない。エドウィンは、自分が梅毒に罹《かか》っていて、その治療に水銀を摂るべきだと思わされていた。水銀は身体にいいどころかひどい害を及ぼしたようである。また虫歯で複数の歯が折れていたせいで、長いあいだ歯にも問題を抱えていたし、おまけにサナダムシまでいた。このような状況だったため、エドウィンが自分の監視下で、立派な聖職者と性的な欲求を満たすようアデレードに奨励したのもわからないではない……。だからこそ、大晦日の夜にバートレットがベッドで死んでいるのがみつかったあと、アデレードが毒殺の罪で訴えられたのは意外な展開といえる。アデレードには夫を殺す必要などなかったのではないだろうか。

検死解剖で、バートレットの胃のなかに腐食性の高い液体クロロホルムがみつかった。ここに、大きな謎がある。どうやってクロロホルムが胃のなかに入ったのかだ。クロロホルムは軟部組織を損傷する。多量であればとくに。だから、バートレットに無理やり飲ませたのなら、食道の軟部組織はもちろん、口の周りにも痕跡が残るはずだ——すでに『メソポタミヤの殺人』でみたとおり、苦しんで、吐きだすせいで。ところが、そのような跡は何もなかった。したがって、バートレットは自分でそれを飲んだ可能性が高い。意図的にせよそうでないにせよ、自ら一気に飲んだのだろう。

裁判は世間の注目を集めたが、エドウィン・バートレットの死のこの部分が謎だったため、陪審員はアデレードに関していくらか疑いは残るものの、罪はないと判断した。評決のときに陪審長が述べたつぎの言葉が記録されている。「この囚人には重大な疑いが掛かっていると考えているが、クロロホルムがいかにして、また誰によって飲まされたのかを示す充分な証拠はないと考える」。事件は、その時代の医療関係者を困惑させた。ジェイムズ・パジェット——わたしは彼の胸像に見下ろされながら、バーツ（聖バーソロミュー病院）にある病理学博物館で働いている——の有名な言葉をここに記しておこう。アデレードは「いまや殺人罪については無罪になり、ふたたび裁判にかけられることはないのだから、科学的に関心があるわれわれに、殺害方法を明かすべきだ」

もうひとつ、現実世界の注目すべき毒殺事件を紹介しよう。クリスティーがポアロにはっきりと言及させただけでなく、『杉の柩』という小説のベースにもなった事件。それが「毒入りサンドイッチ事件」とも呼ばれるハーン事件だ。

『杉の柩』はアガサの小説のなかでもとくに重要な推理小説だ。犯罪小説家であり批評家でもあるロバート・バーナードは「いつものクリスティーの小説より感情的に入りこめた」と評している。その書評では、「クリスティーの毒の知識がいかんなく発揮されている」ともある。登場人物のひとりエリノア・カーライルは、二件の殺人事件ですでに被告席についている。殺された二一歳の美しいメアリイ・ジェラードはエリノアの恋敵で、エリノアともうひとりの登場人物、ホプキンズ看護師と午後のお茶を飲みながらサンドイッチを食べたあと、気分が悪くなって倒れ、その場で息を引き取った。サンドイッチには、食欲をそそる「ペースト」（ここではフィッシュ・ペースト）として知られる戦時中のごちそうが入っていた。その当時、サンドイッチに詰めるこのような加工品には魚類が含まれていたので、「プトマイン中毒」を引き起こすことがあった（「プトマイン」という用語は一八八三年ごろから使われており、腐った動物や野菜に存在し食中毒を引き起こすと医者が信じていたものを表現する便利な言葉だった。その後、食中毒の原因は特定の物質ではなく、古い食物のなかの細菌であることが明らかになり、「プトマイン中毒」という言葉は使われなくなった）。この小説では、エリノアがペーストを買ったとき、店員とプトマイン中毒について噂話をしている。「いっときはフィッシュ・ペーストを怖がって食べない人がいたのよね。ペーストのせいでプトマイン中毒になることがあるらしいけど」。エリノアにとっては不運にも、店員と交わした他愛ない会話が裏目に出て、（ときにそうする人がいるので）怪しい行動と受け取られた。

この本では、サンドイッチのペーストとそれを原因とするプトマイン中毒の危険性によって、メアリイの本当の死因、つまり塩酸モルヒネという毒がうまくごまかされる。けれども、本当にごまかされたのだろうか。この本でアガサの毒の知識が「いかんなく発揮されている」と評されたのは、時間をかけてモルヒネ中毒の症状はプトマイン中毒のそれとはまったく共通していないと説明しているからだ。毒殺者がメアリイ・ジェラードの死因を食中毒にみせたいのなら、それにぴったりの物質が別にあった。ポアロがそれを指摘している。「モルヒネ中毒の症状は食中毒の症状とぜんぜんちがいます。アトロピンこそ、ふさわしい毒でした」

メアリイの死後、疑いの目はエリノア・カーライルに向けられ、最近起きた別の死、つまり叔母ローラ・ウェルマンの死についても疑問が生まれ、エリノアが犯人と疑われるようになった。掘り起こされたローラの遺体を調べたところ、体内に大量のモルヒネが残っていた。

『杉の柩』が出版される一〇年まえに現実の世界で起こったハーンの毒殺事件は、アガサがプロットのヒントにしたと思われる特徴がある。サラ・〝アニー〟・エヴァラード（アニー・ハーンとしても知られている）は、友人であるアリスとウィリアムのトーマス夫妻に毒入りサンドイッチを食べさせたという罪で訴えられた。三人は海岸で一日を過ごしたあと、コーンウォールのティールームでそれぞれが紅茶を頼んだが、食事代は節約して手づくりのサンドイッチを食べた。サンドイッチはアニーのお手製で、具は手づくりドレッシングをかけた缶詰のサーモンだった。食事のあと、アリスは夫に気分が悪いといい、口のなかに変な味が残っていると話した（『五匹の子豚』でアミアス・クレイルがコニインの毒を飲まされたあと発した言葉「今日は何を口にしても変な味がする」と似ている。これは苦味のある毒を示唆している。すでに触れたとおり、苦い味はアルカロイドを示している可能性があるが、いっぽうヒ素は無味だ)。帰宅後も体調が戻らないので、地元の医者を呼んで診察してもらったところ、午後にサーモンのサンドイッチを食べたと聞いた医師は、案の定「プトマイン中毒」という診断をくだした。一週間ほどたったあと、アニー・ハーンは夫婦の家を訪ね、掃除をしたり食事をつくったりして、病んでいるアリスを献身的に世話した。この訪問後まもなくアリスは亡くなった。アリスの遺体が検死解剖され、食中毒と似た症状を示すヒ素が大量にみつかった。

その後、『杉の柩』と同様に、警察はハーンの身内、つまり姉妹と叔母の最近の死を捜査しはじめた。内務省の報告によると、ふたりの遺体からも大量のヒ素がみつかっている。

警察はアニー・ハーンに説明を求めようとしたが、ハーンはすでに逃亡していた。ようやくみつけたとき、ハーンは「フェイスフル夫人」と名乗って家政婦として働いていた。クリスティーの住むトーキイで！ アガサがこの事件をよく知っていたのも不思議はない。

ハーンは裁判にかけられたが、謎が多すぎて陪審員たちはハーンの有罪に確信が持てなかった。ヒ素に味がないのなら、なぜアリスは口のなかに不快な味が残っていると訴えたのか。アニーはどうやって、サンドイッチに毒を混ぜて、標的にだけ害が及ぶようにそのサンドイッチを配ることができたのか(これは、エルキュール・ポアロが『杉の柩』のなかで繰りかえし問うている疑問とまったく同じだ)。そして、当時のヒ素は、明るい青色に染められた農薬としてしか利用できなかったのに、なぜサンドイッチのなかのヒ素に誰も気づかなかったのか。法廷では、被告側は実際にフィッシュ・ペーストと農薬を挟んだ(おいしそうな⁉)サンドイッチを陪審員に回した。陪審員らは白いパンのあいだからはみ出ている鮮やかな青色にぎょっとしていた。サラ・〝アニー〟・ハーンは無罪になり、アリス・トーマスの殺人の罪に問われた人はその後誰もいなかった。

『杉の柩』で描かれるメアリイ・ジェラードの死の特筆すべき一面は、アガサが専門的なくわしい説明を加えているところだ。検死審問の場面で、「死は電光石火的な中毒症状によって生じたと思われます」と証言した医師は、それはどういう意味かと尋ねられ、つぎのように説明する。

モルヒネ中毒による死は、いくつか異なる症状が生じることがあります。もっとも一般的な症状では、しばらく興奮状態がつづいたあと、嗜眠《しみん》や昏睡状態に陥り、眼の瞳孔が収縮します。あまり一般的ではありませんが、フランス人が「フドロワイヤント《フドロワイヤント》」と名づけた症状もあります。この場合は、一〇分程度の非常に短い時間で深い眠りが訪れ、目の瞳孔は通常、拡大します。

毒物の作用に関するこのようなくわしい描写はアガサの持ち味のひとつで、これが、ほかの作家とアガサとの違いを浮き彫りにしている。『杉の柩』で描写されている現象を称した「フドロワイヤント」という用語の語源は、フランス語の「暴力的な」とか「突発的」という意味の言葉で、現実世界でもフィクションでもめったにお目にかからないので、ブログを書いているファンのなかには、この用語はアガサの創作ではないかと考えている人もいる。だが、一八九五年にA・W・ブライスが著した毒物マニュアルに実際に記されている。[6] このマニュアルはとくに分析化学者や専門家が使用するための本だ。アガサは明らかに毒のエキスパートなので、どれほど多様な症状が現れるにせよ、その他の毒性物質についても同じくらい深い知識を持っていただろう。

『蒼ざめた馬』と同じように、アガサが超常現象のなかに——今回は降霊や霊媒の形で——巧みに埋め込んだもうひとつの毒殺の物語が『もの言えぬ証人』だ。『蒼ざめた馬』のように、この作品でも不吉で恐ろしい雰囲気が漂う。それは表面的には、死者の霊との交信や交霊テーブルの周りに現れる光る霊気などによるものだ。けれどもポアロが登場し、その光る霊気とある毒との関係が示されると、すべてが明白になり、物語の初めに登場した不思議な現象よりも、アガサの毒物学の正確さに舌を巻くことになる。

クリスティーが選ぶ毒としては珍しいが、『もの言えぬ証人』で気の毒なエミリイ・アランデル夫人を毒殺するのに選ばれたのは、リンだ。カミソリ並みに鋭いエルキュール・ポアロは、「光る霊気がアランデル夫人の口から出てきた」ようにみえたという話を聞いてすぐに、リンのせいだと結論をくだす。リンがめったに使用されないのは、化学発光というプロセスのせいで光るからだ。しかしポアロは誤って（ということはつまり、アガサがおそらく誤って）、とはいえとんでもない間違いというのではないけれど、これを少し別の言葉で表現している。「ミス・アランデルの息はリン光性を帯びていたのです！」とポアロはいい、つぎのように断言する。

「リン光性の物質はそれほど多くありません。ごく一般的な物質こそ、わたしが探していたものだったのです。リン中毒に関する記事を短く要約したものを読んでさしあげましょう」

ポアロはこの記事に書かれた光る息の現象についてくわしく説明し、このタイプの中毒は肝不全の症状に似ているという事実も話す。それはエミリイ・アランデルが何年ものあいだ悩まされていた症状だった。このせいで、エミリイが毒を盛られていたことが巧みに隠されていたのだが、〝光るもや〟のような息によって、その秘密が洩れた。またこのことから、殺人犯は肝不全の症状とリン中毒の症状が似ていることに気づいていることがわかる。これはそれほど一般的な知識ではないが、ここでは、医師や医学と関連のある人なら誰でも、一般人よりもリン中毒の影響を知っているかもしれないと、それとないほのめかしがある。そして、アランデルの家族のなかに医師がひとりいるのだ……。

クリスティーの本のなかであれ現実の世界であれ、誰かに毒を盛るというのは何かしら非常に邪悪なものを感じる。『五匹の子豚』ではエイミアス・クレイルを殺した犯人について、フィリップ・ブレイクが手記のなかでつぎのように意見を述べている。

「冷酷に人を毒殺するなど、悪魔の所業といえるでしょう。もし、そこにリヴォルヴァーがあって、それをつかんで撃ったというのなら、ええ、それはまだ理解できます。けれども、このように冷酷で、周到に考えられた、悪意に満ちた毒殺は……」

ここでは言葉にして表されていないが、いいたいことは明白だ。毒殺というのは往々にしてその犯罪自体が長引く。つまり、被害者が自然な病気で徐々に悪くなるように、長い時間をかけて行なわれる。したがってその死は、疑いが持たれにくいように思える。けれどもこの方法の場合、毒殺者は何度も繰りかえし毒を盛る行為をしなければならない。これは通常の激情に駆られた犯罪やすぐに後悔するような瞬間的な狂気に駆られた犯罪ではなく、秩序だっていて、計画的かつ冷静に計算しつくされた残忍な行為だ。だからこそ、ひときわ残酷に思える。それは、この冷酷な殺人の欲望を抱いているのが、被害者の周辺にいる非常に近しい誰かだからだ。『魔術の殺人』でクリスティーはつぎのようにそれを言い表している。「ゆっくり毒殺しようとする犯人は親密な家族として一緒に暮らしている誰かなのです」。それは父親や妹、義母を、家族で囲む食事を使って毒殺したグレアム・ヤングと同じ。『ポアロのクリスマス』でジョンスン大佐も、こういっている。「いつも落ち着かない気分になるよ、毒殺事件を扱うのは」。毒殺のせいで、たとえば飲み物を注ぐという自然な行為にも誰もがお互いに猜《さい》疑心を持つようになる。家族の食事というのは、絆を深め、栄養を与え、育てる場だ。そんな場で犯すこのような犯罪は憎むべき行為だ。さらに一歩踏みこむと、看護や治療を行なう立場の人が起こす毒殺事件も非常に多い。たとえばハロルド・シップマンのような医師や、〝慈悲深い天使〟とされる看護師や、表面的には病弱な人の世話をして回復するよう手助けしている家族などもそうである。これらの人びとによる毒殺事件は残酷で、身の毛がよだつ。

クリスティーは薬剤師として実体験があり、その後もこのテーマについて関心を抱きつづけていたので、小説のなかで毒をどう使えばいいのか心得ていた。一九六〇年代に（アガサは七〇歳を越えていた）はじめてタリウム殺人を小説に書いたとき、薬剤師として働いてはいなかったが、タリウムの存在は充分認識していた。アガサの一生尽きることのない好奇心によって、さまざまな物質（ときにはあまり一般的でない珍しい物質を含め）のにおいや色、中毒によって現れる症状が正確に描写された。アガサが著作活動を開始したころは毒物がかなり簡単に入手できたため、誰が容疑者になってもおかしくない状況をつくりだせた。けれども、現実の世界と同じようにアガサの本のなかでも時は過ぎ、それらの物質は昔よりずっと厳しく規制されるようになったため、毒殺者は専門家として毒を手に入れられる人が多くなった。そうすると読者は、なぜ殺したのかだけでなく、誰がその危険な物質を手に入れられるかを考えるようになる。犯人はどういう種類の人物なのか。ここから導きだされるのは、クリスティーの毒に関する知識にはもうひとつ興味深いポイントがあるということだ。アガサは毒物の物理的な作用だけでなく、それを使う人びとの心理にも精通していた。たとえば、単に邪魔な人を消すためだけに、何カ月もかけて家族の誰かの食べ物に毒を混ぜる、冷酷で残忍な毒殺者の心を理解していたのだ。

幸いにも、現代の毒物学の技術のおかげで、〝毒殺の黄金時代〟のころに比べれば、この種の殺人はまれになっている。けれども、忘れてはいけない。毒殺を検知し、事件を解決へ導く試験や試料の採取は、どの遺体でも行なわれているわけではないことを。これは、タリウムを使った事件で、アガサ・クリスティー自身が語った言葉だ。

結論——ゼロ時間へ

この章はいわば、ミス・マープルやポアロ、あるいはクリスティーが生んだほかの探偵の誰かが、容疑者をみなひとつの場所に集めて、謎解きを行なう場面だ。ひょっとすると、いまみなさんがいるのは大邸宅の豪華な客室で、勢いよく燃える暖炉のそばにすわって、シェリーグラスを傾けているところかもしれない。あるいは雪のせいで立ち往生している列車の冷えた客車に押しこめられ、こごえないよう毛皮にくるまってブランディのグラスを握っているところかも。いや、いちばんありそうなのは、カーテンを閉めて雨と洗練された都会の町を締めだし、紅茶のカップを傍らに置いて、パジャマを着てソファでねそべっているところかもしれない。いっぽう、わたしがこの大団円を迎えている場所は、木製の棚が並ぶ堂々たる病理学博物館だ。幸運にも、これまで紹介してきたバーナード・スピルズベリーやジェイムズ・パジェットなど、偉大な法医病理学者や外科医の先駆者たちが集めた瓶詰めの法医学標本に囲まれている。クリスティーなら、これらのどのシチュエーションも喜んでくれるだろう。最後の謎解きのシーンはミステリのなかでも、多くの人びとのお気に入りの場面だろうし、わたしもいちばん興味をそそられる部分だ。探偵の頭のなかで、どのようにすべてのパズルのピースがはまっていったのかがわかり、誰が犯人かがようやく明らかになって、自分の推理が当たっているかどうか答え合わせができるのだから。
この本では、わたしたちは探偵のように謎に取り組んで、科学的な空白のいくつかを埋めるピースをみつけた。そのピースは犯人ではなく、犯行の手法や道具だ。ここでもアガサをまねて、推理小説のスタイルに沿って振りかえってみよう。そして、いかにしてアガサのスタイルが完成されたのかもみていこう。
アガサは最初の作品である一九二〇年の『スタイルズ荘の怪事件』のなかでも、法科学の知識を充分に発揮しているが、その知識がとくに向上したのは、推理小説家として自分の仕事を〝受け入れ〟たあとだった。アガサは、晩年の作品『複数の時計』でエルキュール・ポアロが友人のアリアドニ・オリヴァーと話しあっているときに、この件に言及している。アリアドニ・オリヴァーはクリスティー自身の性格といくつも共通点があり、彼女を使って自分の考えをちゃっかりと本のなかに盛りこんでいることが多い。ポアロはオリヴァーについてつぎのように語っている。

「アリアドニ・オリヴァーは独特の性格をしている。鋭い推理をしてみせることもあるし、最近はいままで知らなかったことについて、かなり知識を蓄えている。たとえば、警察の捜査手順がそうだ。また銃器についても、いまはいくらか信頼がおけるようになったし、もっと実用的な面でいえば、おそらく最近は法律面で助言をくれる事務弁護士か、法廷弁護士の友人ができたようだ」

これはかなりクリスティーらしい特徴が際立ったパラグラフで、わたしには直接アガサ自身のことを言い表しているように思える。この記述によって、読者はクリスティーが何年もかけて法医学的な制度についてますます知識を深めてきたことをあらためて認識するだろう。『複数の時計』は一九六三年に書かれ、それからたった一三年後にクリスティーは世を去る。クリスティーは初期の本で(本書のいくつかの章で前述したとおり)、別のタイプの銃である「リヴォルヴァー」と「オートマチック」を混同したり、銃の口径のいいかたをまちがえたりしていたが、キャリアの後半では、その種の間違いは皆無になった。ポアロがいうように、まさしくクリスティーは「銃器についても、いくらか信頼がおけるようになった」のだ。また、潜在的な血痕の存在を検出するための化学薬品のルミノールや、独創的な指紋採取の方法など当時の新たな法科学的発見を自分の小説に盛りこんだ。そのいっぽうで、たとえばベルティヨン式人体測定法のように現実世界で廃れていった警察の捜査手法は、小説でも使わなくなった。チェーザレ・ロンブローゾの隔世遺伝的な仮説といった犯罪に関する学説など、興味深いが時代遅れになったものもよく承知していた。さまざまな手法や説が法科学のパズルのどこに収まるか、ちゃんと把握していたのだ。

めったにないことだけれど、アガサもまちがえることがある。たとえば、胃内容物を用いて死亡時刻を導きだすというような説明がそれにあたるが、これは現在の標準からすると誤りとみなされるだけで、クリスティーがその小説を書いていた時代には、胃内容物を使った死亡推定時刻は、絶対確実な方法とみなされていた〔292ページの訳者注を参照〕。

実際、アガサは法科学という分野にかなり精通していたので、それを逆手に取って、誰がいたかよりも誰がいなかったかを指摘するのに使ったり、法科学的な証拠があったことよりある意味ずっと重要な、証拠がなかったことを示したりするのが可能だった。また、犯人が自分の法科学の知識を生かしてほかの誰かに罪をなすりつけたときは、探偵が罠を仕掛けて〝偽の〟証拠をちらつかせ、悪行を自白させたりもした。

法医学という視点からみるとまちがっている場合でも、アガサは本当に勘違いや思い違いをしているわけではない。ただ、鉄壁のアリバイをつくったり、劇的な死を演出したりするためにフィクションの力を借りているのだ。ほかの長編小説や短編をみればわかるのだが、クリスティーは現実世界での法医学をくわしく知っていた。物語のために、あえて少し検査の時間を早めるなど、ルールを少しゆるく扱うことがあっただけだ。クリスティーにはこのように掟破りの性質があることはご存じのとおりだ。そのせいで、『アクロイド殺し』の結末をめぐって危うくイギリス推理作家クラブから追い出されそうになったことさえ、あるのだから。

アガサには、作家活動を開始した当初から、法科学以外にも精通しているものがある。それは、ほかの著者が書いた推理小説だ。ユーモアあふれる『おしどり探偵』は、半分謎解き、半分スリラーで、トミーとタペンスという夫婦のスーパーチームが、有名な推理小説の登場人物になりきる。トミーはG・K・チェスタトンの神父みたいに聖職者の恰好までしている(一九六八年に出版されたG・C・ラムゼイ著の『ミステリの女王：アガサ・クリスティー』(*Mistress of Mystery*)(1)によると、チェスタトンは『ABC殺人事件』のプロットの一部に関するヒントを、アガサに授けたといわれている。チェスタトンはこういったらしい。「木はどこに隠すべきか。森ほど恰好の場所はないだろう」まだこの小説を読んでいないのなら、ぜひ読んでヒントがどう生かされたのかみてほしい)。『おしどり探偵』の各章は異なる探偵や著者への敬意があふれているだけでなく、それらの作家自身が書いた物語のように読めるし、それぞれの作家の文体の雰囲気を感じることができる。それに、それぞれの話に出てくる法科学的な証拠のタイプが、物語の特徴を示している。クリスティーは現実世界の科学捜査だけでなく、同じ時代に書かれた小説はもちろん、アーサー・コナン・ドイルのような名作家の手による小説からも刺激やヒントを得ていた。

本書では、法科学の重要な側面をいくつか説明した。たとえば、ひとつの事件は、多くの科学やさまざまな証拠のかけらが組み合わさって物語が再現され、最終的に解決されるべきであるという事実。また、それらの科学は、常識はもちろん、経験や専門知識と合わせて使うことが不可欠だということ。冤罪を受けた人びと——通常は不完全な法科学的証拠によって——を救済するために現在活動しているイノセンス・プロジェクトなどの組織があるという事実は、法科学が誤りを犯しやすいという側面を示している。クリスティーの時代でもそれは同じで、科学捜査の手法がたっぷり出てくる『ゼロ時間へ』のつぎの場面からも、それが垣間みえる。

「……けれども事実はそうじゃない。すべての証拠が彼女が犯人だと示しているんです」
「すべての証拠が示していた犯人は、**ぼく**だったはずですよ、二日前まではね」

妻マリリンが殺害されたあと、冤罪で刑務所にいれられたサム・シェパードの事件も不完全な法科学のせいだった可能性があるし、アデレード・バートレットが夫をクロロホルムで殺したかどうかについては、世界中のあらゆる法科学の技術を尽くしても、殺しかたが解明できなかったため、陪審員を納得させることはできず、アデレードは罪を逃れた。バーナード・スピルズベリーはドクター・クリッペンの事件を通じて一躍有名になったが、現在、ドクター・クリッペンは、スピルズベリーの疑わしい専門知識のせいで妻殺しの罪をまちがって負わされたように思われている。このような間違いは修正することができない。クリッペンの事件に関していえば、この男性は無実なのに、マダム・タッソーの「恐怖の部屋」で姿形を複製され蠟人形となって、一九四〇年代から一九五〇年代までロンドンで連続殺人と死姦を行なっていたジョン・レジナルド・クリスティー（アガサとはあかの他人だ）のような、正真正銘の殺人犯とともにじろじろみられていたのではないだろうか。マダム・タッソーのこの部屋は二〇一六年に閉鎖されたが、それまでは大変な人気を博し、アガサは探偵小説として最後に出版した『スリーピング・マーダー』でクリッペンの蠟人形について言及している。

ネットフリックスの〈科学捜査のウソ〉をはじめ、科学捜査時に起こった多くの誤りに光を当てているテレビ番組は多くあるし、ノーザンブリア大学の最近の微細証拠についての研究では、ある人物に付着していた微細証拠が近くにいた別の人に簡単に移り、それによって罪を犯していない人が地獄に突き落とされる可能性もありうることが示された。法科学は魅力的だが、その歴史には間違いや誤りがあちこちに散らばっている。科学それ自体と科学技術が進歩し改善されていくなかで、証拠はますます微細になっており、それゆえますます複雑になり、ますます多くの問題をはらむようになってきた。顕微鏡クラスの極小の穀物の花粉が犯人の服から無実の人の服に移るほうが、たとえば指紋を変えることよりもはるかに簡単に起こる。

そして、推理小説に関していうと、一般大衆にどこまで知らせるべきなのかという問題もある。『ねじれた家』のつぎの部分を考えてみよう。登場人物のひとりに関する話があり、「ただ指紋を残さないようにすればいいだけだった。推理小説を少しでも読めば、指紋のことは書いてある」とある。

事実を記述した文献からであれ、現実に即した小説を通じてであれ、法科学の発展によって、法科学の情報に精通していない可能性のある人びとでも、さまざまな理由からそれらの情報を手に入れられるようになった。とくに科学捜査における法科学の進歩には目を見張るものがある。何かの表面に残された指先の紋様から誰かを特定する方法として使われる指紋法から、その指先の汗に含まれていた微量のDNAを用いた個人を確実に特定する方法への進歩は、非常に大きな一歩であり、SFの世界のように思えるかもしれない。けれども、進歩した法科学は諸刃の剣だ。いっぽうでは、専門家には、事件の捜査につながる複雑で根気を必要とする作業が大量にあると一般大衆に認識してもらえるので、毎日、最前線で被害者や加害者の名前を特定したり、殺人犯を捕らえたりして事実上〝世界を救っている〟科学者たちに一定の称賛が捧げられるようになる。しかしいっぽうで、それぞれの進歩が本やポッドキャストやテレビで報じられると、犯罪者が科学者の進歩についていくことも可能になり、逮捕を免れるかもしれない。もちろん、そのような知識が提供され、あらゆる分野の科学捜査の最新の進歩をつねに取りいれつづけていれば、の話だけれども。とはいえ、これは大半の推理小説家にとって簡単なことではないし、多くの現実世界の事件は過去にさかのぼって報告される。だから、罪を犯そうと考えている人で、捜査体制の裏をかけると思っている人には、ひとつの質問を自分に問いかけてほしい。「自分は本当に進歩に追いつけているのか?」

警告としてローラン・ルーセルやマヒン・カディリの例をみてみよう。このふたりはアガサの小説を模倣しようとして逮捕された。犯罪の計画はフィクションの世界に任せよう。法科学の状況は日々変化しているのだから。実際、犯罪者たちはどんなにがんばっても、けっして法科学の進歩に追いつくことはできない。

謝辞

本書は前作*Past Mortems*とまったくちがう本になった。前作ではわたし自身の人生を綴ったが、本書で描いたのは他人の人生で、アガサ・クリスティーはもちろん、二〇世紀前半のさまざまな犯罪の加害者や被害者、捜査にあたった人びとの人生だったので、執筆は前作よりむずかしく、複雑な作業だった。

「ひとりの子を育てるには村全体で協力せねばならない」という金言があるが、まさにこの作品は多くの法科学の専門家の導きなしには成しとげられなかった。彼らは、わたしが研究で触れ、検死解剖の技師として経験したことはあるけれど、精通しているとまではいかない特定の分野について書いた章を、丁寧にチェックしてくれた。とくに、リーズの国立武器防具博物館で銃砲器の管理を担当しているジョナサン・ファーガソン、血痕パターン分析の専門家である法医学者ジョー・ミリントン、指紋鑑定士でフォレンジック・マインズ社の創設者ダイアン・アイボリー、組織病理学者で王立病理学会の前会長スージー・リシュマン博士、化学者で科学コミュニケーターで作家でもあるキャサリン・ハーカップ博士に感謝している。

また、ロンドン警視庁犯罪博物館の学芸員であるポール・ビクリー氏には、法執行機関の専門家や科学捜査官のためにロンドンで保管されているなんとも表現しがたいコレクションの調査を許可していただき、感謝している。

アガサ・クリスティーの正式な研究に加えて、いくつかのポッドキャストで知識と楽しみを得た。これらは、わたしがこれまで考えもしなかった事実を知らせてくれただけでなく楽しみももたらしてくれた。わたしのお気に入りは、〈シーダニット（Shedunnit）〉、〈ザ・ポイズナーズ・キャビネット（The Poisoner's Cabinet）〉、そしてもちろん〈オール・アバウト・アガサ（All About Agatha）〉で、これらはすべて、ポッドキャストを聴ける場所ならどこでも聴くことができる。

これまで同様、素晴らしい編集者であるリアノン・スミスは、状況に応じて、わたしを落ち着かせてくれたり、背中を押してくれたり、ときにはただ友人でいてくれた。ありがとう。

マーティン・レッドファーンをはじめとするダイアン・バンク・アソシエイツのチームのみなさんに感謝する。そして、この本を書くというわたしの夢を導いてくれたアガサ・クリスティー・ファンの仲間たち、作家、専門家のみなさんに感謝する。アガサ・クリスティー・リミテッド（とくにサラ・スリフト）、ニコラ・クレーン、ティナ・ホジキンソン、作家のマーティン・エドワーズ、アンバー・ブッチャート、エリック・レイに感謝を捧げる。

この本の完成へ向けてわたしを応援してくれた人物のひとりは、まちがいなくわが息子、ケイレブだ。執筆にかかるまえにアガサの書いたすべての本をせっせと読み、抜粋すべきさまざまな箇所を蛍光ペンやポストイットで印をつけていたとき、ケイレブはわたしの腕のなかですやすや眠っていてくれた。

最後に、読者やフォロワーのみなさん、家族、友人たちにも感謝を。みなさんなしでは、この本は形にならなかっただろう。そして、厳しい納期や新型コロナやこの一、二年のあいだにやってきたさまざまな困難を切り抜けるときに、いつもそばにいてくれた夫のジョニーや義父母、マーガレットとレス、そしてわたしのゴッドマザーであるキャサリン・ロングに、心からの感謝を捧げる。

厳しい時代を乗り越え、過去を振り返ったいまは、未来に目を向け、コンピュータの画面から離れ、世界じゅうの多くのみなさんとお会いできることを願っている。

訳者あとがき

アガサ・クリスティーがミステリの女王なら、カーラ・ヴァレンタインは法科学の女王だ。ミス・マープル並みに人を惹きつけ、ポアロ並みに論理的。本書は、クリスティーファンの必読書で、ミステリ作家の必携書だ。文句なしにすばらしい！

——ディアナ・レイバーン（ミステリ作家）

本書は*Murder Isn't Easy: The Forensics of Agatha Christie*の全訳である。著者のカーラ・ヴァレンタインは、解剖病理技師で、過去に八年ものあいだ検死解剖に携わった。また、ヴァレンタインのサイトによれば、仕事とは別に法医人類学と考古学を学んでいるという。本書ではそれらの知識と経験を存分に発揮して、指紋や足跡、血痕など科学捜査で用いられる法科学の各分野を、アガサ・クリスティーの数々の作品を引用しつつ紐解いている。各章の冒頭には、その章のテーマにぴったりの文章が引用されている。たとえば血痕分析の章では『ポアロのクリスマス』の次の一節が紹介されている。

「血、大量の血がそこかしこに……イスにも、テーブルにも、カーペットにも血が……しつこいほどの血。新鮮で、べとべとして、光っている血……おびただしい血、大量の血」

ヴァレンタインは、フィクションとノンフィクションをパズルのピースのように巧みに組み合わせて、ミステリファンも科学ファンも喜びそうな、知的でときにコミカルなすばらしい法科学の手引書を生みだした。こんなパズルを完成させるには、クリスティーとその作品への愛はもちろん、まさにポアロのように「灰色の脳細胞」を駆使せねばならなかっただろう。本書はふたりの才能あふれる女性、アガサとカーラがいたからこそ生まれた、唯一無二のエンターテインメントだ。読者のみなさんは、クリスティーの物語の一部を味わいながら、毒物や銃などについての知識を深め、科学捜査の歴史をさかのぼることができる。そしてきっと、本書を読みすすめるうちに、引用されているクリスティーの作品が読みたくなるにちがいない。

本書では、クリスティーの作品について触れているだけでなく、アガサ・クリスティーの人生や人物像についても語られている。「アガサの作品は、法科学的にとてつもなく正確で、読んでいていつも驚かされる」と著者が述べているとおり、クリスティーは作品のなかで殺人の手立て、とくに毒を正しい知識で扱っている。というのも、アガサは第一次世界大戦時にはボランティアの篤志看護師として働き、その後、薬剤師の資格を取って薬局で働いたことがあったからだ。その経験と知識を基盤にして殺人事件を描いているだけあって、クリスティーの作品では毒殺がよく使われている。とはいえ、毒殺が多い理由はそれだけではない。クリスティーの生きていた時代は、現実の世界でも毒殺事件が多かったせいだ。その証拠に実際の事件をヒントにしたと思われる作品もいくつかある。たとえば『杉の柩』でモデルにされたと思われる、サンドイッチに毒を盛られて女性が殺された「ハーン事件」などがそうだ。本書では、ヒントになった実際の事件についても解説している。

また、クリスティーは事件だけでなく、現実の科学的な発展もストーリーに組みこんでいる。本書ではそこにも触れており、たとえば血痕を検出するためのルミノールを指しているであろうクリスティーの作品の一節について、ヴァレンタインは次のように書いている。

クリスティーは新たな法科学上の発見を、村のゴシップと同じようにさりげなく物語に落としこむ。わたしがクリスティーの本を好きなのはこういうところだ。この本『マギンティ夫人は死んだ』は一九五二年に書かれた。そのほんの数年まえに、血液検出の領域にアイコンと呼べるような重要な化合物が登場した――ルミノールだ。

ルミノールというのは、血痕を浮きあがらせる薬品で、現在でもよく使用されている。科学捜査のドラマや推理ドラマなどで、霧吹きで薬剤を壁などに吹きつけると青白く血痕が浮かびあがる場面は、ミステリファンにはおなじみの光景ではないだろうか。あれがルミノール（反応）だ。一九五二年に書かれた物語でその試薬に触れられているというのは、非常に興味深い。本書ではルミノールの性質や歴史が簡潔に説明されている。このように科学捜査にまつわる事件や技術の発展を追い、さらには、クリスティー自身と作品における科学の発展ぶりも論じられていて、読者はさらに好奇心を刺激されるはずだ。

加えてヴァレンタインは、科学技術がいくら発展しても、そこにはリスクもあることを述べている。

微細な証拠が間違って扱われることで起こる冤罪がそれだ。これについてはポアロ（クリスティー）も繰りかえし口にしている。

「指紋が決め手になって、殺人犯が逮捕され有罪判決がくだされることもある」とヘイスティングズはいった。

「そしてまちがいなく、何人もの無実の人を絞首台に送りこんだ」と、ポアロは辛辣に返した。

［中略］覚えておかねばならないのは、アガサが作家活動をしていた当時、殺人に対する刑罰は絞首刑が多く、これは一九六五年までつづいていたという事実だ。［中略］指紋の証拠がのちに誤りだったと明らかになる可能性はおおいにあり、死刑制度があった時代には、殺人事件の冤罪は取り返しのつかない結果を招くからだ。

死刑制度が存在する日本では、まさに取り返しのつかない結果を招きかねないため、深く考えさせられる部分である。

最後になるが、クリスティーの作品をはじめ、引用部分は（既訳書がある場合はそれを参考にしつつ）自作の訳をつけた。物語のなかのほんの数行や数語を抜粋しているという性質上、少し言葉を伴わなければ状況がわかりにくかったり、意訳されている部分が本書のテーマとして重要な部分だったりということがあったためだ。したがって、本書の引用部分はもちろん、本書全体の間違いや拙さは、訳者であるわたしの責任である。アガサ・クリスティーの邦訳作品は、諸先輩方のさまざまな訳で楽しめるので、つづきはぜひそちらで楽しんでいただけたらと思う。
本書の訳出に際しては多くの方々（とクリスティーの作品）に助けていただきました。とくに株式会社化学同人の津留貴彰さんにはご尽力を賜りました。心からお礼申し上げます。

二〇二三年一〇月

久保　美代子

画像クレジット

指紋の分類。Science Photo Library／アフロ
クリスティーの時代から使われていた光学顕微鏡。Jiang Hongyan/Shutterstock
ナンシー・ティッタートン。TopFoto
典型的なリヴォルヴァー。titelio/Shutterstock
さまざまな口径の銃弾。CLP STORE/Shutterstock
ロバート・チャーチルと比較顕微鏡。General Photographic Agency/Stringer/Getty Images
"現実世界のミス・マープル"フランシス・グレスナー・リーが制作した、謎の死を解き明かすためのナッツシェル研究の例。Spencer Grant/Alamy Stock Photo
フランシス・グレスナー・リー。Courtesy of the Glessner House Museum
イザベラ・ラクストンの顔を頭蓋骨の画像に重ねた写真。TopFoto
ルビー・キーン。Central Press/Stringer/Getty Images
ロンドン警視庁の犯罪博物館に展示されているルビー・キーン事件の証拠。Reproduced by kind permission of the Museum of London/Metropolitan Police Service
さまざまな角度で壁などに付いた血の滴の形状。Jo Millington
バーナード・スピルズベリー。Trinity Mirror/Mirrorpix/Alamy Stock Photo
ヒ素を検出するマーシュの試験法で使用されていた装置。World History Archive/Alamy Stock Photo
グレアム・ヤング。PA Images/Alamy Stock Photo

(5) Richard Shepherd, *Simpson's Forensic Medicine*, 前掲
(6) Agatha Christie, *An Autobiography*, 前掲
(7) Lucy Worsley, *A Very British Murder: The Story of a National Obsession*, 前掲
(8) David R. Foran et al., 'The Conviction of Dr Crippen: New Forensic Findings in a Century-Old Murder', *The Journal of Forensic Sciences*, Vol. 56 (2011)
(9) Evelyn Steel, 'Biography of Sir Bernard Spilsbury', *The Lancet*, Vol. 252, No. 6515, p. 80, 10 July 1948

第 8 章　法医毒物学

(1) Anon, 'Review – The Mysterious Affair at Styles', *The Pharmaceutical Journal and Pharmacist*, Vol. 57 (1923)
(2) Agatha Christie, *An Autobiography*, 前掲
(3) Kathryn Harkup, *A Is for Arsenic*, 前掲
(4) Agatha Christie, *An Autobiography*, 前掲
(5) Anon, 'Horseman, Pass by' *Time Magazine*, 17 July 1972
(6) Mentioned in Blyth, Alexander Wynter, 'Poisons, Their Effects and Detection: A Manual for the Use of Analytical Chemists and Experts' (1895)

結論――ゼロ時間へ

(1) G.C. Ramsey, *Mistress of Mystery* (London: Collins, 1967)

(5) Notable British Trials series (2021), https://www.notablebritishtrials.co.uk/pages/the-original-series. Accessed 24 May 2020
(6) Agatha Christie, *An Autobiography*, 前掲
(7) Caroline Crampton, *Shedunnit: Poison Pen Transcript*, 13 January 2021, https://shedunnitshow.com/poisonpentranscript. Accessed 14 January 2021
(8) Curtis Evans, *The Poison Pen Letter: The Early 20th Century's Strangest Crime Wave*, 10 March 2020, https://crimereads.com/poison-pen-letter. Accessed 15 January 2021
(9) Harry Soderman and John O'Connell, *Modern Criminal Investigation*, 前掲
(10) Martin Edwards, *The Golden Age of Murder*, 前掲

第5章　痕跡，凶器，傷

(1) 'Agatha Christie's adventurous "second act" plays out in Mesopotamia', *History Magazine, National Geographic*, 21 March 2019, https://www.nationalgeographic.com/history/history-magazine/article/agatha-christie-mesopotamia-archaeology-expeditions. Accessed 28 May 2020
(2) Laura Thompson, *Agatha Christie: A Mysterious Life*, 前掲
(3) Kyt Lyn Walken, 'The Richardson Case, 1786', *The Way of Tracking*, 24 July 2017, https://thewayoftracking.com/2017/07/24/the-richardson-case-1786. Accessed 14 June 2020
(4) Richard Shepherd, *Simpson's Forensic Medicine* (London: Arnold, 2003)
(5) Alan Moss and Keith Skinner, *Scotland Yard's History of Crime in 100 Objects* (Stroud: The History Press, 2015)

第6章　血痕の分析

(1) Lucy Worsley, *A Very British Murder: The Story of a National Obsession* (London: BBC Books, 2013)〔ルーシー・ワースリー『イギリス風殺人事件の愉しみ方』(中島俊郎，玉井史絵 訳)，NTT出版〕
(2) Laura Thompson, *Agatha Christie: A Mysterious Life*, 前掲
(3) Richard Shepherd, *Simpson's Forensic Medicine*, 前掲
(4) Eduard Piotrowski, 'Concerning the Origin, Shape, Direction and Distribution of the Bloodstains Following Head Wounds Caused by Blows' (1895)
(5) Morris Grodsky et al., 'Simplified Preliminary Blood Testing – An Improved Technique and a Comparative Study of Methods', *The Journal of Criminal Law and Criminology*, Vol. 42, No. 1 (1951)
(6) Bruce Robertson, 'The transfusion of whole blood: A suggestion for its more frequent employment in war surgery', *British Medical Journal*, 8 July 1916

第7章　検　死

(1) Martin Edwards, *The Golden Age of Murder*, 前掲
(2) Agatha Christie, *An Autobiography*, 前掲
(3) *Times Literary Supplement*, 9 November 1940
(4) Martin Edwards, *The Golden Age of Murder*, 前掲

科学』（滝川幸辰，板木郁郎 訳），岩谷書店〕
（5）John Glaister, *A Study of Hairs and Wools Belonging to the Mammalian Group of Animals, Including a Special Study of Human Hair, Considered from the Medico-Legal Aspect* (Cairo: MISR Press, 1931)
（6）Kelly J. Sheridan et al., 'A Study on Contactless Airborne Transfer of Textile Fibres between Different Garments in Small Compact Semi-Enclosed Spaces', *Forensic Science International,* Vol. 315, p. 110432, October 2020, 10.1016/j.forsciint.2020.110432. Accessed 12 February 2021
（7）Charles Osborne, *The Life and Crimes of Agatha Christie* (London: Collins, 1982)
（8）Hans Gross, *Criminal Psychology: A Manual for Judges, Practitioners and Students* (Boston: Little Brown, 1911)
（9）Agatha Christie, *An Autobiography,* 前掲

第3章　法弾道学（銃器）

（1）John Curran, *Agatha Christie's Complete Secret Notebooks: Stories and Secrets of Murder in the Making,* 2009 edition (London: HarperCollins, 2016)〔アガサ・クリスティー，ジョン・カラン『アガサ・クリスティーの秘密ノート』（山本やよい，羽田詩津子 訳），早川書房〕
（2）Agatha Christie, *An Autobiography,* 前掲
（3）Kathryn Harkup, *A Is for Arsenic: The Poisons of Agatha Christie* (London; New York: Bloomsbury Sigma, 2015)〔キャサリン・ハーカップ『アガサ・クリスティーと14の毒薬』（長野きよみ 訳），岩波書店〕
（4）Harry Soderman and John O'Connell, *Modern Criminal Investigation,* 前掲
（5）Calvin H. Goddard, 'Scientific Identification of Firearms and Bullets', *Journal of the American Institute of Criminal Law and Criminology,* Vol. 17, No. 2, 1926, pp. 254–263, JSTOR, www.jstor.org/stable/1134508. Accessed 11 June 2020
（6）Agatha Christie, *An Autobiography,* 前掲
（7）Robert Barnard, *A Talent to Deceive : an appreciation of Agatha Christie* (London: Fontana, 1990)〔ロバート・バーナード『欺しの天才―アガサ・クリスティ創作の秘密』（小池滋, 中野康司 訳），秀文インターナショナル〕
（8）Agatha Christie, *An Autobiography,* 前掲
（9）Alison Adam, 'Murder in Miniature: Reconstructing the Crime Scene in the English Courtroom', *Crime and the Construction of Forensic Objectivity from 1850* (Cham, Switzerland: Palgrave Macmillan, 2020)

第4章　文書と筆跡

（1）Martin Edwards, *The Golden Age of Murder,* 前掲
（2）Agatha Christie, *After the Funeral* (London: HarperCollins, 2014)
（3）Kate Winkler Dawson, *American Sherlock: Murder, Forensics, and the Birth of American CSI* (Putnam, 2021)〔ケイト・ウィンクラー・ドーソン『アメリカのシャーロック・ホームズ―殺人，法科学，アメリカのCSIの誕生』（髙山祥子 訳），東京創元社〕
（4）同上

参考文献

はじめに――犯行現場

（1）Charles Osborne, *The Life and Crimes of Agatha Christie* (London: Collins, 1982)
（2）Agatha Christie, *An Autobiography* (London: HarperCollins, 2011)〔アガサ・クリスティー『アガサ・クリスティー自伝』（乾信一郎 訳），早川書房〕
（3）Mike Holgate, *Stranger than Fiction: Agatha Christie's True Crime Inspirations* (Stroud: History Press, 2010)
（4）Robert Tait, 'Iran Arrests "Agatha Christie Serial Killer"', *Guardian*, 21 May 2009
（5）Cathy Cook, *The Agatha Christie Miscellany* (Stroud: History Press, 2013)
（6）同上
（7）Agatha Christie, *An Autobiography*, 前掲
（8）Laura Thompson, *Agatha Christie: A Mysterious Life*, 2007 edition (London: Headline, 2020)

第1章　指　紋

（1）Martin Edwards, *The Golden Age of Murder* (London: HarperCollins, 2015)〔マーティン・エドワーズ『探偵小説の黄金時代―現代探偵小説を生んだ作家たちの秘密』（森英俊，白須清美 訳），国書刊行会〕
（2）The Detection Club, *Anatomy of Murder*, edited by Martin Edwards, 2014 edition (London: HarperCollins, 2019)
（3）Author in conversation with The Double-Loop Podcast, 19 May 2020
（4）Agatha Christie, *An Autobiography*, 前掲
（5）同上
（6）Greg Moore, 'History of Fingerprints', 9 May 2021, onin.com/fp/fphistory.html. Accessed 13 August 2020
（7）Henry Faulds, 'On the Skin-Furrows of the Hand', *Nature* 22, 605 (1880), https://doi.org/10.1038/022605a0. Accessed 13 August 2020
（8）Val McDermid, *Forensics: The Anatomy of Crime* (London: Profile Books, 2015)〔ヴァル・マクダーミド『科学捜査ケースファイル―難事件はいかにして解決されたか』（久保美代子 訳），化学同人〕

第2章　微細証拠

（1）Agatha Christie, *An Autobiography*, 前掲
（2）Arthur Conan Doyle, *The Adventures of Sherlock Holmes* (1892)〔アーサー・コナン・ドイル『シャーロック・ホームズの冒険』（延原謙 訳），新潮社ほか〕
（3）Paul Leland Kirk, *Crime Investigation: Physical Evidence and the Police Laboratory* (New York; London: Interscience, 1953)
（4）Harry Soderman and John O'Connell, *Modern Criminal Investigation* (New York: Funk & Wagnalls, 1935)〔ジョン・J・オコンネル，ハリー・ゾエデルマン『現代犯罪捜査の

付録2　地図やフロア見取り図が掲載された作品

『アクロイド殺し』
「死人の鏡」（『死人の鏡』収載の短編）
『オリエント急行殺人事件』
『ゼロ時間へ』
『牧師館の殺人』
『白昼の悪魔』
『魔術の殺人』
『スタイルズ荘の怪事件』
『雲をつかむ死』
「グランド・メトロポリタンの宝石盗難事件」（『ポアロ登場』収載の短編）
『招かれざる客』（戯曲）

死への旅	1954
ヒッコリー・ロードの殺人	1955
死者のあやまち	1956
パディントン発４時50分	1957
無実はさいなむ	1958
鳩のなかの猫	1959
蒼ざめた馬	1961
鏡は横にひび割れて	1962
複数の時計	1963
カリブ海の秘密	1964
バートラム・ホテルにて	1965
第三の女	1966
終りなき夜に生れつく	1967
親指のうずき	1968
ハロウィーン・パーティ	1969
フランクフルトへの乗客	1970
復讐の女神	1971
象は忘れない	1972
運命の裏木戸	1973
カーテン	1975

銃殺　毒殺　刺殺　敗血症　心臓発作
感電　轢殺　殴殺　絞殺　斬殺（喉切）
溺殺　突き落とす／転落　縊殺　焼殺
圧殺　割殺（斧による）

ナイルに死す	1937
死との約束	1938
ポアロのクリスマス	1938
殺人は容易だ	1939
そして誰もいなくなった	1939
杉の柩	1940
愛国殺人	1940
白昼の悪魔	1941
NかMか	1941
書斎の死体	1942
五匹の子豚	1942
動く指	1942
ゼロ時間へ	1944
死が最後にやってくる	1944
忘られぬ死	1945
ホロー荘の殺人	1946
満潮に乗って	1948
ねじれた家	1949
予告殺人	1950
バグダッドの秘密	1951
マギンティ夫人は死んだ	1952
魔術の殺人	1952
葬儀を終えて	1953
ポケットにライ麦を	1953

付録1　作品別殺害方法一覧

書名	出版年	殺害方法
スタイルズ荘の怪事件	1920	
秘密機関	1922	
ゴルフ場殺人事件	1923	
茶色の服の男	1924	
チムニーズ館の秘密	1925	
アクロイド殺し	1926	
ビッグ4	1927	
青列車の秘密	1928	
七つの時計	1929	
牧師館の殺人	1930	
シタフォードの秘密	1931	
邪悪の家	1932	
エッジウェア卿の死	1933	
オリエント急行の殺人	1934	
なぜ、エヴァンズに頼まなかったのか？	1934	
三幕の殺人	1934	
雲をつかむ死	1935	
ABC殺人事件	1936	
メソポタミヤの殺人	1936	
ひらいたトランプ	1936	
もの言えぬ証人	1937	

作品名索引

【著者】
カーラ・ヴァレンタイン（Carla Valentine）
8年間さまざまな遺体の検死解剖に携わってきた解剖病理技師。法医人類学と考古学の知識も得て、現在は、ロンドンの聖バーソロミュー病院の博物館で5000を超える解剖学的試料を管理している。著書に*Past Mortems: Life and death behind mortuary doors*がある。本書は2作目。

【訳者】
久保美代子（くぼ・みよこ）
翻訳家。大阪外国語大学卒業。おもな訳書に『科学捜査ケースファイル』『人体、なんでそうなった？』『アメリカ自然史博物館恐竜大図鑑』（いずれも化学同人）、『感情をデザインする』（早川書房）、『14歳から考えたいレイシズム』（すばる舎）など多数。

殺人《さつじん》は容《よう》易《い》ではない――アガサ・クリスティーの法《ほう》科《か》学《がく》

第1版　第1刷　2023年12月15日

著　者　カーラ・ヴァレンタイン
訳　者　久保美代子
発行者　曽根良介
発行所　株式会社化学同人

〒600-8074　京都市下京区仏光寺通柳馬場西入ル
編集部　TEL 075-352-3711　FAX 075-352-0371
営業部　TEL 075-352-3373　FAX 075-351-8301
振　替　01010-7-5702
e-mail　webmaster@kagakudojin.co.jp
URL　https://www.kagakudojin.co.jp
印刷・製本　西濃印刷株式会社

ISBN978-4-7598-2352-3
乱丁・落丁本は送料小社負担にてお取りかえいたします。

本書のご感想を
お寄せください